王干 著

王蒙王干对话录
90年代文学对话录

王干文集

作家出版社

图书在版编目（CIP）数据

王蒙王干对话录·90年代文学对话录 / 王干著.
-- 北京：作家出版社，2018.1
（王干文集）
ISBN 978-7-5063-9709-4

Ⅰ.①王… Ⅱ.①王… Ⅲ.①散文集—中国—当代
Ⅳ.①I267

中国版本图书馆 CIP 数据核字（2017）第 231311 号

王蒙王干对话录·90年代文学对话录

作　　者：王　干
书名题字：沈　鹏
责任编辑：赵　莹
装帧设计：鸿儒文轩·书心瞬意
出版发行：作家出版社
社　　址：北京农展馆南里 10 号　　邮　　编：100125
电话传真：86 – 10 – 65930756（出版发行部）
　　　　　86 – 10 – 65004079（总编室）
　　　　　86 – 10 – 65015116（邮购部）
E – mail: zuojia@zuojia. net. cn
http: //www. haozuojia. com（作家在线）
印　　刷：三河市华东印刷有限公司
成品尺寸：155 × 225
字　　数：322 千
印　　张：27.75
版　　次：2018 年 1 月第 1 版
印　　次：2018 年 1 月第 1 次印刷
ISBN 978-7-5063-9709-4
定　　价：78.00 元

目录

王蒙王干对话录

90 年代文学对话录

王蒙王干对话录

引 言

　　一九八八年冬至一九八九年初，我们两人先后进行了十次对话，涉及的内容较为斑杂，两人的想法也不尽一致。也可能是这种文体比较新鲜活泼的缘故，对话单篇分别在各地报刊发表以后，引起了各种各样的反应。现将单独发表过的文章汇集成书，以便读者、研究者和文学界的朋友了解对话的整体风貌，从而进行真诚的、友善的而不是断章取义、以偏概全的"对话"。

文学这个魔方

王干：文学是什么？虽然有一些人写了论著和文章，关于文学的性质、文学的功能、文学的位置、文学的价值，但文学到底是什么并没有搞清楚。有人曾经说过，文学是个什么也说不清楚的东西，这是一个非常模糊、非常省事的办法。文学确实是一个怪物。我觉得文学是一个魔方，它是一个多面体，你看到这一面是这一种色彩，放在另一面看是另一种色彩，如果进行旋转的话，那变化就很多。说文学是社会生活在作家头脑中的反映，这也没错，这里面既谈到主体，也谈到了客体，既有作家，也有生活。但我觉得这个概念仍然是一个非常模糊的概念，如果我们把作家换成其他职业的人，这个概念似乎仍然成立，所以它缺少独特性，太宽泛化。而魔方来比喻文学，虽不是定义，但比较形象。魔方由各种各样的色彩、色块组成，文学也是由各种各样的社会的非社会的、审美的非审美的多重因素构成。如果把文学仅仅理解为一种审美的载体的话，那肯定是有局限的，因为文学还有认识功能。同时，文学的审美功能的实现，似乎还必须借助于阅读者自身的文化结构、知识结构。只有拥有一定的文学修养的人才能感受到文学的审美功能，也就是说，首先必须有审美这样的预结构才可能在文学作品中去完成审美的精神活动。可以这样说，审美实际是一种文人的阅读需求和价值取向，并不足以概括所有文学作品的本质特性。

文学魔方始终在不断地旋转，老是出现各种不同形式不同结构的色调和图景，它往往与时代保持着极为和睦的关系。它的轴心有时转向认识功能，有时趋向审美，有时则强调教育性。近年来，有人否认文学的教育功能，我觉得文学的教育功能否认不了，当然这种教育功能是一种潜移默化的，而不是以直接灌输与训导方式进行的。这种教育功能在战争年代环境里往往显得突出，而到了和平岁月里则淡薄，人们有更多的理由去娱乐、游戏，而不必接受什么教育，但不能把教育功能从文学的价值系统里剔除出去。其实审美也是对心灵的一种教育。儿童阅读安徒生童话，那本来就是接受教育。

由于中国文学受载道意识的长期影响，所以文学这个魔方在中国的色彩往往比较单调，如果把教育功能比做红色色块，认识功能比作黄色的，审美功能比作蓝色的，那么中国文学这个魔方则偏红，有时甚至是一片红（比如"文革"时期）。而现在片面强调审美功能以至取消其他色块的存在，那么文学这个魔方只能剩下蓝色一面，纯粹是纯粹了，但单调的蓝色与单调的红色一样令人讨厌和腻味。这么说，好像文学是可以按照某种比例配备色彩、色块和组合结构的，其实这只能是一种美好的设想。文学的无定性决定了它这个魔方必须时时刻刻进行旋转变化，你不想让它转，它自身也在自转，它随着整个时代在转，不是以哪个人的意志为转移，作家也顺应魔方在转，当然要排除政治性或政权性的干扰因素在外。文学这个东西是非常脆弱的，如果要对它进行政治性的干扰的话，它很快便失去正常运转的功能。应该说，它怎么转都是正常的，文学从来不按照什么规律进行机械运行。比如我们今天看抗战时期的一些文学作品，会大不以为然，但时代需要文学以那样的形象出现。文学究竟是怎样的形象，谁也不能规定死。你说田间的诗是口号诗也行，标语诗也行，你能说它不是文学吗？

王蒙：还有《放下你的鞭子》，这也是文学。

王干：我们不能把文学搞得狭隘，你可以搞纯粹文学、个人文学、先锋文学、精英文学，赵树理等人的创作可以说它是"政策文学""方针文学"，但仍然是一种文学。因为文学的魔方在旋转，时代会造就各种各样的文学，文学的最大特点就是无规律性。现在强调文学的生命意识，就是因为以前扼杀、抹掉了个体性的东西，影响了文学内在的丰富性和复杂性。作家就是旋转魔方的人，作家的创造性就在于他能够组合出别人组合不出的结构、色彩、画面，要与众不同。文学最忌讳搞成六面一个色。当然，我把文学比作一个魔方仍只是一种比喻，因为魔方还是比较机械的东西，用电脑一算，就可以统计出有多少色的块面、色的结构、色的组合。由于作家在创作过程中投入了更多的情感因素，我们不能简单地对文学进行定量、定型、定时分析，但原理是一样的，作家就是要把生活中的各种各样的色彩，社会上的各种各样的因素，人的各种各样的情感经验，欢乐、忧伤、痛苦、惆怅、悲哀、沉思、辛酸、苦辣等等，进行一种独创的组合。因为每个作家与别人旋转得不同，他的组合就使人感到新鲜。如果过几年、几十年甚至几百年之后，还有人觉得这样的组合很有意思，那就是大作家、大作品。

王蒙：我非常希望能和你争论，但到现在为止，我还找不出和你争论的理由。我常常感觉到对文学的各种解释、各种说法都有一定的道理，而又都不能让人完全满意。比如，我们常常听到的也很流行的说法，曾经很时髦的说法，"文学是人学"。"文学是人学"在文学对人的关注，在文学表达人的思想、情感、内心世界和经验方面不失为一个很好的说法，而且这种说法与目前还没有过时的人本主义、人道主义思潮相呼应。但是，我也常常对这个定义感到不满意，可能我这个想法太可笑，从经验的角度来讨论"文学是人学"这个问题。我觉得体育更是人学，体育体现人的健康、素质、灵敏、反应，这是绝对的人学，而心理学作为人学来说要比文学"学"得多，你看许多许多的文学作品，你的脑子里可能会搞得四分五裂，片断和各种互相冲突的记忆使你不知道对人有多少认识，而你要认真读完一本心理学著作，总会有相当的收获。在某种意义上，甚至于政治学也是人学，它研究人们如何利用自己的集团、阶级，维护自己的利益，相互之间进行斗争，力量的消长，以至于人对人的支配，社会的组合，秩序等等。我总觉得"文学是人学"这个定义也不完全。

王干：说"文学是人学"实际是把文学作为一种补偿工具，因为人们在呼唤人性、人情、人道主义、人的尊严、人的价值，但用文学来呼唤是非常软弱无力的。我在学校读书时，老师讲"文学"为什么是"人学"呢？一、文学是人写的，二、文学是写人的，三、文学是人看的。非常好笑。

王蒙：那好多东西都是文学。历史也是文学。

王干：其实，我们现在缺少真正的"人学"，对人缺少足够的注意和研究。文学被当作人学是一种越位，把文学当作主体精神解放的产物，实际上是生活中主体所不能实现其价值，到文学中来做"白日梦"。当然，人在文学中的位置是相当重要的，但文学不是人学。你刚才提到的体育、政治也不是人学。其实，真正的人学要研究人的物质性因素、心理性因素。

王蒙：医学更是人学。当然还有兽医，不在其内。（笑）

比如还有一种说法，好像是高尔基讲过的，说文学是阶级的触角，阶级的感官，这个说法也不能抹杀，但不仅仅是这样的。在阶级斗争非常激烈的时候，它是这样的。即使阶级斗争不那么尖锐的时候，你从各种文学现象中能够看出社会的变革，社会上各种思潮的涌起，相互之间的冲撞和消长，包括那些自称对政治毫无兴趣的或者自以为文学是一种纯形式的东西的说法，实际也是在一定的社会条件、一定的时代条件、一定的背景下所产生出来的，但是你仅仅把文学说成阶级斗争的触角、感官，又感到遗漏了一大片作品。

王干：对。

王蒙：我常常想，各种对文学的议论，包括我们的对话仍然是一种"摸象"，只是摸到一部分，但试图全面阐述、什么都承认时往往又失之空泛，最后什么也没有告诉别人。我见到过美国著名的女作家格瑞斯·培丽，她是白俄血统，她的短篇小说在美国非常有名。1980年我在艾奥瓦大学，看到她讲演时地上都坐满了人。她讲演时的一个特点，就是嘴里含着口香糖，不停地讲演不停地嚼着口香糖。据说她好像是一个左派，曾在五角大楼前面进行反对美国干涉越南战争的游行，被警察拘捕过。一九八五年世界笔会第四十八次会议，她带领一批美国作家来嘘舒尔茨，而且敲着桌子大喊大叫。我亲眼看见的。这是一个政治意识、社会意识相当强烈的作家。但她讲过一句，文学就是智力游戏。这就非常有趣。她非常关心社会生活，很关心政治，而且有她自己的倾向性，但她谈到文学时认为文学是游戏。这就又牵涉到另一个问题。现在，"玩文学"

的名声很不佳。好像"玩文学"是黄子平提出的，起码与黄子平有关。

王干：可能还有吴亮、张辛欣。

王蒙：我倒想为"玩文学"辩护一下。就是不能把文学里"玩"的因素完全去掉。人们在郁闷的时候，通过一种形式甚至很讲究的形式，或者很精巧、很宏大、很自由的形式来表达自己的郁闷，是有一种自我安慰的作用，甚至游戏的作用。过去很多中国人讲"聊以自娱"，写作的人有自娱的因素，有多大还可以再说，至于读文学的人有自娱的因素更加难以否认。也就是你我都有"玩文学"的因素，但是完全把文学看成"玩"会令许多人通不过的。

王干：我曾碰到几个写诗的青年人，他们写作很难说不是一种"玩"。比如他们发现文字有一种巫术的作用，他们把文字排列组合的过程中就能得到一种满足。我们搞文学的人十有八九都有一种文字癖，特别喜欢玩弄文字，这样排列、那样组合，常常趣味无穷。而中国文字的象形特征，又是一种方块体，很适宜排列，而且中国语法又不那么严格，排列、组合时常常会产生一种奇异的效果。特别是诗歌，简直就是一种文字宗教和语言宗教，诗人沉浸在一种语言的游戏里面、文字的巫术里面，整个身心就非常愉快。

王蒙：是的，要承认有"玩"的因素。第二，"玩"是否和严肃对立，或绝对排斥？我觉得很难说。我不知道这是哪一个大哲人讲过的话，说儿童的游戏非常严肃，非常认真，而大人所做的一些非常认真、非常严肃的事情往往更像游戏。这样的例子非常多，儿童游戏的认真性、严肃性无须我去举例子，大人有些非常严肃的事情最后办得像游戏，如开会、评奖、样板。"文革"很残酷，但"文革"当中有戏剧性的东西，比如抓国民党反动派的残渣余孽，抓到一个"余孽"之后，让他戴上那种"双翅"的赃官帽子，让他自己拿着簸箕敲着去游街，脸上再抹着各种颜色，确实是一种游戏，但这是一种恶作剧。

王干：《雨花》最后搞了个"新世说"的栏目，就是专门收集"文革"时类似玩游戏的"掌故"的。

王蒙："文革"中的掌故太多了。我记得鲁迅杂文里说清朝政府的某些县太爷接见外国人时，让外国人走旁边的小门，外国人稀里糊涂地就从小门进来了。他自己走大门，就高兴得不得了，用现在的话说，就叫捍卫了自己的尊严，捍卫了国家的尊严。这确实和游戏一样。把"文革"完全说成游戏当然不够全面，那么多人遭迫害，那么多人被迫害死，但它的游戏性质非常明显。

王干："文革"就是一场很残酷的游戏。

王蒙："文革"一开始，所有电影院都不演电影，所有的戏院都不演戏，所有的文学刊物都不出了，但人民为什么忍受得了，就因为那个时候生活里有这些游戏，人们每天出去看游街，看批斗，看按脖子，业余生活被这些东西丰富起来。甚至于我还有过这样的离奇的想法，中国人有一段时期这么喜欢搞运动，是不是和业余生活不够丰富有关系。如果有更多的时间去航海，去打球，去下棋，去滑雪，去冲浪，也许觉得开过多的会是一个负担。但在业余生活非常不丰富的情况下，开开会，而且开一个会揪出两个人来，不但揭露他政治上的问题，而且揭露他生活的隐私，就起了一种娱乐的作用。所以说文学是一种智力游戏以至于说文学可以起一些"玩"的作用，也同样是如你所说的魔方当中的一个角，或某一个颜色。但要膨胀起来，认为一切文学都是游戏，除了游戏以外就没有文学，那就差之千里了。还有一种说法是说文学是一种纯粹的形式。这至少是用一种形式的观点，来看待文学，这在中国最有传统，我感觉中国古代恰恰是把文学当作一种形式，所谓"言之无文，行之不远"。中国的纯文学并不发达，往往文学就是历史，比如《史记》，或者文学就是政论，比如唐宋八大家，有许多政论文。为什么说它是文学，就因为他们的文采比较好，有对仗、有比兴、有抒情排比句，而且讲究汉字的铿锵悦耳。在这种意义上说文学是一种形式也没错，但把形式说成一切，形式以外什么都没有，这本身是把本来开放状态的文学变成一种封闭状态的文学的徒劳企图，是为了保护文学的纯粹性而割掉它和生活、政治、科学、思潮、思想、文化、心理诸多方面的联系。文学是一种开放的东西，而不是封闭的，但文学仍然有它的核心，这个核心是非常难说的，如果我们只承认开放的一面，就等于承认一切都是文学。如果用一种泛文学的观点的话，杂文也是一种文学。那么请假条是不是一种文学呢？那很难说。如果一个人的请假条写得很俏皮、很有文采、很感人，也可能是文学。我在新疆的时候，碰见一个国民党时期留下来的小官员，在"文革"中给斗得一塌糊涂，定成"历史反革命"，下乡劳动，工资也取消了。"林彪事件"后，那个时候已经开始落实政策了，这个人就用半文半白的语言写了一份申请，说家庭困难，一个人带着未成人的小女儿，恳求领导"垂怜"，我当时一看，觉得是一篇很好的散文。这篇散文在当时看是抒情的，在现在看是黑色幽默，也许再过五百年以后剩下的便是纯形式了。也许五百年以后，人们不会写这种半文半白的乞怜求饶的文字，批评五百年前的中国发生的"文革"的兴致也没有了，就变成了纯形式。我们在强调文学的多方面的开放性意义时，如果抓不住核心，就有这种危险，请假条甚至说话都是文学。

王干：有时可能是我们本身的阅读结构的问题，比如火车站留言牌上的留言，往往能读出文学的意味。有一次，我和苏童在宜兴丁山镇的大街上看到一份"迁坟通告"，这份通告是用毛笔写的，而且是用繁体字，就显得非常有历史感，里面的文字也富有人情味，把它当作一种文学作品读完全可以。其实，大字报也可能是文学，比如骆宾王讨武则天的檄书，今天看就是大字报的形式，但却作为文学作品流传下来了。

王蒙：是的。

王干：中国古代的文学作品实际都是实用文体，实用性很强，比较纯粹一点的诗词亦是一种实用文体，唐朝便以考诗作为科举的方式。中国文学的源头是史学、志怪，后来的律诗也被作为一种升官的工具，实用性很强。但我们今天理解文学，总觉得文学的功利性、实用性非常薄弱。

王蒙：文学产生的时候很可能有它很强的功利性和实用性，但我们今天如果试图为宽泛无边的文学找到一个核心，这个核心也是不很稳固，因为出现一个大的文学现象或文学天才，就会把你的理论推翻。我想，非具体实用性还应该是文学的特征。诗歌能够有利于科举，这并不是诗歌本身的性质所决定。人们欣赏诗歌还是从审美出发，至于作诗为什么会成为做官的途径，是当时的科举制度和人事制度所决定的，不是诗歌本身所决定的。它的审美价值是文学里面不可缺少的内容。

王干：我觉得文学里还有一种很重要的因素。便是情感性的因素，是不可否认的，文学里各种各样的情感是按照各种各样的方式排列组合起来的。

王蒙：很好。你谈到这个问题时，我想打个岔，你对小说的议论怎么办？比如你对莫言作品的批评文章里面，对议论提出了批评，这种批评不光对莫言了，很多人，包括我，也都受到过这种批评。议论多少能够决定一篇小说的特征、价值吗？它一定是成反比例的关系吗？

王干：小说中有议论不一定有什么不好。比如托尔斯泰的作品中就有大段大段议论，我为什么说莫言《猫事荟萃》的议论不好，就觉得它议论的结果使它不像小说了。

王蒙：我不想为《猫事荟萃》辩护，但看了你批评的逻辑，并没有使我得到满足。问题在这里，它是不是一篇特别有艺术价值的杂文？如果有，那就非常成功。

王干：我认为那是一篇很好的杂文或小品文。中国人一般写散文都很纯粹，风花雪月，花草鱼虫，然后抒一点情，西方的小品往往把很杂的东西糅合在一起，然后找一条链子牵起来。而莫言的《猫事荟萃》就是这样一种小品的写法。但它已经是一篇小品，为什么还要当作小说呢？当然，议论在小说中的位置相当难说，法国出现的"新小说派"就是把议论大量糅进小说，一边叙述一边议论。这样一来，文学的形象性、情感性就受到冲击了。我现在也有点弄不明白，像你、莫言和"新小说派"为什么对议论那么感兴趣呢？是不是对世界的好多看法没法表示，通过一点情节或小故事来大发议论呢？

王蒙：对用非常含蓄的形象的写作方式来说，议论常常起消极破坏的作用。我有些作品里有大量的或许是过多的议论，我也完全会写，也写过一点议论也没有的小说，比如我很得意的短篇《在我》，题目也是学五四时期，用头二字做题目。写练拳的，没有任何的议论。议论可能对形象性有破坏，但议论不妨碍情感性。因为这种议论不是一种冷静的逻辑的推论，也不是考证一个古物，它所议论的恰恰是人物内心最深处的那些东西，而这些往往是一般人没有表露出来，他生出的爱和恨用一种喷发的议论形式表达出来。所以我认为这种议论也完全是文学，有极强的情感性，如果议论有文采，也不乏形象。

王干：但它未必是小说。一部小说不在于能不能议论，而在于议论的结果。比如你的《一嚏千娇》，我就很喜欢。你议论的点不是在说一个问题，如果说一个问题就变成论文了。你在《一嚏千娇》里的议论是一种散发性辐射，而且议论本身也有很多机巧。我曾经认为《一嚏千娇》是一九八八年最先锋的小说。以往寻根派现代派小说也好，都有人物、故事、冲突，不过换一种方式来讲，但《一嚏千娇》里这些都消解了，情节不连贯，断断续续，也不完整，人物老坎和老喷以及女秘书只是一种框架，小说的主体就是议论。你这些文字当成一种批评性的文字大家都喜欢看，但文学圈以外的人来看，就可能看不进去，就会有一种隔膜感。他不知张辛欣、吴亮、刘心武何许人也，妙趣就不能体会到。这可能是议论带来的局限，至少在阅读面上有它的规定性或局限性。

王蒙：现在我们不谈《一嚏千娇》，回到问题的本体上来。我想起了一个说法，好像是从一个英国人写的一本书上看来的。他的这个提法起码在中国很新鲜，他说，小说是与生活的竞赛，就非常有趣。我们每个人都有自己的生活，生活本身就很吸引人，在某种意义上说，对生活的厌恶也是生活的一种味道。但写小说仅仅有我们已经看到的生活还不满足，我们还希望有一种生活，还希望在小说里创造出一种生活和生活进行竞赛。这个比"再现说"更俏皮更有魅力。当然再现的作品非常伟大，甚至于恩格斯认为在巴尔扎克的作品里学到的经济学比读经济学学到的还要多。我完全赞成巴尔扎克的这种伟大。"和生活竞赛说"在直觉上就感到非常可爱，哪怕它不严密，甚至也经不起科学的论证。

王干：你的"竞赛"指什么？

王蒙：指在我的笔下又创造一个生活，这个生活和现实又相像又不像。和现实一点都不像的作品也是有的，比如某些现代派的绘画。一点都不相像，接受起来是困难的，但也有价值。但也有一些又相像又不相像的，就变成了一种竞赛，恰恰是给人们在现实生活中所得不到的那些向往、愿望、好奇心，那些思想包括思索所没有达到的东西。这就牵涉到你刚才说的诗人语言上的排列组合。排列组合我也常喜欢用。我认为对一个作家来说，他的排列组合，不仅是语言，语言往往是最后的排列组合，首先他还是对各种生活材料、各种经验（包括内心体验）的排列组合，这种排列组合的方式是无穷无尽的，它实际的经验比如是按 A、B、C、D、E……这样的序号排列下来，但当你表现它的时候，你完全可以 A 和 D 组成一组，然后 B、C、E、F 又组成一组。

王干：组合当中便有一种"无限可组性"。文学实际不能一下子穷尽，就像文学的定义不能一下子下得很完整一样，因为文学处于不断组合的过程，在不断发展。

王蒙：与"竞赛说"比较相似的，还有一种说法，就是文学就是一个作家的梦。

王干：文学就是作家的白日梦。一般说来，这说法对浪漫型、幻想型的小说比较容易讲得通，好像写实性作家不是写梦。其实，写实也是表现一种梦。从心理学看，所有的文学都是记忆的倒流。记忆倒流本身就是梦。

王蒙：我非常赞成这种说法。我想插一句，如果说排列组合的话，文学首先是记忆的排列组合，梦本身也是记忆的排列组合。

王干：你在中英作家五人谈时说过，文学总要表达人生有意味的经验。人生的经验也是一种记忆，情感经验、社会经验、生活经验都是一种记忆。记忆中很重要的因素就是情感，没有情感的浸入就很难存在记忆之中。即使是机械记忆也是由于一种外加情感的作用。所以，是不是可以换一种说法，文学是从情感出发通过记忆的方式任意排列组合的结果。写实性的小说就是一种记忆的再现，想象也是以记忆为基础的。

王蒙：绝对是这样。

王干：而且想象是一种记忆的错乱组合。

王蒙：想象是记忆，又加上愿望和欲望，往高层次上说，是理想、追求，往低层次上说，主观的、政治的、经济的、思想的、社会的、生理的、心理的各方面要求把记忆激活，把记忆搅乱以后所产生出来的一种新的东西。

王干：对游戏说我补充几句。所有游戏都讲究一种规则，但现在有人谈文学是游戏时往往忽略规则。在一定范围的活动才可能形成游戏，如果没有规范和规则加以限定，就形不成游戏。大家为什么觉得游戏非常有趣呢？就是好玩，这种好玩与规则的限制有很大的关系。承认文学的游戏性的同时也要承认它的规则性。当然规则也不是固定不变的，有一种作家在规则之内写作得非常好，比如陆文夫就把中国从五四以来的"问题小说"做得很圆满、很精致，差不多可以说，"问题小说"到了陆文夫手里已经很完美了。这种作家也是可以成为大作家。这种作家在既定规则里活动得很潇洒、很自在也比较美丽动人。另一种作家就是自己创造出一套游戏规则来，使人感到这样游戏比那样游戏更加有趣、新鲜。这也是一种了不起的作家。

王蒙：不但自己能够按已有的规则游戏，而且能够创造新规则，创造新的规则就是创造新的游戏。比如扑克牌，你可以会打桥牌，还会赶猪，不但会赶猪还会百分，不但会百分，还会争上游，不但会争上游，还会用扑克牌算命。

我还想补充对文学的两种说法。一种是非常崇高的说法，在我们这儿是比较熟悉的，说文学是生活的教科书，它的教育作用是潜移默化的，古往今来的历史事实非常多。文学对人的影响是无法否认的，这完全不决定于你作家自己的宣言，你作家说我写这个就是写着玩儿的，它也可以教育人、影响人。比如说好莱坞的电影本来是最讲商业性、娱乐性，但好莱坞的电影对美国生活方式、思想方式一直到时装、音乐、汽车、快餐店等所起的传播扩散作用未必低于美国那些官方的文件以及真正的宣传小册子，影响着他们的生活方式、感情方式。说文学是生活的教科书则当之无愧。这里又常常涉及另一个问题。我们在谈到泛文学的时候，谈到请假条、检讨书、大字报，但我们今天谈文学主要是指作家的作品。在可以预见的将来，我仍然认为文学要有一种超常性，它还不是每一个人都写得出来的，它总是由在智商上或者敏感上或者在经历上有特殊之处的人写出来。有的作家以特殊经历取胜，比如他长期从事反间谍的工作，他一辈子就写一本书，也能够非常轰动。或者他在监狱里的生活使他写出一本书来，也许他的文学水平泛泛，但他也有超常性。

王干：海明威这个作家与他的人生经历有很大关系。

王蒙：海明威不光是经历的问题，他还是一个大的风格家。

王干：海明威如果没有参加过二战，就甚至会没有我们今天谈到的海明威。

王蒙：还有经验的超常性、智商的超常性、美感的超常性和语言能力的超常性，没有这些东西，海明威成不了海明威。我想再说一种说法，也就是我经常喜欢援引的"文学是大便"，这种说法非常难听，马上就引起作家和读者的极大反感。我想这样说话的人无非也是极而言之。我从来主张对我所不赞成的主张尽量去体会它的意思，看它是怎么发生的。他话里包含几层意思，一是对贵族化文学的一种抗议，对那种装腔作势的文学、矫情的文学、救世主的文学、圣人的文学的一种抗议。莫言最近讲一个道理，这个道理如果不把它绝对化，不妨说有一定的道理，他说不要在文学里面随便摆出一副批评的架子，因为批判往往是双刃的剑，当你批判别人的时候，你很可能在批判当中流露出你的羡慕和嫉妒哩，就是人家得到这些东西你没有得到。尽管这话说得刻薄些，会使好多作家反感，但我在《一嚏千娇》里也有这样的意思，不过不像莫言说得那么露骨。说"文学是大便"，这对撕破文学的贵族化、自我神圣化有意思。第二，这种说法实际上是按弗洛伊德的心理学说来解释文学，所谓大便无非是一种淤积之物，一种需要发泄、排泄、缓冲、调整的东西。因为有很多东西要写的时候憋得非常难受。

王干："文学是大便"并不是莫言发明的，昆德拉在《生命中不能承受之轻》里有类似的说法，因为大便使很多的神圣东西都变得世俗起来。

王蒙：对这样的说法，我在很大程度上不赞成，但我理解文学发泄的意义，移情的作用，补偿的作用。我自己也有这种体会，不是大便的体会，而是说我的文学活动对于我的精神状态起着很重大的作用，可以说文学是保持我自己身心健康非常重要的因素。有人认为我一边做着这些行政工作，一边写东西，苦得不得了，但如果我不写，我就更苦。我只有写作的时候，才能知道天是蓝的，茶是好喝的，而且能尝出多种不同酒的味道来。而我在不写作的时候，往往丧失这方面的感觉。所以说，文学能够表达人的内心情绪淤积的东西是肯定的。但问题是把这些东西表达出来后对你的读者们有没有一定的意义。我们按照"大便说"的逻辑推论一下，你排泄出来的大便究竟是作为肥料排泄出来的，还是作为对贵族化、自我神圣化的揶揄而排泄出来的；你排泄出来的东西里面还有珍贵的微量元素，也许拉出来的不仅仅是大便，还有黄金。当然，也可能排出的只有大肠杆菌、霍乱菌乃至艾滋病毒。这就决定于作家的资质了，不同的作家、不同的人格都有发泄，品位仍有高低之分，仍然有有价值、无价值或者负价值之分。我实在是感到非常抱歉，讲到这个问题时居然用大便来结束我们对文学的讨论。

1988 年 11 月 29 日

文学与宗教

王干：从泛宗教的角度来看，每个民族都有自己的信仰，尽管说中国人没有宗教感、宗教意识，但如果宗教作为一种精神理想和精神幻象，或叫终极关注，是有的。

王蒙：这是刚刚时髦的说法，也译为终极眷注。

王干：中国人缺少的是西方那种程式化、逻辑化宗教，中国人关于天堂地狱的理解是一种生命意识的宗教，中国文化的道德伦理感特别强。中国的道教比西方的宗教芜杂得多，里面的炼丹术、养生术好像有自然科学的成分，还有气功。

王蒙：佛教也有气功、打坐、瑜伽。

王干：道教里还有哲学。中国的道教实用性强，而西方的宗教完全是精神性的，从这个意义上来看道教，也可以说它不是宗教。从泛宗教的角度来看，文学就是一种宗教，就是一种对语言文字的崇拜。文学是心灵的框架，是情感的载体。人的惆怅、欢乐、追求、苦恼、对生与死的执着，都需要一种形式来承载它，而文学则是最好的选择之一。一个人在生活中有好多不满足，好多失落的东西要寻找，要对一些东西进行抗拒，有时还要追求一种比生活更美好，更灿烂的人生，于是借助文学来表现他心灵的幻象，在这种意义上，文学也是一种宗教。为什么我国的话本小说、戏曲有那么多大团圆的结局？就是因为生活里太缺少喜剧性的圆满、欢乐性结局，人就把理想性、幻想性的东西通过戏剧、小说来体现。文学主要满足人的心灵的渴望。中国真正描写宗教的小说很少，你的《十字架上》好像是第一次涉及这个题材。

王蒙：香港有一个编宗教杂志的撰稿人给我写信，说他非常喜欢这个小说，已经把它翻译成英文准备发表，和南京的主教也联系过，这个主教也喜爱这部小说。我一开始写这个小说的时候还怕引起宗教界的误解，以为我在这个小说里对宗教乱讽刺，实际小说本身没有对基督教进行什么批评，也没有对基督教进行赞扬，它根本不是这个内容。

王干：只是借它的框架。

王蒙：让我惊讶的是他居然感到满意。在这一点上，我感到基督教比较宽容。历史上以耶稣为题材的文学作品很多，有电影、音乐剧、歌剧，美国有个音乐剧叫《超级巨星》，写耶稣诞生时的情景，人们敢于用文艺作品来表达自己对耶稣、圣父、犹大故事的各种各样的理解和各种各样的借题发挥。

王干：南京好像也有人说你亵渎了基督教。

王蒙：我也听人说过，但我没有收到信。我收到的恰恰是宗教界本身的赞扬。

王干：奇怪的是西方好多小说都是批判宗教的阴暗、虚伪的，如《巴黎圣母院》。

王蒙：多着呢，那一年得奥斯卡奖的意大利的一部特别沉闷特别可怕的电影，名字记不清了，比《巴黎圣母院》还要可怕，写精神的禁锢对人性的扼杀。

王干：我们最近的文学创作和批评开始出现宗教热情，有人认为中国文学缺少的就是宗教精神和宗教感。如果把文学的宗教感理解为狭义的宗教的话，那就非常肤浅。其实在雨果的浪漫主义情绪里就是有一种宗教情绪。

王蒙：《悲惨世界》里的冉阿让一下子改邪归正，就是因为一个好神父对他的教育，使冉阿让一下子有了真正献身于基督的精神。

王干：李洁非也是我的朋友。他那篇文章的内容实际还是参照了西方文化发展过程。他认为尼采说上帝死了，是因为宗教对人的压抑太沉重，长此以往压得人活不下去了，所以尼采高叫一声。中国人现在也讲上帝死了，但与此不一样。他觉得中国作家要有终极信仰、要有宗教感才能产生好的文学、好的文学精神。李劼最近也在谈文学的宗教感，中国文学缺少宗教。史铁生最早谈到这个问题。我与李洁非交谈时说过，中国本来就没有严格规范的宗教，中国的古典文学没有宗教感，也没有哥特式的尖顶，能说中国古典文学不好吗？比如屈原，他就没有宗教，不也很伟大吗？如果宗教感是尖顶文学是塔的话，那么还有好多的东西在支撑尖顶，也不是每个作家每部作品都要表现宗教情绪。我觉得用宗教还不如叫精神理想更好一些，因为现在用宗教这个词相当模糊。文学上的宗教热与社会上的宗教热也有关系。

王蒙：我觉得现在对宗教问题难以进行较深入的讨论，新中国成立以后这几十年，宗教学、神学研究很不发达，每个人心目中的宗教指的并不是同一个东西。比如具体的宗教，三大宗教、四大宗教，这是具体的宗教。还有指宗教所体现出来的具体的人、组织和活动，比如西藏的喇嘛是宗教界人士，北京西什库的天主堂也是具体的宗教，道士画符捉妖，和尚化缘做法场，也是宗教。《文化神学》这本书非常时髦，和一九八五年的《百年孤独》，一九八七年、一九八八年的《生命中不能承受之轻》一样时髦。我个人可以讲点小的经验。新中国成立以后我们学习唯物主义、马列主义，带有强烈的无神论倾向和一种对宗教的相当严峻的批判，我的小说《青春万岁》里就把我参加打击一贯道，揭露帝国主义利用天主教来残害我们的同胞，把天主教作为侵略的工具的经验写进去了。这在历史上也有过。鸦片和天主教几乎同时推到中国来。教会是世俗的东西，而宗教是超俗的东西，这是一对矛盾。和尚也一样，和尚也有花和尚，也有当间谍的和尚，也有国民党特务，也有非常好的和尚，还有少林寺的武和尚。《青春万岁》里可以说有相当浓厚的反宗教情绪，但是一九八二年，我到纽约圣约翰大学参加当代文学讨论会，有一位学者找我聊，说他最有兴趣的是研究我的作品里的宗教色彩。我一听就特别惊讶，我的作品出了宗教色彩，那太可笑了。他说我的《杂色》里写一个人在那样一种精神不振百无聊赖毫无希望自轻自贱的情况下，喝了一点哈萨克人的马奶酒，唱了几首歌，在长途跋涉历经风雨的情况下，忽然感到世界已经完全不一样，感觉到那匹可怜的马化作一条神龙，接着许多描写，鲸鱼在蓝色海浪里穿行，众星辰在身边退去，老马变成神骏，他说这无非是一种宗教显灵的描写。他说我的类似显灵描写很多，他说正在做这个题目。当时听了我也没往深处想，只是觉得西方用词古怪，他怎么把一种理想、信念都当作宗教呢？所以对宗教的解释也有一种泛解释。我虽然没有研究宗教神学，我觉得起码有这样几种意思，比如宗教有永恒性，艺术追求永恒的境界、表达对永恒的向往，这也是艺术特色。陈子昂的诗，"前不见古人，后不见来者。念天地之悠悠，独怆然而涕下。"这是一种对永恒的期望，既向往又不可能达到，这就是终极关注。如果这么理解，"天地之悠悠"就是他的宗教，也就是他的永恒。我不知道别人走向写作道路是怎么样的，反正我走上写作道路的各种情绪因素之一，就是痛感生活的转瞬即逝，我总觉得生活当中要留下一点东西，留下一点痕迹，因为许多岁月过去了。我开始写作的时候才十几岁，但我想许多日子过去后，等我四十岁、五十岁、六十岁翻过来看看，我还能回到青年少年的时代。所以我为《青春万岁》写的序诗第一行就是："所有的日子，所有的日子都来吧。"人们对艺术的追求是包含着一种永恒的向往。最近我写一篇文章，非常讨厌"过时"这个说法，我说真正文学的特点就有永恒性。我举一个例子"昨夜星辰昨夜风"。时间给你规定了，就是"昨夜"，你唐朝读是昨夜，你一九八九年读的时候还是昨夜，给你的体验就是"昨夜星辰昨夜风"。

王干：永远是昨夜。

王蒙：你读的时候不会想昨夜是什么时间。假如算算李商隐说的昨夜，已经离现在一千几百年几月几天，那就不是读诗。比如林黛玉的年龄永远是十三四岁，十五六岁，林黛玉的年龄绝不是八十八岁，你决不想象林黛玉二百八十岁，或者五百四十岁。

王干：这就是情感因素在起作用。我上小学的时候，觉得一位女教师特别年轻、特别美丽，对我比较好，现在已想象不出老师什么模样，但觉得那位女教师永远年轻、永远漂亮，连名字也记不清了。人的情感里存在一种永恒性。

王蒙：再比如献身的东西，可能在基督教最明显，基督最后为人类而钉在十字架上。

王干：佛教也有，普度众生。

王蒙：但它有没有为普度众生甘愿受一切苦难的情操，我不知道，我们都是门外汉。

王干：所有的宗教都教人行善。

王蒙：这说法中国也有，如文天祥的"人生自古谁无死，留取丹心照汗青"，还有"朝闻道，夕死可矣"，可以把"道"和"死"联系在一起。如果这样泛论下去，描写共产党人的作品的献身精神最厉害最厉害就是《国际歌》，那种唱着《国际歌》走向刑场的场面，不但在小说里有，生活里也确实有。

王干：比如《刑场上的婚礼》。

王蒙：那就到了至高无上的程度。

王干：真是一种终极。

王蒙：但我觉得如果说这是宗教，它和我们一般所说的宗教仍有很大的不同。所有的宗教至少有两个致命的弱点，比如讲到永恒性，讲到献身精神，用你的语言就是塔尖精神，这可以把宗教和艺术联系在一起。但艺术与宗教对立方面，宗教的反世俗性和禁欲主义，对世俗生活是贬低的，世俗生活的一切悲欢离合特别是人的欲望，都被宗教贬为无意义或被排斥，而艺术恰恰充满了世俗性。文学有塔尖，同时也有塔基，有世俗精神，我们不可以设想整个文学里没有一点永恒的献身的终极的东西，但也不能设想整个文学里没有卿卿我我，没有成败利钝，没有生老病死，没有各种具体的阴谋、斗争、挫折、奋斗、享受。文学里提倡禁欲主义也很多，但文学总的来说表现人的各种欲望，不是对所有的欲望抱谴责的态度。

王干：弗洛伊德主义与文学联盟那么紧，就是反禁欲的表示。

弗洛伊德强调力比多对文学的作用。好像浪漫主义文学更富于宗教性，因为浪漫主义要寻找人的精神理想，而现实主义的世俗性很强，要求现实主义作家也在作品中表现这种对理想的宗教性的虔诚是不实际的。而现代主义作家更多是对宗教的绝望，带有调侃的成分。

王蒙：这是一种嘲讽，因为原来那些至高、至善、至真、至极事实上就不存在。看文学，哪怕是用泛宗教的观点，也绝不可能用宗教的精神来解释一切文学现象。如果解释屈原还能勉强讲，因为屈原有一种忠君爱国精神，这也是一种宗教情绪。有许多东西是不能解释通的。

王干：当代作家中张承志的宗教感极强。

王蒙：这是你说的宗教感，不是神学的宗教感。

王干：真正神学的宗教感那很难说。当然文学与宗教联系还是相当密切的，像但丁的《神曲》。

王蒙：所以，把有没有宗教感——哪怕是从最广泛的最唯物的意义上——作为解释判断文学价值的一个主要标准，这和其他的、我们在第一次谈话中分析的现象是一样的简单，都是用价值标准的单一化来衡量文学作品。这和过去所说的文艺能不能体现时代精神有什么两样呢？你可以说时代精神就是找的宗教。

王干：最近人们开始强调作家作品的宗教性、宗教感，表明人们希望作家在小说里能投注更多的人生内容、精神内容，能投注更多的情感性内容，这就比强调观念、强调技巧更有意义。这里所说的宗教，据我理解就是要投注自己的情感、精神，是对人格完善的要求，这比片面讲观念、讲形式、讲技巧更有意义。

王蒙：对。

王干：如果换一种说法也许会少些误会，用我的说法就应该叫作家应该有自己的精神建构。用宗教容易引起歧义。我觉得中国作家需要强化精神建构意识，要有终极眷注。

王蒙：我说过文学上最容易悖论，你可以没有任何思想，就听别人说，然后想办法反驳他，他的每一句话都可以反驳。如果说宗教情绪构成作品的特征的话，那我立刻说反宗教是一切文学作品或相当多的文学作品的价值所在。在文学作品里对宗教的虚伪性批判，对造物主的埋怨、责备、反抗，是很多的。中外作家恰恰在文学里表达了对当时在社会上占正统地位那种宗教压制的反抗，反宗教情绪怀疑宗教情绪无神的情绪非常厉害。另外，和宗教情绪不一样的是酒神精神。前一段"酒神"也很热闹。还有游戏精神。

王干：游戏是最反抗宗教情绪的。现在强调的是对前一段的玩观念、玩技巧所进行的调整。

王蒙：李洁非批评中国人学老庄学得热起来了，把一切都看成游戏，一切都飘飘然，一切都此也一是非，彼也一是非，一切无是非，连一点正宗的东西也没有，这是对的。但李洁非的文章一下子铺到他自己没有完全弄清楚的程度。

王干：他是强调一种形而上的东西。

王蒙：把一切形而上的东西都看成宗教，是非常狭窄的，哲学也可以是形而上的，数学也是形而上的。我曾经做过一个比喻，作为精神现象，宗教、艺术、哲学是有某些接近，但又有很大的区别。人生好比粮食，哲学、宗教、艺术都是粮食发酵的产物，粮食发酵以后分子式是非常接近的，有的成为酒，有的成为醋，有的甚至成为泔水。从分子式来看，泔水、醋、酒非常接近，但又有相当明显的区别。

王干：宗教说到底还是一种精神胜利。

王蒙：有时候非常矛盾。别人的作品还没有像托尔斯泰那样刻薄地揭露教会，但在《复活》里他一面揭露教会，一面又只能引用《圣经》的一些话，所以列宁说托尔斯泰是基督狂。

王干：牛顿是很伟大的物理学家，他没法解释宇宙的第一推力，说是上帝的手。

王蒙：宗教里还有忏悔意识。特别是基督教。刘再复在新时期文学讨论会上提出忏悔意识。忏悔也是文学当中的永恒母题。《红楼梦》从忏悔的角度来解释，也是完全可以的。鲁迅的某些作品也有忏悔意识，最强的是《风筝》。

王干：是写对弟弟的一种内疚。

王蒙：事情很小，但写得非常沉重。

王干：《一件小事》也是忏悔，它甚至带着知识分子原罪感。

王蒙：但没有《风筝》更强烈、更有情感。这一类的作品太多。包括我的作品里，也有。

王干：张贤亮的小说也有忏悔的倾向。

王蒙：至少有这个因素，但不是绝对。

王干：张贤亮的忏悔里有一种炫耀。

王蒙：忏悔也有炫耀成分。忏悔意识再解释一步就是拯救灵魂。我公开在文章里讲过，唯物主义也要拯救灵魂。有时候在文学上搞悖论，几乎成为搞文学的"捷径"——这是用的林彪的语言。一个对文学没有很多研究没有下过很深功夫的人，只要有一种逆向思维的热情和技巧，就可以在每一篇文章里针对他人的每一个论点提出相反的观点，总能占一部分理。

王干：这就叫深刻的片面。

王蒙：前一段讲，现代意识就是上帝死了，就是信仰主义破产，不但是信仰主义也是理想主义的破产，甚至是人文主义的破产，是真善美的破产，讲一种冷静的怀疑精神、批判精神、否定精神。我们的社会、我们的文化、我们的文学在近几年表现出来的否定精神是很突出的。比如五十年代作品里有一种盲目乐观的调子，在文学批评里也有这样一种绝对论、必然论、命定论，似乎一切都是铁的逻辑、斯大林式的逻辑。因为斯大林的文章有一种不容分说的从一个结论推出另一个结论的强硬逻辑。我记得最初看《辩证唯物主义和历史唯物主义》时还是新中国成立前，还是一个小孩，我真是佩服极了。"由此可见什么什么"，对一切都是全称肯定判断，都是不容置疑的，而且善恶、真假、黑白分明得很。曾几何时，这几年时兴否定，在否定的情绪下，也容易形成一种轻浮，形成一种玩世不恭，这种玩世不恭可以是中国老庄式的再加外国的嬉皮士式的再加上中国自古有之的游民意识。

王干：痞子。

王蒙：毛主席早在《湖南农民运动考察报告》里就讲，中国很多事一开始都以痞子运动的方式出现。流氓无产阶级这样一种情绪在我们的创作、评论里都有。

王干：流氓意识成为社会公害。

王蒙：流氓意识不仅在文学上，还在人与人之间，用耍无赖的方法搞政治、做生意。在这种情况下又产生悖反心理，又要求真诚，甚至要求狂热，要求有信仰，要求有信仰主义。现在忽然有几篇文章大谈宗教，这本身是悖反心理，又是对悖反心理的悖反。第一个悖反是因为我们国家宗教被简单否定，第二个悖反是这几年的嬉皮士意识、老庄意识以至流氓意识越来越泛滥。但整个来说，在文学上一下子捕捉到什么观念什么提法，往往最后都解决不了问题，留不下什么。我们可以设想一下，在一九七七年至一九七九年的时候，强调的就是讲真话，写真实。讲真话是有意义的，特别是当这个社会形成各种有意或无意地说谎的条件的时候，讲真话是有意义的，如果把讲真话当成文学的不二法门，也很不够。后来有一段时期把现代意识讲得非常凶，一九八五年的时候寻根一度也很厉害，讲寻根一直讲到批评五四运动的程度，说中国文化产生了两次断裂，一次是"五四"，一次是"文革"，把"五四"与"文革"放在一起说。所有的这样的想法、说法、提法都有一定的意义，也都反映了思想的活跃，但没有一个是文学的关键，用毛主席的说法叫主要矛盾。我很怀疑文学有没有主要矛盾，现在开一个药方想解决文学的所有问题是不可能的，片面强调宗教与寻根、改革的说法一样，都是一种把文学现象、文学生活简单化、一厢情愿的意见。看到这种种念头表现出来，也很有意思，这些观点的表达都带有急躁的情绪。那时候看寻根的文章也是相当急躁，我最近看了一些讲宗教观念文章，也显得迫不及待，但文学的问题很难用一种迫不及待的呼吁或棒喝解决的。

1989 年 1 月 6 日

文学的逆向性：反文化、反崇高、反文明

王蒙：你在批评莫言的那篇文章里谈到了"反文化"问题，对你所批评的某些作品，我还没有看，有的我只看了开头，所以我不对那些具体作品发表什么意见。但是，如果我们承认文学的生命意识，包括在性的方面人的原始本能，实际上我们已经在一定意义上承认了反文化的倾向和要求在一定程度上的合理性。突出的是电影《红高粱》,《红高粱》引起某些人反感的恰恰是高粱地里的那出戏。说《老井》表现中国人的落后还可以，对《红高粱》却不能这么说，因为《红高粱》说的不是现在的中国，说的是过去的中国。野合、往酒里尿尿、说一些很粗野的话、做一些很粗野的动作，我觉得很有趣。在文学、艺术当中反文化的出现是对古典的、贵族的、高雅的、封闭的文学世界的反抗，人们对这一种辉煌世界产生一种冲动，觉得它太贵族化。我不知道你有没有这种感觉，在绘画、在流行歌曲里都有这种倾向。比如意大利的美声唱法把人类的声乐发展到极致，当帕瓦罗蒂、多明戈在中国人民大会堂演唱时，我感觉只有用辉煌两个字才能形容，他们的声音一下子把整个空间占领了，

那确实是艺术的高峰、艺术的极致。他的声音也是特别的辉煌，让你想到英雄，想到古典式的完满。但人类的感情不仅仅在这一方面，人生的经验还有另一方面，这就是摇滚乐、迪斯科、甲壳虫，戴着墨镜赤裸着胸膛弹吉他，露着胸毛在那儿喊叫、哭泣、呻吟，有的也确实在那儿抒情，有时在一种非常狂暴的节奏下用假嗓、用声音的控制来表达一种悲哀。我觉得这种歌曲的流行也是一种反文化，包括在我国前不久达到高潮最近可能冷了一点的"西北风"，也表达了人们一种反文化的情绪。在绘画雕塑里，当我们看意大利文艺复兴时的那些艺术作品，比如《大卫》，把男人表现得那样健壮、优美，画女人简直画得漂亮得不得了，雕塑用汉白玉或大理石，使人显得那么美；而现代的一些画家画的人体让你感觉到那是一种半人半兽的怪物，不符合比例，更不符合美的曲线要求，这也表现出一种反文化的东西。这算不算一种反文化，不知你考虑过没有？

王干：我觉得你刚才讲的不能全用"反文化"概括，有的属于另一种倾向，"反崇高"倾向。反文化与反崇高有联系，但又是两个范畴的概念。反文化是对人类文明的一种反抗和不满，尤其是对工业社会异化人性的一种挣扎，而反崇高则是审美形态上的一种变异方式。你刚才所说的那种生命冲动包括性的释放，都不仅仅属于反文化的范畴。你刚才说的反文化的"文化"可能是指中国的传统文化，西方近代哲学和美学对这种生命本能的冲动与爆发都给予了肯定，本身就已经是文化了，而这种"审丑"、这种对崇高的亵渎只是对古典美的一种破坏，与真正的反文化并不是一回事。当然从泛文化的角度也可以这么说，因为我们一般把文化与优雅、高贵、精致的东西联系甚至等同起来。你说的那些内容，也就是文化的范畴了，尼采的哲学实际已经将生命意志、原始力量都归入为一种文化，它是与古典美学相对抗的。我觉得反文化主要是一种后现代主义的产物，不承认历史感、深度感，甚至也不承认什么悲剧感、生命意识，认为世界是虚无的，因而要对已有的理性世界进行消解。应该说，反文化的产生有其合理性，特别是在后工业社会国家里，科学技术和知识的过度膨胀压缩了人类的生存空间，人完全被一种文化被一种技术所异化、所限制、所困缚，反文化不失为一种有效的反抗方式。但是莫言最近这几部小说里所体现出来的亵渎倾向无疑具有反文化的意义，它不但亵渎以前所有的优雅，甚至还亵渎它在《红高粱》所表现的生命意识和性，反而觉得另外一些东西比这些更好，比如大便、月经。他在小说中曾经写道，大便像香蕉一样美丽、金黄，为什么不能对它歌颂呢？虽然叙述主体与作者本人不是一回事，但这显然是故作偏激状。而隐藏在这种背后的却是一种文化性的叙述态度，以文化的姿势反文化，只不过是一场无效的反抗，最终仍是文化的奴隶。近来随着西方学术文化著作和文学作品的翻译和传播，一方面对中国传统文化进行了消解，一方面也会变成一种新的"墙"来抑制我们生命的创造力和感受力。反文化是必要的，但采取怎样的态度很重要。莫言近期小说所体现的反文化实际是在"非此即彼"的思维模式中进行的，要把非文化和负文化的东西文化化以取代已有的文化。如果这样的话，是没有任何意义的，反而会造成文化的退化，使人更加非人化，而反文化的目的应是使人活得更像人。

王蒙：反文化也是文化的一种形式，正像反小说也是小说的一种形式，这是没有问题的。反小说只不过反对公认的、传统的写法，反对有头有尾，时间、地点、人物、情节和脉络大致清楚的写法。不过我不想讨论反文化的功过得失，我的兴趣在于这是文学作品中一个客观的存在，当文学致力于描写各种优雅、美丽的东西的时候，这种优雅、美丽、贵族化、理想化积累到高峰的时候是非常美的，比如泰戈尔，我到现在仍感觉到写人类美好的爱心几乎没有几个人能够超过泰戈尔的。如果一个作家能够达到泰戈尔这样一种境界，那真值得羡慕极了。但是它确实有另一面，人生经验里面有许许多多与这个优美、崇高、贵族化、理想化的东西相悖谬的东西，这些悖谬能给作家一种刺激，使作家产生某种逆反，希望在作品当中也写一写丑陋的、肮脏的、刺激的、粗鄙的、下流的东西，至于他对这些是不是欣赏，我倒非常怀疑。

王干：莫言至少是采取故意欣赏的态度。

王蒙：也许是和读者的心理、社会风尚故意对着干。我还想举点别的例子，比如残雪，她的作品也出现这类东西，喜欢写蟑螂、脓血、骷髅，还有人身上的疮，各种疾病。我看残雪的作品总感觉那是对丑恶东西的敏感，说带几分病态都可以，实际上是怕那些东西。她并不是为了欣赏才写这些东西，她用这些东西代替人生里的风花雪月、青山绿水、春花秋月，目的并不是为了代替，她对生活中的丑极为敏感，她是哭泣着来写这些东西。说到大便倒有一个小的事实，就是我作品里写大便也比较多的。

王干：我记得《蝴蝶》里的"大干促大便"。

王蒙：朱寨同志是很好的文学评论家，但他认为"大干促大便"之类的句子不堪忍受。在《悠悠寸草心》里面，我也曾经写到红卫兵把招待所砸烂以后就在一些房子里拉屎，连屎带蛔虫都保留在那里。也有一些作家同行跟我说，你无论如何不应该写这些东西。但我写这些东西主要是正视一下而已，我追求作品语言的反差，也是生活的反差。在中国，许多反差都达到了极致。所以，我多少可以理解莫言的"美女加大便"说，虽然他的表达未必准确，他的创作实践未必成功。我甚至认为"大便"的引入是一种考验，真正的优美与严肃不怕大便，也不怕荒诞或者嬉皮士，而是包容与消化它们。消化不了不怨大便本身，而怨作家主体的才力、学力、深刻性与气度。我总觉得反文化是文学当中无法避免的主题。我再举例子，刚才这类是"审丑"或"选丑"，而在西方国家里已不止一篇作品描写人们对科学、对技术、对城市文明的恐惧和被压迫感，描写科学主义的破产，也可以说是描写现代化的破产。当然我们国家现在正追求现代化。一九八五年，我参加西柏林地平线艺术节后，和著名作家楞次座谈时，他介绍了一九八四年在西德非常畅销的书，这本小说就是描写一些城市人受不了城市生活，跑到荒野里过穴居野人的生活、风餐露宿的生活，书名和作者我没记住。在美国，已经有人带着妻子离开城市去过野蛮的原始生活，也许过了一段时候又回来，这我就不知道了。当时西德的朋友说，这些事可能是中国读者无法理解的，就是为什么会对城市厌恶到这种程度，我当时就表示，能理解。当然，这还不可能成为中国社会上的主要思潮，但我认为没有什么不可以理解的，当电脑、各种技术遥控装置取消了人的个性，取消了人和大自然的生动关系以后，人产生一种这样反异化的愿望，没有什么不可以理解的。我不知道这算不算一种反文化。

王干：或者叫反文明也合适。

王蒙：更广泛一点，在文学家的笔下，怀旧往往是一个永恒的主题，而从社会发展的观点、从历史唯物主义的观点、从社会学、政治经济学的观点看，怀旧是没有意义的，是不应该怀旧的。比如，我们现在发展社会生产力，我们采用了拖拉机，但是我们老怀念不用拖拉机而用牛的岁月甚至刀耕火种的时期，那怎么行？我们现在有了电灯了，但我总是怀念没有电灯、点蜡烛的时光，这蜡烛还有点科学技术，更原始的就是用一个小盆子放点油然后放灯草或搓一个灯捻点燃起来也叫灯。我常常觉得分析不清楚，甚至也写文章稍微带有一点批评的意见，曾经责备有些作家的诗情、美往往是放到已经过去了的生活方式，比如李杭育的《最后一个渔佬儿》，比如王润滋关于木匠的描写，甚至张炜的《一潭清水》。《一潭清水》是得了奖的，我当时还在《人民文学》，发这个作品，非常喜欢。但它的意思甚至让人感觉到这个作者是不是对包产到户有什么微词？他写一个瓜地，承包以后人情变得很冷淡，不像以前那么融洽、亲切。我最近还看到有人批评我，认为我的《庭院深深》的情绪不愿意国家改革，好像改革开放发展生产力，盖起了大楼，好像我最怀念一九七七、一九七八年"四人帮"刚倒、三中全会还未开的时光，那些被压迫的人刚抬起头来，甚至破衣烂衫、两眼发直，但幻想有一个新的时代的到来。按照这样的批评法，更应批评我的小说《惶惑》，《惶惑》更是这样一种情形，好像在无限怀念五十年代，甚至最后干脆提出一个问题，什么东西有用？什么东西可爱？拖拉机比马有用，但马比拖拉机可爱，小马比大马没有用，但小马比大马可爱，儿童最可爱，但推动历史发展生产力的责任不可能在儿童身上。这样一种怀旧情绪常常在文学作品里出现，渴望返璞归真、渴望过简朴的生活，甚至希望世界不要变得那么复杂、技术不要那么发达、人不要那么精明、人与人之间的关系不要那么精细。这和刚才的反崇高又不是一个劲儿，它是想回到另一种充满诗情的环境里去。我觉得反崇高、害怕城市文明和怀旧能不能说明文学在逃脱文化反抗文化呢？但反过来文学也有一种渴望文化的东西，也有写得很好的，古华的《爬满青藤的木屋》是他小说当中最成功的一篇。对不起，请古华原谅我，《芙蓉镇》都是别人捧起来的，《爬满青藤的木屋》实在是写得太好了。当我们肯定文学的反文化的心态时，完全可以同时来肯定文学当中对现代化、现代知识，对城市文明的一种召唤一种期盼，它们之间不应该是矛盾，因为这不是社会思潮，这不是在文学当中来讨论我们的社会在怎样进步，大概没有几个中国作家会认为回到自然经济、刀耕火种的年代最好。我认为怀旧是历史前进当中的感情补偿，我们中国的历史正在发生急剧的变化，我们国家在向现代化前进，不管走得怎么曲折，在历史前进过程中，人们在得到很多东西的同时总感到失去一些东西，所以在文学当中出现的许许多多的怀旧、感伤的作品，丝毫不意味着作家对现代化丧失热情，也不意味着对文明、对进步的否定。我不知道我是不是讲得太空泛了？

王干：刚才你说的反文化、反崇高、反文明以至反历史进步的情绪，我把它叫"还乡"。不但今天作家有浓重的还乡情绪，在现代文学史上也都有同样的情绪，国外的作家也有。十九世纪浪漫主义的作家包括批判现实主义作家都有一种深重的还乡情绪，都憧憬一种田园式的生活，对工业社会非常仇恨。屠格涅夫、莫泊桑、福楼拜等作家对工业文明持排斥的态度，福楼拜的《包法利夫人》就是批判资本主义，主题就是资本主义使女人（人）堕落。今天的小说家当中，汪曾祺的怀旧意识相当强烈，他写小城人和事都很有人情味，关系都很和睦，一片中世纪的田园风光。寻根小说有批判的一面，也有肯定的一面，像贾平凹小说的批判倾向就很不明显，对淳朴的乡风、民情基本持一种赞美的态度。前几天，我碰到李陀谈到文学批评当中的机械进化论，曾谈到这个问题，他说从一些人的评论文章里看到一种倾向，好像作家的观念越新小说就越现代。我认为文学作品的好坏从来不以作品观念的新旧为标准，历史上有好多作品是与时代的观念持抗拒态度反而流传下来的。比如20世纪初的意象派诗人，庞德、艾略特等诗人都是对工业文明不那么赞美的，为什么他们对中国的古典诗歌那么感兴趣，一方面是形式上的独特，另一方面中国古典意象诗歌有那么一种中世纪古典田园情趣，是对田园风光的留恋。工业文明把人际关系、自然面貌都改变了，失去了往日的和谐和宁静，诗人必然要到另一种与之相反的古典环境中实现一种心理补偿。文学好像与还乡情绪特别有关系。为什么今天描写改革的好作品极其少，可能和缺少这样一种情绪有关，还可能与我们谈过的文学是"记忆的倒流"有关。人对往事特别敏感，对眼下正在发生的事情反而缺少一种敏锐，而文学往往喜欢重温旧梦。人为什么喜欢还乡，主要是人在现代社会里失去精神家园的缘故，所以需要寻找新的心灵之所，还乡则是最简便最有效的方式。尽管作家也知道小农经济、田园风光并不是最美好的生活，他把它写得那么美丽、动人，其实是一种错觉。像你刚才说到的那些过原始生活的美国人，实际也是出于一种错觉，他们很可能会回来的。

王蒙：对。

王干：还乡情绪产生于作家体验上的错觉和移情，作家的创作不是依照理性逻辑进行的。人回忆童年，总觉得那时光非常美好，而实际上童年并非像他自己所写的那样，因为作家老是寻找一种精神家园，在现实生活中找不到，他就制造幻象来满足精神的需求。如果用进化论的情绪来衡量文学作品那确实是批评的失误，不能用现代观念去判断小说的主题是否"进化"。文学作品作为情感的载体是相当复杂的，如果这种还乡的情绪能够折射出我们时代的心理情绪，这部作品仍然是好作品。我看福楼拜的《包法利夫人》就仍然是一部伟大的作品，它是通过包法利夫人的命运来折射那个时代的，但它所呈现出来的情感经验、生活经验与我们今天的生活仍有某种联系。尽管可以说福楼拜对工业文明有抵抗情绪，说这部小说观念上如何不现代，但它丝毫没有影响《包法利夫人》的文学价值。

王蒙：我非常同意你的见解。对文学上的一些怀旧情绪施以机械进化论的尺度，或单纯的社会功利主义的尺度，或所谓面向未来、现代意识，这实际上是用一种很肤浅的表层的简单化的标准对文学加以抨击，只能暴露对文学的隔膜。曾经有过这样的意见，把所谓的"寻根小说"一笔抹杀，认为凡是写到过去、写到旧中国、写到历史的东西都是不足取的，都是缺少现代意识的。我觉得这种说法是非常皮毛的。因为小说或者诗歌所回答的往往并不是一个人对社会进步、科学进步采取什么态度，也不是一个人在历史当中扮演什么样的角色，它的回答是非功利性的。这种怀旧情绪不属于历史主义的范畴，而是属于心理学范畴，怀旧意识实际就是恋生意识，就是对生命的留恋。你现在非常年轻，但你也是在获得生命的同时开始失去生命，生命不断地获得又在不断丧失。不管童年多么痛苦，人为什么总觉得童年是美好的？因为童年是生命的开始，就像人们觉得朝阳是美好的一样。不管你童年多么痛苦，青年时代多么艰难，但你童年时代、青年时代所经历的一切对你来说特别新鲜，特别感到有希望，特别能唤起你的无限幻想，这一体验往往是在你成年之后尤其是老年的时候所不能得到的。问题不在作家本人，比如他也很愿意利用甚至于享受现代化所带来的一切，他也愿意坐汽车，也愿意使用冰箱和各种电器，但他同样仍会怀念在农村土路上跑来跑去或牧童骑在牛背上的生活，或者晚上摸着黑利用灶火的光亮来分辨来人是他的爸爸还是他的舅舅的情景，这不一定是对历史的评价，而是对自己生命历程的一种珍惜。另外一方面，它还反映出每个人对自己的生活都是不满足的，都有一种逆向的要求。比如说，一个人越来越富，生活变得越来越好的时候，他一定会有一种愿望，想过一过清贫的生活，他一定有一种对奢华、富足的厌倦和反感。当历史前进时，他一定会回想起他更原始状态的生活。一个人从农村来到城市，城市的一切条件都比农村好，但他仍然会特别想念农村。

王干：这是一种悖反。世界实际是由悖反构成。你所说的就是一种悖反心理。也许人真应该生存在这样悖反之中，如果没有这样的悖反，人也许就不存在了。世界的形成也离不开悖反。比如一方面要工业文明的发展，一方面要保持自然环境，保护森林资源、植被，而社会的进步恰恰是以自然生态环境的破坏为代价的。从心理学上来看，还乡反映了人的一种自恋倾向。弗洛伊德的精神分析学说认为，人人都有自恋倾向，这是一种隐性的轻度的精神变态。因为社会对人的心理要求是不允许怀旧、不允许人沉湎于往事的，因为怀旧对社会进步没有意义。而文学的非功利性正是对人的心理的一种补偿，文学在很大程度上是人自我营造的精神家园。

王蒙：下面我要反过来说，这种怀旧从社会功利来看也不是全无价值，它有时确实反映了现代文明带来的种种遗憾，最明显的是对环境的破坏，野生动物在消失，野生植物在消失，山林在消失，水土在流失。特别是像中国这样人口过分密集、森林面积很小的国家，城市里面的人都住到公寓式小格子似的楼房里面以后，人和大自然确实是疏远了，即使从健康方面来看对人也是不利的。一个人总是要有太阳晒，有风吹过他的身体。中国人有一种不科学的说法叫"地气"，说住楼房住久了没有地气了，会影响人的健康。在过分城市化的生活中，功利特别是金钱在价值观念中占的比重使人的真情减少，而这在社会进步当中是很难解决的。我几年前到珠海宾馆去参观，里面所有的服务员态度特别好，见到每个人都笑容可掬让你感动，因为我们在北京已经看惯了冷若冰霜的服务员，一看到那样的服务员你会觉得艳若天神。经理给我们介绍说，是不是微笑是每月评比的重要因素，如果微笑不够，就要减少她的工资。所以说她的微笑是有价值的，微笑一次相当十分之一分或一厘，绝对是算得出来的。这种经济手段本身又是必需的，我不是一个空洞的清谈家，以为可以不要经济手段。现代生活、现代文明、市场经济会不会造成一些弊病，造成人的生活环境和人的心灵的枯燥，人的灵性受到排挤等，我认为都是有的。所以文学作品里表现一点怀旧并非没有现代意识，所谓现代意识并不是对现代的无保留认同。

王干：对。

王蒙：我们有的人认为现代意识就是对现代的认同，就是对古代的否定，就是历史的无情否定。其实不然。

王干：真正的现代意识是对古代生活、现代生活都采取同样客观的态度。

王蒙：读者的心理和作家的心理也是很复杂的，他的认同和悖反往往并存，他既欢呼历史的前进，在我们国家当然不用说了，我们作家里有好多共产党员、共青团员，绝对有认同的一面，在他的公务活动当中更是认同的。有的批评家提得相当绝对，叫"和时代同步"。

王干：拥抱生活。

王蒙：但也有悖反的一面，有这么两面才是一个完整的人。这丝毫不意味着一个人写一篇怀旧的小说，写到他儿时的蜡烛如何好看，回去以后就得把他的电灯拆掉。如果那样要求是不了解作家，也不了解文学。如果非得在小说里歌颂新式灯具才算有现代意识，写了萤火虫，写了灶火，写了星光就没有现代意识，我看还是让那种现代意识见鬼去吧！

王干：那就是把现代意识等同于工业文明了。工业文明是对农业文明的反动和消解，但农业文明里有好多东西是工业文明缺少的，比如人情味，人与人的和睦关系，田园风光，自然风貌，没有污染，没有噪音，没有公害。因此，我们评价一部作品切不可用工业文明的标准去衡量作家所描写的生活。

王蒙：不能用社会价值取代审美价值、艺术价值。如果就社会价值而言，写一个改革家，写一个科学家，或者写一个教师，都有社会价值，相反你写一个病人，一个残疾人，你会觉得没有价值。但文学的价值不是这么衡量的。你刚才讲到的还乡情绪，这里面也有一个伟大的例外，这就是鲁迅。鲁迅的清醒往往表现在他既清醒地写了城市的卑鄙、腐烂，也特别写了他童年的苍白，他童年所经历的一切的可怜。这倒反映了在历史急剧变化中他作为一个作家的特殊清醒。

王干：鲁迅的《故乡》就是如此。写故乡一般有两种情感：一种是批判，一种是怀念、伤感。鲁迅一方面把童年写得很美好，另一方面很快又把这一梦幻冷酷地撕破了。老闰土苍凉的晚景格外沉重凄凉，祥林嫂、阿Q也是。鲁迅一方面浸透了对土地的理解和怀恋，另一方面又企图摆脱这样的还乡情绪，站在童年之外、故乡之外来审视。他对现代文明也不取歌颂的态度。所以鲁迅是一个非常冷峻的作家，他不像太阳社的人，太阳社的人很有热情、很进步、很革命，但他们的作品很快消失了。反而是鲁迅那些不特别革命、不怎么激情洋溢的小说流传下来。

王蒙：年轻时读鲁迅的作品在一个细节上印象特别深，我记不清是哪篇杂文了，里面提到家乡的小吃，罗汉豆这些东西，这在《社戏》里面也写到过，但这个细节不是《社戏》里的。他提到家乡的小吃，离开家乡后老想吃一次，他回乡后吃到了，觉得也不过如此，这特别煞风景。可以说鲁迅特别残酷无情，任何人都会有类似的体会。比如小时候在什么地方吃油炸糕、豆腐脑，现在远离故乡了，回去吃一次，一般善良的人（我不是说鲁迅不善良）哪怕吃得不很好，也要自己安慰自己，这和我三十年前吃的味道一样。鲁迅是特别的清醒，他告诉人们，三十年后再去吃，已经得不到原来的享受，即原来的享受的梦终于会破灭。当然文学是各种各样的，特别昏头昏脑的作家也特别可爱，你明明觉得人生根本不像他说得那么好，或者不像他说得那么坏，但他像发了疯似的写起来就没个完，也很可爱。

1988 年 12 月 4 日

感觉与境界

王蒙：你评莫言的文章里，有两个问题我感兴趣，一是反文化，第二个问题是关于感觉，我同意你文章里的见解，但希望你能有所发挥，谈一谈感觉在文学创作中的作用和局限性。长期以来，我们不太重视艺术感觉，有时候根本就没有给感觉以应有的地位。你说莫言的感觉好，我也是这样看的。我曾经当着莫言的面讲过，尽管说我在年轻人的眼光里年龄也相当大，我从来不感觉自己老了。但我在读了莫言的某些作品，看了他那些细致的感觉后，我觉得我是老了。因为我年轻时候同样可以写得那么细，也许比他还细，但现在我已经没有那么细致的感觉了。你提出一个问题，就是不能光凭感觉，前不久我还在《文艺报》上读到一篇文章：《感觉的泛滥》，那不是你写的吧?

王干：李洁非写的。

王蒙：我觉得这是很有价值的见解。当代文学中单纯地凭感觉或驾驭不了感觉的情形恐怕是有的吧?

王干：我觉得"感觉"问题的提出，是与以前的"灵感"问题的讨论有联系的。"文革"时不承认作家创作时的灵感，认为只要有生活，有思想，有技巧，作家就能写出好作品来。"文革"结束后，人们开始讨论灵感的问题。我认为灵感是创作冲动的爆炸点，而感觉则是作家的一种状态。所谓这个作家感觉好，反映了作家对生活、人生、历史、世界和其他事物的敏锐感受能力。感觉往往与敏锐联系在一起，是一种非理性的直觉方式。感觉是作家对人生经验、情感经验、社会经验、生活经验等各种经验整合起来之后浮动在一般理性层次、经验层次之上的一种情绪、灵气和悟性。如果把整个文学比成河床的话，那么感觉无疑是浮动在整个河床上面最耀眼最灿烂最动人的浪花，但如果没有河水的流动，它就会很快消失或者枯竭。也就是说，如果缺少经验的层次的话，感觉就没有什么价值，甚至不可能存在。人生的各种经验和体验是感觉充分表现自由流动的基础，构成了文学最坚实的河床与有生命力的潮汐。我为什么要说"感觉救不了作家"呢？现在有些作家推崇感觉到了把文学等同于感觉的地步，有些人说我就是感觉好，没什么，对其他的东西不屑一顾。这种尊崇感觉、神化感觉、扩大感觉的背后隐藏着一种天才表现欲，他的真正意义在于说：我没看过什么书，就是感觉好。出现这种感觉迷狂症，一方面是由于我们以前不重视感觉这种直觉性的东西，另一方面也反映了很多人有点想走捷径的味道，用感觉来代替经验和知识的积累。感觉是作家各种情感、经验、体验蒸腾出来的，不是可以任意挥霍的，它不是取之不尽、用之不竭的文学之源。当然，一个作家良好的艺术感觉的形成有好多因素，天赋、遗传、地域文化的影响、读书的经历、学识都是发酵感觉的基本材料。我觉得我们有些作家对感觉已经到了痴迷的程度，以为只要感觉好就能写好作品。做一个好作家无疑要有足够的艺术感觉，但仅仅有感觉肯定成不了大作家。

王蒙：感觉这一词在艺术里用得相当普遍。比如一个跳舞的人，同样接受舞蹈理论的教育和基本功的训练，他的各种姿势完全符合要求，但当我们说他缺少感觉时，他自己并不清楚自己最细致的地方到什么程度最合适。

王干：也就是分寸感。

王蒙：这些细致的分寸只能用感觉来表达。在艺术当中，舞蹈可以说是最有科学性的，你可以录下像来分析，甚至可以搞出数据来，比如手指到什么角度，但也不行，只能靠感觉。音乐也是这样。音乐是富有技巧性的，但只有技巧没有对声音的感觉以及对声音最细腻地方的分辨就永远成不了音乐家。过去很长一段时期，"左"的东西比较厉害的时候，完全不懂得感觉，完全排斥感觉，也不敢忠于自己的感觉，也不敢细腻入微地把自己感觉的财富充分地调动起来使用起来。我说莫言的感觉好，就是看了他的《爆炸》，印象特别深。

王干：我特别喜欢《爆炸》这部小说，它完全是感觉的大爆炸。

王蒙：这个小说里写他父亲打他一个嘴巴，他连着写了几百字。我几年前看的，不知印象对不对。就是这一个嘴巴，整个世界在他的感觉当中写得相当好。类似的例子在作品中多极了。我觉得感觉有这样几个层面，一是对生活的感觉，一个作家可以写到风霜雨露，写到春夏秋冬，写到声音、形象、色彩等等，都是对生活、对外部世界的感觉。第二是内省力，就是对人的内心世界、对自我的灵魂深处的最细微变化的感觉。托尔斯泰作品里的感觉简直细致到像工艺品一样。第三，就是对艺术本身的感觉，一个作家在写作的过程中，很多时候是靠自己的感觉，这是事实，有时候似乎是很普通的概念，比如说你的作品不够精练，说简洁是天才的姐妹，但有时候一泻千里、挥洒自如、汪洋恣肆也是可贵的，那么界限在什么地方？只能靠感觉，没法靠字数。比如一个短篇写到万字以上是不是就过多了呢？两千字以下是不是就过少呢？绝对不可以这样说的。甚至在结构上也有一种感觉，有时候你觉得他太单纯，需要有一点闲笔，比如很短的小说要凭空说几句题外的话才能有空间，这些都要有感觉。感觉还是相当重要的，但是我也完全赞同你的意见。我觉得有没有感觉是艺术和非艺术起码的界限，如果没有最普通的艺术感觉，尽管你可以写很好的文章，有它的新闻价值、历史价值、社会效益，还有各方面的价值，但它不是艺术。艺术的高下不单纯是一个感觉的问题。这就回到了我们讲过的"文学是魔方"的说法，文学是整体的东西，是全局的东西。仅仅有了感觉的这一面，缺少另一方面的东西，比如经验、人格，包括哲理思辨，没有充足的人生经验与阅历，只有零零星星各种微妙的感觉，这种感觉就会像迷宫一样，作家就很可能迷失在感觉中。这里我愿意谈谈莫言。你的文章谈到了莫言的好多作品，但这些作品像《红蝗》我都没有看。莫言有非常出色的感觉，也有相当可观的艺术勇气，但他毕竟还没有成熟到把这一切感觉、勇气以及中国人常说的才、学、识和经验、经历并驾齐驱融会贯通的程度，所以就产生了一种倾斜。他在感觉上非常满足，但那些谈创作的文章就非常孩子气，实在不像一个大作家，他还不能够将这些东西融会贯通。又加上我们国家处在这样一种状况，刊物非常多，文学作品发表得异常容易，一个人有了名气之后，刊物纷纷要他的稿，他完全可能使自己包括感觉在内处于超负荷的支付状态，求大于供，就会造成"通货膨胀"、感觉膨胀，而其他方面跟不上来。我对莫言早有这种感觉，但这也不足为虑，他毕竟比较年轻，在他创作过程中有一些曲折非常自然。也许过一段他充分喷涌之后，就会感到枯涩，甚至感到恐慌。这样一种枯涩、一种恐慌完全可以成为他跨上新的阶梯的契机。

王干：感觉有神秘主义色彩，是非理性的东西，全靠一种莫名其妙的情绪在支配。用中国在古代文论的概念，它是一种"气"，"文以气为主"。其实，不但搞文学的人要有感觉，工艺也需要感觉，特别是手工制作的，比如画画的。气功师发气也不是每时每刻都能发的，每发一次功，他们要休息一段时间才能发功。培养感觉便是"养气"，我曾提到莫言现在需要"养气"。养气才能感觉得充沛和灵敏。（笑）

王蒙："养气说"也很有意思。

王干：莫言现在就是气虚。

王蒙：消耗太大。

王干：感觉毕竟有很多先天成分，比如足球运动员的感觉，用我们球迷的话说，叫"球感"很好。但球感是建立在什么基础上呢？首先必须会踢足球才能有球感。假如你根本不会踢足球，或者技术很粗糙，或其他人与你不配合，那么即使你的"球感"再好也没有用。不过你《球星奇遇记》的球星是个例外。文学创作亦复如此，你的感觉再好，还需要其他的"力"使你的感觉发挥出来，使你的感觉综合起来，滋生出一种超乎感觉之上的东西。一个小孩的感觉特别好，但一个小孩却创造不出艺术作品。感觉甚至是一种儿童性的东西。

王蒙：对。儿童的东西，本能的东西。

王干：现在过分推崇感觉，与当前文坛的非理性思潮有关。某种程度上是一种反理性倾向。反理性是文学发展的必然。但把感觉的功能推到极致，用感觉完全取代理性是不可取的。

王蒙：如果只剩感觉，就不行了。文学的构成方面太多了，像上次我们说的"摸象"，文学不是象的一部分，而是一个整体的"象"。感觉即使非常重要，比如说起着"象"鼻子的作用，但永远不是象的整体。虽然鼻子是象的主要特征，但光有鼻子还不是象。

王干：感觉完全是一种天赋。

王蒙：是一种天赋，你说是小孩的东西是很对的。人什么时候的感觉最好呢？就是他去掉了一切杂念的时候，他能恢复到最返璞归真、最年轻、对周围的事物最敏感的儿童态，感觉里最可贵的是新鲜感、分寸感，这是很难传授给别人的。

王干：不可言传。比如足球运动员在比赛当中突然就起脚射门，而且也就进了，他就完全由一种感觉在支配，只觉得可以而且必须射门了。有时守门员莫名其妙地将非常悬的球给挡住了、扑住了，完全是一种无意识。

王蒙：有时候甚至是一种本能。

王干：但是一个人即使素质再好，不经过训练，不经过比赛，还是成不了球星。

王蒙：作家是天生的，又不是天生的，他需要训练。如果没有学问，没有条件，没有时间，没有训练，没有巨大的劳动，没有人格，仅仅有感觉，是不行的。不过，我刚才说到的新鲜感也很有意思。作家最令人羡慕的地方，也恰恰在于他的新鲜感。比如大海，人类与它共存了不知多少悠悠岁月，写大海的诗呀文呀词呀不知有多少，但一个好的作家看到大海仍然有非常新鲜的感觉，以至于写出来的东西是让人感觉到第一次见到海、第一次认识海、第一次感觉海、第一次接触海，这种新鲜感非常值得羡慕。现在文艺评论喜欢用"陌生化"这个词，其实，依我的理解，与其说是陌生化不如说是"新鲜化"，完全的陌生与完全的烂熟都会倒审美的胃口，都是影响美的接受的。至于分寸感，那就更普遍了。可以说一切专家都有这种分寸感，甚至政治家。一个大政治家的决策当然有他的理论的根据、科学的根据、投票的根据、民意测验的根据，但只讲这些根据也可以找出相反的例子来，有的就力排众议。而大政治家往往力排众议，比如一百个人当中有九十人不赞成，但他还要坚持，而事实恰恰证明他是正确的，这才显出他的伟大来。

王干：这是一种直觉。

王蒙：这是一种直觉。为什么他有的时候力排众议，有的时候立刻做出调整做出转变？这里面也有感觉。

王干：牛顿发现万有引力定律，也是看到苹果落地一下感觉出来。但这种感觉与他在物理学上的造诣是分不开的。作家的感觉也需要一种积累的基础，包括多种多样的积累，知识的非知识的，文化的非文化的，经验的非经验的，这样萌生出来的可能是新鲜的别人所没有的感觉。

王蒙：对一个大作家来说，智慧和人格起码和感觉同样重要。一个有感觉而缺少智慧又缺少人格的人也可以成为一个作家，甚至可以成为非常出色的作家，但他仍是一个有相当欠缺的作家。

王干：不是一个伟大的作家。

王蒙：一个伟大的作家往往需要人格、智慧、感觉，如果再加上一个条件就是经验，他的遭际。智慧当然包括他的学识，智慧不光是天生，也包括后天的学习。

我还是从你评莫言的文章谈起。下面我想谈上次已经提到但没有展开讨论的问题，就是你说《猫事荟萃》应该算是杂文的问题。

对此，我也不表示反对或赞成，因为我没看《猫事荟萃》。但这里面有一个问题，所谓体裁上的划分究竟有什么严格的标准？有的小说又像杂文又像小说，可以不可以？有的小说又像寓言又像小说，至于既像散文又像小说的小说就更多。

王干：那倒很多。

王蒙：甚至有的小说非常像诗。我看过一个英国女作家的文章，我特别喜欢她的话，她说把短篇小说和长篇小说归在一类是绝对错误的，短篇小说应该和诗一类，长篇小说则是单独的一类。她对体裁的论说，虽不是经典，但仔细琢磨也有道理。

王干：她是从另一个角度讲。

王蒙：是从它的精炼、集中、容量、信息量和放射弥漫的气氛、氛围等方面来说的。

王干：是从艺术审美的特点进行考察的。

王蒙：如果《猫事荟萃》是一篇读起来很精彩的杂文的话，我觉得你就不必批评他不是小说。我觉得这样批评并不重要，对读者来说，除了特别有偏见的读者只看小说不看别的，对一般的读者来说，他要求得到的并不是对某种文学体裁严格的符合规范和定义的范文，他要求的还是一种审美的享受，也包括信息和知识的获得，所谓某种教益。即使没有教育意义，但看了很有趣，看得很活泼，也是可以的。我只是从理论上说，要不要对小说在理论上进行界定？我觉得这个问题本身的提出就有弱点，如果这种界定去掉以后就什么都可以算小说，那也麻烦。

王干：当然，你说像杂文也可以。但是，小说要不要有个大致的规范呢？我认为需要。小说要有小说的思维方式，当然，如果一个作家因为他的一篇小说或一批小说改变了小说的规范，那我们就得承认他所建立的新规范，承认他是一个伟大的作家，问题是莫言的这篇作品本来就是一篇散文，是完全按照现行的散文思维方式写的，就不能被承认。当然，小说里面有杂文的因素、散文的因素、诗的因素，那当然很好，但如果把小说完全写成杂文，那就肯定不是好小说，只能是好杂文。我主要认为《猫事荟萃》的感觉变形了，他已经不是在叙述世界，而是在用理性的思维宣谕世界、解构世界。我觉得它尽管写得精彩、俏皮、幽默，但作为杂文发表更好。

王蒙：你认为散文式的小说呢？

王干：我觉得散文式的小说比杂文式的好些。

王蒙：觉得散文跟小说亲近些。

王干：现在的小说概念也很复杂。我原来比较喜欢诗化的小说，写文章鼓吹过。但我现在觉得诗化小说显然不是文学的最高境界，散文化小说也不是文学的最高境界。有一段时间我曾认为诗化小说是小说的极致，但我现在认为它只是小说的一种样式。只写这种小说不能说是最伟大的，一个大作家的小说要有诗、散文、杂文、音乐、绘画甚至相声、流行歌曲和摇滚音乐迪斯科霹雳舞乃至足球、体操、冲浪、滑雪的因素，要有超常的信息量和阅读量。我总觉得诗化小说、散文化小说的信息量不够大，还比较单薄，尽管从中可以看到心灵的颤动、灵魂的闪光、人性美的呈现，或者有一种愤怒、惆怅、感伤、欢乐，但格局仍嫌小，至少说明这个作家的胸怀还不十分宽阔。我希望文学作品能够达到一种混沌的境界，这是很高的层次，那里面的内涵一下子难以说清楚。而诗化、散文化的小说往往容易被把握，你能找出他的惆怅何在、愤怒何在、哀伤何在。我认为一般作家都可以达到这一境界，而混沌的境界只有少数人才能达到。

王蒙：你说的是一种更立体的小说，不是单纯地讲感觉、单纯地讲诗意、单纯地讲情节乃至单纯地讲幽默，甚至不是单纯地讲人物性格。但你所说的好小说仍然让人有点把握不住。

王干：散文化、诗化、杂文化的小说也是好小说，我也喜欢读，但不是最好的小说。

王蒙：最好的小说往往不止一个层面。

王干：有各种各样的层面，各种各样的色彩，甚至有各种各样的风格，是一种综合体。

王蒙：这也很难比，比如《阿Q正传》的认识意义、讽刺、幽默都达到了很高的境界。但反过来要求阿Q有诗意，你就觉得它不如《在酒楼上》《伤逝》，特别是《伤逝》这种用散文诗体写的小说，很难那么要求。

王干：我觉得鲁迅最大的遗憾是没能写出一种综合性的作品，没有把他分布在各篇小说中的各种风格因素、语言特点、审美因素全部综合起来形成一个高信息量的大型集成电路。

王蒙：这也太难了，整体上看也行。

王干：但仍有种不满足感。我觉得鲁迅思想的深刻、敏锐超过了同时代的人，甚至我们今天仍然要到他那里去取"火种"。但是鲁迅达到的文学的境界好像还不能完全与公认的世界文学大师、文学巨匠相比，他缺少一种超时空的艺术组合力量。我这话可能不太恭敬。鲁迅身上有被神话的成分。

王蒙：鲁迅的意义不是纯文学的，鲁迅作为一个启蒙主义思想家、革命家的伟大甚至超过文学家。当然从文学角度看，可以有另外的探讨。你刚才说的诗化小说、散文化小说，我想到了另外一个问题，有些风格特别特殊、特别鲜明的作家并不是最伟大的作家，他的语言、文体特殊极了，一下子给人深刻的印象，让你永远忘不了。作为风格作家，屠格涅夫比托尔斯泰、果戈理还要鲜明，但从整体上看就不能说屠格涅夫超过了后者。

王干：法国有一个作家梅里美，感觉、风格、语体简直太棒了。

王蒙：太棒了。

王干：但整体上的感觉还是不如巴尔扎克、雨果。

王蒙：没有那种磅礴、那种浑厚。熔万象于一炉只有大师才能做到。

王干：梅里美是一个很有风格、很有个性的作家，他的作品能够流传下去，但总觉得他不是大作家。

王蒙：诗歌也是这样。中国古代诗人当中，作为风格作家，李商隐、李贺都是无与伦比的，没有人能够与他们相比。

王干：词人里的吴梦窗。

王蒙：温庭筠也是。但更高的境界又超出这个境界。所以这涉及文学价值，一种是把塑造人物当作最高任务，还有一种说法就是把形成自己的风格规定为作家的最高任务，对这两种说法我都既赞成也有一定的保留。

说不尽的现实主义

现实主义和后现实主义

王蒙： 我不知道怎么会渐渐形成一种理论，这个理论有相当重要的根据，不能轻易推翻，就是人物性格高于一切，用话剧演员的说法，就是"最高任务"。比如一个角色只有一句台词"请进"，演员就要考虑"请进"所要达到的"最高任务"，要表达出多少情绪、多少情节、多少关联、多少呼应。这种理论便是把文学的最高任务归结为塑造人物性格。我对这个理论不完全赞成，但丝毫不意味着我不重视或不欣赏那些写得好的人物，我只觉得它不能成为普遍适用的和绝对的最高任务。

王干： 人物性格决定论与现实主义的关系极为密切。很长一段时间内，一部小说、一部文学作品能不能塑造典型人物或有特殊性格的人物往往是衡量的标准，甚至成为唯一标准，这与现实主义的理论在中国被奉为圭臬有关系。最近我在思考现实主义的问题，觉得现实主义在今天的文学生活里实际已经消失，尽管我们仍在用现实主义这个概念，但作为创作方法，本体的现实主义已经消失了。从现实主义发展的整个进程来看，现实主义经历了创立、分化、瓦解的几个阶段。现实主义形成的时期，主要是十九世纪中叶，这时候出现了一批以巴尔扎克为代表的优秀的现实主义作家。这批作家起初写作并没有打出一个旗号，而打出这旗号的是一位平庸的作家，叫尚弗勒里，他出版了一部题为《现实主义》的论文集，还和他的朋友编过一本《现实主义》杂志。但尚弗勒里并没有成为现实主义的代表人物，后来人们用他所树立的旗号来概括巴尔扎克、司汤达、福楼拜、莫泊桑这样一些作家的创作，并成为十九世纪最重要的最长久的文学潮流。随着俄国一批现实主义作家的出现，现实主义在十九世纪形成了一个巨大的文学高峰。现实主义主要是通过对浪漫主义的反动来建立自己的创作体系和理论体系。但到十九世纪末，现实主义受到了新的挑战，遇到了新的劲敌，这便是现代主义文学潮流的出现。最初是意象派的诗歌，接着便有伍尔芙、乔伊斯这样一些意识流小说大家的出现，后来的现代主义文学的发展更是迅速多变，出现了各种各样的主义和流派。二十世纪的文学主潮可以看作是现实主义和现代主义相对抗、相消长、相补充的世纪。二十世纪双方对抗的结果，现实主义并没有被现代主义挤出历史舞台，现代主义也没有因现实主义的顽强而失去行动的信念。现实主义为了保存自己的生命力，扩展自己的生命力，从现代主义那里融合了一些新的文学因素来充实自己丰富自己，以满足各种层次人们的审美需要。现实主义在与现代主义的对抗过程中出现了好多支流，比如心理现实主义、革命现实主义、社会主义现实主义、魔幻现实主义、结构现实主义。

王蒙：还有无边的现实主义、严格的现实主义，好像对现实主义的说法有五六十种。

王干：现实主义家族这时已经分化了。当我们来看待现实主义家族中那些分支时，就会发现它们都不是原初意义上的现实主义。我们把它叫作现实主义是因为它是从现实主义母体中分化出来的。就像一个家族一样，尽管儿子们已经脱离大家庭纷纷独立，人们还习惯称他们为"某某家"，但实际上那个"家"已不存在了。我们可以说现实主义家族的存在，但却不能指出谁就代表现实主义。现实主义对生活采取一种"典型"的态度，用典型的态度来看取生活、看取人生、选取材料。刚才你说到我们的文艺理论为什么那么重视人物性格，这与现实主义的典型观很有关系，与恩格斯说的"除了细节的真实外，还要再现典型环境中的典型性格"有密切关系。典型人物论者强调人物性格的重要性，这是因为作家在支配人物、故事、情节，这时候的真实完全是作家的真实，实质是观念的真实。"典型环境中的典型性格"的含义，按照卢卡契等人的解释，是指作品要能反映历史发展的必然趋势，要能体现时代精神，人物要体现出生活的本质。我认为生活没有什么绝对的本质，你读出这样或那样的"本质"，是因为你的阅读结构里存有某种"本质"。比如你的意识里觉得生活是荒诞的，你看生活就会发现生活是荒诞的。如果你意识里觉得生活是光明而有前途的，你看生活就会觉得生活在前进而且很有希望。这样，真实只是观念的真实而不是生活形态的真实。为了实现这种观念的真实，就要塑造一种人物来揭示它。高尔基的《母亲》实际上是无产阶级革命学说的形象说明。柳青的《创业史》里的梁生宝实际上是当时农村社会主义革命理论的图解。现实主义是由理性的观念的力量来支撑作家，作家要按照观念去制造出人物来，特别是谈到典型人物时更是与整个观念联系在一起。现实主义家族解体之后，我觉得出现了一种后现实主义的文学倾向。后现实主义不是对现实主义的认可，而是反动、背叛。比如它强调对生活原型的还原，"还原"便是对"典型"的一种批判，后现实主义就是要消解典型，也就是消解支撑作家和人物的理性观念。还原才能保持真实，而典型往往是对生活的歪曲，因为典型的塑造完全是按照观念去摄取生活，摄取符合观念需要的生活，而不是对生活的真实形态进行客观的反映。"消解典型"是后现实主义的重要特征，比较典型的作品是《小鲍庄》。《小鲍庄》既不是现实主义的也不是现代主义的，它通过对淮北一个小村庄的生活形态还原，将这个"细胞"复现在读者面前。"复现"是后现实主义的一个重要概念。后现实主义的第二个特征是要"从情感的零度开始写作"，也就是作家在写作时不带观念，尽量把生活赋予他的一切复现出来。在现实主义的作品里，这个世界是作家已经规定好了的，在我们读巴尔扎克的小说之前，小说世界已经形成，这种形成是由作家的观念构成的，读者只是去认识这种世界、这种真实而已，没有创造的可能。在这点上后现实主义恰恰相反，它强调作家和读者的对话，认为小说是作家和读者的共同作业，作家在叙述小说、叙述这个世界时是相当谨慎的，不敢轻易作出判断，他小心翼翼地描述，决不武断地说"世界就是这样的"，非常保守地留下空白，留下很多问题由读者在阅读时进行"作业"去完成世界的构成。在后现实主义的小说当中，真实性存在于不断形成、不断增殖的过程中，而现实主义实际上是在向读者灌输某种观念，告诉读者世界就是这样的，必须按照某种模式去生活。现实主义在这一点上与现代主义别无二样，他们都认为生活有一种本质，只不过对本质理解不同而已，只不过在真善美或假恶丑具体形态上不同，它们在思维程序上是一致的，实际上源于一种观念。当然，现实主义和现代主义在历史上都曾经产生过巨大的作用，但如果要真正表现生活的真实，就不应该承认生活有什么本质，本质是由个人读出的，应该把本质交还给生活形态，由读者自己读出，也就是把本质还给读者。

● 反映现实不等于现实主义

王蒙：这个问题对我来说有相当的困难，我没有接受过严格的概念的训练，比如关于现实主义的发生、发展的过程，我不知道最经典的定义到底应该怎么讲。从我个人的创作的体会来说，我深深感觉到，很难讲哪样的作品不反映现实生活、不反映现实，不管它是荒诞派也好、意识流也好、神秘主义也好、唯美主义也好，说它们不反映现实是很难论证几乎是最难论证的命题。按照权威的定义，王尔德是唯美主义者，恰恰在王尔德的作品里，比如《快乐王子》，描写了社会上的种种不公正，《自私的巨人》描写了自私和孤独会造成人的心灵上的创伤。我们看到的一些作品包括用中国读者觉得奇奇怪怪的叙事方法写出来的作品都在反映着现实。《二十二条军规》在反映生活上是相当深刻的，那种悖论、那种摆脱不了圈套的境遇很有现实性。尽管《二十二条军规》写的是美国在二次世界大战中的情况，中国历史传统、文化传统、社会制度与它都不一样，但我们每个人在生活里都有这种体会、体验。有时候我们办一件事情的时候，根据这个制度要去找那个机关，根据那个机关又要找另一个制度，根据第三个制度又要找第四个机关，根据第四个机关又要找第五个制度，根据第五个制度又要找第一个机关，这种转圈的事情实在太多了。再比如残雪，她是拒绝用普通的方式写现实的，写的都是梦境一样、谜一样要破译的东西，但破译的结果发现仍是对现实生活当中某些被压抑的东西，侵犯别人的东西，强横的东西有感而发的一种特别敏感、特别神经质的感觉。至于我个人的作品，不论封成什么样的主义、什么样的路子，都是从现实当中来的，都用各种不同的方式来反映现实。当然对现实的理解也要宽泛，现实不仅仅是社会生活、阶级斗争、政治斗争，现实里也包含着个人的精神世界。人和人之间不仅仅是社会关系也还有其他关系，男女的关系、性的关系、代的关系，还有许多属于人的精神世界范围的东西，既和现实分不开，本身也构成现实的一部分。

谈到过分宽泛实际上消解现实主义的说法，我觉得很有代表性。一九八四年我访问苏联的时候，我问苏联科学院的一位汉学家对现实主义有什么看法，他回答得很有趣。他说，苏联是把社会主义现实主义规定在作家协会会章里，带有指导性甚至约束性。实际上苏联的作家也好，介绍到苏联的外国作家也好，作品的风格手法创作方法是各式各样的，但在出版时，往往都要说这部作品是现实主义。比如雨果一般称为浪漫主义，但出版《悲惨世界》时就要说这是一部现实主义作品。所以苏联有一种说法，什么叫现实主义？凡是我国允许出版的文学作品都是现实主义。

这位汉学家讲这句话时有一种嘲弄的意味，也就是说现实主义没有严格的定义。但是我这样说也包括你刚才那样说倒不是对现实主义的轻率否定，相反，作为模模糊糊的认识，现实主义在文学史上所做出的巨大贡献是其他的主义没法相比的。创造一些真实的典型人物，我认为这是指现实主义小说，特别是指现实主义的长篇小说，它的成就往往表现在人物的深刻性、客观性上，所谓熟悉的陌生人，所谓似曾相识。

现实主义的另一大贡献在于描写，对细节的描写，环境的描写，肖像的描写，神态、动作、场面的描写都相当重要。比如当我们回想托尔斯泰写一次聚会、宴会、舞会、打猎、滑冰，哪怕是一次田间劳动，那种精美、精确、生动，令人感觉到他把文学的描写发展到极致，以至于让人感觉文学描写到了托尔斯泰几乎已经写尽了，你怎么写也无法逾越。是不是所有的现实主义都有一个观念的前提我还不敢说，因为我们常常说到的批判现实主义它的观念实际上并不是非常明晰，但是现实主义往往和人道主义有时甚至和民粹主义，就是对下层人民的关怀和同情是分不开的，很难设想一部现实主义的作品对人民抱着很冷漠的态度，或是站在少数上层人物的立场上。它的人道主义、民粹主义，它的要求社会公道、社会进步的愿望和理想确实如你所说使现实主义和社会主义最容易相互接受相互认同，历史也已经这样证明。但中国的情况到底是什么情况，恐怕一时还难以论证清楚。李陀曾提出一种观点，认为中国应该用另外的一套概念体系，就像中国未必有真正的现代主义一样，中国也未必有严格意义上的现实主义。他对这些话并没有具体的阐述，我觉得这也是值得深思的一个问题。中国的小说绝大多数很难说就是现实主义，章回小说表现帝王将相、才子佳人、武侠，一种是在道德上的两极色彩，忠与奸、侠义与小人、节烈与淫妇，对比鲜明，故事本身传奇性很强。这是现实主义的吗？难以苟同。我觉得人物典型，除了现实主义的典型外，还有另一种典型，我不知叫什么好，比如堂·吉诃德这种典型就很难说是现实主义的。比如包公、诸葛亮、张飞这种典型甚至哈姆莱特、奥赛罗这种典型，我总觉得它不是现实主义的，按照你刚才的分，可叫前现实主义的典型。

王干：这更接近古典主义。

王蒙：它们脸谱化、程式化又对比鲜明。

● 批判现实与指导现实

王干：李陀说中国没有现实主义也许对。因为现实主义这个概念很模糊。我们最初认可的现实主义恰恰是一种批判现实主义，巴尔扎克、托尔斯泰等人基本对生活持一种否定的态度。有一个非常流行的说法，说批判现实主义作家在批判现实时往往深刻有力，但不能指出新的生活方向，这种说法是对的。但后来的社会主义现实主义在注意对生活指明方向的时候，削弱了对生活的批判力，也影响了生活真实。这种指明方向是按照理想主义的模式来套生活。

王蒙：讲到批判现实主义作家的巨大才华表现在对社会生活的批判上，我想，在某种意义上这不仅是批判现实主义也是整个文学的弱点，如果我们能把它叫弱点的话。因为文学不是一种政治纲领更不是一种操作规程，我们不能想象仅靠文学使全体人民认清方向，知道自己该干什么。这样的文学作品也有，但不是文学最强大的部分。一个青年读了一部作品就改邪归正，从此孝敬父母、遵守纪律、努力学习、尊重师长、团结群众、奋勇前进，这当然好。但文学最有力量的恰恰是表达这种主观和客观的不和谐，这与政治上的非议是两个概念。比如爱情，某种诗意的爱情、得不到的爱情、痛苦的爱情在爱情的描写中占了主要的地位。相反，当写到一对情人经历过种种磨难，最后拥抱在一起，说我们再也不分开了，像狄更斯的一些小说，房子里的火炉是非常温暖的，证实了主人公的贵族身份，遗产也得到了，金钱也得到了，最美丽的女郎也到了他的怀抱里，文学到这儿也就为止了。罗密欧与朱丽叶由于误会也由于家庭的世仇，最后两人都死了，这是非常精彩的爱情。如果设想另一种结局，比如急救之后两人都活过来，家里也不再反对他们的婚事，他们就结婚了，这就是中国小说的结尾，大团圆，朱丽叶替罗密欧养了六个孩子，罗密欧洗脚的时候，朱丽叶替他打洗脚水。（笑）这是很刻薄的说法。文学是迷人的是伟大的，但文学本身就有的先天弱点——也许正因如此是可以原谅的弱点。它缺少实践性，它也缺少肯定性。以实践性和肯定性的标准来衡量，一部《百年孤独》远不如一部《时装剪裁一百例》更好。正像公鸡要丑小鸭打鸣，老猫要丑小鸭捉老鼠一样，丑小鸭因为完不成这样的任务而只能感到惭愧。从这个意义上讲，文学家基本上是满怀崇高理想和激情的清谈家而不是实行家。包括那些写社会问题写得洋洋洒洒乃至气壮山河的作家，未必真能够实际地解决什么社会问题——连他自己的问题也常常解决不好。我们执政的人往往对文学家不满意，往往希望文学有更多的实践性和肯定性，这也很容易理解，但这是另外一个问题。

王干：为什么好多人讨厌现实主义，因为长期以来把现实主义文学作为一种指路的探照灯，有光明，能够指路，有些作家也是这样做的。五四以来的作家包括鲁迅提的"遵命文学"也是这个意思。"遵命文学"很大程度上是现实主义的一种方式。鲁迅希望文学是"国民精神的灯火"，实际上夸大了文学的作用。但作为一个思想启蒙的先驱，他只有以文学为武器，只有这么说才能使文学变得更有力量。可是以后发展起来的现实主义就是要文学能作用于人们的活动，生产、生活乃至学习和交往，要文学指出一种方向，文学这时候的劝谕功能极强。为什么我们新文学史上的好多作品没有生命力？为什么文学会变成阶级斗争工具？就与这种"指路意识"有关。

王蒙：那基本上是高中一年级以下的学生对文学作品的希望。这个希望非常天真，比如在我非常年轻的时候，读完了《钢铁是怎样炼成的》，就非常满意，觉得这部作品给了我那么多的教益，那么大的热情。再读鲁迅的作品，我就觉得不满意，甚至觉得鲁迅的作品不够革命，觉得鲁迅的作品还没有巴金的革命。巴金的作品里也还出现了革命党，虽然闹不清是个什么革命党。而鲁迅的作品没有革命党，没有代表未来的英雄人物，没有指路意识。这是不是现实主义的要求，我觉得值得探讨。这是我们给现实主义增加的一些要求。

王干：现实主义在中国为什么一度变成宣传工具、政治工具，从这一点上很好理解。我们似乎有一种"典型癖""样板癖"，开"现场会"，有各种各样、各行各业的榜样。这样的社会机制和文化机制势必要求作家也能树立榜样，这恰恰违反了现实主义的本义。当然，我们没有必要恢复巴尔扎克时代的现实主义。

王蒙：这个问题也很难简单地说清楚，在"文革"中发展到极致的文学究竟是革命的现实主义发展到极致，还是反现实主义发展到极致。这是值得考虑的问题。在一九五七年、一九五八年特别是一九五八年以后，我国的现实主义变成了危险的东西，尤其害怕"写真实"这样一种提法，"三突出""高大全""高大完美"，这一系列的东西都与现实主义的概念毫无共同之处。

王干：你这里的现实主义是指什么？

王蒙：用生活的本来面貌来反映生活。

王干："文革"期间的文学作品除了观点错误，它进行的文学实践、思维方式乃至典型人物的塑造手段与卢卡契等人提倡的现实主义并不冲突。卢卡契强调现实主义要反映时代精神，而"文革"期间的文学在表达时代精神方面几乎到了难以想象的地步。所谓"两结合"的创作方法，实际上到后来革命现实主义就是革命浪漫主义，革命浪漫主义就是革命现实主义，革命现实主义发展到极端的时候，生活里不可能有的，作品也可能出现，这也就是革命浪漫主义。

㈣ 中国有现实主义

王蒙：怎么区分确实也很困难，我觉得在革命现实主义、社会主义现实主义的旗号下，还有真货与伪品。譬如你提到的《母亲》《铁流》《毁灭》《青年近卫军》，中国也还有这样一些作品，比如《青春之歌》。许多经历过那个时代的人都认为《青春之歌》写得很真实，知识分子追求革命、追求救中国的道路，都写得很真实，这和阴谋文学以及"四人帮"搞的一些东西还是有区别的。不仅仅是政治上的东西，从作品来说，它是有区别的。浩然的一部分作品特别图解政治，但浩然毕竟是一个真正的作家。在"四人帮"统治时期，我看过样板戏，看过《牛田洋》《虹南作战史》，看完这些以后，再看浩然的《艳阳天》，感觉真是艺术的享受，起码它里面还有许多细节、许多生活很动人。他写两头的人都很概念化，写中农弯弯绕、马大炮就很好，富有农民的生活情趣。谈到现实主义还有两个因素要考虑，一个就是一九七七年到一九七九年这三年的所谓"回归"的现实主义潮流，就是以刘心武为代表的作家开始揭露我们社会生活当中阴暗的一面，那些真实地困扰着人们的东西。写真实、说真话，这在中国即使今天也没有过时。一九八〇年我和艾青一起到美国去，艾青同志就在许多场合讲要说真话，说实话。有些美国研究艺术的人，包括一些华侨，觉得这实在太陈旧，这种语言太没有新的内容了，对这么一个伟大的诗人不能讲一点艺术上具有启发的东西而感到不满足。但艾青这么讲是有道理的。巴金到现在为止在他的《随想录》里仍谆谆地讲"说真话"，看来讲真话的现实主义仍然没有过时。在今天还有一批作家，哪些是现实主义，哪些是后现实主义，我觉得很难分析。反正我觉得张贤亮是一个突出的例子，尽管张贤亮试图在他的作品里搞了和马对话，和马克思的亡灵对话，但他实际上不可能摆脱反映严峻的事实而又大致符合他自己所理解的马克思主义基本道理的模式。他事先就规定了自己的中心，主旨很严格，要描写一个剥削阶级出身的知识分子怎么经过千辛万苦变成马克思主义者的过程，张贤亮是一个非常有代表性的现实主义作家。他的作品你喜欢也好，不喜欢也好，或者在某一方面不喜欢，但仍然有相当的分量。听说他一部新作品即将出来，估计也会引起各种争论。还有一位代表人物就是谌容，谌容也写过《减去十岁》《大公鸡悲喜剧》《玫瑰色的晚餐》等所谓荒诞或意识流的作品，从总体来说，谌容是相当客观地写社会生活发生的各种变化。我顺便讲一下，你说王安忆的《小鲍庄》没有观念，我觉得不一定是这样。我倒觉得有一种先验的东西、农民的一种自足半昏睡的状态，这样的气氛统治着小鲍庄，苦也不是大苦，乐也不是大乐，没有大善，也没有大恶，我觉得这个观念也很清楚，这非常符合知识分子以局外人的姿态眼光看待体力劳动者所获得的印象。你真参加进去，变成"局内人"，会是另一种感受的。

王干：生活本来就是这样，悲喜善恶全是人为的。

王蒙：那就另说了。谌容与别人不一样在于，她也有明确的目的，但能用比较客观的语调来写生活。蒋子龙就更富有社会主义现实主义的劲儿，他不但揭露弊病，而且讴歌改革者、强者。最近两三年他的作品我还很难发表看法。还有刘心武。刘心武理性上对现代主义很有兴趣，但他的笔甩不出去，没有办法从反映现实生活、提出现实当中的问题并做出一定的解答这样一个大的框架中突破出去，可见现实主义还是有力量的。中国古代小说中几乎没有认真的现实主义，但有一个例外，就是《红楼梦》，它和任何小说都不一样，尽管它采取了章回体形式。噢，还有《金瓶梅》。不过我没好好看过，它的成就也谈不上来。有人认为它超过《红楼梦》呢！《红楼梦》真有点现实主义味儿，它已经不是用古典的方式把人分成善恶、忠奸。另外中国近代小说，也就是鸦片战争后所出现的"黑幕小说"，《官场现形记》《二十年目睹之怪现状》等，虽然它的形式和文字比较旧，也比较浅，但它似乎有批判现实主义的特点，它的生命力不敢低估。《雨花》最近搞的"新世说"，大部分是"文革"

期间发生的事。

王干："文革"掌故。

王蒙：它反映的"文革"掌故表面上看可笑，实际上很可悲，读者很多，作者也很多。很多人对此有兴趣，所以中国的传统形式是不可低估的。但是，我要就《红楼梦》这部作品发挥自己的想法。我觉得对于许多真正的作家来说，一种主义并不够用，他不会用某种创作的规则和守则来束缚自己。一个杰出的作家，一部杰出的作品，永远比一种主义、一种理论表述更丰富。他和它永远不会理会某种文学主张的不可侵犯不可调和不可逾越的性质。"超主张"性，是作家成就的一个标志。

王干：国外最近有人说《红楼梦》是象征主义。

王蒙：说《红楼梦》是象征主义同样能成立，它本身具有浓郁的象征色彩，又是石头又是金钗，又是和尚道士。《红楼梦》的主体是现实主义的，但也有象征主义、神秘主义的东西，甚至还有魔幻、荒诞、黑色幽默的东西。有时候一部好的作品比某种主义更高，它往往呈现出你说的混沌状态、主体的状态，往往能经得住几种不同的主义对它进行检验。我们可以用阶级斗争的学说来评价《红楼梦》，非常代表性的观点就是毛主席，毛主席亲自讲《红楼梦》是四大家族的兴亡史，是封建社会的百科全书，《红楼梦》一开始就有多少人命。《红楼梦》也能经得住弗洛伊德主义的检验，比如对贾宝玉的心理进行分析，他的上意识、下意识，他的性变态，对男人的态度对女人的态度。

王干：贾宝玉还有同性恋的嫌疑。

王蒙：贾宝玉不仅仅是嫌疑，而且有行为动作。藕官和药官在戏里唱夫妻，在生活中也像夫妻一样。中国还有一种传统的研究法，就是索隐的方法、破译密码的方法，亦即把《红楼梦》当成推背图。用《红楼梦》来揣测各种各样的事情，你可以瞧不起它，它不是文学批评的正宗，但《红楼梦》确实给你提供了算卦、破译甚至破案、推理这样智力游戏、文字游戏的依据。它不像一些干瘪瘪的小说，只能在一个时期符合某一种要求，等过了这个时期或这个社会的要求、历史的要求已经不存在了，那么这小说就变得一点价值也没有了。比如这个小说突破了一个禁区，这在当时很伟大，但禁区突破以后小说就不算什么了。鲁迅是一个伟大的现实主义者，这是不容置疑的。如果用现实主义将鲁迅框起来，我总有些替鲁迅叫屈。《祝福》《伤逝》《孤独者》《在酒楼上》比较符合现实主义的规范，但《阿Q正传》就不怎么符合。

王干：还有《故事新编》。

王蒙：《阿Q正传》写得非常理性，非常观念化。阿Q这个典型与其说是阶级的、地方的、活人的典型即模范的现实主义典型，不如说是一种观念批判、一种完全超出阿Q的身世与个人性格规定之外的观念概括的载体。这种观念概括的独特性与深刻性，也是我说过的超常性，征服了读者。其实《阿Q正传》这篇小说的细节与情节，小说的文学描写并不那么重要，甚至其描写是可以更替、可以代换的。鲁迅先生完全可以用其他的人物身世和故事来表现同样实质的阿Q。这丝毫不影响鲁迅作品的伟大，也许他伟大就伟大在这里。显然是鲁迅对中国的国民性有了概括以后的产物，所以《阿Q正传》的情节和细节带有相当的随意性。

王干：它不完全符合当时的历史逻辑和生活逻辑，但大家又觉得很真实，主要是观念的真实。一个作家没有必要标榜自己是现实主义或完全按照现实主义去写作，如果他一定要按照自己理解的现实主义的理论规范去写作，那么他的成就说不定非常有限。我们已经有这样一批作家为之牺牲了，我觉得最大的牺牲可能是柳青，柳青对生活的理解力、观察力和熟悉的程度本可以使他创造出比现在更有力的作品，由于受现实主义紧箍咒的束缚，他不能真正地去面对现实，把生活的本来面貌真实地写出来。也许，现实主义作为一种理论，在批评或研究时可能是讲得通的，但一个作家创作切切不可只按照某种理论去写作。领导也不要用现实主义去要求作家，那样会限制作家。

王蒙：现在一般不用狭隘的态度要求作家一定要写现实主义。

王干：但有些作家仍然认为现实主义是正宗。

◍ 现实主义与读者

王蒙：那是另外一回事。你怎么考虑读者呢？能不能说最能打动读者的，最容易被读者接受的就是现实主义作品？

王干：这很难说。有的现实主义作品读者喜欢看，有的作品读者并不喜欢看。

王蒙：一个作品的好坏并不决定于你的旗号，即令打出最最时髦的旗号，搞出的作品也可能是很保守、狭隘、拙劣的。读者不在乎你是不是老牌现实主义或者是新牌现实主义，读者要看你的货色。在作品——真货色面前，一切旗号都会隐没。真正大师的作品，即没有被庸俗化、观念化的现实主义作品在认识价值上往往要超过其他作品。比如描写妓院，你如果是一个非现实主义的作家，只是怀着激情咒骂一通，或用感觉去写那种心理变态，往往不能使读者了解到妓院的真正环境，真正的气氛。有些现实主义作家是很严格的，不像我们有的作家按政策随便改变。衣服穿什么样，这个地区的天气是什么样的，都很讲究。

王干：现实主义最初出现的时候与实证主义的哲学有很大关系。

王蒙：为什么有些人说文学是生活的教科书？也许某一部作品出来以后，连服装、发型、饮食都受影响，连情书怎么写都受影响。现实主义在认识价值上是无可比拟的，另外，现实主义还有一个方便的地方，现实主义就是要按照生活的本来面貌反映生活，有更多的形象性，我喜欢用可触摸性这个词，就是作家写出来的生活，尽管必然经过作家的虚构，但让人感觉到它的存在。写到人物的头发、脸型、眼神、手指，又写到他的习惯动作和口头语。一般的现实主义很少写到那种莫名其妙的心理状态，那种原生的、几乎是突然进发的排斥、斥拒，像美国小说《伤心咖啡馆之夜》让你觉得莫名其妙，忽然爱起来了，忽然打起来了。而现实主义写到人的冲突往往是可以理解的，比如两个人利益的冲突，或者是性格的冲突。

王干：它有一种逻辑的过程。

王蒙：这种逻辑过程也是常人可以理解的。为什么现代主义热衷于写非逻辑，因为生活里除了有合乎逻辑的事件外，还有一些不是那么合逻辑的用逻辑解释不了的事情在发生。一个人的情绪往往不可能用逻辑说清楚，所以这是现代主义的方便之处。现实主义能给你一种可触摸的感觉，给你一种容易被世俗接受的感觉。

✿ 王安忆和张承志

王蒙：如果将王安忆和张承志相比较就很有趣，张承志那种热情、理想，那种非常有深度的对人生的感受和追求，这里包含着爱、憎恨、骄傲，有一种超常性，但看完以后又苦于抓不着、摸不住，写了半天到底这是什么呢？更多是一种内心体验、情感体验。而王安忆的作品写日常生活里的一些小事情，而这些小事情让你觉得有味道，富有可触摸性。当然，王安忆那种作品写得过多，不突破自己，就会产生一些缺陷，比如变得琐碎，过分的平淡化。张承志的作品有时像一个孤独的人在抒情，但有时抒情是非常痛苦的，抒情而找不到可以凸现的生活方式做你的情感载体时，抒了半天还是抒不出来，或不能为人理解。所以在这个意义上说，生活既是作家的创作客体，往往又成为作家主观思想情绪的载体，像张承志的写作很难说是现实主义。

王干：张承志采取一种独白方式，他完全是一种内心体验，完全不顾读者，而王安忆采取一种对话的方式，王安忆写作时老想象读者在她面前。

王蒙：向读者讲述生活的故事。

王干：张承志写作时会觉得世界上只有他一个人，张承志还很难算一个现代主义作家，我认为他是一个有强烈理想的富有诗人激情的浪漫主义作家。

王蒙：对。

王干：王安忆则可以称为现实主义作家，甚至我个人觉得她是后现实主义的，王安忆的小说没有理想，没有激情，也不给人目标，就是这样一种方式：咱们来一段生活吧。然后把那些琐琐碎碎的生活有趣地放在你的面前。我为什么说王安忆是后现实主义呢，因为我们理解的那种现实主义往往有一种理想模式在那里，或者通过人物体现出来，或通过人物说出来，或通过作者自己用议论、抒情把理想的蓝图勾勒出来，王安忆的小说没有这些。刘恒的小说也是这样，他叙述得更加不动声色，也很有可读性，不像张承志那么不可触摸。张承志实际是用一种情绪在支配你，为什么阅读张承志作品时老感到捉摸不住，或不愿读或读不懂呢？是因为读者不愿受这种情绪支配，所以你感到不可捉摸，很隔膜，当然也有人喜欢。

王蒙：很有趣。

王干：张承志可能是一个很孤独的作家，也可能是一个很先锋的作家，但张承志的灵魂里却是一个很古典的作家，当然张承志作品里面的内容相当复杂。我想写一篇《张承志现象研究》，张承志是一个信息量很大的作家，从《骑手为什么歌唱母亲》一直到今年的《海骚》，积淀了很多东西。他的作品里洋溢着一种红卫兵情绪，已上升为一种民族情绪、宗教情绪，而这种情绪正在被时代抛弃，被时代冷落，所以张承志与时代隔膜了，读者对他冷淡了。

王蒙：张承志的价值也就在这个地方。

王干：就是他对失落了的情绪和精神的怀念与重铸。如果把"红卫兵情绪"里的那种内容、那种政治目的去掉，我觉得"红卫兵情绪"完全是一种青春的情绪，是活力的象征、热情的表示，当然用红卫兵这个概念容易和政治联系在一起。

王蒙：不是一回事。

王干：而我们今天的时代恰恰对这种情绪进行嘲笑和讽刺，所以张承志的出现就格外有意义。他今天可能显得古典，但再过若干年以后就会觉得他很现代。他对生活保持警惕的姿势，我们读他时常有一种不可理喻的感觉。

王蒙：有人说张承志是最后一个理想主义者。

王干：文学有时还需要一点理想情绪，如果都是王安忆的作品，也受不了。

王蒙：那是另一种受不了。

王干：张承志在抗争整个时代，尽管这种抗争显得很微弱，有时显得可笑，有时天真可爱，有时也让人可怜，但它有可贵的一面。

王蒙：有时也显得很伟大。人们普遍变得更务实——当然作为历史的发展这是一个进步，因为中国曾经被种种革命口号、政治口号搞得神魂颠倒，甚至陷于歇斯底里。但文学里如果还能出现超乎日常生活之上的太阳，或你说的宗教情绪，其实也是一种追求更高尚、更伟大、更永恒的情绪，这是了不起的。从另一方面说，这也非常可怜。你谈到张承志时，会不会联想起约翰·克利斯朵夫？

王干：张承志可能受《约翰·克利斯朵夫》的影响，但他的抒情性和对本民族的热爱与艾特玛托夫极为相似。海明威对张承志也有影响，海明威的那种男人气、征服欲望、搏斗精神体现在张承志对理想的执着追求。我觉得，张承志可能是中国最后一个浪漫主义作家，也可能是最初的一个。

王蒙：那就太伟大了。

王干：以一种浪漫主义的情绪面对人生面对社会。张承志其实是把文学作为一种精神宗教、精神支柱。

王蒙：张承志对凡·高的迷恋很动人。

王干：有时也很可笑。

王蒙：也可笑，这很有意思。

王干：张承志这一现象相当复杂。

王蒙：那样的强烈、执着、痛惜，就是对生活中越来越非理想化非英雄化的痛惜。

王干：反世俗。正好与王安忆相反，王安忆体现出某种世俗化。

王蒙：我谈到张承志的作品时，曾用过一个词，说他对理想有一种愚傻的执着。后来张承志还跟我说，没有想到你用这个词，但他对这个词并没有反感。但我这里用"愚傻"是从这个词的最佳意义来讲的。

十 诗歌、散文、文学史与现实主义

王蒙：诗歌怎么区分现实主义和浪漫主义？杜甫是现实主义诗人。白居易是现实主义诗人，那么到底还有谁是现实主义诗人，我简直糊涂了。

王干：我觉得现实主义的概念好像只适用于叙述性的文学，尤其是小说。如果用到诗歌上，语码就对不上号了。诗歌是介于文学与艺术中间地带的艺术样式，诗歌的抽象性、符号性、音乐性、画面性、流动性，与艺术的家族更加亲近。如果以研究小说的理论概念去看待诗歌，就有点像用足球比赛规则来裁判乒乓球一样，根

本对不上号。现实主义的概念产生于小说，浪漫主义与戏剧关系密切，后来也影响到小说、诗歌。当然，本世纪的中国也曾有诗人按照现实主义的规则去写作，但好像并不成功。如果把这一套理论概念用到古代诗人身上就更牵强，人们曾经认为杜甫是现实主义的，李白是浪漫主义的，那也很难说的。比如李白也有很强烈的批判现实的诗作，杜甫也有"无边落木萧萧下，不尽长江滚滚来"这样的豪放的浪漫的诗句。说屈原是浪漫主义诗人，但屈原的好多诗作的现实性相当强。诗歌这一文体是不能用小说理论对待的。

王蒙：应该另外有一套概念，一套语言。

王干：有另外的规范。因为每个人写诗时不可能把它当作小说来写。一首好的诗，就像音乐、舞蹈一样，是情感的雕塑，甚至会是一座非常漂亮的建筑。它跟绘画、电影似乎有更多的相通之处，是艺术型的。人类最初出现的文学样式便是诗歌。非常奇怪的是，人们似乎特别喜欢读富有浪漫情绪的诗歌，按照现实主义逻辑写的诗反而容易消失，大家反而不喜欢看。郭沫若的《女神》是受德国狂飙突进的浪漫主义诗潮影响的，尽管它有幼稚的一面，但有生命力，今天读来仍然会激动。如果用现实主义和浪漫主义的概念来研究散文，那就更加可笑。很难说这篇散文是用现实主义写的，那篇散文是用浪漫主义写的。

王蒙：文学最容易产生悖论，你叙述一个看来正确的道理，如果想抬杠，另一个人也可以找到另一面的道理。散文里的现实主义还是比较明显的，比如朱自清的《背影》，相当平淡地写现实生活，一点经历，一个人物的侧面。我们有写得相当不错的悼亡散文，回忆性的。怀念性的，像鲁迅的《朝花夕拾》里的作品，那种现实主义也是比较明显的。散文里面是不是有非写实的？我也不知道给它扣什么样的名义和帽子，但肯定有，写一种心境，写一种如你评朦胧诗说的那种人生的瞬间感受，或者写一种顿悟。很精彩的一篇，就是冰心的《笑》。我甚至叹息，现在没有什么作家会写这样的散文，人们把心灵的这一部分给堵住了，这根弦不响了，给扭松了。我们的诗人中还有人会写这样的诗，甚至小说家中也还有人会写这样的小说。令人感到悲哀的是，没有带有一种瞬间感受、带有一种悟的散文。

王干：禅。

王蒙：对，带有禅和悟的散文太少了。

王干：朱自清的《背影》可能是写实性的散文，但很难说是现实主义的，如果根据现实主义的理论来衡量它，就不符合，没有典型，没有性格，没有冲突，主题思想也没有时代精神。

王蒙：可能是印象主义的，又是写实的。把诗歌分成现实主义和浪漫主义两类比较困难，但诗歌有写得比较实的、有写得比较虚的。邵燕祥、公刘的诗都写得相当实，咏物，咏一个城市，咏一个事件，咏一个人，都有。也有那种诗不知是写的什么，而这样的诗，人们能慢慢接受，这确实是审美上的一个进展。回忆一下八十年代初期，人们对虚一点、概括性强一点、抽象性强一点的作品的拒斥力相当大，经过一段时间，人们慢慢接受了。

王干：应该说，邵燕祥、公刘五十年代的诗写得相当好，但我对他们诗作的生命力表示怀疑。我们今天重读他们过去的诗，只能感受到他们作为共和国年轻公民的热情和心态，但不能接受，还觉得他们很天真、很幼稚，所以我希望诗歌与现实拉开距离。

王蒙：读二三十年前的诗，还会让人那么激动，这很难。很难设想今天的朦胧诗三十年后给读者什么样的感受。

王干：但闻一多五十年前的诗，比如《死水》，我们仍然喜欢读。郭沫若的《女神》，戴望舒的诗，朱湘的诗，今天读来仍然很有情趣。艾青在延安写了那么多写实性的诗歌，很少留下来的，留下来的反而是《大堰河——我的保姆》《雪落在中国的大地上》这样一些浪漫型、意象型的诗作，还有《光的赞歌》，《光的赞歌》是一首抒情哲理诗。

王蒙：比较强烈的抒情诗。

王干：但大家喜欢读。所以我固执地认为，诗歌不能完全写实。诗歌要有生命力，就要能反映大家意中有而言中无的情绪，比如"同是天涯沦落人，相逢何必曾相识"，我觉得这是一种超越时空、超越地区、超越民族、超越文化的人类共同情绪。另外，就是意象诗也有生命力，就是你起初看的时候可能一下子把握不准，但悟一段时间之后就会有体验。意象诗的妙处就在于它的不准确性，在于它的"测不准"。

王蒙：我倒觉得这个问题是这样的，真正好的诗，即使是写实的，也有一种强烈的情绪，有一种升华。而这种强烈的情绪本身都带有一种抽象性，它可以容纳许多情绪。"问君能有几多愁，恰似一江春水向东流。"它表现的具体情绪，本是一个亡国之君的情绪。今天的读者读它就不会联想这是亡国之音，因为每个人都有每个人的愁，当每个人愁闷的时候都会想到"问君能有几多愁，恰似一江春水向东流"，就这么自我"酸"一下，好像也得到了无限的寄托。有一些纪实的诗，由于写得特别强烈，也被人传诵，如元稹的悼亡诗，悼亡妻的，里面有的写得很具体，但和他的情绪连在一起，最后概括为"贫贱夫妻百事哀"，就变成一种人类性的（已不是个人性的），叫作人类性宇宙性的痛苦，人人在家庭生活中都会有这种痛苦。苏轼的也有梦见亡妻的诗词，他的诗中有那样一种深切、真挚、强烈，使他的诗变得更抽象、更有概括力的东西。我觉得我们谈一下诗歌，还有很大的必要性，就是我始终认为考虑中国文学传统的时候，不管你本人是写小说还是写电影的，哪怕是写相声的，绝不能忽视中国的诗歌传统，甚至要把中国的诗歌传统放在首位，中国长期以来是把诗歌、散文、政论放在雅文学的位置上，把小说放在俗文学的位置。文学的正宗是诗歌，地位高的人都写诗。皇帝也写诗，但不写小说。中国的诗歌传统特别丰富。如果谈中国文学的传统，就不能只看小说的传统，还应特别注意诗歌传统。中国的古代文论不大从文学作品和它反映的客观对象之间的关系来论述文学，更多的是从文学本身，从作家的主观状态、主观品格来谈。中国古人就不会说杜甫是现实主义，李白是浪漫主义，而说杜甫是诗圣，李白是诗仙，李贺是诗鬼。这是从创作主体的品格和风格上来划分的，更多的是划分主体的，这与中国艺术的传统观念有关系。"诗言志"，"志"本来很宽泛，一种抱负、一种胸襟、一种感受都在"志"的范围，这就可以从创作主体上进行说明。所谓"圣"就是圣人，圣人的最大特点就是有仁爱之心，关心天下人，推己及人。"诗仙"则超然物外。这些都不需要解释了。词里的最大区划，是"婉约派"和"豪放派"，把这些风格、品格的东西当作划分的标准。实际上中国的文艺观毋宁说更重表现。你还可以参考一下中国画和中国戏剧，这在中国的艺术里特别源远流长，影响深远。中国画画石头也好，画山水也好，画人物也好，也是寄托作者本身的遭际、感慨、胸中的块垒，也有言志的成分。中国的戏曲更不讲究生活的真实，不但它表演的方式、舞台处理的方式是相当形式主义的，或者说是相当随意的，就是它的一些情节宁可让它脱离生活的实际可能而变成可以赏玩的对象。这并不排斥中国有现实主义传统，恰恰是一种不经意的现实主义，目的并不在于非常准确、客观、细致地表现客观世界，但它也必然表现了世界。

王干：现实主义在中国是个幽灵，它不但影响了作家的创作，也影响了文艺理论的建设，甚至影响了文学史的写作，中国现有的文学史差不多都是以现实主义和浪漫主义去把握古代文学的历史，这就非常奇怪。用现实主义和浪漫主义这样两条线索去概括文学史，一方面遗漏了好多文学现象，疏忽了好多作家和作品，另一方面已经概括进去的作家也难免不被歪曲。把现实主义变成一种文学史观，实际是不顾当时文学创作实际的唯心主义做法。

王蒙：有一些非常可敬的文学大家，甚至把中国的文学史归结为现实主义和反现实主义的斗争，这是相当困难的。

王干：也是非常笨拙、非常愚蠢的。

王蒙：你这样讲太激烈了。

王干：现实主义在中国被政治化、观念化、逻辑化甚至制度化，如果反现实主义就等于反革命。用现实主义与反现实主义去概括中国文学史的发展是行不通的，不用说诗歌，就是中国的小说也不能这么说，唐宋传奇是反现实主义的还是现实主义的？

王蒙：话本也不是现实主义，话本带有道德说教的性质，可能话本里面写实的成分多一些，反映人情世故多一点。

王干：不过，我想说一些另外的话。我们一直欣赏小说写得像诗，散文写得像诗，电影像诗，总以为诗是文学的最高境界，这其实是一种古典主义的情绪。

王蒙：是古典主义的。

王干：在古典主义看来，诗是文学的最高境界。

王蒙：是文学的极致。

王干：别林斯基把诗比作文学皇冠上的明珠。今天，我们仍然承认它的合理性和现实性。今天的好多作品写得像诗，人们喜爱读。尽管中国正在进入前工业社会或半工业社会的状态，人们对具有诗一样美感的小说、散文不是很喜欢的，但从整个文学发展来看，诗歌在人类发展史上功绩卓著，亚里士多德的《诗学》也是从诗的角度来谈论文学的，中国的古代文论实际也是以诗学来代替文学的，中国的文论就是诗论，都是对韵文的论说。中国古代文论没有小说理论。

王蒙：小说属于俗文学。

王干：是市民文学，不是士大夫文学。但今天占社会阅读中心的文学样式还是小说，可以这样说，小说已经取代了诗歌在文学中的霸主地位、中心地位。因此今天我们衡量一部小说不可简单地搬用诗学的观念，就像我们不能用现实主义去鉴别诗歌一样。这说起来容易，做起来很难。有时候我看到一部小说写得有诗意还是激动，还是要赞赏几句，写得像诗一样，甚至会觉得是最佳的。

王蒙：不一定是最佳的小说，也还算高的品格。

王干：我们不能绝对化，尤其在今天不能简单地用一种观念、一种方法、一种标准笼罩所有小说。

1988 年 12 月 6 日

何必"走"向世界

王干："走向世界"的问题比较复杂,我觉得"走向世界"首先是把文学当作一种竞技项目来看的,"走向世界"说法最先来源于体育界,好像与足球有关。由于中国原先处于一种封闭的格局之中,后来的改革开放一下子将这种封闭的格局打破了,中国人再也不像以往那样在狭小的天地中生活,开始面对整个世界了,眼光开阔了。体育运动率先成为国人精神的象征,好像体育走向世界中国就强大起来,民族就强大起来。这种心理定式可能与社会主义有关系,社会主义国家往往把体育、文化、教育作为国力的象征,国运的象征,球运兴国运也兴。再一个就是社会主义国家通过这些活动来激发人们的爱国激情,前天我看到《体育报》上有一条消息,苏联一位好像体育部长一类官员讲,我们的体育可以促进生产。我看了就觉得很有意思,假如是美国或西欧国家的体育官员就不会这么讲,最多说体育可以强身健体,可以娱乐,绝不会把它和生产联系起来。苏联人则认为他们在汉城奥运会获得金牌总数第一,工人的生产效率提高了。这说明社会主义国家对"精神文明"一类的东西看得很重，跟整个国家政治、经济联系得太紧。在中国也有类似情况，好像女排输了、足球输了就像国家要灭亡似的。在文学界出现的"走向世界"热也是必然，因为中国的政治在走向世界，经济在走向世界，体育在走向世界，所以作家也希望走向世界，也希望到瑞典皇家学院争一席位置，争一份荣誉，争一份奖励和奖金，这是很正常的。但我觉得"走向世界"的"走"字，用到文学上不恰当，科学一点的说法该叫"面向世界"。说"走向世界"，好像中国在世界之外似的，另一点就是中国文学落后了好多世纪似的，"走"就有一种赶超的意义。用"走"就把文学竞技化了，而文学恰恰是一种非竞技性的，也不像政治、经济那样可以简单地分出优劣长短来。我们这个国家可能经济很落后，文化很落后，教育很落后，军事很落后，交通很落后，技术很落后，但不能说文学也很落后。

王蒙： 这不一定。

王干： 这之间没有比例关系，既不成正比，也不成反比。不能说经济文化发达，文学就一定很优秀。也不能说经济文化越落后，文学就越优秀。文学最有特殊性。"走向世界"的说法还意味着中国文学没有进入世界文学圈子当中，但如果用"面向"更好。现在中国作家有人希望到瑞典去领诺贝尔文学奖，有这样的雄心壮志很好，但更多人是采取一种面向世界的方式，是希望更多地了解世界，更多地了解世界文学的发展情况，也希望世界了解中国文学发展情况，更希望世界更多地了解中国。我觉得"面向世界"的说法更好一些。但是，无论是"面向世界"还是"走向世界"，终究反映了中国作家的两种文化心态。因为到目前为止，中国没有一位作家获得过诺贝尔文学奖，好多人愤愤不平：中国有那么多的好作家好作品，为什么不能得奖？这是一种不被承认而愤愤不平的心态。另一种就是认为中国没有好作家好作品，与世界文学的距离大着哩，所以要赶紧"走"向世界。我觉得能否得到诺贝尔文学奖并不能代表一个国家的文学水平，一个国家有一个人领了诺贝尔文学奖，不代表这个国家的文学成就就很高。我觉得日本的文学成就不怎么样，尽管川端康成领过文学奖。即使中国已经有人领了诺贝尔文学奖，也不能认为中国文学的水平很高，已经走到世界第一的水平了。如果没有人获得诺贝尔文学奖，也不必悲哀，就认为中国文学的水平很低，甚至还不如非洲某些国家，不如尼日利亚、埃及，尼日利亚的索因卡、埃及的马哈夫兹一九八七、一九八八年还获得诺贝尔文学奖。现在人们说"走向世界"，实际是以诺贝尔文学奖作为尺度的。以诺贝尔文学奖作为唯一的尺度来衡量中国当代文学，可能是一种不妥当的做法。当然如果中国有作家能得到诺贝尔文学奖，那还是一件大好事，因为诺贝尔文学奖在本世纪很有影响，对整个世界文学创作的潮流有影响。一九八六年法国的克洛德·西蒙得奖以后对"新小说派"和其他的先锋文学确实是一种鼓舞。因为那个时候舆论一度说现实主义又受欢迎了，搞先锋的又冷落了。但这种舆论传到中国不久，西蒙就得了奖。不过，我有一点奇怪，我个人认为新小说派得奖的不应该是西蒙，而应该是罗伯—格里叶。

王蒙：这也很难说。

王干：诺贝尔文学奖也常违背人们舆论，也许哪一天给一位名气很小谁也不会注意到的中国作家。

王蒙：也可能啊。

王干：现在把不能获奖的原因归于翻译，其实让中国文学在世界范围内被广泛理解，还是有一定的难度。特别是一些对语言特别讲究特别强调的小说家的小说和诗人的诗歌，要让外国人理解，困难更大。当我们把汉语的特性、美感全部表现出来的时候就几乎不能翻成外文，一翻译，那种语感、语性、语体的妙处就全部丧失了。我们现在看国外小说主要不是看语言而是看故事、人物这些非语言性的东西，如果看语言实际看的是翻译家的语言。我认为中国文学要让外国人理解最大的障碍就是语言。张承志说过一句话，叫"美文不可译"，这很有道理。从这个意义上说，中国作家不能获得诺贝尔文学奖是必然的，是可以理解的。如果得了诺贝尔文学奖反显得有些反常，亚洲有两人得过诺贝尔文学奖，泰戈尔是用英语写作的，而川端康成得奖据说则是由于非文学的因素起作用。文学的地位还与整个国家的政治地位、经济地位、文化地位有关系，特别是文化地位相当重要。世界上有更多的人了解你，才可能对你的文学感兴趣。现在一些所谓走向世界的作家，也只是在汉学家圈中流传。而这些汉学家看到的当代文学作品也非常有限，况且他们的审美观、文学观、人生观也有局限性。中国将来肯定有人能得诺贝尔文学奖，现在不必那么焦虑，那么急于功利，对中国当代文学的成就不要看得太高，也不要持过低的冷调。

王蒙：甚至认为中国没有文学。

王干：我觉得中国的大陆文学比台湾文学强，小说、诗歌都比台湾写得好，甚至电影也比台湾的好。我认为中国文学在亚洲范围内还是相当好的，我所看到的日本文学都不能与中国文学比，甚至现在的苏联文学也不能与中国文学比。当然苏联战争文学要比中国棒，那种说不清楚的人道主义情调写得很美很动人。苏联的文学传统非常丰富，特别是俄罗斯文学的成就更成为世界文学宝库中的巨大财富。但如果在今天横向相比，苏联文学的成就未必比得上中国，特别是苏联近期的文学很类似我们已经有过的"伤痕小说"，全是政治性特别强的反思小说。近几年的中国小说学习了不少西方小说的技术性东西，虽然观念也有影响，但影响更大的是技术性的、技巧性的，特别是近几年的第三代小说家的创作。如果能在这种影响的基础上创造出一种新的小说技巧、新的游戏规则，就会使中国文学的面貌发生新的变化。

王蒙：世界是非常大的，各个国家各个作家的走向都不同。我们现在常常讲现代意识，似乎经济愈发达、科学技术愈发达、社会组织机制愈完善的国家的作家的现代意识就愈强。我的印象有时是恰恰相反。在这些发达国家里见到的许多作家，他们最不感兴趣的就是现代科技的成果，他们身上保存着的是我们上次谈过的那种还乡情绪，那种维护自己作为一个很普通的人、作为一个不受现代文明技术成果干扰的人的权利。比如我最喜欢的美国小说家约翰·契弗，他是写纽约的，但你很难在他的笔下看到摩天大楼和最时髦的发式、服装、流行音乐，在他笔下恰恰是另外一个纽约，甚至让你感到纽约是一个古老的城市，好像他的笔正是为了留住昨天而在那儿挥动。有类似倾向的作家非常多，最突出的是福克纳。我甚至怀疑海明威有没有面向世界面向未来的观念。我的感觉是他们没有，他们从来不操心为了走向世界，要写人类所关心的共同问题。我看到一个消息，广东作家和香港作家座谈中国作家为什么得不到诺贝尔文学奖，结论是由于中国作家没有写人类普遍关心的问题。我想人类现在最关心的问题是战争与和平的问题，消除核武器的问题。

王干：能源问题，人口问题。

王蒙：环境保护问题。我们说的那些优秀作家恰恰没有这种观念，甚至有一种相反的观念。也许正是生活非常现代的国家反而不必这样。我在英国接触的那些作家是一些社会批判家，他们是左派，同情人民，同情工党，同情反体制力量，同情工人运动，他们社会责任感之强大大超过我们的许多作家。在西德也有这样一个阶段，西德在战后曾经有过废墟文学阶段，之后也出现了以干预生活、干预社会为己任的作家，其中突出的是得诺贝尔奖奖金的海因里希·伯尔。与此同时他们也进行了一种自我调整、反省，认为文学对社会的作用是非常有限的，用不着把文学绑在社会义务、社会责任上，而应该更多追求形式的、间离的美的东西。这里面有些争论非常有意思。我碰到过德国的一些官员，有人认为伯尔很伟大，有人说伯尔这个人我们没有法儿办他，他就偏偏把我们的社会写得一塌糊涂，写得那么可怕，提起他实在感到头疼。也有人认为伯尔没有足够的艺术成就，他之所以获奖，就因为他是道德家，他从道德上抨击资本主义社会非正义的现象。他的在全世界最有名的中篇小说《被损害名誉的卡特琳娜·布鲁姆》里面，把新闻记者骂得狗血喷头，还拍成了电影。这里我顺便说一下，我对伯尔非常尊敬，他的一部新作叫《篱笆》，是写一个人当选为商会主席后处在暗杀的危险中，派了多种保镖对他进行安全保卫，结果也使他丧失了自由，这也是异化的主题。他的作品非常有价值，但绝不符合我国某些人心中的现代意识，他恰恰主张文学要对社会起作用，甚至喜欢援引狄更斯的例子，说是狄更斯的小说影响英国通过了一个关于童工的法律。这个细节我说得不一定准确，但类似的事情是有的，由于狄更斯的小说，英国的议会加紧讨论有关劳工保护的法律。这是狄更斯非常得意的，也是伯尔非常赞成的，而这恰恰是被我们新进的理论家和作家嗤之以鼻的。所以我在英国说了句玩笑话："原来我们的青年作家比你们更西方化。"英国人也笑了。但世界非常之大，远远不止美国、英国、意大利、法国。我同意你的看法，苏联文学有自己杰出的成就，特别是俄罗斯文学有非常杰出的成绩，但多年来苏联把社会主义现实主义定在作家协会的章程里，变成一种法令性法规性的东西，所造成的损害至今还有。不能够说苏联的作品都写得好，苏联作家里我最佩服的是辛吉斯、艾特玛托夫，但我有一种感觉，就是艾特玛托夫太重视和忠于他的主题了，他的主题那么鲜明，那么人道，那么高尚，他要表达的苏维埃人的高尚情操、苏维埃式的人道主义、苏维埃式的对爱情、友谊、理想、道德的歌颂在一定意义上限制他，使他没能充分发挥出来。至于第三世界国家在世界上还占非常大的一片，比如阿拉伯国家，他们的文化形态与中国的文化形态相比很难说哪个更保守一点。这里的保守不是贬义，保守也可能是褒义，就是对自己传统的了解和尊重。刚才你还讲到日本。总的来说，中国的当代文学和我们看到的好多是第二手、第三手材料的外国文学作品相比，没有理由使我们那么丧气，自惭形秽到认为中国没有文学的程度。我们有一个年轻诗人到西德去，他讲演的第一句话，就是中国没有诗，中国从来没有诗，屈原也是失意的政客，他不是诗人；李白也是失意的政客，也不是诗人。这样一些讲法说着很痛快，但确实让全世界为之愕然。所以我们对现代意识、对走向世界的理解本身是不是就带有幼稚性，我非常怀疑。如果中国出现一个非常有深度而又非常保守的作家，他的作品同样可以走向世界。当然空话非常难讲。把中国的文学和世界的文学相比较，我赞成你刚才的说法，就是语言上的隔膜太大。但中国文学的优势也恰恰在语言上，几千年形成的汉字、汉文学历史有绝妙的东西。由于中国语言汉藏语系非常特殊，既不属于印欧语系的那种结构语言，也不属阿尔泰语系的那种后缀语言。中国语言的最大缺点就是不精确，特别是动词没有时态，没有人称的变化，名词不加以说明的时候没有单数和复数的区别，没有主宾和从属的这样的特殊格，有人认为这造成了中国科学的不发达和逻辑学的不发达。关于这个问题没有办法讲，但在文学里却造成一些绝妙的东西。有些恰恰是西方现代文学先锋派所追求的，比如时间也消解，空间也消解，主动被动也消解。一个动词究竟是它主动，还是别人强迫的？所以中国人的作品翻译成外文后，他们向你问的问题，你觉得特别有趣。不止一个人，包括苏联人和美国人，要我回答《夜的眼》的"眼"究竟是单数还是复数？因为这里的可以有几种不同的解释，一种解释"眼"指的就是电灯泡，那就是单数，还有一种解释就是主人公陈果观察各种事物的眼睛，那必须是复数，因为是人的眼，要加 s。还有一种可能就是抽象的，仅有数的概念，就是夜晚本身的眼睛，把夜晚拟人化，夜晚是没有单数复数之分，也是单数。当他们逼着我来考虑这个问题时，我感觉到实在是在受刑，在汉语根本没有这个问题。我当时起的名字就恰恰有这样一种神秘感，你可以说夜本身的眼睛，可以说夜里行人的眼睛，也可以说是电灯泡好像夜晚阴森孤独的眼睛，都可以。但翻译到其他民族语言的时候却要解决是一只眼还是两只眼的问题。可能我既回答过一只眼，也回答过两只眼。有时候还回答翻译家你看着办，是一只眼就一只眼，是两只眼就两只眼。关于杜甫的诗有一个非常著名的争论，写他战乱之后回家后"幼子绕我膝，畏我复却去"有两种解释，一是说我的小儿子绕我绕了几圈认生又跑掉了；还有一种解释，就是幼子绕着我的膝不肯走，为什么呢？因为我好不容易回来，幼子怕我走，怕我"却去"。这样的歧义在其他语言里不会出现，不可能有这样的争论，其他语言会表达得很清楚。如果是怕杜甫走，那么这里面的"我"是宾语从句里的主语，而"复却去"是宾语从句里的谓语。如果是小儿子怕"我"而自己走掉，那么就没有宾语从句，主要谓语是"复却去"，中间又加了一个状态"畏我"。这可能被人认为是汉语的弱点，但恰恰造成文学的一些特色。

王干：这种争论在古典诗词研究里特别多。

王蒙：整天争个没完，甚至文人的乐趣也在这个争论。汉语还有非常明显的特点，就是简洁，还没有哪个语言能这么简洁。一个一百页的汉语作品翻译成日语也好，英语也好，法语也好，德语也好，西班牙语也好，阿拉伯语也好，波斯语也好，都变成了一百五十页左右，有的甚至更多。有时候你看见外国人写的书，到他家里一看，这么一书架都是他的书，你不必感到非常惭愧。第一，他的一百页实际是你的七十页；第二，他的纸张很厚，很精良。他的一百五十页的书就像咱们三百五十页的书那么厚，再加上各种精装的装帧，天地留得很大，真是漂亮极了，出书的质量真叫人服气。但中国语言的简洁是无可比拟的。中国文学也有非常好的传统。中国的文学这些年是走了不少的弯路，但情况远远没有那么悲观。我讲老实话，包括那些外国的吹得非常厉害的大家，我承认他们是大家，但绝不是高不可攀的，也不是不可逾越的。比如得诺贝尔奖的辛格的有些作品绝不是不可逾越的，川端康成的，海因里希·伯尔的，以至于海明威的。把海明威的作品认为不可逾越也是没有道理的，至于具体的中国作品怎样被世界接受，无须乎太操心，实际上已经在开始接受，这必然会有一个过程。我对"走向世界"最不赞成的，也和你一样，也不赞成"走"字，最不赞成"走"字里面的迫切感，"走"字里面有轻举妄动的感觉。一个真正伟大的作家应该有信心让世界走向他。我相信这些伟大作家在写作时在面对读者面对世界时有一种信心，也有一种恬静的心情，就是说他对自己的作品充满信心，因此他最终会被接受，被世界承认，而用不着为了走向世界而拼命向世界认同。应该让世界了解他的作品价值，不论他是乡土派还是寻根派，还是保守派、新儒家老儒家，他的价值就在于他是他自己，而不在于他是世界。如果说这个作家表现的不是世界最关心的问题，表现的不是世界的问题，而是三明治加迪斯科或再加一个歌星的面貌的话，这个作家就一钱不值了。作家的可贵就在于他是他自己，比如说他是一个农民，一个中国的农民，知识当然可以非常丰富，但他保留了中国农民的许多特色，很可能更容易走向世界。他是中国的革命党，中国的农民，中国的一作者，所以他引起了世界的兴趣。每个作家关心的是他的作品能不能最好地表达自己，表达自己对生活的感觉，也说不定走向世界的作家是一个抗拒世界的作家，是一个疏离世界的作家，是一个对世界并不睁眼看的作家。

王干：甚至可能是一个足不出户的作家。

王蒙：认为一个作家要走向世界就要到处活动翻译自己的作品，就要在自己的作品里列举在英、美、德、法发生的新鲜事，这肯定是非常可笑的。刚才你讲的西蒙，我可以讲一讲印象，我没有看过他的作品，但一九八六年一月在纽约参加笔会时见到他。西蒙是一个其貌不扬老老实实的小老头。世界各国的大作家也是各色各样的。西蒙不善辞令，但给人感觉是炉火纯青的小老头。西德的大作家君特·格拉斯就是一个演说家，留着很漂亮的胡子，画画也画得非常好，到处画毒蛇，画一些动物，他的家里挂的都是一些奇奇怪怪有的还显得挺凶狠的画。他写过《铁皮鼓》，艺术成就在联邦德国相当高。现在中国文学走向世界的讨论和中国文学与世界文学的差距的讨论，里面有价值的东西很少，相反，那种想当然的"西洋情结"非常多。

王干："走向世界"就是把文学奥林匹克化，把文学等同于足球、体操，好像诺贝尔评委会就像奥运会的领奖台一样。（笑）我倒想向你提一个问题，就是你觉得中国的当代文学是不是还缺少些什么？或在你本人创作里还缺少些什么？

王蒙：缺少的东西多啦，但最缺少的还是深度。不管是什么类型的，当你有了一定的深度总会成为有价值的文学。也许这种说法太简单。再分析其他缺少的东西多了，比如中国作家没有受过足够的教育，眼界也有待拓宽，汉语一方面有好多美好的东西，但另一方面又是一面墙。刚才讲的，是指少数的天才足不出户穿着马褂留着长辫也能成为大作家。但对于多数作家来说，能够通晓一种汉语以外的语言，对他绝对有好处，使他多一个参照系，多一双眼睛，多一对耳朵，多一个舌头。

王干：甚至多一个脑袋。

王蒙：在这点上，有些作家还不如五四时期的作家。但这些东西都不是绝对的，这很难讲，有那种口若悬河、学贯中西的作家，也有那种很怪僻甚至在日常生活中都缺少常识的作家，孤立地讲文学的成就，很难说哪个比哪个更大。这因人而异，我刚才说缺少一定的深度，还可以这么说，中国既缺少勇敢的革新者，也缺少真正有深度的保守者。这不是我提出来的，是我前不久看到的一篇文章里说的。这话说得实在太对。中国许多真正值得保守的东西我们也没有保守。比如围棋，现在日本人比我们下得好，我们就仗着聂棋圣，没有这个聂棋圣简直就是一塌糊涂了。比如茶道这些值得保留的东西，日本人替我们保留。这样一种深度，这样一种深刻的自信，是中国作家需要的。所以对中国作家来说，各种盲目的、趋时的、急着认同别人的、急着来变化自己的价值趋向是不可取的。文字里面要有真实货色，我不知道这话怎么讲，有时看一篇作品非常喜悦，像你讲的第三代小说家的作品，但又觉得真货有限。还有一些作品混混沌沌一下子就把你抓住了，但你看完之后有一种醍醐灌顶的感觉，甚至仿佛做了大手术的感觉。这里面就是真货。真货到底是什么？我总觉得作品还要有作家的人格。

王干：你刚才讲的深度这个词过去用得比较滥，但深度对文学仍然是很重要的。深度可能有这样几层意思：一，作家的情感深度，这种情感是从灵魂里发出来的、从内心最深的地方流出来的，而不是那种很浮浅、很浮泛的矫情，也不是看了一两本外国哲学书以后就进行情绪演绎的东西，而是经过人生体验从灵魂核心处萌发出来的自我情绪。二，可以称为深邃感，就是一个故事、一个人物，哪怕是一个场景，或一片灯光，但不能让人一眼望穿。

王蒙：就是描写一个自然现象，同样写星、写树叶，深度都不一样，这里面凝结着人生经验和思考。

王干：也许叙述时你感到很透明，阅读之后却感到不那么一目了然。深邃并不是一定要把人物、故事写得颠颠倒倒模模糊糊才有深邃感。也可能写得很明了，很简单，很清楚，同样会有深邃感，全取决于作家情感的投注和经验的投注。三，深度还必须有凝聚力，一部作品、一首诗，要能凝聚多种多样的情感、经验，有深度就能凝聚其他的文学的非文学因素。同时要有一种张力，有向外辐射的力量。作家主体有了这种凝聚力，就可能达到情感的深度，表现出人生的各种各样喜怒哀乐悲欢离合、各种各样的情结、情愫。中国文学缺少深度是很重要的不可忽视的问题。近十年的文学基本是观念的不断更新技术的不断翻花样，缺少一种"啃死鱼头"的精神，我不知北京话怎么讲，我们家乡叫"啃死鱼头"，这种"啃死鱼头"就是一种执着。对执着也不可笼而统之地予以称赞，执着有两种，一种是执迷不悟的执着，现在有些老作家就觉得他过去写的小说很好，不愿承认新的东西，这是执迷不悟。还有一种清醒的执着，这就是你说的深刻的自信，这种执着就有价值。那种执迷不悟可能是顽固、落后。目前前一种执着虽然不多，但那种清醒的执着者更少，大多数人在忙着变，忙着赶潮，忙着趋时；另外，我觉得语言的障碍简直无法逾越，不用说中国语言与外国语言难以沟通，我觉得我们家乡话与北京话有些词都不可译。

王蒙：文学上最明显的例子就是把文言文翻译成白话文，比如《庄子》，看古文时那么好，一看翻译的白话文就到令人作呕的程度了。还有人把古诗翻译成白话文，尽管做得很严肃的，比如郭沫若翻译屈原的《楚辞》，但已相当郭沫若化了。

王干：完全改写了。

王蒙：我有个信念，讲不出道理来。我完全相信文学观念是重要的，理论观念是重要的，叙述的技巧也是重要的，什么结构现实主义、魔幻现实主义也是重要的。尤其是语言的语感、语体也是非常重要的。但我老觉得文学有一种境界，到了这一境界，这一切都忘了，你不会想到语言、想到技巧，不会想到结构，不会想到什么现代感，也不会想到深度，而到了那样迸发的时候好像只剩下作家赤裸的灵魂赤裸的心，和读者赤裸的灵魂和赤裸的心，这样一种冲撞、搏斗，或者这样一种拥抱。我相信作家是有这样的境界的，而这种境界比那种最精致最讲究的境界无论如何要高得多。

王干：作家创作时要有一种混沌感，就是天地未开的感觉，只有作家首先进入混沌感，他的小说才会进入比较高的境界，才会进入混沌的境界，这就是海德格尔所说的"无"。如果一个作家老在想着现代观念、现代技巧、现代结构，反而会被这些东西束缚住了，异化了他。

王蒙：干扰了他，这些都是杂念。如果这时候还想着诺贝尔奖那就更可怕。这就像在战场上和敌人拼刺刀的时候绝对不会想到我这次刺刀拼好了的话回去以后可能升两级。我想打球的人在他打得最精彩的时候什么全都忘了，也想不起出国以前国务院总理曾经接见过，或者体委主任临别的时候嘱咐了三点，我想当时这些全没有了，包括胜利以后可能发两万块钱奖金还发一个健力宝金罐，还有三室一厅的房子什么的。

王干：巴老讲过，最高境界无技巧。起初我不理解，后来慢慢体会出来了，发觉这是甘苦之言。

王蒙：到了最巧的时候就完全是笨拙的状态，在这个意义上，最精致的作品不一定是最好的作品。如果从精致的角度来考虑的话，陀思妥耶夫斯基有时是令人不能容忍的，他怎么能和屠格涅夫的精致相比呢？甚至都不能和蒲宁的精致相比。蒲宁美极了，但陀思妥耶夫斯基绝对是比蒲宁伟大得多的作家，两个人不是一个量级。

王干：把小说写得很精致、很精美是个好作家，但不一定是伟大作家。大作家往往随心所欲，无视一切传统，无视一切规则，写作时想不到那么多规则技巧。大作家写作时不是面对世界，而是面对一片空白。如果他老觉得有东西干扰他，他肯定会写不下去，或写不好。

王蒙：过分关心走向世界，实际是长期封闭之后的一种自卑心态的表现。当你仰视世界、仰视诺贝尔奖、仰视外国读者的时候，你的作品永远不会赢得他们。还有一点，我也讲不清道理，但我们前几次讲话已经涉及，当一个作家的创作或技巧进入一个比较高的阶段，往往能有一种熔万象于一炉的成就，一种成果，这种成果可以说是弗洛伊德的，也可以说是尼采的、萨特的，也是阶级斗争的，也是唯美主义的，好像也是现实主义的，有一种古今中外无所不可熔化、无所不可接受的力量，而且你这么看就越像这个，你那么看就越像那个。

王干：就像我们旅游时看某处自然风景，比如一座山，可以看成猪八戒背媳妇，也可以看成孙悟空出世，还可以看成唐僧骑马，这完全是由于未经人工雕琢的天然混沌状态才可能给游客这多样的感受。如果真正把它搞成猪八戒背媳妇的准确形状，那就一点意思也没有。

王蒙：那有什么意思，正因为你看得又像又不像，才有意思呢。

王干：我想把刚才谈到的语言问题再发挥一下，我甚至觉得中国的语言不适宜搞现实主义。

王蒙：你说得有意思极了。你可以研究一下中国的戏曲，中国的诗歌，都不那么现实主义。

王干：现实主义有一个重要的因素，就是强调科学实证，现实主义产生时受孔德的实证主义哲学影响很大，这个因素后来被人们忽略了，而道德说教的另一面发展到极致。这也是由于中国式的思维所决定的，由于中国语言缺少科学逻辑特性，不可能去"实证"生活，表现"真实"。第一，汉语言规则的模糊，名词和代词的模糊性，省略的模糊性，主格和宾格的模糊性，使它不适宜表达精确的内容意义。现实主义强调真实客观，绝不容许模糊，这是现实主义最根本的规则，现代主义则有模糊的一面。第二，方块字本身就有形象性，就有力量给人视觉上的冲击，而视觉的冲击往往影响语义的传达，改变语义传达的指向。（拿起桌上的一本杂志）比如我们看"批评家"这三个字，这三个字组合时在视觉上就有可能产生出其他的意象，而这种新的意象是与文字的语义意象相异的，这就影响了意义的准确传达，造成一种模糊效应。现实主义要求作家在小说里把各种环境、人物、细节弄得一清二楚，是主人公眼里看到的，就不能是想象出来的，也不能是梦幻，也不能是错觉。时间非常准确，空间非常固定，与周围的关系也非常逻辑，不容半点含糊。而中国的语言文字天生有一种主体客体混淆的特点，为什么中国缺少现实主义？原因很多人们也研究了好多，但忽视了语言文字这种文学最基本最重要的载体。我觉得现实主义在中国不发达与中国语言文字有一定的关系。中国的文字有一种天生的画面感，很容易制造出一种视觉效果。国外就不会有人说中国古典诗歌不好，庞德等人对中国的诗歌简直崇拜极了，而他们对中国的小说就可能不以为然。因为中国的诗词最大限度发挥了中国古代语言文字优势，到了一种登峰造极的地步。

王蒙：对。

王干：中国语言文字本身就可能是反现实主义的，语言文字是一种工具、一种载体，把现实主义载到上面，就可能变形异化了。中国当代文学要得到世界的广泛承认和认可，还必须充分发挥中国语言文字的优势。如果有一天，一位中国作家用英语或其他非汉语的语言写作而获得诺贝尔文学奖，那可能是叫人最伤心的。

1988 年 12 月 13 日

今日文坛：疲软？滑坡？

一　观念不代表一切

王蒙： 关于当代文学，我这里不重复那些尽人皆知的事实，譬如党的十一届三中全会以来，思想解放，人才辈出，多元化局面的出现，是新中国成立以来最好的时期。我现在很有兴趣的是这一两年特别是今年出现了探讨当代文学不足的热情。这当然是好的现象，但是探讨当中，我想先讨论方法论的问题，就是我们以什么样的观念、什么样的模式作为我们衡量当代文学长短得失的依据？上一次你已经谈到了这个问题。现在有一种说法，就是看观念新不新，或者小说是不是有现代意识，似乎小说的成败在很大的程度上决定于作者有没有站在时代最前列，说得难听一点，这就是那种最时髦的思想，这样一种衡量作品的价值标准，从它的原则来说，和

"左"的时候强调时代精神实际上是一个路子。

王干：就是人们常说的主题思想，过去说深刻不深刻，今天就是时髦不时髦。

王蒙：那时候讲时代精神、有高大完美的英雄人物，表现了时代的精神，表现了人民群众是历史的主人。现在就反其道而行之，你必须表现出人生是渺茫的，人民群众是无能为力的，生活是荒谬的，好像这才是新的观念。这是一种说法，我把它称为"观念"论。还有一种说法，我把它称为"局限"论，认为决定文学作品的成败得失在于它是不是能够突破所处的时代环境和社会以及文化的局限。常常有人在叹息，或者叫抱怨，或者是痛斥，认为中国的作家没有突破自己的局限，因为中国还是一个不发达的国家，中国就不能产生发达国家那样前卫的文学。似乎前卫的文学一定要和前卫的科学技术、前卫的商品、前卫的住宅或前卫的生产力联系在一起，或者讲由于中国文化的落后性、局限性，也成为作家身上的沉重的负担。或者从社会发展上、甚至于从地理环境、从语言上（汉语比较特殊，不像印欧语系）来论述局限性。这实际是一种决定论，是一种历史条件、文化传统和社会发达程度对文学的决定论。我对"观念决定论"和"环境决定论"持相当怀疑的态度，真正伟大的作家总是能够突破自己的观念，也能够突破自己环境的局限，这两种理论恰恰忽视了文学天才的伟大意义。一个伟大的文学天才必然在两方面都有突破。譬如《红楼梦》。说曹雪芹的观念有多新，我很难理解，觉得相当牵强，比如把曹雪芹的思想说成是中国资本主义萌芽，有个性解放的观念。我个人的看法是，曹雪芹并没有个性解放的观念，但他的小说客观上表现个性压抑的痛苦，人性被压抑的痛苦，但这决不等于曹雪芹有个性解放的观念，有人性的观念。就像我们上次谈到《红楼梦》里有好多地方可以用弗洛伊德的分析方法来评论，这丝毫不等于曹雪芹哪怕是已经半自觉地意识到这一点，他已经是先驱弗洛伊德主义者。中国人很愿意做这种考证，比如外国有什么新发明，我们考证一下，说这并不新鲜，我们周朝就已经有了。现在有人说电脑是根据咱们的八卦原理创造出来的。

王干：中国人有一种"自古就有癖"，比如中国足球的水平比较落后，但有人考证出宋朝就有足球，足球是中国人发明的。

王蒙：高俅就是踢足球出身。

王干：我相信高俅踢的球与现代足球完全是两码事。

王蒙：我觉得曹雪芹的天才恰恰表现在他生动地反映了生活，反映了作为一个人的心灵的痛苦，在爱情上、事业上、人与人的关系上、友谊以及仕途经济功名上灰心失望的情绪。这与其说是一种观念，不如说是他伟大的本能，是他的情感、是他的天才。有人甚至分析曹雪芹的作品表示了对歧视妇女的抗议，我觉得也很难说，《红楼梦》里面所说的"男人是泥做的，女人是水做的"，与其说带有女权主义色彩或男女平等色彩，不如说表现了贾宝玉这样一个人物或叫典型的乖张的性格，甚至于水做的、泥做的表达的是贾宝玉的性心理。

王干：就是一种性心理。

王蒙：而且，贾宝玉还讲，为什么女人没结婚前那么可爱，结婚以后成了老婆子就变得那么混账？这里面有性心理，怎么可能是男女平等的观念呢？我这里想用一个可能相当现实主义的概念，生活永远大于概念。在没有弗洛伊德主义以前，人们早就有性意识、性心理。有人类就有性、性心理。在没有现代主义以前，人们早就有荒谬感、孤独感、错乱感，这些东西是先验的存在的，而现代主义则是后来的。在没有男女平等或女权主义的理论以前，早就有女人的叹息，我为什么生来就是一个女人？女人实在是太受苦了。这在民歌里也有。如果谈观念，《红楼梦》里凡是涉及的观念都相当陈腐，丝毫不高于当时的其他人。不知道你同意不同意？

王干：《红楼梦》里那种封建没落文人的情绪很浓重。

王蒙：一遇到讲观念，连那些词儿都很陈腐。

王干：是仕途不得意的文人心理，没有一点现代意识。

王蒙：绝不是曹雪芹的思想观念特别新，不是有了观念就有了一切。恰恰是曹雪芹的文学天才，包括对生活的敏锐感受，也包括他的非常诚恳的心灵。尽管在讨论到社会问题、人生问题多么陈腐，但写到人生的悲欢离合时非常坦诚，可以说比任何一个作家都坦诚，没有把人生的悲欢离合屈服于封建模式。所谓"满纸荒唐言，一把辛酸泪。都云作者痴，谁解其中味"，"荒唐言"什么意思？就是对封建的陈腐观念而言是荒唐的，如果望文生义，曹雪芹就是荒诞派，因为他认为写的是荒唐，我们今天看起来一点也不荒唐，非常正常，发生那些事甚至是必然，但在曹雪芹当时看来是荒唐的。"一把辛酸泪"，说明有他的痴情，有他的诚恳。所谓"作者痴"，也就是作者遇到这种事以后无法用那些观念去回避、去忘怀、去概括。

王干：去观照。

王蒙：对，观照他在生活中的感受。"其中味"是什么味呢？就是人生的真味。人生的真味，艺术家的心灵，艺术家的天才远比观念更重要，文学毕竟不是哲学。我们无法期待我们的作家都留过学，都在世界最发达的资本主义国家留洋二十年以后，英语说得呱呱叫以后才有了现代观念，才能写出伟大的作品来。所以我认为观念决定论是相当幼稚的说法。

王干：衡量文学不像考察企业的生产管理，现在中国引进国外好多设备和技术，必须按照现代工业的观念和方式来管理，来操作它们。文学的好坏太难说了，观念新也可能写好作品，但仅仅有新观念肯定写不出好作品。

王蒙：仅仅有新观念，出现的必然是廉价的时髦作品。

王干：很快就热过去了。现在的文坛和论坛有点像时装表演一样，特别是创作上，一会儿是意识流热，一会儿是萨特热，一会儿是黑色幽默，一会儿是荒诞派，一会儿又魔幻现实主义，一会儿是"新小说派"，反正把西方已经有的小说流派全部在中国文坛上演一番。其实也没有真正搬进来，搬的只是观念性的东西。如果用观念决定论来看当代文学显然是幼稚的，甚至有点反文学。文学具有多重功能，多重效应，不能仅仅以一种社会价值观念去衡量文学的优劣得失。一部好的文学作品不在于观念的新与旧，甚至不在于技术的先进与落后，决定文学作品往往是一种情感性的东西。如果把内心的情感不带功利、不带杂念地写出来，就有可能是好作品，当然这里面还有其他因素在起作用，这种无功利观念的作品往往经得住多种批评尺度的推敲，经得住多种观念的衡量。曹雪芹写作《红楼梦》完全处于一种非功利性的状态，不想得诺贝尔文学奖，也不想创立一个流派、一个主义、一个文体。

王蒙：也不拉山头，也不想当作协理事。

王干：甚至也不想挣稿费改善生活。他写作《红楼梦》完全是出于一种内心的需要，他要把对整个人生、整个社会、整个生活乃至当时的科举制度的那种非常复杂、非常说不清楚的感情表达出来。

王蒙：一种不吐不快的对经验的重温。

王干：对。从这个意义上说，文学作为一种情感的表现或宣泄是有一定的合理性的。最近出现的对当代文学提出种种质疑和非难（我自己也参与了这种质疑和非难），尽管这种责难有它不公允甚至不正确的一面，我觉得这种批评性或批判性的文字对中国新文学的发展是有好处的。

● "'文革'后文学"与三代作家

王干：所谓"新时期文学"其实是一个非常含糊、不科学的概念，我们一般认为新时期从粉碎"四人帮"以后，或党的十一届三中全会以后开始，但"新"到何时为止？

王蒙：当时用这个概念无非和过去相比较，实际上新时期文学是和年年搞运动、以阶级斗争为纲、为无产阶级政治服务的那个时期相比较而言，对今后怎么个说法，谁也说不上。

王干：我觉得有个概念比较好，"'文革'后文学"，因为这一时期的文学与"文革"的关系太大了，它的主题、人物、故事、语言以及作家与"文革"的关系太密切。从这一时期作家的组成看，有两类作家支撑这一时期的文学，一部分是"文革"中受苦受难的作家，像你们这一代人，由于被打成右派到了社会的底层，"文革"时差不多都是对象，或至少不是动力，反正没过上什么好日子。还有一类作家就是所谓的知青作家。我把你们称作第一代作家，而把张承志、韩少功、王安忆、莫言、贾平凹这样一批作家称作第二代作家，在"文革"中这些差不多都是动力，都参加过红卫兵运动，差不多又经历了上山下乡，都到农村插队去了，这一代人的青春实际在"文革"当中度过。张承志最近的长篇《金牧场》里就写到了当时的红卫兵运动，但他把红卫兵大串联写出了一种朝圣的宗教感。这两代人构成"'文革'后文学"创作的主要阵容，所以，这两代人的作品从各方面与"文革"有着千丝万缕的联系。最初出现的"伤痕文学"，就是都以否定"文革"批判"文革"为主题，是一种政治批判道德批判的方式，还没有人道主义，是用正义、善良这样最基本的道德观念去批判"文革"。后来出现了对历史的反思，出现了人道主义的潮流。反思的时间很远，从"文革"一直反思到新中国成立前的历史，你当时的《布礼》便反思到新中国成立前，李国文的长篇小说《冬天里的春天》也是。李国文的这部小说本来是描写"文革"的，但它反思更前一点的历史。最初出现的《伤痕》《班主任》并没有真正进入到很深的文学境界和艺术层次，特别是一些描写与"四人帮"斗争的作品，实际还采用"'文革'文学"的模式，只不过把走资派变成正面形象，把造反派变成反面形象。后来就发生了很大的变化。有些人便是在"文革"中走上文学之路的，像蒋子龙、刘心武、韩少功、贾平凹、张抗抗、谌容，在"文革"期间都发表过一些作品。甚至方之在"文革"期间也写过小说。这种"'文革'文学"不仅影响到每个人的政治灵魂，也影响到作家的文学精神。所谓"新时期文学"实际是从"'文革'文学"蜕变来的，这就决定"'文革'后文学"的不完整性和先天的不足，当它发展到一定的时候就必然会陷于一种很困惑、很迷茫、很滞顿的阶段。我觉得近两年文学确实是"低谷"，这种"低谷"一方面是与前些年那种轰动效应比较而言，文学刊物的订数在下降，读者越来越少，作家的队伍也在发生分化，不少人感到没劲，而"下海"淘金了，能够埋下头来写小说的人不是越来越多，而是逐渐减少。这是一种低谷。另一方面，创作本身也出现了低谷。第一代作家、第二代作家大多数处于疲软状态，已经丧失了早期的那种热情、冲动，那种敏感，那种良好的感觉，作品的情绪律开始呈衰弱态。评论界发出种种不满、非难是正常的。由于文学刊物太多，现在作家写作，随意性太强，自我感觉太良好。

王蒙：对。

王干：所以，这个时候泼点冷水，尽管比较刺耳，非常难听，甚至有人觉得是"骂"，不过我不能接受"骂派批评"这种说法。

王蒙：这种说法太俗气了。

王干：这反映中国的文学批评讲好话讲惯了，讲些不中听的话，就有人觉得骂。当然，有些批判性的文章层次相当低，有的真是在骂。但泼一点冷水可能会让作家冷静下来进行自我反思和自我调整，积累新的力量、鼓动新的热情、写出新的作品。现在这种困惑、迷茫、滞顿、混乱，也可能是出大作家的时代，从这种困惑、迷茫、混乱、滞顿的低谷中走出来的肯定不是一般的作家。我在一篇文章里说过，中国新文学进入了爬坡状态，不进则退，小说界的一大批人在滑坡，非但没有在原有的基础上提高一步，甚至不能保持已经有的水平。像你们的这一代人当中，今年就是你的小说、谌容的小说还能保持势头，而不少人基本在滑坡，有的甚至到了令人不能忍受的程度。另一方面，第二代作家也是如此。当然，也有例外，张承志就没有滑坡。好多人的新作都叫人失望，所以，批评发出不满的呼声，是必然的。但怎么使我们的批评更有力量，真正能帮助作家找出症结所在，还是一个问题。有些批评文章非常皮毛、浅层次，有时以机械进化的情绪来看待文学现象，有时带有很大盲目。就像作家中出现那种创新的盲目一样，批评所进行的否定运动也有一种盲目性，有时为了批评而批评。

王蒙：我对你所说的"'文革'后文学"和一九八七年以后新阶段的说法，很有兴趣，但我对此还得想一想。我抱着审慎的态度，我还没有足够的阅读经验来帮助我说明这个问题，我提几点质疑性的意见。大家都经历了"文革"，包括一些最反对"文革"的人也会受"文革"的影响，这是绝对正确的。这既表现在作家身上，也表现在官员身上，也表现在批评家身上。

王干：还有读者身上。

王蒙：如果"'文革'后文学"这样一个概念能够成立的话，实际上就是不断地突破、摆脱"文革"的影响，同时又自觉不自觉地受它的影响的过程。你把刘心武的《班主任》和那些写反"四人帮"的故事视为同类，我觉得不够公正。《班主任》在一九七七年的所有文学作品中脱颖而出不是偶然的，它没有简单地写成两个营垒，就是"四人帮"和它的爪牙是一个营垒，广大的革命人民又是一个营垒。《班主任》恰恰写出了谢惠敏这样既属于革命人民而又受到"四人帮"影响的人。类似谢惠敏这样的典型，张弦早在一九五六、一九五七年已经创造过，他写了一个中篇小说，叫《苦恼的青春》，就是写一个女团支部书记表现得非常之好但很教条，让人忍受不了，自己也受不了，与谢惠敏全无二致。但张弦的作品没等发出来就被定成右派，他定为右派，主要就是这部作品。后来他的作品到一九八○年、一九八一年终于发表出来了。

王干：是在《钟山》上发的。

王蒙：发表的时候已经毫无影响了。谢惠敏的专利权已经在刘心武那里了，这是开玩笑的说法。我现在还能回忆起我看《班主任》时的激动心情，那还早在一九七七年，我还在新疆，忽然又看到这样的小说，我心跳得不得了，我简直不知道是一个新的时代开始了，还是又一场大祸临头。当然，在今天回过头来看《班主任》的缺点就很容易，它主题先行的色彩等都容易看得出来。但无论如何，《班主任》对当时的文学是一个极大的突破。第二点我想质疑的就是把作家分成几代的说法，这个说法很简易，就是按年龄段分作家，但这到底能给我们带来什么？用这种年龄段划分作家能说明创作的特点吗？比如让我和我的同年龄段的人哪怕他是我最好的朋友，我们的创作是一种类型的吗？我非常怀疑。有些按年龄段分作家的论述，那种粗疏使我怀疑他根本没看过这些作家的作品。比如前不久，《读书》杂志上关于第四代的说法，论述五十年代的这一批作家只关心他们自己这一代人。我一看就知道他没看过我们的作品，第一他没读过邓友梅的作品，邓友梅最著名的作品恰恰不是描写他自己这一代人，而是描写的上一代，清朝的遗老遗少，《烟壶》《那五》，这些和小八路、知识分子毫不相干。在我的作品里，有大量写青年人的，而我的长篇小说《活动变人形》也是写的上一代人。你刚才讲的有些作家的随意性强，我感到现在评论家说话之随便，没有任何的根据就可以随便在那儿讲，而且立刻用语录体发表出来，也达到相当惊人的程度，这倒不是你搞评论我搞创作互相攻击一下。（笑）分代我一点也不反对，如果单纯地用年龄用经历划分作家，我觉得这本身的幼稚性比用观念划分作家还要廉价。第四代人是最新的人，他们有最新的观念、最新的艺术方法，第一代老了，所以过时了，第二代人正在过时，第三代人一半过时，一半不过，第四代方兴未艾，这样来划分就更可笑了。

王干：一个真正的大作家，他不但是跨代，也是跨时代。

王蒙：也是超地区。

王干：也超文化、超民族。我刚才说的那三代作家说，碰上你就比较麻烦，碰上马原、残雪也麻烦。刘心武也难说，他与你们不一样，与韩少功、张承志也不一样。刘心武、张洁在连接五十年代和八十年代两代作家起过很重要的作用，马原、残雪也是一个连接的枢纽。一个大作家用"代"说不清楚。

王蒙："代"代不住他，"主义"主义不住他，甚至用地区、用民族都划不住他。

王干：用"改革文学""乡土文学"概括不了他，这才是超群的作家，他超出了那一代人的局限。"代"是客观存在的，无论从年龄上、经历上，还是从文化上，都构成了一代人的特点。西方已出现了"代文化"研究。一个好的作家是超代的，如果一个第一代作家的作品第三代、第四代人能接受，或者不知他的情况，还以为他是新派作家，那么这个作家便已经超出了"代"对他的限制。至少目前文学创作界两代人的存在已不容忽视，他们的文学经历、文学精神、文学手段、文学语言，确确实实是不一样的。比如，张承志与你相比，尽管你也写过很充满理想、很充满激情的作品，像《青春万岁》，但你今天的作品与张承志完全是两样的。这倒不是说一代人比一代人好。

王蒙：你这么说，我觉得说明不了问题，同代人又有谁和我一样呢？邓友梅写得和我一样吗？茹志鹃写得和我一样吗？陆文夫写得和我一样吗？从维熙写得和我一样吗？

王干：那是说你是这一代的代表，张承志是那一代人的代表。

王蒙：代表那就更困难。

王干：代表不是典型，也不是所有个性相加的总和，不是共性、普遍性。代表不是微型胶卷，不能将所有人的特征都浓缩进来。一个时代的代表总是以这个时代突出的人物或杰出的人物为标志的。比如说，我们说鲁迅是五四文学的代表，并不是说鲁迅把所有作家的风采、个性都概括进去。、

王蒙：我不否认代的存在。代和年龄段一样客观存在。第一，我们应该研究代以至年龄对创作的意义和它的限度，即年龄并不决定一切，有的人作品里非常鲜明地表达了他那个特殊年龄段的特殊感受，也有的人作品并不鲜明地表达这种东西，还有的人这篇作品里有所谓非常强的代意识，而在另外的作品里则没有代意识而是一种超代的意识。观念不是决定一切的，代也不是决定一切。第二，我同意你的说法，真正的好的作家往往有一种超越性，这种超越性包括对观念的超越，也包括对年龄、对"代"的超越。他有一种不可概括性，越是好的作家，越难概括。你用什么现实主义、浪漫主义难概括他，你用"代"也很难概括他，用观念也难概括他。

● "局限论"的局限

王蒙：局限性问题也是这样，如果你以社会的局限、历史的局限、文化的局限来解释很多东西，有两点解释不通。第一，落后的社会形态也可能产生很好的文学，非常发达的形态也可能产生很差的文学，甚至社会生产力的发达在某种社会制度下或某种情况下是以牺牲文学为代价的，是文学的萧条。技术发达的结果

使人们的性灵受到戕害，这样的例子非常多。西方的好多有识之士正为这个苦恼。再一方面，很多作家的经历也能推翻这个观念，比如美国的女诗人狄金斯，这个人从上完学以后，不出家门，足不出户，既不符合唯物主义，也不符合体验生活深入生活的原则，也不符合现代意识的原则，现代意识绝不能鼓励一个男人或女人足不出户。她也没有宇宙意识，也没有地球意识，也没有全人类的观念，也没有海洋蓝色文化的观念。她就在非常狭小的天地里，写她并不准备发表的诗，而她的诗至今盛行不衰，甚至认为她开了意象派诗的先河。王国维论说过两种作家，入世的和出世的，入世的他举曹雪芹，经历了各种事，越写越好；另一类像李后主，没有经历过什么事，出生在宫廷之中，然后变成了亡国之君，在很狭小的范围活动。如果李后主不是这种情况，而是有了现代意识，不但了解中国，而且还了解地球，而且还了解五大洲四大洋，那很难设想。所以局限性的观念也不是一个科学性的观念。我常常有一种说法，也许这种说法更廉价——如果我们的作品写不好，不怨天不怨地，不怨中国的历史，不怨孔夫子，也不能怨"四人帮"，只能怨我们自己。因为我们不是天才大作家，如果是天才大作家在这些情况下照样是大作家。把一切解释为社会环境决定论就更可怜了。如果把世界上的伟大作家和我国作家目前处境相比，起码我们作家处境不是最坏的，我们的作家当然有过各种痛苦的经历，我也无意通过这个来替当权者开脱，似乎迫害作家有理。但我常常讲这个例子，不管是曹雪芹也好，托尔斯泰也好，契诃夫也好，他们是在什么样的民主、宽松、和谐的气氛下写作的呢？他们受到了领导或是政府什么样的关怀呢？他们出去旅行有谁给他们报销车费呢？他们参加过什么样的在风景胜地举行的笔会呢？住过几级宾馆呢？当然托尔斯泰的生活优越一点，但他的精神更苦闷。所以，我不同意把对观念的探讨、对环境的探讨、对文化传统的探讨以致对代的探讨来作为自己创作不好的口实。反过来，我也不同意评论家用这些东西来否定作家，现在分析作家创作不理想的一些文章我很赞成，而且我也写了这方面的文章。但是，确实也有极少的文章就是用观念、用局限性干脆一笔抹杀，这样的评论家至少有三四个，这种一笔抹杀的潜台词是什么呢？是这样的：中国是落后的，中国的文化传统也是落后的，中国的文化是不可能走向世界的，因为世界是以最先进的西洋国家为中心为代表的。中国创造出来的作品如果努力吸收新东西，你就是假的，"伪现代派"。你要不努力接受新东西，那你就是旧的，是民族的，旧的、民族的是不能被世界所接受的。你是新的就肯定是假的，你不可能是真正的原装，就好像在中国装配的索尼牌东芝牌，或者是雪弗莱奔驰，你装完以后人家也不承认，是上海造的，虽然上面也有个牌子，但两个牌子，一边是上海，一边是联邦德国大众牌，这不是原装。用这样的观念就很轻率地认为我们的文学一无可取之处，认为我们的文学什么都没有。现在有这种说法，现在的中国文坛有什么，一切应该有的都没有，有的只是模仿的东西，或者是陈旧的东西。这些说法也完全脱离文学实际。而且我还有一个想法，这样评论的人实际反映了他们的西洋情结。可能我这话说得刻薄点。就正像我们可怜可爱的同胞向往东芝牌的电冰箱，向往奔驰牌的汽车一样，我们现在有那么几个评论家不停地向往博尔赫斯的小说，加西亚·马尔克斯的小说，实际是用东芝牌、奔驰牌的原装标准来观照中国的文学，所以是一片叹气、失望之声。发表这样评论的人恰恰对所谓的西洋文学了解得非常之少。还有一个很有趣的现象，凡是西方文学的专家都没有这种评论和意见。西洋文学实际是多种多样的，中国人整天在那儿喊走向世界，但我所接触的西方人没有一个人认为中国不是世界的一部分。世界分好多大的块，苏联东欧是一大块，第三世界国家也是一大块。而西方的资本主义国家里，美国也是一个特例。西欧那些国家，跟美国完全不一样。他们保守情绪很厉害，有些美国捧得很高的东西被他们嗤之以鼻。反过来说，我所不赞成的并不是对当前文学的疲软、滑坡这些现象的探讨，我只是不赞成这种探讨以美国原装或拉丁美洲原装为标准，这样的标准实在是非常可笑的，那些讲原装的人实际从没见过原装货，他们所知道的原装货无非是第二手的原装货。据我所知，那几个最具有西洋情结因而认为我们国家的文学作品一无可取的人没有一个能从原文看小说的。所以，这种情结变得有点可怜了。

㈣　时间与滑坡

王蒙：还有一点，我与你说的想法略略有点不同。就是观察一个作家是不是滑坡，从一个年头或一个作品来看，也是很不可靠的。我主张对一些作家用滑坡这个词要慎重。任何一个作家的创作历程不可能是一帆风顺的，不可能像攀登珠穆朗玛峰一样。有时也不具有可比性，你很难说，他的这个作品比那个作品怎么样。有许多诗人的最好作品是在他年轻的时候，但他最深沉的作品和最简约的作品在年长之后，这很难比。对有些作家经过一段喷涌之后因而显出暂时的沉默或作品热度的减低，是不是一定要用滑坡这个词？我想跟你商量一下。

王干：我觉得滑坡是必然的，一个作家经过一段喷涌爆发后必然要从热到冷从情感丰富的状态、生命意识强烈的状态进入一种相对疲软、相对冷静或相对空虚的状态，这个时候就有可能进入一种滑坡。当然不是一定要叫滑坡，有的可能是一种小憩，有的则可能真的一蹶不振了。你刚才讲的，文学作品无可比性，年轻时比较热烈、奔放，年纪大了可能比较含蓄、冷峻、简洁，这是从风格上说的。但现在有那么一批人的作品确确实实在退化，感觉在退化，故事也在退化，不如以前讲得那么好了，语言也在退化。

王蒙：江郎才尽了。

王干：也不一定这么说。我为什么要用滑坡呢？因为滑下来以后，作家经过自我调整之后，也可能振兴起来。

王蒙：但这不容易。

王干：如果能从这种滑坡状态走出来，就不是一般的作家了。一个诗人年轻时有几首好诗，没什么了不起，年轻人的感觉都很好，都有激情，只要达到一定的文学修养，文学水平，都可能写出几首好诗。

王蒙：人人都是诗人。

王干：真正伟大的诗人就在于不但年轻时能写，中年时也能写，到了晚年还能写出有青春气息的诗来。一般诗人到了晚年就写不出像样的诗了，但中国有个诗人是例外的，这就是艾青。他三十年代写的《大堰河——我的保姆》，四十年代的《火把》，尽管我们现在看还比较单纯，但《火把》所隐藏的热情是青春的激动，五十年代艾青还写了不少好诗，特别是那些短诗，八十年代艾青重新出来歌唱，写出好多优秀的诗篇，艾青是很了不起的诗人。

王蒙：苏联有个汉学家说，当你们在议论哪个是年轻的诗人的时候，我想中国最年轻的诗人是艾青。

王干：有意思。

王蒙：这是"代"的超越性。

王干：艾青晚年的诗内容非常丰富，显得非常成熟，但语言非常简洁，甚至非常朴实，艾青的诗歌经过好多变化，到了晚年达到了高峰，进入了一种辉煌的境界。

王蒙：这也和他二十年的沉默有关系，客观上变成了一种蓄积。

王干：现在有些作家如能从滑坡中走出来，继续向前攀登，就有希望。如果现在这样滑下去，就只能是一个小作家。文学非常无情，这些小人物很快会变成大作家的垫脚石。这有点叫人伤心，也很可怕。

王蒙：也不可怕。

王干：文学发展的历史表明，成为大作家的是少数人，小作家是大量的，写过几篇小说、几首诗的人如果不能继续保持青春的活力和敏锐以及良好的感觉，往往很快被文学发展潮流淹没，被人们忘记。现在指出这样一种滑坡的事实虽然残酷一点，但这仍是有意义的。当然，话又说回来，有的作家只有一部小说，就在文学史上占有很光辉的位置。

王蒙：现在很难说。需要反复，需要一段时间后回过头来看。经过一段时间以后，有些曾经轰动一时的作品，立刻变得黯然失色，也有的作品在当时是很平常的，经过一段时间以后反倒放出光彩来。所以，时间既有残酷的一面，对真正的作家来说，时间反倒是有情的。

王干：目前，不少人有一种情绪，我也有这种情绪：希望中国能够出大作家、大作品，能够与世界对话。这样一种情绪是一种急躁情绪呢，还是以西方文学作为参照系呢？我觉得这种情绪与社会心态有关系，因为人们现在希望中国很快富起来，能赶上发达国家水平。

王蒙：希望奥林匹克运动会能够多得金牌。

王干：如果对"文革"后十年的文学作个评价的话，我觉得这十年的成就是新文学所没有的，我不同意说今天的文学水平没有五四时期高，没有超过"五四"。今天文学不论是丰富还是多元，不论是锐气还是技巧，都已经超过了五四文学。也许由于时间没有拉开，容易造成一种障碍，还不能看到今天文学已经取得的成绩和价值。如果今后的文学还像前几年那么发展的话，中国文学就不会比哪个国家差。问题在于除了少数人外大多数作家都表现出一种疲软态，只剩下少数的精英在孤军奋战。也许真正的大作家、真正的先锋在孤军奋战时才能成就。前几年大家都在同一水平上跃进、跃动，当文学失去轰动效应之后，一个作家能不能继续作战，能不能把自己的创作调整到最佳状态，将各种生活经验情感经验饱满地表现出来，这是衡量一个作家创造力强弱的重要时刻。尤其外在的要求对一个作家相对高的时候，或者外在的反应比较冷淡的时候，这个作家能不能沉住气，继续保持那种良好的心态，这是出不出大作家、大作品的一个关键。为什么现在对文学的评价一片"冷色调"？这因为中国人喜欢看群体，看这一批第三代作家怎么样，那一批作家怎么样。尽管新近出现的这一批作家很聪明、很俏皮，但作品的厚度和容量还不如人意，甚至不能与他们的前代人相比。所以这新近的"热流"并没有影响到整体的冷色调的变化。我认为中国文学可能会出大作家、大作品，尤其是遭遇"文革"，就更应出大作家、大作品，不出才奇怪。不管怎么评价"文革"，它是一种特殊的历史现象和文化现象，它那种特殊性，提供了极为丰富的文学土壤。如果没有"安史之乱"，杜甫就不会这么伟大。

王蒙：这也很难说。这又变成了客观历史条件决定论。文学的才能、文学的胸怀也就是所谓主体的作用，很重要，有的是经历了社会的大动乱而成为伟大的作家，有的是由于足不出户而成为伟大的作家，这很难用一句话下结论。我对那种争论实在感到莫名其妙，据说白先勇预言：中国三十年内不可能出伟大作家。刘宾雁预言中国十年内就一定出大作家。他们原话不一定这么说的，但有类似的争论，我对这种算卦式的讨论以及他们的逻辑完全不能赞成。白先勇偏于悲观的论调就是局限决定论，如按照那个决定说的话，哪儿也出不了大作家，美国的现在环境适合出大作家，那才活见鬼呢！如果和美国人讨论讨论的话，他们认为这种社会环境是最反文学的环境，比中国还要"反文学"得多，它的技术主义、科学主义，整个人生机器的旋转就像旋转加速器一样，人们更喜欢看浅层次的、富有刺激的、富有形象感甚至富有肉感的那些东西。如果谈到社会环境，我听到的是一片咒骂声，不论是东方还是西方，所有的作家都在咒骂他们的环境，也许作家就是为了咒骂环境而被上帝创造出来的。

⊞ 滑坡和并不滑坡的作家

王蒙：从具体作家来论倒很有意思，也很难从年龄上看，比如张承志一直非常饱满，这是和他的人格、人生路线分不开的。张承志有一个非常可爱之处，他对文坛是抗拒的，像躲避瘟疫一样躲避文坛，他认为文坛非常黑暗，他不但诅咒环境，而且诅咒文坛。他对文坛的看法非常之阴暗，所以他喜欢独行，动不动跑宁夏、跑新疆，他的圣地是新疆、宁夏、内蒙古，他在一种忠于自己理想的追求之中进行了他的创造。最近，我觉得张抗抗的一些作品有意思。张抗抗写作非常早，她的作品一直处在评价不错的状态，但她也老没有特别突出的作品，像王安忆一度所得到的那样，或者像刘心武一度所得到的那样，或者像贾平凹一度那样红起来过。但张抗抗相当有后劲，她一直保持在她自己的水平线上。如果从长远的实力来说，张抗抗可能比某些人所预料到的要好一些。贾平凹有相当的随意性，但在他身上很难说有滑坡的东西。

王干：贾平凹没有神圣性。

王蒙：他更多一点游戏的成分。

王干：贾平凹可能有一种写作癖好，他不停地写，而且一个故事写完之后，还可能把它再写一次。他长篇《浮躁》，实际是他中短篇糅起来的，如果不看他其他的小说，《浮躁》还是不错的，但如果放到他整个创作里来看，尤其是比较熟悉他的小说创作进程的人，就会发现《浮躁》是他过去创作档案的集成。

王蒙：每个作家都是特异的。贾平凹尤其特异。张贤亮也很难估计，据说他的一部新的力作《习惯死亡》已经写完了，老先生自己已经吹上了。不管你对张贤亮作品的某些描写，甚至于某些主题思想持异议，但在张贤亮的身上，也很难看出滑坡的迹象来。

王干：张贤亮最近没有作品。

王蒙：这也是一种严肃。但对他的《早安，朋友》我不敢恭维，实在是丢份儿的小说。也有让我感到特别失望的，最明显的是张辛欣。张辛欣处在逆境的时候，她写的作品透露出来一种压抑、苦斗，甚至一种歇斯底里、一种恶毒，但这种恶毒完全不是"文革"所说的政治上的恶毒，就是一种激愤吧，不要说恶毒。那些作品写得比较好。直到看她的《封·片·连》的时候，我还觉得不错的，《封·片·连》和《疯狂的君子兰》实际是一路作品。很客观地写人生的异化现象，但后来她真正撒开随意了以后，实在不敢恭维。我甚至说，作家和作家的气质是不一样的，有的作家写得相当随意，但仍不失作品的质量。比如古典作家陀思妥耶夫斯基既是极严肃的，也是极随意的。极严肃是他的思想、情感，那种真诚，那种替人类受难的感情，随意是他的结构，我感觉他就是兴之所至，我真服他这一点，他可以一连多少页连段也不分，真是像发了大水一样，写他的情感，感想。而且，他随时将报纸上看到的故事以及新闻就像写杂文一样塞进去了，一泻千里。如果用鲁迅的标准来要求陀思妥耶夫斯基，比如用"写完后至少看两遍，把一切可有可无的字、句、段落删去"来衡量的话，陀思妥耶夫斯基的作品连中学生作文都不能打很好的分数。但反过来我们设想一下，如果陀思妥耶夫斯基把作品改得像鲁迅的短篇，像《祝福》《伤逝》，或者像《在酒楼上》。

王干：像《孔乙己》。

王蒙：要改成那样，还有陀思妥耶夫斯基吗？但怕的是没有陀思妥耶夫斯基的才气，你的才气连陀思妥耶夫斯基的一根脚指头也赶不上，却要像陀思妥耶夫斯基那样写作，稀里哗啦往纸上胡扔，这样的东施效颦必然出洋相。我这不是专门指张辛欣，类似的现象显然可以看得出来是受了另外作家的影响、启发，这也不一定叫模仿，但才力不逮，就变成东施效颦。还有一些作家的作品，我觉得他可能是受了自己价值观念的影响，也可能是受了当前这种社会条件（我刚才反对社会条件决定论，但不是决定的总有影响）的影响，什么影响呢？不是我们作家的处境太坏，我这个说法可能会引起作家朋友特别是青年作家朋友的愤慨，我觉得是不是他们的处境太好了，为什么呢？现在的作家写了几篇小说以后很快就变成专业作家，不论你怎么抱怨物价飞涨，你已经可以什么事都不干，每月去领工资。这是全世界的作家做梦也难想到的事情。他不必为人生的俗务、生活里的搏斗而操心。王安忆讲过，当了专业作家以后，生活好像变成了副业。这是很可怕的一种感觉。反正我每天都在写，因为我是专业作家。所谓生活成了副业，就是我还要出去买一趟酱油，还要洗衣服，这些都是业余的用来调剂精神的，这究竟是好还是坏？还有你刚才说的由于现在文艺刊物比较多，所以有的作家喷涌了十年或者五年了，现在出现点滑坡现象并不惭愧，完全可以以一种恬淡的心情来对待，甚至说我想休息休息。上帝也会允许他休息的。恰恰是有些人刚写了几篇就马上升华了，升华到完全想入非非的境界、完全想入非非的气氛当中去了，而且用这种气氛来互相欺骗。这确实是非常现实的危险。

王干：你说的想入非非是指作品，还是生存状态？

王蒙：不是作品，作品想入非非是非常好的。中国的现当代文学如果说有什么缺陷的话绝不是想象力过分而恰恰是缺少想象力。

我所说的那种想入非非就是那样一种脱离生活之外的感觉，也就是生活变成业余的感觉，那种被捧起来以后专门进行文字游戏、文字劳动或文字糊口的感觉。

王干：我觉得你刚才谈到的作家与环境的关系，很复杂。有时候作家在环境非常恶劣的时候写出了好作品，甚至作品里也看不出他生存的困难。有的作家生活改善以后，反而写不出好作品。也有的作家在养尊处优的生活中写出优秀小说、写出大作品。不过好像环境改善之后反而写得不如以前的作家更多一些。

王蒙：空虚了。

王干：从这种意义上，可以说生活大于文学，作家离不开生活。另一方面有人讲，中国为什么出不了特别伟大的作家？中国没有中产阶级，没有贵族，作家在为生计问题发愁，不可能一心一意地从事文学写作。

王蒙：现在的专业作家为生计发愁的多吗？很难说。

王干：他说的是房子、小孩入托、升学的问题。

王蒙：这话不可靠。西方作家包括索尔·贝娄都是教授，因为按他的生活水平、社会地位，如果当专业作家专心致志地进行写作的话，是难以维持生计的。专业作家恰恰是中国多，全世界都没有那么多的专业作家。甚至在苏联、罗马尼亚等东欧国家，专业作家的含义也非常明确的，就是放弃你的工资，放弃你的职业。所谓专业，就是以写作为职业，靠写作来养家糊口，而靠写作来养家糊口在全世界都是很艰难的，没有一个地方靠写作养家糊口是很轻松的事情。就是靠爬格子生活。

王干：国外靠爬格子生活的人有，但不搞纯文学，而是给报纸开专栏，搞畅销书，这些人地位很低。刚才我们对当代文学发了一通议论，但从整体上看，这十年文学还是比较可观的，最近两年出现的相对平静的状态是正常的。希望文学一浪高过一浪是不可能的，文学创作往往几年或者几十年才能出现一次高峰。前些年出现的高潮是文学长期贫困、停滞的结果，也许如果文学一直正常发展还不能出现这样的高潮，不能出现那么多的好作品，前几年的文坛可以用"群星灿烂"这个词形容。

王蒙：是的。

☯ 亢奋与内驱力

王干：真正的大作家超时代，超群体，超文化，甚至超民族，超文学。在但丁出现之前，意大利好像没有文学似的，普希金出现之后，俄罗斯才有了现代文学。前几年的文学轰动是不正常的，现在的冷静，疲软，没有读者，是文学发展的正常状态。文学在今天的种种活动和表现，是一种非常正常的运转。只有在这样正常运转过程当中脱颖而出的才是超群出众之辈，才会是杰出的作家，所以人们有时对作家期望过分急切，失望也过分愤怒。中国文学发展到现在，出现了多元的趋势，同时也失去流向，这对每个作家都是考验，失去流向就没有规定的道路给你走。只有在失去航向、失去规定目标、失去别人指定的道路、失去创作路线，总之失去唯一选择的时候，作家怎么进行自己的选择，怎么把自己的生活经验，情感经验，包括阅读经验全部调动起来，然后在这样一种多元的局势当中突起，这就由他的才情、学识、天赋所决定。因为这个时候作家的创作活动基本上是个人选择的结果，尽管也受到环境的影响，但个人选择性更大了，推动他创作的力量比如社会潮流、文学潮流相对减弱了。

王蒙：靠他个人的内驱力。

王干：对，靠个人的内驱力向前走。而我们有些作家失去这种潮流的推动力之后就动不了，必须依赖别人的力量推他走。这非常奇怪，作家一方面需要主体力量，而今天文学时代已经把主体的选择交给了作家，创作自由度比较大，只要具备主体的选择力、创造力、表现力，一个作家就能充分表现出自己，但我们作家有一种惰性，习惯被某种潮流、走向推着走，或者靠某种社会力量支配他走。当失去了这种外驱力的作用，作家反而茫然了，反而六神无主了，有的人都不知怎么写好了。

王蒙：你刚才说的我是赞成的，我有一个小的补充。当我们谈到目前文学创作上某些疲软的现象的时候也不可能完全忽略它多少反映了当前人们精神生活的疲软。我们不要把疲软加贬义，正像不要以为过分的兴奋、不断的兴奋就是褒义一样。我这里讲的疲软是中性的词，它可能是好的，也可能是坏的，也可能有好的，也可能有坏的。中国近百年以来，都常常在万众一心的兴奋灶下面使人们精神亢奋。

王干：民族心理近百年是亢奋型的。

王蒙：比如"打倒列强锄军阀"，这是亢奋的；"中华民族到了最危险的时候""用我们的血肉筑成我们新的长城""大刀向鬼子们的头上砍去"，也是亢奋的；"团结就是力量""向着法西斯蒂开火"，也是亢奋的；"雄赳赳，气昂昂"也是亢奋的，一直到唱"社会主义好""右派分子想反也反不了"也还是亢奋的。应该承认，所谓"'文革'后"也是亢奋的，就是把这些摆脱了，也是亢奋的。所以这种疲软和我们的精神生活的疲软有关系，现在不光文学作品轰动效应少了，做政治报告能有轰动效应吗？比如回想一下五十年代的政治报告，回想毛主席在天安门广场接见红卫兵时那种全世界的轰动效应，不光红卫兵轰动，牛鬼蛇神也轰动。当时我不是革命动力，但我也整个被震荡，被冲击，好像社会的大浪不可阻挡地往前奔的那个劲，感到全身心的震惊。所以要考虑到全民的精神生活的状况。现在这种状况给人以机会，也有一种危险，在全民精神生活相对疲软的情绪之下，即使有真正好的作品也激动不起来。有两个危险。早在前五年我就说过，一两部好的作品淹没在平庸的作品当中，有时看一大堆文艺杂志，文艺作品越来越多，平均质量相反下降了。阅读上的困难超过五十年代，五十年代没有多少文学作品，一个省最多一个刊物，行政办法非常管用，比如《人民文学》就是较高水平的杂志，确实好作品都在《人民文学》上。可现在不知道好作品在哪里，《人民文学》上有好的也有差的，《十月》上有好的也有差的，《收获》上有好的也有差的，也可能哪个旮旯的刊物登了一篇好作品被批评家的眼睛忽略过去了，是非常可能的。所以在疲软的状态下，还存在另一种危险，就是有眼无珠，忽略了一些重要的文学现象。

王干：我和另一位同志写过一篇文章，即《疲软的时代》。说老实话，政治上也疲软，没有以往那种紧张，那种阶级斗争状态的紧张，所以这种疲软与那种紧张相比还是一种进步呢！

王蒙：是一种进步，老那么紧张，国家要乱套呢。

王干：经济上也疲软。文学失去轰动效应，对文学回归也许是个进步。文学轰动往往在文学之外轰动，而不是在文学之内运转。

有时读者看作品不是看文学本身，而是看社会效应。当时批"四人帮"，写冤案的，落实政策的，离婚的，所以文学变得很轰动了。这种轰动在报告文学领域仍然存在。报告文学的轰动靠"越位"，它所承担的正是新闻必须负责的任务，而由于新闻的透明度和公开化没有到最理想的程度，报告文学在新闻"照射"不到的空隙进行疯狂的活动。这种报告文学完全是为了满足读者的新闻要求，丧失了报告文学的规范。当然，报告文学本来是新闻与文学联姻的产物。

王蒙：这反映了文人的参政意识。不应该用纯文学的标准来看待文学，就像杂文一样，一半是政论，一半是文学。

王干：但报告文学的文学性越来越差了。

王蒙：那又有什么不好呢？这些报告文学的作者一般都表示由于社会责任感，他不在乎十年以后他的报告文学收入不收入文学史。这也是一条路子。

王干：这也是疲软时代必然出现的现象。特别是政治改革、经济改革刚刚开始，多方面机制尚未健全时。所以报告文学非正常地"轰动"起来，也是可以理解的。

1988 年 12 月 9 日

自由与限制：当代作家面面观

● 从优美到"放肆"

王蒙：有一个非常有趣的现象，就是不少作家在开始写作的时候，都是以他们的清新、诗意、真诚，那种欲说还休的含蓄、那种委婉动人来打动读者的心。但是随着他写得越来越多，其作品的风格开始发生变化，有的甚至变得令喜欢他们最初作品的人感到失望。比如张洁，现在有一些人在怀念《从森林里来的孩子》里面的那种对真善美的渴望。张洁变得很快，不久在那种真善美的作品中就弥漫了一种悲凉之雾，很快变成了《爱，是不能忘记的》《捡麦穗》，让人看了以后觉得一种无望的、生活所固有的苦难。她还有一部小说，写得相当刺激，写一个人被划右派以后，就抬不起头来。这种从来抬不起头的精神状态影响了他的儿子，使他的儿子从生出来以后便有一种先验的痛苦似的，非常自尊，结果小小的二十几岁就得病死了，写得甚至有点神秘，但作者暗示读者儿子的死是老子的被压抑、被扭曲精神状态的投影。这部小说的题目我想不起来了，也是在《北京文学》上发的。以后又写《沉重的翅膀》，以及那个期间写过的《场》，到《方舟》就开始发出一种"恶声"，更多的是一种激愤，甚至是粗野，表现出来的是对丑恶的一种愤怒。往后就越写越放肆，放肆在艺术领域里并不带有贬义，也不是指为人。这使一些喜欢张洁作品的人感到迷惑。与之相近的但变化幅度没有这么大的是王安忆。王安忆自己也回答过这个问题，好多人说她当初的《雨，沙沙沙》《新来的教练》有诗味，后来的笔触就深入到人生之间的复杂关系，一些令人哭笑不得的精神状态。反正《雨，沙沙沙》的那种美感渐渐消失了，或者基本消灭了，相反让人感到渐渐成熟。她们开始的那批作品好像受的是苏联文学的影响，我不知道对不对？

王干：浓重的苏联文学的影响，实际也是整个十九世纪文学的影响，那种浪漫的、人道的、诗意的情绪比较浓重。以前她们用诗意逃避严峻的冷酷的现实，后来则面向现实，不回避现实。

王蒙：也不见得是逃避。《从森林里来的孩子》也写得非常严峻，她把这些严峻的东西都用诗打扮了。好像是一个音乐家……

王干：她实际写了两个故事，一个是音乐家的故事，一个是孩子的故事，两个故事搅和在一起。

王蒙：音乐家的死很有诗意。这很难说，人生当中确有非常有价值的崇高的死亡，也许更多的是说不上崇高也说不上价值的荒谬的死亡、荒谬的生活。我觉得这种现象非常有意思，张承志早期的《骑手为什么歌唱母亲》确实是青年人对人民、大地的歌颂，《北

方的河 》是这种调子的尾声。

王干：张承志的《黑骏马》我最喜欢。它有点像张洁的《从森林里来的孩子》，但更散开、更丰厚、更有诗意、更有混沌感。

王蒙：后来的《黄泥小屋》《九十九座宫殿》就变了。有人特别喜欢他后来的作品，就像一个人已过了心浮气躁的青年时期、少年时期，而进入了一种更平静、更坚韧、更冷峻、更自由的阶段。

🔘 变与不变

王蒙：有一些人创作过程中变化并不明显，尽管他写作的题材可能有很多变化，但总的调子的变化不像张洁、王安忆、张承志他们那么明显，给人一种基本稳定基本不变的感觉。

王干：是一种微调。

王蒙：谌容的《永远是春天》《白雪》《人到中年》，还有《散淡的人》《减去十岁》一直到今天的《懒得离婚》，她的风格基本是一以贯之的，既有一定的嘲讽，但更多的是叙述的调子，变化并不特别多。中间虽然有几次变奏，比如《错！错！错！》努力用一种更抒情的调子。

王干：有点类似《伤逝》。

王蒙：但基本稳定。刘心武的写作技巧总的说是越来越熟练了，但他最基本的模式就是思考一些生活现象，发现一些生活问题，并且树立解决问题的模式或者一种愿望，这几乎贯穿了他的全部作品。《班主任》提出了"内伤"的问题，《我爱每一片绿叶》

提出尊重个性、个人隐私权的问题，《这里有黄金》提出了在落后青年、无业青年当中也是"有黄金"的问题。他还专门写过嫉妒，是以一个癌症病人的自述的写法，题目我忘了。写一个搞极"左"的人在他快死的时候回忆他的一生，主要写他对那些有业务专长的人的不能容忍的嫉妒的心理。《5·19长镜头》提出了在改革开放环境下青年的心理反差，新蓄积的情感、精力、力比多的发泄问题，实际还是青年教育的问题。《公共汽车咏叹调》里提出了增强人与人之间的宽容与理解的问题，实际是理解万岁的主题。《白牙》写得还是相当巧妙的，中心意思特别清晰，也就是人与人理解的问题，人与人如何对话的问题，一个人能不能注意到旁人的存在而不仅仅为了自己的满足，这也很有趣。在作家当中，我觉得刘心武是最明白的人。文学理论也好，题材也好，讨论什么事也好，他最善于清清楚楚地把概念把意思讲清楚。但他小说如果有什么令人遗憾的地方，是不是恰恰在于这种明白呢？

王干：写得太清楚了。

王蒙：我回忆一下十年中很活跃或比较活跃的作家发生的变化，非常有趣。

王干：你刚才说不变的作家中，还有陆文夫。陆文夫从《献身》一直到他前不久的《清高》《故事法》，这中间还有《小贩世家》《门铃》《特别法庭》《临街的窗》《围墙》，都没有什么大的变动。其实陆文夫小说的模式比较固定，基本先找一个空间作为结构的点，比如临街的窗、门铃、围墙、饭店。小说的纵坐标是历史风云，各种各样的政治运动。横坐标是人物命运，因而历史风云的变化与人物命运的沉浮便构成了他小说的整体网络，相交点便是一个比较稳定的空间。苏州小巷的一条街，一座房子，乃至一口井一只门铃，一扇窗户，陆文夫往往用一种空间的东西把历史风云与人物命运笼括起来，因而陆文夫的创作几乎没有出现什么衰微，自始至今保持着那么一种火候、那么一种状态，但如果将他的《献身》《小贩世家》《井》《美食家》拿来一起阅读，就发现他的小说非常程式化，变化很小，非常稳定，小说的结构也比较相近。但人们很少觉得他在重复自己，甚至有人还说陆文夫少写多变，每篇都有变化。从微观上看，每个作家的每部小说都有一种变化。但从宏观上考察，陆文夫小说的模式化倾向极其明显，他只不过在一定的时期投进新的历史内容，体制改革时他写《临街的窗》《门铃》，个体户刚出现时他写《小贩世家》，批判传统文化他就有《井》及反官僚主义的《围墙》。他小说的外在框架没有大的突破，主要是主题的变换，说到底仍是一种社会问题小说。他的小说之所以引起人们的共鸣就在于他一下子能切到社会的共同兴奋点或敏感点上，他把这种社会问题写得十分精致、完美，艺术性很强。陆文夫长盛不衰的原因，还与他产量不高有关系。他写得很少，每年有数的几万字，当人们快要把他忘了的时候，他又写出了新的作品，再次引起人们的阅读兴趣。如果他一下子把这些小说在短期内写出（这也不可能），人们对他很快就会失望。这十年的小说不断变化，陆文夫创作时的严谨和认真使他的作品与作品有一种较长的距离，人们在各种风格、各种花样的选择时也需要这样的小说。高晓声属于变化较大的作家，高晓声的短篇小说写得相当好，《李顺大造屋》《陈奂生上城》出来的时候，高晓声差不多快要成当代鲁迅了，后来他开始变了，他写了《钱包》《鱼钓》《飞磨》《绳子》。应该说这些小说写得相当有新意，但人们不能接受。高晓声后来的小说没有沿着《鱼钓》的路子走下去，回过头来又写社会问题小说，好像也不如起初好。高晓声在变化中并没有完全发挥出自己的潜力。高晓声的短篇创作已经取得很高的成就，我与他接触过，觉得他的思维与别人不太一样，有潜力，如果他从低谷中走出来的话，还是能写出好作品、大作品的。江苏还有一个作家张弦，他的变化也不大，故事大同小异，主要写女性的命运。

王蒙：我给他写的序叫《善良者的命运》，他老是写一些逆来顺受、在命运面前没有还手之力的女性。

王干：张弦后来好像不写小说了。我觉得有的作家就是能变，能不断变化是不简单的事情，王安忆是会变的，你也是变得快的作家。十年的小说创作像龙卷风一样，不断卷进一些新的人新的潮流进来，又不断地将一些人甩出来。像你好像始终没有被卷走，一直在中心作战，一个作家各领风骚三五月是可以，三五年也是可以的，但十年中始终在转、在变确实是很难。当然如果一个作家坚持不变，在他的范围里不断惨淡经营自己的文学理想、小说模式、语言格局，也不容易。林斤澜就是不大变化、惨淡经营的作家。这也很可贵的。当然，有的不变则不可取，刘绍棠创作的数量很大，但小说的故事结构大同小异，又没有投注新的内容新的信息新的思考，就属于一种重复制造，缺少创造性，可能是一种自我临摹，这容易引起读者的厌倦，也会在文学潮流之外而被人们忽略。

王蒙：林斤澜也很有意思。刘心武的优点在于他思想的条理、清楚和他的作品给人的思想启迪的作用，而他的不足也让人感觉到太清楚了，有一种一览无余的感觉。林斤澜呢？恰恰是另一面，他的优点恰恰是对技巧的讲究，特别是对语言、语态和叙述过程前前后后绕过来绕过去的讲究。但文学确实像我们上次讲的，是多面的魔方，某一点特别强的时候成为特色、优点，也成为累赘。尽管林斤澜作品有陆文夫、张贤亮、宗璞、谌容的稳定性、可能性，但有时这些技巧变成障眼法，把这些顺顺当当地说出来，究竟会是什么呢？让人产生这样一种心情。不重视技巧与过分重视技巧，完全没有思想和十分明晰的思想都会成为文学上的障碍。也还有类似的情况，其表现却不一样，这就是祖慰。如果说刘绍棠的悲哀在于他的老观念太多的话，那祖慰的新观念已把文学挤得瘦瘦的，快挤扁了，据说祖慰的头脑非常发达，知识非常渊博，观念非常的新，观点也非常的多。中国有这一类的小说，就像中国还有残雪一类小说一样，都是很可贵的现象。祖慰是很有价值的文学现象，但观念膨胀让人感到祖慰更像一个政论家，也不能叫政论，叫杂论家。

　　关于我自己，我有一点不太清楚：我怎么变的，自己并不清楚。在一九八○年以前，那时确实是复苏的时期，身上冻僵了以后开始复苏。虽然那时候有的作品也得到肯定的评价，也得过奖，像《最宝贵的》《悠悠寸草心》。从一九七九年底，开始写《夜的眼》的时候，我好像才真正进入了文学。为什么说我自己不清楚自己变呢？就是我从来没有在一个时期有一个非常明显的趋向，比如一九七九年底，当时有点少见多怪，在所谓意识流名义下进行的争论，像《夜的眼》《春之声》《风筝飘带》《海的梦》这几篇是一个接着一个发出来的，被称为"集束手榴弹"，变成了对我们传统的或习惯的小说模式的挑战。不能忘记的是，在我发表这四篇小说的同时，有夹在当中的《说客盈门》《表姐》，包括《布礼》，把《布礼》说成意识流是相当勉强的。有一部分作品受到关注，引起较大的注意，这只是暂时的现象。从我个人的创作来说，所谓风格不同的作品都是一样的，我不能说这个时候就变成了意识流小说家，变成非现实主义或反现实主义的小说家。最近居然有一篇评论，说王蒙从

《布礼》到《蝴蝶》用了没有几年时间，实际是同时，《布礼》是一九七九年下半年发表出来的，《蝴蝶》是一九八〇年上半年写的，挨得非常近，并不存在从《布礼》到《蝴蝶》有一个蜕变似的。我也有一个越写越放肆的过程，包括今年的《一嚏千娇》《球星奇遇记》。《球星奇遇记》简直放肆到极点。

王干：说是通俗小说，是你自己说的？

王蒙：我自己说的，这也许是一个障眼法而已。

王干：我看不是通俗小说。

王蒙：我把《要字 8639 号》称为推理小说，吸收某些推理小说的手段，《球星》也吸收了通俗小说的写法。而上海《文学报》居然可以在不知我的"通俗小说"为何物之时就发表一篇短评，"从王蒙写通俗小说说起"，太可笑了。总体来说，近年来我不大写以含蓄风格为主的作品，但不等于完全没有，只不过不引人注目，像《木箱深处的紫绸花服》就写得很含蓄。

王干：这篇很有意思。

王蒙：这篇写得含情脉脉，至今我还能写那样的作品。一九八八年初的《夏之波》尽管也有放肆的东西，但整体上相当节俭，写得相当含蓄，很多话只是说到"欲说还休"的程度。至于我写的微型或准微型小说，那就更是含蓄了，像《在我》《他来》《筝波》，都在一千五百字两千字左右，一句废话也没有。但人们却不注意到这些作品。

王干：这可能是因为你的小说求同，大家不注意，一求异，大家就关心了。你刚才的问题实际是风格与个性。一个作家可以有多种多样的风格。以前一个概念叫"风格即人"，这是布封的名言。我认为这个判断不妥，我觉得风格不是人，应该说个性是人。一个作家可以变出各种各样的花样、风格，但一个作家的个性则是不能改变的。你可以这一篇写得很幽默，那篇写得很悲剧，这一篇比较严肃，那篇比较潇洒或啰唆，但一个作家的个性则必须充分表现出来，如果表现出来他就无法改变，一改变就会丧失他自己。一个作家就是要最充分、最饱满、最自由地表现自己、把握自己。

● 自由的限制与限制的自由

王干：你刚才说一些作家起初写得含蓄、诗意、温情，而后来写得比较放肆，原因也比较复杂。莫言写《透明的红萝卜》就比较含蓄，情绪和感觉也有节制，越到后来写得越潇洒。

王蒙：越写越撒得开，撒欢儿。

王干：这便是自由与限制的问题。一个作家在有好多限制的时候往往表现出对诗情、温情的憧憬与向往。这种限制来自各方面，比如一个人起初搞创作不好好地写，不写得严肃严谨点——

王蒙：作品就发不出来。

王干：莫言现在这么写这么玩可以，但他当初就这么写可不行。

王蒙：知名度越大，自由度越大，自由度大能充分扬长，也容易充分要丑，有时还不如拘束一点能藏拙。另一方面，也可能知名度越大，自由度越小，大概这就叫背包袱，心理压力。一个人的处女作如果搞一个很怪的东西，就很难通过。但你有了一定的实力的时候，往怪里弄就能够杀出去。

王干：当然，这种自由也可能变成一种限制。因为发得太容易，写得太容易，反而会限制他对艺术的精益求精。

王蒙：没有匠心了，惨淡经营的劲儿没了。

王干：这个时候作家的天资和素质就显得很重要了，有的作家只有放开了，才能写得很潇洒，很辉煌，很凝重，越写越好。有些作家，给了他更多的自由反而会是一种负担。他既不情愿惨淡经营，觉得好歹也是一个名作家，也用不着惨淡经营，但他缺乏那种挥洒自如的才能，这时如果写得很随意，作品就会越写越水，越写越糟。这种作家的天资、修养、性格以及文学观念就适宜惨淡经营，就适宜在限制当中求生存。比如陆文夫，让他很放肆地像莫言那样写，陆文夫就不是陆文夫了，陆文夫只有在苏州园林的结构当中才能表现出那种艺术的匠心以及对世界、对人生的理解。说实在的，一个作家希望写得随心所欲，实际上是对自己提出了更高的要求。打一个比方，一般人学习画画，往往都从工笔开始，都比较认真，但到了提高的境界，成为大手笔时就随心所欲，甚至会觉得他不太严肃。有那样才能那样品格的人可以大写意，可以泼墨，可现在有些人没有那种素质也那么干就不是同一个层次水平。创作自由现在对每个人都是平等的，作家应该认清自己有怎样的才赋，是适宜工笔，还是泼墨，自己要对自己有数。像汪曾祺、林斤澜就不可能像你那样放开来写，就不能写得像你那么放肆。现在有些人本来没有那种才情，够不上泼墨大写意的资格，如果一定那么干，只能画虎不成反类犬。

王蒙：你说的这些引起我的兴趣。我也放肆一下，对周围的同行品头论足一下，会不会得罪朋友，也难说。你刚才说到陆文夫，陆文夫是一个很有意思的人，他写作的数量不多，他的故事的基本模式，我完全同意你的说法，但他有些特点是别人所没有的。一个是他作品里既有历史的沧桑，又往往有江苏特别是苏州的民俗、风物、行行业业、三教九流的特点，还有就是他的小说具有一种人间性，他的作品里很少写特殊的人，既很少写英雄豪杰、高官、叱咤风云的人物，也很少写极端丑陋、极恶阴暗的坏人，他往往写普通人，所以他的小说很好读，有很多生活的趣味。他的小说往往能掌握一种不温不燥的火候，很符合古训，怨而不怒，哀而不伤。我觉得他的成就主要在这一方面，而不是小说本身的取材和结构方面，在这一点上，是普通的、平平的，看完了以后也掀不起什么大浪。但就你说的，陆文夫善于用他自己，他不挥霍自己，也不强迫自己做自己做不到的事情。我还可以谈一个人，就是蒋子龙。蒋子龙起初是苏联文学的模式，当然他不是那种抒情性，而是苏联写企业家、改革家的模式。

王干： 公民文学。

王蒙： 公民文学？你说得好极了。蒋子龙是一种公民文学模式，这一模式已经差不多了，当然是否枯竭还很难说，一个作家这方面不写了，也许过几年又回来了。蒋子龙也在尝试新的东西，最突出的表现就是他的长篇《蛇神》。但《蛇神》是不是意味着他找到了自己？是不是意味着他开辟了一个新的天地？至少目前还在未定之中。高晓声写了一批带有嘲讽性的真正从生活底层从生活深处撷取上来的现实主义的力作，又写了几篇很有趣味耐人寻味的小说，像《绳子》一类的小说。其后的一些作品，请他原谅我，最主要的特点不在变或者不变，而是两个字：枯燥。既没有讽刺的锋芒，也没有那种哭笑不得的幽默，也没有那种耐人寻味的情趣。我的老友张弦，我甚至觉得他的《银杏树》是他作品一个阶段的休止符。《银杏树》写得相当好，在某种意义上说，《银杏树》写得深刻，主题不像以前那么简单。《银杏树》写的不光是中国的妇女而是整个人们在那种道德、伦理文化圈当中的两难处境。什么叫对？什么叫不对？简直无法解决。张弦当时表示要写国情小说，就是要在他的作品中注意反映中国的国情，但很可惜，从《银杏树》后，他基本沉默了，声音已经听不到了。也许他在变新的东西。我觉得张洁并没有完全找到她自己，看她的近作和新作，她常采取一种特别自由、特别放肆甚至故意刺激人的方法，有一个小说标题就非常长非常长，好几百字。激烈的尖刻也动人，但同时我很怀疑她是不是能完全驾驭住她自己，是不是能驾驭住她抛出来的那些语言。语言和文字也像一个精灵一样，写那种含情脉脉的作品好像与精灵手挽手在草地上或黄昏花园的小径上漫步。而到了"满不论"的时候就有点"胡抡"了，就像拿一个绳子拴一个重物，然后把它抡起来，抡起来就有一个危险，就是抡的这个东西会把你带走，使你的主体性失去了，和精灵赛跑了，甚至像断了线的风筝一样，不知被牵引到什么地方去了。能够达到高度的自由并不是那么容易做到。

㈣ 模式、个性与内驱力

王蒙：还有个作家值得思考，就是冯骥才。冯骥才在这些作家中的路子是比较宽的，他可以写"文革"中的惨剧，也可以写运动员，写一些艺术本身的题材，如《雕花烟斗》，也写人情味很浓带有些伤感的小说，如《高女人和她的矮丈夫》，也可以写一些教育意义很强的小说，甚至教育意义到了硬性教育的程度。这几年他忽然又写起三教九流，如《怪世奇谈》，对此也毁誉不一，对作品本身我不想发表什么议论，我弄不清楚冯骥才的最佳状态是什么，弄不清楚他现在正在进行的努力能不能使他得到最好的发挥，能不能最好地表现他的本色。他在"文化热"当中为了做出自己的贡献取得一席之位而不得不相当吃力地拉一些东西，或者临时去趸一些东西，因而不是那么游刃有余，不是那么得心应手。这也许是偏爱，从我个人来说，我觉得《雕花烟斗》《高女人和她的矮丈夫》更有真情。

王干：《感谢生活》也不错，尽管对这部小说有争论，但我觉得这是冯骥才的路子。他现在去搞风俗文化，就像他这么大高个当体操运动员似的。他不适宜去搞什么《三寸金莲》，他不是这个料，就像摔跤运动员不能做体操，体操运动员也不能踢足球。冯骥才目前的选择至少没有能充分表现自己，他的"自我"在小说里显得非常局促，一点也不自由，一点也不潇洒，一点也不从容，好像那些"文化"将他淹没了，将他"异化"了。

王蒙：这也有两种可能，一种是他自己没有达到真正的自由，没有真正地将这些材料征服。最近人们又研究胡风的思想，胡风讲创作主体与客观材料之间的搏斗。冯骥才在搏斗中是否可以说并没有取胜，而是被一些天津的文化风俗如小脚、阴阳五行所淹没，甚至显得做作呢？但我又想法替冯骥才辩护，他自己已经树立的形象变成读者接受他变化的心理障碍。就像一个非常出名的演员，演的都是天真可爱的小姑娘，忽然演起一个女特务，人家怎么看怎么不像。张瑜在《知音》里演小凤仙，大家都说张瑜演得不好。我觉得小凤仙不是主要人物，也没觉得演得多么不好，我也没这方面的经验，特别不知道清末民初的妓女到底什么样子。但我相信妓女不可能都像《日出》里的陈白露，又单纯又知己没有什么不可以。我觉得是张瑜自己打败了自己，因为人们太留恋她在《小街》《庐山恋》里的形象了。是不是冯骥才自己打败了自己？当他煞有介事地说小脚、谈阴阳五行时，我就觉得他不是冯骥才了，由于我跟他个人很熟悉，就感觉根本不是这个大个子，如果换一个穿长袍马褂的，即使是汪曾祺式的喜欢喝酒喜欢吸烟家里挂满了中式的字画的人写这样的文章，人家也更容易接受。冯骥才的这几篇作品我还没有认真看，做不出结论，但这些方面都值得人们思考。前不久我和一个外国人说起风格变化时，外国人也说，一个作家如果突然改变自己的风格，会引起一大批读者的抗议。冯骥才的情况恐怕是这样的。我们所说的创作的自由不仅是环境上法律上的自由……

王干：外在的自由。

王蒙：不是外在的自由，而是内在的自由，这确是对作家的考验。在这种自由的情况下，他有可能写出他最好的东西来，也有可能暴露他最不足的东西来，这样的例子不少。还有一个作家也属于不大变化的这一类，即张贤亮。他写苦难的历程除《早安，朋友》外基本上写得很沉重，又充满思考，而且他的作品几乎老是离不开说得俗一点就是落难公子和慧眼识君的佳人的模式，他没有摆脱这一模式。也有人对张贤亮的作品加以讽刺，《灵与肉》里白捡一个特别好的老婆还不满足，《肖尔布拉克》也能捡一个好的妻子，在《绿化树》里虽然不是妻子但上帝总是赐给他一个好女人，有人对此友好地嘲笑。但张贤亮有一个好处，就是你骂他从来不生气。这里面也有一些并未达到他的水平的作品，比如《男人的风格》。

王干：还有《龙种》。

王蒙：《浪漫的黑炮》也是。但总的说，张贤亮还是一步一个脚印地写下来。《早安，朋友》他并不擅长，这并不在于写了多少所谓性的东西。他对当代青年了解得如此可怜，这实在是他对自己才能的一次浪费。你刚才说到刘绍棠，关于找老婆的方式，我们这些作家背后议论，颇有笑话，说张贤亮的人物主要是"碰"和"捡"，刘绍棠的人物主要是从运河里"捞"，我没统计过，但有人告诉我，说他的短篇里、中篇里、长篇里从运河里往上捞的媳妇有好多，我不知有没有六七个，如果我说得过多了，损害了刘绍棠的名誉，我可以赔他一点钱。（笑）反正捞上的媳妇特别多。上次我们曾谈到观念的局限会造成作品的某些不足，这也可从另一个意义上来说，刘绍棠的作品甚至刘绍棠的文学活动如果用悲剧的话来说，令人遗憾的恰恰不是他在作品中宣传解放的观念、开拓的观念、四维空间的观念、新方法论的观念，遗憾在于他宣传一些老的观念，他经常用"忠""孝""目无长上""忤逆"甚至"对党忤逆"这样一些思想观念。认为没有新观念就不产生好作品我是完全不赞成的，我不赞成进化论的观点，但反过来用自己的作品为一些老观念作注释，或有意显示我的观念之老，也不是很可取的。刘绍棠写的数量非常多，也不乏精彩的民间语言，刘绍棠的成就首推他写的京郊农民的语言。但他对时代、对人物的把握并不深刻。

王干：你讲的观众与演员的关系，往往形成一种定势。当一个演员改换一下自己的形象，观众就可能怀疑，发出不满、抗议。

王蒙：冯骥才《怪世奇谈》的最大障碍就是"你是谁"？你冯骥才到底是谁？一个作家能否让人一眼望穿？刘绍棠的作品"你是谁"非常清楚，他就是运河边上古道热肠非常富有农民情趣尤其非常富有京郊农民语言素养的刘绍棠。你读到他所有的作品都可以肯定：这就是刘绍棠。这是一种情况，还有一种情况就让人太抓不准，变化多端是可以的，但变化多端当中要让人感觉到你的灵魂、你的心跳、你的脉搏。我喜欢老评论家萧殷，他是我的恩师，他用的一个词就是"让人家感觉到你的体温"。冯骥才写了这三部以后，我感觉到冯骥才失去了，一个喜欢冯骥才的读者就不知冯骥才在变什么魔术，已经感觉不到他的体温、他的脉搏。

王干：这三部小说，其他人也能写出来，不一定是冯骥才。《高女人和她的矮丈夫》，包括《啊！》《雕花烟斗》，其他人是写不出来的。《三寸金莲》最大的缺点就在没有表现出作家的个性。一般作家都能写，甚至有的人会比冯骥才写得更好。我认为我们的作家个性还不鲜明，还不能或不会充分发挥自己。中国作家完全靠内驱力写作的人很少，靠个性写作的人更是少了。所以作家喜欢跟潮流走。当然，一个作家要发现自己也很困难，发现自己然后表现自己是不那么容易的。如果一个作家充分表现自己的个性就不会与其他人的声音混淆起来，也不会划入什么"文学""派""主义"当中。

王蒙：你提出作家的写作应该是十足的，我喜欢开玩笑的构词方法，起码是在九足的内驱力驱使下进行写作。这确实是金玉良言。我们现在有些作家因为是作家才写作，包括中国专业作家制度和一个人成名之后约稿的态势，往往使作家把一些没有经过深思熟虑的作品拿出来。

☷ 女性作家的自足与不足

王蒙：谌容、林斤澜、陆文夫都有些相像的地方，不轻易进行自己艺术能力不及的实验，他们的作品写得很规矩，比较审慎地用自己的才能和自己的这支笔。我觉得谌容的最大功力在于选材，她选择题材的功力是第一流的，她特别敏感。

王干：能够抓住社会关心的热点。

王蒙：比如《人到中年》写中年知识分子的待遇，既是社会所关注的，也是人民群众所关注的，也恰恰是谌容本人最擅长的，她自己也是中年知识分子，真是几方面的契合点。《减去十岁》的选材也好极了，我跟她开玩笑说，看到你写的《减去十岁》，我简直要嫉妒你了，这么好的题材让你给写去了。还有《关于仔猪过冬问题》，结构非常有意思，在短篇小说里别开生面，是多米诺骨牌似的结构，没有一个人物贯穿下来，这个影响那个，那个影响那个，一个推倒一个，可惜人们对她的这一结构没有给予足够的评价。《散淡的人》写老知识分子入党的问题，《等待电话》写退在二线的老干部的心态，都写得特别真切。如果说整个生活是一个大西瓜，她下刀下得非常准确。

王干：她与社会心态同步。

王蒙：对。据说，最近她又写知识分子感到的经济压力了。永远抓在热点上，穴位准极了。

王干：现在整个社会心态疲软，她就来一篇《懒得离婚》。

王蒙：但一个作家的长处同时也会给他带来短处，这是没办法的事情，我对谌容也有感到不满足的地方。有时既缺少激情，又缺少灵气，她整个的故事非常好，选材和结构也非常好，但在谌容的作品里找不出一个让你浅吟低唱、徘徊不已的段落。

王干：谌容的作品，包括张洁后来的作品，如果有什么缺点的话，就是写得太男性化了。那种女性作家的优势没有发挥出来。张洁起初的小说为什么动人？就是发挥女性把握世界的特性。这是别的男作家无法企及的。谌容在《人到中年》里还有一些女性的细腻和委婉。但后来，她们小说都出现了"雄化"倾向，这个词可能不太好听。她们对男人认同的情绪太强烈，这也带来一定的优势，因为男人社会性因素比较强，所以谌容能及时传递社会生活的信息。但这是以丧失女性的细腻、敏锐，那种欲说还休的含蓄、脉脉含情的感觉为代价的。中国女作家都有类似的情况，都有向男性认同、"雄化"的倾向，这可能与女性的自卑感有关，缺少一种自信，不能全部发挥女性在文学上的优势。她们觉得要像男性这样有理性，有力度。张洁历来写得放肆，潜台词是：我们女人干吗要那么温温柔柔、卿卿我我？为什么不能像男人一样说粗话一样他妈的？这会影响她们艺术个性的扩展，但同时也会有新的意义。比如谌容，由于女性的天生敏感，一下子就能抓到社会性的热点。谌容小说之所以缺少这种低吟浅唱的场景与她的男性思维方式有关。不管她们承认不承认，她们实际上还体现了一种女权主义倾向。也许她们会否认自己是女权主义者，但这种倾向客观存在。

王蒙：这很有趣。有几个女作家写得相当男性或者越来越男性。我不知道张弦的作品算不算非常女性化的作品？他的小说充满了对女性的体贴。

王干：女性读者对张弦的作品会格外感到亲切。

王蒙：我马上想到铁凝。铁凝的小说也同样经历了这么一些变化，但她的变化我也没有完全掌握，对现在的铁凝我还没有完全掌握。最初的铁凝，就是《哦，香雪》为代表的那种诗意，那种质朴是非常优美的。

王干：《哦，香雪》是一篇很有情趣的短篇。

王蒙：我到现在还记得，她写一个很小的村庄的很小的火车站，火车从这儿过一下，因为它太小了，所以火车不好意思不停一下再走。在铁凝的眼睛里连铁轨、机车、小站、村落、香雪都充满了生命。我对谌容的作品最大的不满足就是找不到类似这样的生气洋溢或者叫作气韵生动的语言。当然这种说法是非常不科学的，如果用谌容要求铁凝，用铁凝要求张洁，用张洁要求宗璞，用宗璞要求王安忆，那就全乱了。

王干：宗璞的小说很特殊。

王蒙：宗璞是很慎重，非常文雅的。

王干：一个隽秀的作家。

王蒙：她的小说是不会被忘记的。铁凝写《灶火的故事》时，与现在不同。她后来写的《村路带我回家》《麦秸垛》也都很好，我现在看铁凝的作品，觉得铁凝非常有才能，而且应该说也是非常严肃认真的作家。她并没有从优美转向放肆，而是从短到长，从生到熟，从灵感到着意经营。但有一个问题在我脑子里始终没有得到解决，她虽然没有从优美转向放肆，但她从优美转向膨胀，这个"膨胀"不带任何道德的含义。她现在的作品越拉越大，在这个非常大的作品里，总的浓度总的信息量总的感情分量是不是相对减少了？她的作品似乎淡化了，或者似乎掺了水似的。尽管她也还俏皮，但俏皮的果实并不那么多。这一点，我想听听你的看法。

王干：这种情况在王安忆的近作中也有。人们至今觉得《哦，香雪》《雨，沙沙沙》比较好，包括张洁《从森林里来的孩子》。人们一提起这些作家往往还会提到她们的这些作品，而对她们近期作品往往不以为然。铁凝是一个有灵气有力度的女作家，她不像南方女作家那么细嫩那么脆弱。铁凝的《麦秸垛》写得相当好，她把知青的感觉与农民的感觉融合起来写，写得好极了。王安忆的《小鲍庄》是以一个知青的感觉去看小鲍庄的，而《麦秸垛》中那种双向观照的视角则展开了充分的信息量。

王蒙：复调小说。

王干：最近铁凝有长篇《玫瑰门》，王安忆有长篇《流水三十章》，我感到她们小说背后背景东西太少了，淡化了，稀化了，水化了。她们在最初创作《哦，香雪》《雨，沙沙沙》的时候，在小说字面上的信息量之外还储藏很多的信息，就是背景特别丰厚。

王蒙：最初她们确实有一种不吐不快，如果不写就活不下去的内驱力。而现在呢？这种内驱力还有那么强大吗？铁凝与王安忆都有这个问题，但表现得不一样。铁凝令人不满意的，就是为俏皮而俏皮和很原始地描写生活当中的一些现象。王安忆让人不满足、不够成功的地方就是琐碎。

王干：水分很多。

王蒙：它们没有多少文学价值，也没有经过多少艺术心灵折射就写上去了。她们最大的问题就是写作的职业化。

王干：她们原来是知青，是业余作者，写作时没有职业化倾向。而现在，她们的这种职业写作倾向特别严重。她觉得三万字不够，要写五万字，短篇不够，要写中篇，中篇不行，还得写长篇。

王蒙：她们多产作家的形象也已经固定，这是中国特有的把作家"养起来"的优越制度的结果。打一个刻薄的比喻，鸡在田野里觅食、争斗，顺便下出蛋来为人所用，这是一种情况。机械化养鸡场里，鸡就只剩下了个任务：吃饱以后必须无休止地下蛋了。

王干：如果王安忆、铁凝一段时间没发表小说或发表的数量很少，就会觉得没有声音。她们小说背后的背景越来越少，作家写一篇小说实际不能将要说的话全部说尽，只能够讲三分之一或者更少，而现在一些作家把要讲的话全部讲完以外，还要竭力挤一下，没有话还得找话说。这可能与给予她们太多的自由有关，就是缺少限制性。自由反而会带来一种灾难，因为写多少废话，也能发表，也能拿最优厚稿酬。

王蒙：这是很难避免的。当我们看到一部作品也许会想：这个作家为什么要写这个作品？如果回答是因为他是一个作家，因为他非常会写，因为他写得熟练，因为他越写越好，这些回答是令人愉快的，但确实又是充满危险的。如果说他为什么写这个作品？因为他痛苦，因为他梦想，渴望一种东西，或者因为他不吐不快，不吐就活不下去，给人的感觉就不一样，我不知道这算不算你说的背景的东西。张辛欣的变化也很有意思。也许我们的观点太奇怪，带有一种向后看倾向。张辛欣的作品基本可以这么划，就是她在逆境中写的作品，都比她在顺境中的写得好，她最早也写过非常优美、诗意的作品，即《在一个平静的夜晚》。

王干：还有《我在哪里失去了你》。

王蒙：《在一个平静的夜晚》完全是苏式的。描写穷困艰难的小人物由于自己的正直和善良而在生活里得到诗意的报偿。这可以说是张辛欣的第一阶段，第二阶段可以说是她的辉煌阶段，她开始用恶声吐露对生活、人生的艰难的怨恨，以《在同一地平线上》为代表。尽管这些作品一时不能见容于某些人，还搞了一段批判，以致搞到后来每一篇张辛欣的作品都要批判一下，如《疯狂的君子兰》。

王干：还有《清晨，十五分钟》。

王蒙：《疯狂的君子兰》对异化、对人的庸俗和浅薄的反讽是有深度的，一直到她写散文《回老家》，写得都相当好。完全可以看出她在那种处境里的那种心情，纯朴、随和、可爱的一面。

王干：善的方面。

王蒙：我感觉她最后一篇好作品是《封·片·连》，以后的作品，尽管《北京人》造成了一时的轰动效应，所显示的文字功力和纪实的贡献也很大。但她进入绝对自由失去压力之后，有点掌握不住自己，有点抓不着自己，迷失了自己，浮躁难安，以至于不知道要写什么。

王干：我觉得《北京人》的贡献不在于对小说，它对现在的纪实文学热有一种先声的作用，开了先河似的。《北京人》的价值不在于文学。后来看张辛欣的小说就看不出张辛欣的贡献来。

王蒙：也许把张辛欣丢了。她从被压的一个小人物一下变成风头人物，周游列国，而且在世界许多地方得到稿酬，得到优待。这确实是一个考验。

王干：她现在有点失重了。

王蒙：自由对每个作家来说都是一种幸福，也是对一个作家的考验。我还希望你谈一谈张抗抗。

王干：张抗抗具有女作家细腻的情感，也有力度，她不仅靠细腻的情感来写作，还有思考、思想的力度，表现出一种理性的精神。从她的《爱的权利》到《淡淡的晨雾》，直至今年出版的长篇小说《隐形伴侣》，都体现了这些特点。但对张抗抗我有一点不满足，她既缺少张承志那样一种宗教情绪，精神化推向极致的偏执，也缺乏梁晓声那种世俗英雄主义的色彩，还缺少谌容、张洁对社会现实生活的敏感，灵气也不如铁凝、王安忆，但她又包含上述作家的一些特点，缺点在于她没有特别鲜明的艺术个性，可能她还没有完全找到自己。张抗抗是一个很严肃很有潜力的作家，我虽然没写过她的评论，但她的作品我看过不少，我老感觉到张抗抗下一步应该写出震撼人心的作品，但到现在也没出现，所以，我仍在期待。但她并不让你失望，其他一些女作家就会有起伏不一的情况，你期待她该写出好作品时，她却一下子写得很次了，甚至残雪也有点叫人不那么兴奋，她的长篇《突围表演》就不如她的中篇、短篇好，给人一落千丈的感觉。

王蒙：力量达不到。

王干：张抗抗给人这样的感觉：我最好的小说还在后面。你刚才讲到刘心武、蒋子龙，他们和张抗抗一样都是在"文革"中开始创作历程的，"文革"那种讲究时代精神、讲究观念、讲究文学的教育作用对他们发生影响，不论他们怎么想摆脱这一模式，都很难，终究会留下一定的胎记。这种胎记烙在他们思维里，至少影响他们在艺术上的建树，这是一种先天性精神营养不良。他们都很聪明，都很敏锐，但他们的小说总缺少一种混沌感、凝聚力。刘心武、蒋子龙、张抗抗这些年来也真不容易。

王蒙：张抗抗的作品有两个显著特点，一是启蒙主义的热情，她的作品里主题思想是鲜明的，是一种人文主义的启蒙，关于个性解放，关于科学民主，人和人之间的互相尊重，理想的追求，美的追求，她使我联想起刘心武。还有一点就是张抗抗的创新意识特别清楚，她的作品比较明确地用什么方法，比如这篇作品用人称的变换，那篇用心理的独白或意识流，这一点又特别像孔捷生。张抗抗是一个相当清楚的女作家，她的不足之处在于她太清楚了，她的人文主义启蒙和目标明确的创新都太清楚，就形不成一种全面的高涨，形不成一种真正的激情。这非常有趣，刘心武非常有提出问题解决问题的意识，蒋子龙至少在前一阶段有强烈的公民意识，张抗抗有明确的启蒙意识和创新意识，祖慰有非常明确的更新观念意识，马原有非常强的叙述意识，他的叙述本身是一种趣味，是一种学问。这些作家极为明确的追求造成了他们的作品的特色，但有时又造成了他们的不足，就是这种清楚地意识到的目标往往并不是文学的总的目标，最大的目标应该进入一种忘我的境界，忘记了启蒙、忘记了创新、忘记了公民、忘记了叙述、忘记了技巧。还有几个作家有鲜明的技巧意识，比如高行健，他的作品就是要有新的技巧。

王干：马原、高行健主要是一种技术小说。

王蒙：这些作家容易掌握小说某一方面的性质，这些是好的，但缺少更大的冲击力。不过也很难说，不能把作品的冲击力绝对化，认为只有那些死去活来的作品才是最好的。高行健说现代意识已经越来越排斥感情上的难分难解。

王干：这是后现代主义文学的一个特征。

王蒙：他嘲笑说，过分感情化的东西基本上是由自恋倾向造成的。他讲得也有一定的道理。张抗抗与刘心武、蒋子龙在整体上还是理性太强，在小说中，理性与激情是一对矛盾，理性的激情往往会掩盖激情的理性，一部作品不能让人仅仅把握到作家的理性所在或激情所在，在理性的过程中要投注超出理性之外的激情，在作家所布满的激情中又要能抽象出象征的意义。张抗抗等人偏重理性，目标感太强，我们看张抗抗还有孔捷生，他们的启蒙意识与创新意识都很突出，刘心武的启蒙意识与说理意识突出，谌容的题材意识突出，林斤澜的技巧意识突出。所有这些，成就了他们也多少地限制了他们。文学可能需要这些意识，文学可能更需要贯穿、穿破、超越乃至打乱所有这些"意识"，而只剩下真情，只剩下活生生的生命，只剩下智慧和人格力量。

且说"第三代小说家"

王蒙：我想向你提一个问题，你能不能多少讲点对最近涌现出来的第三代作家的评价和看法？他们的作品有的我看过，有的我没有看过，像王朔、余华。

王干：还有刘恒、洪峰、苏童、叶兆言等人。

王蒙：我看过个别篇目。

王干：第三代小说家的概念，只能对今天而言，这只是我个人或少数人的意见。如果我们再过几十年或几百年来看，也许你们这一代人和现在的第三代全属于一代人，也可能你们和鲁迅被当作一代人了。所以这个概念有它的相对性和狭隘性，是以今天的观点、我的观点来看的。第三代小说家主要包括这样一些人，大致分为两类，一类是写实型，一类可叫实验型，写实型的刘恒、叶兆言、李晓，李陀把李锐列入其中，但我觉得李锐与韩少功、郑义他们更接近一些。实验型作家有洪峰、余华、苏童、格非、孙甘露等人，他们是非写实的或不仅仅写实，与西方的现代小说比较接近。李陀最近写了《昔日顽童今何在》，认为新小说从一九八七年开始，出现了一批好的作家，为什么评论家视而不见？我最近写了一篇《批评的沉默与先锋的孤独》，一方面分析青年批评家为什么保持沉默，另一方面我认为真正的先锋根本不用依赖别人给你什么，先锋就是孤独的，如果被更多的人所接受所喜欢，那肯定不是先锋。先锋有他的超前性，有他的脱离大众性，先锋也是对批评的挑战，被批评理解的可能也是先锋，但更先锋的东西是批评也无法理解的。

第三代小说家的主要作品我差不多看过，他们有这样几个特点，这种特点只是我概括出来的，而且也不适合每个作家，更不能套到每部作品中去，只是大致意向的概括。大概有三个特点：第一，就是对主题的消解。不论他们是写意的还是写实的，以往小说所常见的鲜明主题没有了。他们的小说就不像张洁、谌容、蒋子龙的小说，主线非常明显、正确，是社会的、政治的、人性的、心理的主题。到了韩少功那一代人那里，他们的主题也比较明确，尽管有人说读不懂，像《爸爸爸》的主题就比较明显，对中国传统文化及其心理的批判，丙崽就是阿Q在当代中国的变形，不论他们对民族文化肯定或是否定，但态度都是明显的。第三代小说家对观念不那么重视，他们不在乎小说突破什么禁区，也不在乎表达什么深刻的思想。徐星曾经有一篇《无主题变奏》，但他的主题非常清楚。而这一代人是真正的无主题，有时写生活的印象，有时就写一个故事，有时就是把古今中外的事情拼凑起来，有的就写一种幻想。他们当中的有一部分人受博尔赫斯影响较大，另有一部分人受法国新小说派影响较大，总之，主题的意向变得模糊了，如果一定要找什么主题当然也可以找到，但至少作家在写作时没有一个明确的主题在笼罩他。第二点就是故事的再生。以前有好多作家瞧不起写故事，认为写故事非常传统、非常古典，但第三代小说家对故事重新认可，他们当中有人宣称就是多写漂漂亮亮的故事。格非的《迷舟》和《大羊》就把故事写得非常漂亮，从结构上，从人物上，从各种叙述技巧上，写得精彩极了。他们对故事的嗜好可能受到马原的影响，马原是写故事的好手，我说马原天生有一种故事感，他的语言里就有一种叙述的悬念。这一代人发展了马原写故事的方式。我最近看到你在《文艺报》上一篇文章，叫《故事的价值》，好像也是肯定故事的。有点与他们不谋而合的味道。现在出现"故事化"的倾向可能是对早期模仿现代派小说写法的一种调整，因为以前那些小说没有可读性，故事性很弱，基本上是主观情绪的流动或宣泄，当然这也可能成为好小说。其实，所有的小说都离不开故事，没有大故事也有小故事。第三代人便从观念层面的爆破转入技术层面的操作。所以，他们特别注重叙述的语体，特别注重故事的结构，特别注重语言的悬念。第三个特点就是语言的搏斗。这一批人对语言的讲究简直到了丧心病狂的地步。他们对语感有一种病态的热情，你打开他们的小说，就会发现他们的语言比前几年更有个性，更有语体感，他们相信语言本身也能滋生故事。这可能与近几年传播的西方小说叙事学、语言学有关系。所以，他们热爱语言，拼命玩弄语言，以语言为文学之本。孙甘露原先是写诗的，他的小说就是用诗的方式写成的。有人称他的小说叫"仿梦小说"，这种小说完全靠语言的力量在支撑。因为它的情节很淡，很有想象力，对语言的要求相当高，因为小说进入了技术层面，完全靠语言进行操作。整体上看，这一代人的小说灵气有余，厚度不足。他们对现代小说技术掌握得很熟练，但人生经验、社会经验和情感经验还没有达到与之相匹敌的地步。他们整合起来很有力量，但个体上还没有出现第一代、第二代那样的佼佼者。马原、残雪是他们的先驱，好像马原、残雪为他们打开通道似的，他们尽心地在马原、残雪打开的洞天中纵情游戏，可以放纵语言、放纵技巧。他们在技术上确实比前几年玩得更熟练、更轻松、更技巧、更漂亮了，但他们作品没有达到很高的境界，远远没有达到我所说的混沌状态，甚至还不如前几年的力作那么混沌那么有力度。

王蒙：你说的意思我能体会，但你说的好多人的作品我没读过，或没有认真读过，只是翻阅一下就过去了。这次偶然看了廖一鸣的小说，这个故事写得很老练，写得不慌不忙。有几个人的作品我看过，我觉得他们的作品有一个优点，好像他们在提供一种生活的形式，有相当大的空间，你可以把你自己的生活经验放进去，有时候他提供的经验有一种框架的性质，他的故事好像是生活的框架，本身简直就没有多少内容或没有多少意义，但类似的框架在很多人的生活当中很多人的经历当中都会碰到。比如余华的《十八岁出门远行》，也是我偶然读到的。我顺便说一下，上海《文学角》说李陀向我推荐了这部作品，这是完全没有的事。而且，李陀也跟我说，他根本没有这样谈过。那个故事我已经记不清了，好像一个青年搭便车，结果车是往回走，原来车坏了，有人抢劫，这个青年要维护，车上的人根本不管，结果这个青年被揍了。为什么这部小说引起我的兴趣呢？我觉得它提供了一个青年人走向生活的框架。在五十年代，我们从苏联学的，"走向生活"这四个字被赋予非常积极、非常浪漫的意义，比如一个人大学毕业或中专毕业，我们说他走向生活，就像一个小英雄上战场一样。现在的年轻人已经没有这种感觉，他们的那种主体的消解和漫无目的的感觉，带有一定的概括性，搭上车不知道自己走到哪里去的感觉和自己不能掌握自己命运的感觉，还有周围漠然的感觉，莫名其妙的抢劫，莫名其妙的反

154

抗，莫名其妙的根本没有人管他，这样一种孤独的感觉漠然的感觉又让人觉得很新鲜，也很有意思。你说它很灰暗也不见得，作者又有点兴致勃勃。文学故事框架的普遍性，这是很有意思的。正像我们上次谈到有些诗词里的感情的抽象性一样。不但感情有抽象性，经验也有抽象性。

王干：故事也有抽象性。

王蒙：故事也有抽象性。我就想起了个人的经验，美籍华人李欧梵告诉我，他在美国教汉语，教我年轻时写的小说《组织部新来的青年人》，作为汉语材料。美国人对反对官僚主义并没有什么兴趣，他们最有兴趣的是林震工作里碰了壁心情很郁闷，然后找到赵慧文两人一块听唱片吃马蹄，不知道该怎么好。美国人反映这种经验我们也有，虽然我们不是到党委组织部去工作，我们可能到一个大公司、一个百货店，或者到美国式的社团组织去，一个年轻人参加工作后很着急，对别人的工作很不满意而自己又常常碰壁。美国人对这种经验感到容易理解。当然这些人对政治不了解，对政治体制也不了解，什么叫党委，什么叫人委，什么叫组织部，宣传部。这确实很有意思，但你刚才说的不满足，我的感觉是这样的，一个作家可以写所谓主题消解的故事，这还是很令人羡慕的路子，但你不管主题怎么消解，一个有着丰富的人生经验的非常博大深邃的胸襟的作家，他写出的哪怕是最无意义的故事、最普通的生活，往往凝结着他更深刻的情感、智慧、灵魂。我又想到年轻时一篇文章的题目，就是对鲁迅《野草》里的《雪》的研究。

王干：我看过。好像发在《飞天》上。

王蒙：对。我从来不认为鲁迅写《雪》的时候事先想很多，我要通过写《雪》来表达我的审美理想、人生感觉。

王干：我在学校学习《雪》这一课时，老师说"南方的雪""北方的雪"有象征隐喻意义，一个代表革命力量，一个代表反动力量。

王蒙：这是可敬的冯雪峰先生的观点，"南方的雪"代表北伐军，"北方的雪"代表军阀。

王干：我当时也看了半天，没看出来，只觉得很美。南方的雪很美，北方的雪也很美。

王蒙：中国古代很多咏物、咏史、伤春、悲秋或怀乡的题目，在不同的作家身上会体现不同的深度，体现出不同的意义。尽管作者反复声明不必追求意义，实际表现出来的效果还是不一样，所以你说的那种不满足也是完全可以理解的。这些年轻人在描写生活时多少有点在旁边观照的态度。

王干：局外人的态度。

王蒙：甚至写到自己的经历时也用一种局外人的态度，这是很惊人的，这在我们这一代人作品里极难看到。写自己挨揍，也像局外人在写，这相当惊人，这也是高尔泰教授一说起来就痛心不已的。在苏州的时候，我见到高尔泰，高尔泰讲他坚决反对"看客文学"。他认为看客文学是不道德的，这不是他的原话，但是他的意思。后来我和他吃饭的时候进行了一个简短的谈话，这可能是我惯用的辩证法，在某些人看来可能是折中的诡辩的办法，但我认为不是诡辩。我说任何人都既是参与者，又是旁观者，比如当我们说反思的时候就是旁观者，我们说保持冷静的头脑就是要能够跳出来看自己看旁人，两者缺一不可。在"文革"中旁观者就不见得不道德，因为他当时既没有能力制止这样一场灾难，也不愿参与进去，只好采取一种旁观的态度。甚至某些时候我们可以说没有旁观、没有观照就没有审美，一点也拉不开距离的时候，就不可能审美。总是处在紧张的状态，忙碌的状态，一种利害关系跟你非常深的状态，就没有审美。

王干：就像老当运动员不当观众，不知道踢球的美。

王蒙：我年轻时体会特别深。当我工作特别忙、学习特别忙的时候，我就感到审美的感觉没有了。我必须有一点闲暇，忙里偷闲跳出来了，远远地看它，自我感觉就良好了，甚至我想完全没有旁观者也不会有科学。我还讲不清这个道理，美学、科学都需要旁观者。

王干：旁观是一种参照。

王蒙：旁观就是不受当前的事物状况和利害的局限，从更大的全局来看待它。

王干：我想旁观可能有两种，一种是超越，一种是下沉。超越就是在上面洞若观火地看，而下沉则采取逃避的态度。

王蒙：对，所以，笼统地反对旁观反对看客未必可取。至于说这些年轻人局外旁观的感觉究竟意味着什么，我现在还做不出更多的判断。

王干：他们的小说很奇怪，他们的故事非常漂亮，文体语言相当好，但整个故事的观念、逻辑一塌糊涂。你理不出非常逻辑的顺序来，想找一个中心的主题来，没有。生活写得糊里糊涂，有一种神秘主义色彩，他们觉得生活不可知。第三代小说家甚至不觉得生活是他写的，他们觉得生活就是这么回事。苏童小说里有一句话反复出现，"就这么回事"，可能有概括性。他们对生活没有激情，没有批判的义愤，也没有赞美的真诚，可能对人生采取一种消解，将积极意义、消极意义全都消解了。这种态度比前几年注重观念的更新、注重禁区的突破也许还是一种进步。

王蒙：但这里有两种情况是很难辨别的。比如同样表现生活的不可知，有一种是在大的基础上不可知，为什么不可知呢？因为他知道的东西太多了，越知道的东西多，就越感到生活是无法穷尽的，世界是无法穷尽的。比如，爱因斯坦脑子里的神秘感可能比我们这些不懂自然科学的人更浓重，因为他对物理世界、天体世界，对宇宙从宏观到微观的规律掌握得那么多，越掌握得多，越感到周围有一片无限的茫茫的无法掌握的东西，这是第一种不可知。还有一种不可知，不是由于大智，而是确实由于无知加冷漠。两者表面上可能非常相通，我们所说的"大智若愚"也是"若愚"，和真愚、白痴不一样，还有"佯狂"实际表现为对生活的批判，可"佯狂"和"白痴"表面上非常相像。在艺术上这样的例子特别多，比如有些大书法家，他写出来的字歪歪斜斜，干脆摸不着他的任何规律，和不会写字的人写的字一样，表面上还没有中等、二三流书法家写的好看。完全不会书法的和已经炉火纯青的书法家的差别有时很难区分。谈到这些年轻作家时倒不必讲第三代作家如何如何，还是一个作家一个作家地说，一篇作品一篇作品地说。我接触到的有限的几篇，我都很喜欢读，我不知道这是不是他们的共同特点，就是简洁。大概不见得都简洁，反正我看的几篇都很简洁，这是不是和你说的语言上的讲究有关。

王干：这些人的语言基本功相当好，他们对汉语的敏感度很高，所以李陀写文章替他们打抱不平。我觉得这里还有理解的差距。我谈几篇小说吧，刚才你说的看客态度或局外人的态度，余华可能是最有代表性的，他的《现实一种》。

王蒙：这篇我看过。

王干：余华还有一篇，叫《河边的错误》。也写得很荒诞，小说写一个刑警队长破一件凶杀案，最后案破了，凶手是一个精神病人。第二次精神病人又行凶了，刑警队长追到河边正看见精神病人作案，一怒之下就开枪将这个精神病人打死了。但麻烦来了，刑警队长不属于正当防卫，反而倒犯有过失杀人罪了，公安局也很为这个队长可惜，就让他称自己有精神病，这样可以免于进狱。这样就把刑警队长送进医院，可他坚决不肯承认自己有精神病，不管医生怎么暗示也不承认。经过反复的长期的疲劳的询问，刑警队长最终终于承认自己有精神病，而似乎真有精神病似的，真的胡说八道了。这个故事写得糊里糊涂，但又反映我们生活中类似的经验和现象。小说可读性极强，是用推理的方式写的。

王蒙：这也是余华的吗？

王干：是余华的。刘恒有部小说《虚证》也特别有意思，也是用推理方式写的。他写一个人突然自杀了，这个人"业大"的同学也就是小说中的"我"，老想这个人怎么自杀呢？就通过各种各样的途径打听他自杀的原因，再根据自己的经验进行推理，甚至设身处地对自杀者进行一种模仿，把"我"作为自杀者进行分析，以探讨证明死因。这也是按照侦探小说的结构写的，但写得有相当的深度。"我"最终也没搞清自杀的原因，但"我"把自杀者的纵断面、横断面整合起来的信息量达到很深刻的心理深度和情感深度。这部小说没有确定性的主题，也没有确定性的故事，一切都似乎按照一种假想的方式出现的，所谓"虚"证就是虚证，不是实证。

王蒙：这个题目起得很好，假定性强，充分发挥了小说的假定性。

王干：小说原先的题目叫《实证》，不如《虚证》好。叫《虚证》一下子就把那种不可知、那种假定性表现出来了。我觉得这是刘恒写得特别好的一部小说，但影响不怎么大，不知怎么回事。这部小说提供了充分的假定性，就给读者以广阔的阅读空间。作家已不是告诉你一个简单的观念，一个道理，一个逻辑，一个思想，甚至已是不告诉你一个完整的故事，而是让读者根据自己的观念、思想、逻辑去把握人物、整合故事。刚才你说的给读者一种框架，刘恒和余华的这两篇小说可以说有一种"框架功能"，它没告诉读者具体的内容和逻辑。

王蒙：可以用自己的经验去丰富它。

王干：我在一篇文章中谈《虚证》时说，当小说中的"我"对自己的设想和推理感到失败时，读者却感到成功了。读者在看"我"的分析时，早明白了主人公为什么自杀，这个人可能觉得是这个原因自杀的，那个人看可能是那个原因自杀的。叶兆言的《枣树的故事》也很有意思，它写一个近似妓女的女人的一生，她与各种各样的人都厮混过，但作者写到最后，主人公岫云越发令人糊涂，她不像荡妇，也不是贞烈之妇，读者尽可以做出各种各样的认识。小说也是用第一人称"我"，一方面看到岫云心地很善良，另一方面又发现她人尽可夫很放荡。这些小说有了充分的阅读性和创造性。

王蒙：这个话题很好，给我补了一点课。尽管你的介绍不能代替我阅读，还是补了一点课。但我想这些东西也不过是一种，人生一种，文学一种。还有些按你的分法属于第二代的，按我看二三代之间的小说，也各异。我不知是不是受第三代影响，何立伟写过很多作品，自己的艺术追求也很独特，有的写得很简练，像《白色鸟》，有的写得很古朴，像《小城无故事》，甚至与李杭育的作品接近。

王干：何立伟的《花非花》写得不错。

王蒙：他还有些带有唯美带有抒情的小说，像《一夕三逝》。说起来很好笑，那时我在《人民文学》当主编，因为把《一夕三逝》发在头条，引起了不知多少人的愤慨，包括我所尊敬的前辈，对我本来印象极佳，对这一点却不能容忍，觉得超出了他们的承受力。何立伟还有一篇作品，像你所读的第二代作品，题目是叫《到温泉去》还是《到疗养院去》我记不清了，真抱歉，好像发在《花城》。故事我基本已经忘光了，但他的情调和框架对我仍然有影响，这个框架可能会变成我的创造了，但绝对是从何立伟这篇小说那里来的。

王干：是最近看的？

王蒙：大约两个月以前。写说到一个温泉或湖边去疗养，这个也说要去，那个也说要去，忽然说不去，最后还是要去，哭了一场还是要去，去了以后一塌糊涂莫名其妙。小说的语言和结构非常美。这个框架也是讲人生的盲目性，欲望的盲目性，向往的盲目性，和一种欲望实现以后的失落感。

王干：现在对故事的重视是对以前小说的一种调整，以前的新潮作家与反情节、反故事连在一起，而现在普遍重视故事，这可能是矫枉过正之后的回归。

王蒙：这也很难说。一九八九年是什么样，现在谁也不敢说。

1988 年 12 月 13 日

十年来的文学批评

一 批评的位置

王干：我们今天谈的文学批评，主要指当代文学批评，不是泛指文学批评，不是文学研究。当代文学批评处于一种中间地带，处在文学理论与文学创作之间。最新的文学理论往往由批评家掌握后对作品提出批评或要求，文学批评是连接理论和创作的桥梁。处于这样一种状态，文学批评有它的位置的危机。在很多学校里，当代文学研究和批评都不算学问，认为纯理论研究是学问，研究古代文学、外国文学是学问，研究训诂小说是学问。

王蒙：这里有一个因素，起码过去是这样。搞当代文学、现代文学受政治的影响太大，变化太大，相反地你研究杜甫、李白、罗贯中、施耐庵、王实甫、关汉卿倒让人觉得是学问。

王干：它比较稳定。

王蒙：研究现代文学就有问题了，一会儿是鲁迅受胡风的蒙蔽，一会儿解释成"四条汉子"怎样诬蔑鲁迅，这当然是最突出的例子了，当代文学就更麻烦了。一九六二年一九六三年我在北京师范学院担任中文系教员时就有一个想法，希望学生少学点这些东西，干脆都学古汉语、古代诗词歌赋，这里面至少有些有用的知识。

王干：刚粉碎"四人帮"不久，学校里最吃香的是古典文学，接着是现代文学热，而现在特别是前两年包括社科院的一些人对当代文学评论感兴趣。说明当代文学提供了供大家评论、研究的多元现象，这些新鲜的内容是古代文学、现代文学里少有的或没有的。有好多青年批评家都是现代文学乃至古代文学转向当代文学批评的，南帆原是研究古代的，许子东、王晓明、陈思和、黄子平以前都搞过现代文学研究。当代文学批评在"十七年"基本处于创作的附庸位置，没有自身的独立品格和独立的价值，起初是依据以《讲话》为代表的文艺理论，到后来基本依据一种政治的需要、政策的需要来进行文艺批评。

王蒙：一时的口号，甚至是某一时期的社论精神。

王干：根据当时的意识形态来判定作品，这与当时的文艺批评标准"政治标准第一、艺术标准第二"是有关系的，也难怪人们特别是一些老先生对当代文学不屑一顾甚至嗤之以鼻，这是可以理解的。当代文学批评地位的确立是和新时期文学分不开的。进入新时期以后，当代文学批评的影响渐渐大了，特别前两年的"批评热""文化热"，还涌现了一批中青年批评家。新时期初期，文学批评发挥了不小的作用，有特殊的贡献，呼唤现实主义，呼唤人道主义，呼唤双百方针，与当时的创作潮流呼应。

王蒙：支持"伤痕文学"，支持拨乱反正，反对"黑线论"。那一段时期批评家和作家团结得特别紧密。

王干：共同作战，联合行动。

王蒙：一九七八年一九七九年一直到一九八〇年初，动不动《文艺报》就开个座谈会，有时《文学评论》也不甘寂寞，也开座谈会，讨论几篇小说，大家都慷慨激昂，把"左"的教条主义猛猛地骂一通。

王干：随着文学的发展，批评与创作发生了分化，有时甚至对立。特别是你的《夜的眼》等"集束手榴弹"以及高行健的小册子出现后，批评与创作已经不再是同一个声音，尽管批评内部也在分化。这表明批评在进步，它不可能老与同一个作家保持同一态势。到一九八六年，双方尽管不太谐调，但总体上还是能对话的，局部有分歧。但一九八六年十月的新时期文学讨论会后，刘晓波出现以后，批评与创作出现了对峙的状态。

王蒙：我同意你这个估计。

王干：到一九八七年、一九八八年，特别是一些青年人，很简单随意地为一个作家、一部作品唱赞歌叫好的情况越来越少，挑剔性的文章多起来。这表明文学批评不愿做创作的附庸，它谋求一种独立的艺术品格、独立的艺术位置，而以前的批评对作家基本是一种认同。我最近写了一篇《批评的沉默与先锋的孤独》，是对李陀的观点提出不同的看法的，李陀希望青年评论家与新潮作家一起行动。

王蒙：继续鸣锣开道。

王干：我认为这不可能。一是批评没必要跟在先锋后面鼓吹，不可能每出一个先锋就肯定一个，批评需要拉开距离。批评前几年热情肯定的那些作家很快成了明日黄花、过眼烟云，像流星一样在文坛消失了，当时的批评是不遗余力地鼓吹的。另外对于一个先锋性超前性的作家，连批评家也不能理解他，如果立即被批评理解了，他就不是先锋。西方的好多前卫作家都是使双枪的，既搞创作又搞理论，既写非常新潮的作品，也能写阐释这些作品的新潮理论。比如雨果在浪漫主义处于先锋时就写过不少理论文章，伍尔芙、罗伯一格里耶都写过不少优秀的理论文章。我们以前的文学批评为什么没有生命力？新中国成立以后的作家作品评论缺少生命力，我觉得当代文学批评有一种错误的思维方式——经典意识，而这种经典意识正是从古典文学作家那里拿来的，比如李白、杜甫都是经典作家，唐诗、宋词都是经典，我们必须用研究经典的方法研究它。当代文学批评袭用了这种经典方法，就搞错了对象，当代文学处于发展过程中，也不知谁是经典，那么多作家那么多作品，成为经典的是相当少的，如果都用一种经典意识去笼罩他们，把他们全部当成经典就会走入一种误区。说这部小说是力作，那部是史诗，而事实上这些小说很快就被人们遗忘了。当代文学批评不要采取一种经典的态度，当代文学的主要任务是淘洗出经典来，一般的评论家对经典采取仰视的态度，老是要看到它的好处，老是揣摩它的意味深长，而当代文学的绝大多数作品都是非经典性的，你这种仰视就会发生错觉，就会误把芝麻当西瓜。我认为当代文学批评家要与作家采取一种对话的姿势，采取平等的态度，甚至有时还要采用俯视的方式。因而当代文学需要一种反经典意识，也可以叫经典意识，就是要淘洗出经典来。这些年来，当代文学批评家很悲哀，他们每年都能说出一连串的好小说，但留下的很少很少，这与别林斯基就不能比，尽管别氏也不完全都说得对，但他的眼光还是十分犀利的。

● 批评家的类型

王干：当代文学批评有这样几种类型，一是学者型的，像唐韬、金克木等老一辈，年轻点的有鲁枢元、赵园、黄子平、王晓明、陈思和、南帆。一是编辑型，他们的眼光与学者型不一样，因为他们手上有一份刊物，总要提倡些什么，体现约稿意图，像阎纲、雷达（后来搞专业去了，但思路仍是一种编辑型的）、周介人、陈骏涛等。还有一种职业型的，每个省作协都有创作研究室，中国作协也有，他们的工作就是干当代文学评论，他们发现好的小说，然后再写评论，创研室的人差不多都是这种职业要求和职业习惯。社科院当代文学研究的同志也大多是这一类型，当代文学评论是他们的专业。还有一种作家型，像你、汪曾祺、刘心武、李陀的一些评论文字。

王蒙：是一种感想式的。

王干：作家的评论往往把他的创作体验与别人作品融合起来谈。

王蒙：陆文夫有时也写，刘绍棠也写过。

王干：高晓声以前也写，前几年这种作家写的评论特别多。现在可能理论上的新概念、新词儿多了，有的作家可能有点怵，写得少了。现在上海的青年小说家陈村也写评论。还有一种评论就是自由撰稿人式，他写作不是为了体现刊物的意图，也不是受制于某种领导指示，也不是出于一种职业需要，也不是为了研究，他写评论主要是一种兴趣，有感想要对作家、作品发。这种评论不揣摩任何意图，完全出自一种内心的自由的需要。愿意写谁就写谁，想写多少就写多少。吴亮以前是自由撰稿人，但吴亮后来也职业化了。这种自由撰稿人的批评现在仍然很多。这几种批评类型都各有自己的长处和不足。学者型的批评喜欢古今中外地谈论文学与作家，上通下联地考察一个作家、作品，学问性很强，有时感受力差一些，当代文学批评强调感受力、穿透力，缺一不可。学者型的评论做不好就会显得知识大于作品本身。这方面处理较好的青年人是黄子平。

王蒙：黄子平文章写得不错，但有时曲笔太多，一句话绕好几个弯说，有时闹出一些笑话，不是他的笑话，而是读者的笑话。我去福建，南帆跟我讲，黄子平写的关于"伪现代派"文章，意思是否定"伪现代派"的说法，认为"伪现代派"的说法是不成立的，如果有"伪现代派"，就得先树立"真现代派"的范文，离开了范文都是"伪"。由于他的文章写得太绕脖子，以至于很多人看了一下没有完全看懂，就振振有词地说：黄子平在批判"伪现代派"了！有一位老作家向我报信，说：你知道吗？黄子平跟你过不去了，他在一篇文章里把你咬住了。后来我一看，黄子平是引用刘晓波的观点，委婉表示不同意他的观点。由于绕脖子绕得太厉害了，绕得我们性急的读者都看不出要干什么来。

王干：黄子平本想消解这个概念，绕是一种解构的方法。李国涛后来在《文艺报》发的《何必曰"伪"》，本是与黄子平商榷的，可黄子平看完以后，说"李国涛深得我心"。

王蒙：这是很有趣的，黄子平轶事将来一定要写进去。

王干：编辑型的文章往往比较敏锐、新鲜，但太近功利，往往与自身刊物的利益太密切。像报纸吧，有太多的"提倡性"，拉不开距离。作家型的批评好处是感受性强，但有时自说白话，把自我感受强加在其他作家身上。虽然批评家有时也这样，但作家更厉害，他完全是感性的发挥，缺少理论的规范。职业型的评论家的特点在于对当代文学发展的脉络比较清楚，但有时是为写评论而写评论，如果两个月不写评论的话，评论家就觉得工作没做似的，所以就不能很从容地研究作家作品，做出公允的深刻的判断。有时作家还会来找评论家，或者刊物来找，说我们上面的小说不错，你看一看写一点东西。最近的"作品讨论会"之风很盛，参加者无非三类人，一类领导，一类职业评论家，一类是记者。有的领导也没看作品，就说几句鼓励的话，主要发言是评论家，记者是负责报道的。这种讨论会效果很难说，作家在场，一般说好话的多，直言的人很少，怕情面上过不去。作品讨论会，已成为提高作家档次的一种手段，职业评论家缺少选择的自由。评论首先是选择的艺术，丧失了这种选择的自由，尽管偶尔仍能写出一些好的批评文章来，但如果让他自由地从容地去选择，会写得更好些。自由撰稿人的批评往往来自阅读的过程，是非职业化的，文字一般比较活泼、流畅，但缺少理性的把握，也有些"自说自话"。这种文章的特点在于没有匠气，敏锐、新鲜，是文学批评队伍的轻骑兵。但由于没有从事批评的理论准备，也缺少与作家、与整个当代文学的联系，往往理论深度不够，缺乏整体把握的力量。

王蒙：你的回忆很有意思，我们国家的文学评论常让人感到在概念上弄不清楚。在很大程度上，在一定时期内"评论"与"领导"的概念混同起来了。甚至有的人从理论上提出"党对文艺的领导是通过评论来体现的"，比如周扬同志长期负责文艺方面的工作，他很有威信，他也是大评论家，他的一个报告可以做三个小时、四个小时，要引述许多的文学现象，戏剧、舞蹈、音乐讲得较少。这就牵扯到一些理论问题，比如关于"塑造英雄人物""时代精神""写真实""主观战斗精神""深入生活""世界观改造与创作方法的关系"等，这些问题都进入了党的领导范畴，评论就变成领导的一种方式。各地的宣传部门、作协以致报纸方面的负责人，他们的谈话都是评论，是一种评论。

王干：这是一种领导型的批评。

王蒙：或奉领导之命写的评论。由于领导的一次讲话不可能变成一首长诗、一篇小说，就必然变成一种评论。中国长期以来，评论代表领导的观念源远流长，以至于到近年有些领导同志非常热心建立评论组，搞个评论班子能够最完满地体现领导意图。这可能是我们国家特有的评论。一九七八、一九七九年，评论在与创作携手共进的时候，也往往带有领导意图。领导与领导之间也会有不同意见，但是为现实主义、"伤痕文学"开路，毕竟也是一种"领导"。一九八○年以后，最严重的是到了一九八二年，这种领导意图以及按领导意图团结起来的一批编辑型的评论家，就开始与青年作家创作上的努力发生分化，"蜜月时期"过去了，甚至曾经闹得非常严重，认为"面临一场不可避免的大辩论"，开始感到文学出现了摆脱解放区、苏联的文学模式的势头，问题非常严重。实际上作家也分化了，评论家也分化了，有些上了年纪的评论家写的文章也少了，甚至写的文章人家也不特别欢迎，他们开始有一种寂寞感，对评论上出现的日新月异的花样相当不满意，相当反感，相当受不了。三轰两轰，特别是一九八四、一九八五这两年，涌现了一大批四十岁以下的评论家，不管什么型的，陈思和也好，王晓明也好，周政保也写过不少文章。这里面偏大的是鲁枢元，他主要研究创作心理学。

王干：上海有一批，北京也有一批。

王蒙：这一批出来以后就把领导型的评论挤到一边去了。这部分人的见解也不一样。比如周政保的文章在价值观上强调继承性，强调历史文化，强调对人民忠诚的情感，强调文艺的教化作用。

⊜ "方法热"与科学主义

王蒙：你说的过程里还有一个现象没怎么提，就是一九八四、一九八五年达到高潮的"方法论"热，这实际也是学者型搞的。方法论热基本上是"闽派"为主，林兴宅画了好多图，到现在我对他的图还是感兴趣，把《阿Q正传》画成图，林兴宅好像还写过接受美学的书。

王干：《艺术魅力的探寻》。

王蒙：它把文学作品的信息分成好多部分，用系统论的方法研究。林兴宅有句名言，他自己也解释不清楚，别人驳也驳不清楚，我认为这句话有一定的价值："最高的诗是数学。"这从"魔方"的一面来说，可能讲得通。所谓"最高的诗是数学"就是人类智慧的至高境界有一种理性和诗情的高度相通。

王干：就是到了"一"的状态，数学与诗合二而"一"，是一种智慧与情感的极地，不是每个人都能达到的，最高境界的数学也很可能是诗。

王蒙：是的。人类智慧、人类逻辑推理、人类对世界的高度概括构成了一个形而上的境界。

王干：精神乌托邦。

王蒙：对。我为什么欣赏"最高的诗是数学"呢？也讲不出什么道理，就在于它表达了刚才你说的精神乌托邦的魅力，必须承认文学有世俗的魅力，文学这一点和数学不一样，文学想洗涤掉世俗性，这是不可能的。但它也有精神乌托邦的魅力，有一种高高在云端的魅力，有一种象牙之塔的魅力。就是象牙之塔，钻得简直不知钻到什么地方去了。

王干：有人把这叫宗教感，反正是一种哥特式建筑的尖顶，文学要有一种尖顶意识。

王蒙：我们常说的精神高峰。

王干：但文学不能仅有尖顶，还有好多东西在支撑它，世俗的和与世俗连在一起的东西，还有不怎么世俗也不怎么尖顶的东西。方法论热反映了中国人对科学主义的热恋。近十年出现过科学主义运动，一九七八年开科学大会，我当时感到科学救国似的。

王蒙：科学的春天。

王干：看郭沫若那篇文章，好像有了科学就有了一切似的。以前是阶级斗争救国，后来是科学救国。

王蒙：当时有个提法，"四个现代化的核心是科学现代化"，现在看来也不那么单纯。社会的发展是全面的，不可能抓住一面就万事大吉了。这里牵涉到《矛盾论》的思想，就是抓住主要矛盾，一切迎刃而解。现在哲学界已开始讨论这个问题，是不是抓住主要矛盾，其他矛盾就能迎刃而解了？

王干：有时候主要矛盾就搞不清楚。

王蒙：有时候主要矛盾抓住以后，其他矛盾非但没有迎刃而解，反而更尖锐了。

王干：有的上升为主要矛盾。

王蒙：这样的例子太多了。

王干：中国人善抓一元，抓住一元就可以牵一发而动全身。方法论热出现是文学发展潮流推动的，因为一段时间内文学理论不够用，与多元丰富的文学创作比显得贫乏，迫切需要呼唤新的理论和新的文学精神。加之中国人缺少建立理论体系的习惯，人们迫切地想建立一种体系和理论框架，理论界兴起了方法论热，当代文学批评家也凑过热闹，但主要是一些搞理论的同志。要建立体系就必须借助方法，而老祖宗的方法也不够用，西方的方法也有些旧，就想借科学主义来完成体系的建立。我觉得用自然科学的一些方法来研究文学非常有趣，但显然不能穷尽文学所有的可能性。

王蒙：科学主义也是一条路，用刚才的话说，它也是魔方的一面，我要魔方的一个颜色。我还读过一篇文章，就是用弗洛伊德的学说（当时也算新方法）来分析李商隐的诗，作者我记不清了，那篇文章也是很好的。分析李商隐自己对情感的压抑和压抑所达到的升华。方法论热最高峰时期，西北有《当代文艺思潮》，东南有《当代文艺探索》。很不巧，这两个刊物同时停了。

王干：很有意思的是，我在两家终刊号上各发表了一篇诗论。

王蒙：我至今觉得遗憾，至少要有一个留下来。现在文艺刊物受商业压力太大，福州觉得可以再办，但觉得更难办了，订户又少。近来，批评家特别是一些年轻的批评家越来越感觉到不能仅仅当作家的同盟军、吹鼓手、开路先锋，而要讲自己的意见，当然并不是所有意见都能讲得成功。与此同时，也有越来越多的作家反唇相讥，或在作品里用不屑一顾的态度讲一讲，说对满嘴新名词、满纸新名词或绕来绕去绕脖子的批评最好不看，越看越糊涂。产生这样一种分离的现象，我倒觉得蛮有趣。你说的五种批评……

王干：六种，加领导型。

王蒙：这好像主要是从评论家身份上来说的，我个人的兴趣更爱看学者的批评。我还有一个想法，就是像《文学评论》这种刊物，就应该多些学者型的评论，如果登自由撰稿人式或职业式的批评太多，不一定适合。现在批评的所谓阵地越来越多，"报屁股"文章尽管也是批评，但还是要有一些区别。

（四）　批评的泛化和庸俗化

王蒙：我们说到某些文学评论常常和领导意图混合，还有另一种，就是批评和庸俗的利害关系结合起来，这种评论也很厉害。我看过一个文艺座谈会的报道，这地方的宣传文化部门的领导人也参加了，他提出一个问题，说我们这儿为什么没有拳头作品？首先我要声明，我是不大赞同拳头作品的说法，把工业上的名词用到文艺上来，就很难讲，比如一篇杂文不能说拳头作品，一个长篇就一定是拳头作品。

王干：也不一定。

王蒙：一首群众歌曲不算拳头作品，一个大合唱就是拳头作品？这很难讲。现在回过头来，这个地方讨论为什么没有拳头作品，讨论的结果，有许多当地的作家愤慨地说，为什么没有拳头作品？就因为缺少拳头评论。甚至有人还举北京作家群的例子，说为什么北京中青年作家影响那么大？主要是北京不但有一批作家而且还有李陀、曾镇南、雷达，当时还有刘梦溪、刘锡诚，他们替北京作家讲话、欢呼，这是公开发表的意见。有个人还引用我对张承志的评论，说王蒙曾经用什么样热烈的语言捧张承志，而我们这儿的评论家这么温吞水，这么舍不得捧我们省的作家。这种讨论很奇怪，我们的作家为什么在一起讨论这个问题，这种讨论就和讨论中国作家为什么没有得到诺贝尔奖一样，甚至更次一点。因为诺贝尔奖的目标还稍微远大一点，有人把目标降低到在作家协会评奖当中得一次奖，甚至降到被《小说选刊》《小说月报》选登一次，等等。

王干：甚至《文艺报》评论一下。

王蒙：这种庸俗空气对评论的影响很大，使人弄不清哪些是评论家真心诚意写的评论，哪些是碍于情面应付的。老作家孙犁甚至为人写过这么一篇序，说这个人怎么好怎么好，对我非常之好，他写了一本书，我也没有看，但实在不能不替他写序，所以我就替他写序。

王干：序文就这样写的？

王蒙：就这样写了，而且就这样发表了，就这样列在书之首了。这大概也属于作家写的评论。

王干：作家评论的一种方式就是写序。

王蒙：就像我们第一次说到文学是什么的时候，说在泛文学的概念里请假条也可以成为文学。现在还有一种泛评论，就是评论的高度泛化，开一个会，大家说几句客气话，也叫评论。报屁股登一个序跋也叫评论。

王干：一个消息也是评论。

王蒙：大学、中学的讲台上，教师讲课也是评论。起码要解释，要提供有关资料，要做出一定评价。从这个意义上说，我国的评论队伍更是举世无双，比创作队伍还要庞大。在这样一种泛评论当中，如何淘洗出经典作品来？如何出现真正的文学评论？我们文学评论有各种各样的式样，比如一篇杂文里写对小说的感想，可以作为评论。

王干：现在还有书信。

王蒙：我们既承认这种泛评论，又要对评论有狭义的要求，指更严肃、确实经过研究、确实用一种比较负责的态度对一个作品的思想内容、艺术价值做出自己的评价，做出自己的阐释，做出自己的发挥。对评论应该提出更严格的要求，否则按目前的状态下去，批评会过于泛化。

王干：有的人写这种泛化批评是出于礼貌的需要，出于朋友的交情，有时是因为熟人的关系。这种泛化批评够泛滥的了，打开各种文艺性或非文艺性的报刊，都可以见到这种泛评论，这种泛评论主要是表态，说小说写得很好，人物写得很成功，语言很有特色。经常出现这种通信：××：你寄来的书我收到了……这种庸俗化倾向与文学的庸俗化是一致的。这是一种功利性太强的表现，是希望早点出大名，成大器。中国评论家的地位让人悲哀，不像国外的评论家都是大学里的教授，把作家全部得罪光了也不要紧，反正也不需要到作家协会领一份工资，更不需要去参加什么会议和宴会。中国当代文学批评的职业批评家全是作家协会养的，目的很清楚，就是让你鼓吹作家，或者只能为本地的作家说好话。这跟体制也有关系。

王蒙：有些文章写得很泼辣的批评家有个特点，就是兔子不吃窝边草，他决不写本省、本市作家的缺点，看上去很超凡入圣，实际上也露出庸俗气。

王干：大家都生活在同一体制当中，早不见晚就见，很难完全脱俗。我认为当代文艺批评应该是距离的艺术，必须与作家拉开距离，首先要拉开情感上的距离，再拉开审美上的距离，还要拉开阅读的距离。太近不容易判断，缺少时间的沉淀。有的作家作品还没写好就给评论家看，意思是帮我鼓吹鼓吹。

王蒙：有的是编辑。有的编辑计划把某篇作品推出来，要造成反响。作品刚出一校样就赶紧请权威的评论家连夜赶写评论文章，然后连作品带评论热炒热卖一下子出来，收到很好的效果。我也上过这种当。一个作家来找我，一个编辑也来找我，要我无论如何给他的作品评两下，寄的清样模模糊糊，我眼睛又近视，我非常费劲地看完，因为与这个作家、这个编辑有点友谊，觉得不能推脱，不能对人这么冷淡，结果连夜赶出来。可是他们用同样的方式已经约了三篇评论，到后来是四篇评论配着一部作品。我感到上当，我根本用不着那么赶，我用不着浪费我的视力和时间，我完全有更多有意义的事情要做。

王干：我也碰到过类似的情况，就是对熟人、朋友的作品，想写些文章，但又觉得火候不到，有时候碍着情面也写一些。在中国没有哪个评论家能一篇这样的评论也不写，能完全脱离尘世的俗务。生活中除了经济的需要，还有很多感情的联络，这也可能正是文学俗的一面，这是批评没有经典性的一个原因。作家也非常奇怪，一方面瞧不起评论家，一方面又特别重视对他作品的评论。最近所出现的否定性的挑剔性的批评也是批评家新的方式。

王蒙：一种反击。

王干：或是对自我位置的寻找，要确立自我的形象，如果批评老跟在创作的屁股后面转，批评的独立品格是什么呢？为什么很多中年人搞当代文学的成就并不大？像现在这样，青年批评家也跟着干下去，马上就会重蹈中年人的覆辙。好作家、好作品是少数的，你每年都唱赞歌，到最后你的声音就没有了，那些作品被淘汰后，你评论的文字也随之消失。所以，批评要保持距离。中国当代文学评论缺少对三年前五年前作品的评论和研究，最近有人开始做这个工作，但绝大多数人忙着赶，九月份的作品十月份不评就好像过时了似的。

王蒙：别人没有评，我头一个评，有点抢头彩的意思。

王干：有时读一部作品，当时有点感触并没有想去评论它，但过几年以后重新再看，往往会更清楚深刻一些。

王蒙：你这个意见太好了，就是能搞三年前、五年前的作品讨论。现在常常有这种文章，一年过去了，回顾一下，常常有这种"一九八〇年中短篇小说漫评"，每搞一次评奖也漫评一次，这样太热。关于评奖，也曾经有人提过，能不能稍微冷处理一下，比如一九八九年组织评委会，评三年以前的作品？这比马上说今年获得丰收或今年是小年会更好一点。我希望将来建立一种更有权威的评论和更有权威的评奖，这样的评论和评奖应该要求文艺作品经过一段时间考验。现在如果回过头来不是以五年为期而是以十年为期来看的话，也许会给我们很多的启发。我不知你有没有兴趣把一九七九年曾经引人注目的作品拿出来看一看，包括得奖的作品，哪些作品还是有生命力的，哪些作品已是明日黄花，大势已去？

王干：好多小说已经没有生命，我觉得短篇评奖的距离拉不开，评奖的数目太大，一年哪有那么多好小说？以后评奖可能评人。

王蒙：评小说集。

王干：评人也是办法。比如可以设新人奖，奖励该年度最突出的青年作家。也可以设佳作奖，奖励这一年创作状态最好的作家。这比那种泛泛的评好，比规定数目也要好一些，一定要选二十篇，没有二十篇怎么办，凑数。其实，评奖也是评论的一种方式。现在的评奖缺少距离感。

王蒙：也缺少公开性。我早就建议，评奖可以卖票，一块钱一张，凭票旁听，不是经费不足吗？评委开会的时候确定篇目，作家本人愿意旁听也可以，新闻记者旁听也可以。现在越保密，传说越多，似乎变成了幕后的交易。结果真幕后交易是幕后交易，假的幕后交易也变成幕后交易，最后弄得不清不楚。

王干：传说很多，传得很大，互相猜疑。

◎ 批评的三种方式

王蒙：不谈评奖了，还是回到批评上来。

王干：文学批评大约有三种方式，感觉印象式（作家型）的批评，自由撰稿人式的批评以及部分职业评论家的批评。许子东的评论也比较典型。

王蒙：他有一本书书名就叫《当代文学印象》。

王干：这在海派批评中比较突出。吴亮也是感觉印象式，李劼尽管谈了好多理论命题，但整体上还是一种感觉印象式的。雷达、曾镇南也是一种感觉印象式的。这种评论的特点就是反应敏捷，出手很快，语言也有文采，主要将当时的阅读感受描述出来。

王蒙：我很喜欢感觉印象式的评论，我自己写的也是感觉印象式的。但看多了以后，有一种不满足。甚至担心写了许多年感觉印象式评论的评论家，他最后究竟能留下什么。我甚至要说感觉印象式的评论是少数人的特权。两种人拥有这个特权，一是老先生，他非常有经验，又特别自信，学富五车，他看一个作品以后，这么翻翻，那么翻翻，这么看看，那么看看，马上就洋洋洒洒讲上一通，或写上一通。

王干：散步式的。

王蒙：他的意见不一定正确，甚至能明显感到他意见中的荒疏，但即使是有荒疏的部分，整个的意见仍很有特色。真是一个非常有学问的人，用刘心武的语言说就是在深井里打出一点水来，水仍然是非常清凉非常诱人的。另一种则属于是创作家的，因为他本身不是职业评论家，只是作为创作的同行，这根神经相当敏感。他读了一部作品很喜欢，或不喜欢，或者别人没有看到的东西，只是作家的"自说白话"，并不完全符合作品的客观实际，但有些借题发挥的东西，以他对某个作品的评论为载体，发挥一通他自己在创作当中、人生当中、读书思考问题当中的一些心得，有时候还是很有特色。最典型的是孙犁。孙犁作为一个大作家，他写文艺评论也有一种不容商量的口气。他看了两篇立刻产生一种印象，就写评论，他要用笔重新勾勒一下你这个作家和你的作品的形象，他用一种描写的语言来谈对你的作品的认识，有些意见非常精彩。比如他非常赞扬铁凝的《哦，香雪》，在铁凝发表了《没有纽扣的红衬衫》，各方都赞不绝口的时候，孙犁是写的文章还是谈话我记不清了，就用了两个字，他说我感觉《没有纽扣的红衬衫》写得"铺张"，这就非常好。由孙犁来说"铺张",确实很有价值。任何事物都有它的背景,这并不是说我们把对人的尊敬延续到他的文章里,因为在孙犁的文章后面有孙犁本身的巨大背景,他有《铁木前传》《风云初记》《荷花淀》《芦花荡》作为背景。年轻的职业评论家如果不停地写这种感觉印象式的东西,他们对自己的要求就太低了,而且也无法满足读者、研究者和作家对他们的要求,你如果把批评当一门职业的话,就要严格得多。

王干:要有点绝活。

王蒙:你的考证要高于第一个印象,要尽可能把自己的评论放在更深思熟虑更科学和掌握更多材料的基础上。

王干:也就是在更广阔的背景上进行。不过,这种感觉印象式的批评是中国文论的特点,我们中国的文论全是感觉印象式的,诗话、词话……

王蒙:眉批、旁批。

王干:点注。司空图的《二十四诗品》就是以形象来说明风格的。如刘熙载在《艺概》里讲李白的诗,就是用一个字"飞"。用一个字就概括一个作家。这种中国式的印象批评缺少概念的准确性,什么叫"飞"呢?只能让人琢磨意会。

王蒙:用比喻说明比喻,以诗评诗。杜甫《戏为六绝句》就是用诗评诗,这很有趣。

王干:中国文论的特点就在于此。宗白华先生的《美学散步》就是这种风格,写得很好,我非常喜欢。他是看了大量古今中外著作之后来谈美学的,所以谈得特别透。他是用中国式的感觉印象方式写的,一句话饱含了很深的寓意,仔细揣摩觉得趣味无穷,奥妙无穷。这种感觉印象式批评最近被人称为批评的儿童态,是初级阶

段的批评。我觉得这也未必准确。感觉印象式的批评仍有品格高低
之分。

王蒙：相差太远。

王干：西方的维特根斯坦的哲学著作就有点类似《道德经》，
也是箴言式的。

王蒙：微言大义。

王干：西方的哲学、文论可能是一种返璞归真，从体系很严
密、结构之间衔接很紧的体系化转向非体系化，也可能对散点透视
感兴趣。但我们今天的批评尤其是职业批评家不能满足这种感觉印
象式批评。这种文章好看也好写，这些人也有灵气。

王蒙：也有文采。

王干：不足之处缺少严密的理论体系，不能给人更深的思想。

王蒙：缺乏严密的体系是要求比较高的弱点，还有更低的弱
点，就是没有深思熟虑，对作家作品没有完全把握就急急忙忙发表
看法，以至于经常修改自己的观点。头两年是对这部作品发表这个
意见，刚过几年再看这个作家的另一种类型作品，只好修改自己的
观点。

王干：感觉印象式批评的最大弱点是缺少科学性。第二种批
评是理论型。如果感觉印象批评家手中抓的尺子是心灵的镜子的
话，那理论型的批评手中抓的则是理论的刀子，是西方文论的解剖
刀。这把刀是西方各种各样的主义、学问，什么结构主义、后结构
主义、女权主义，什么语义学、叙事学、符号学，他拿这些解剖作
家、作品，看作品能不能验证某一理论。比如能不能对上精神分析
学，能不能用解构主义进行描述，这种批评的优点在于背景比较广
阔，不简单地依仗感觉，不无条件地推崇印象，有时甚至放弃感觉

印象，更多的是以理论来观照作品，容易取得深度。作家也喜欢看这种文章，因为作家写作的时候往往处于不自觉的状态，当批评家用严密的理论来解析他的创作现象时，作家就会感到震惊：当时我没这么想啊！我根本没考虑那么多！这种批评能比较客观比较冷静地阐释作品的本来意蕴，比印象式的批评多了一点科学性，逻辑性较强。这种理论性的批评也有弊端，尤其是近来西方各种文论大量涌来，这类批评出现了帽子特别大头特别小的错位现象。比如有的作品精神分析成分很低，根本就没有那么深的内容，而批评家硬要塞给他一顶心理分析的帽子，这时候的批评就与作品的实际内涵不相称。写作这种文章的人往往看过大量的理论书，所以在进行批评时唯恐浪费他们的知识积累，拼命给作品找理论桂冠。有时为了适应他的理论不惜将作品切割，取适合他理论的部分，而舍弃另外的部分，只见树叶不见枝干。另外他们有的不能很好感受作家的底蕴，显得特别冷，非要把作家瓜分成几块，割断作品的内在的有机联系。这种理论批评最近几年还是呈"看涨"趋势，因为前几年的感觉印象批评已经泛滥成灾了。感觉的泛滥不单是作家，批评界也是如此。有些批评家评论，也不怎么看作品，翻翻感觉就来了，就敢写了。有时连主人公的名字还没搞清，就去写，真敢写。这完全是一种对感觉印象式批评的亵渎。

王蒙：（笑）

王干：第三种批评是一种混合型的，季红真、王晓明、吴方等人的批评都是。这种批评既不是单纯感觉印象式，也不是纯粹理论型。季红真的批评基础是历史文化社会学的，但也融进了一些精神分析、语言批评的因素，这些都是在社会批评的底色上进行的。

王蒙：南帆的批评属于不属于这种？

王干：南帆与季红真有相似之处，他们都不是推崇感觉，也不是硬套理论。在南帆的评论里，很少用一个现成的理论去套作品。现在有一种浅薄的批评方法，就是先找西方文艺批评的一个观念或一种方法，然后再找个作品来套。我觉得太简单，一个作家要取他这一点时，往往会忽略另外的一点，南帆好像不搞这种"深刻的片面"，他有学者型严谨的一面，也有印象批评。

王蒙：也有鉴赏式的批评。

王干：南帆的鉴赏力不错。他原先是搞古典文学的，是徐中玉教授的研究生，功底很好。他虽是学问型的，但能贴近作品。南帆要说有什么不足的话，就像你说谌容的小说一样，在南帆的文章里看不到那种激动人心的华章，缺少一下子吸引人的文字，缺乏爆发力。他的文章结构严谨，逻辑分析很清楚，略略让人感到不足的是缺少闪光的亮点。

王蒙：他的评论给你一种相当认真负责的感觉，不是那种随意的信口开河的人。

王干：南帆的文章写得很老到，在青年人当中如此沉着老练，使我觉得他太老到，好像一个老学者似的。

王蒙：（笑）

王干：黄子平也是一位混合型的批评家。他的感受力、穿透力都很强。他那篇《同是天涯沦落人》的批评方法非常独特，我当时听他的构思以后就很激动，觉得他思路很开阔。后来可能在此基础上产生了"二十世纪中国文学"的设想。他这篇文章远远超过当时的方法热、观念热，把整个文学印象作为一个整体进行考察，从当代上溯到现代以至古代，很有意义。后来黄子平的批评有些变，他开始回避判断，起初是用描述的方式，后来用消解的游戏的做法来消除判断。

王蒙：他自己在做文字游戏。但有个例外，他评林斤澜的小说《沉思的老树的精灵》与其他所有的文章不一样。这篇文章充满了感情的共鸣、理解。当时我看了黄子平的文章非常感动，一个评论家对一个作家如此体贴、如此同情、如此诚恳。我对林斤澜说过，我都要落泪。与后来的文章有智力优越的游戏不一样，也不是说所有的文章都要那么诚恳、动情，用高行健的话说，写得太动情就是一种自恋。（笑）一个评论家冷静一点，拉开一些距离是可以的。

王干：吴亮最近有一本《秋天的独白》的小册子，便有一种自恋倾向。吴亮写得最好是他的对话，从对话走向独白，吴亮好像在退化。他的对话写得相当好，前不久我又翻出来看看，仍觉得很好，尽管好多问题在今天已经不新鲜，但对话里仍有光芒，这种在矛盾悖反状态中展开的对话有多重阅读的立体效果。吴亮后来自说自话到空谷无人的地步。《独白》的文体是一种语录体。

王蒙：这种语录体使我感觉他急于让自己长出胡子，穿上比身体大许多的衣裳。因此，打一个比喻，随便讲两句话，就成了文章。有些话有深刻内容，有些话普通到没有任何意义，比如：你不要渴望别人了解，别人不会了解你。像这样的话实在没有意味。

王干：我觉得吴亮在退化，他的《对话》那么饱满，《独白》表面上很自尊，实际内心缺乏丰富的激情和思想。一个作家或批评家很自信的时候不会采用语录体来写作的。尽管独白能写出好文章，但独白有高低之分。吴亮写的一些作家评论是感觉印象式的，但有的太感觉印象式，缺乏对作品的仔细研读。吴亮是一个很聪明很有天分很有才情的批评家，如果过于依仗自己的聪明，也会自我"殇"掉。王晓明最近写的文章很有分量。

王蒙：他批评三位女作家的文章还是有道理的。

王干：《疲惫的心灵》。

王蒙：他也比较敢于尖锐地提出问题。

王干：王晓明的特点是后发制人。比如尽管评论张贤亮的文章已经很多，但他的《所罗门的瓶子》却成为一种压卷之作。他的力量在于"聚"，在于炒陈饭而炒出新意。当然，要发现一个新作家，发现一部新的好小说也不容易，要有敏锐的艺术感受力。尽管这种批评比较粗疏，也不是人人都能做到。王晓明就不喜欢也不太擅长做这种即兴的批评文字。

王蒙：这里有一个矛盾，就是评论家被约稿不一定是好事。有时一个报纸和刊物有意图，就去请评论家给写。但不约稿的话，那些新的批评家想让自己的稿子发表出来也不容易。

王干：现在好些，批评的自由度相对大些。

✿ 需要有深刻思想的批评

王蒙：文学评论是各式各样的，对作品本身的评论是评论的一种，而且是比较简单浅显的一种，是书评式的评论。有时候人们谈文学评论实际是希望从文学评论当中得到一些对生活的评论和对思想的评论，生活的评论当然也包括社会的评论。文学现象在这一点上和生活本身一样，他本身并不能直接告诉你什么思想，哪怕是充满议论的作品，也不是论文，也必然有意无意留下了许多空隙，不可能像一篇哲学著作一样把各种论点非常严密地组织好。人们评论一部文学作品，最引人入胜的地方之一就好像评论活着的人，就好像评论一个真实的生活一样，而不同的人对同一种生活可以做出很多不同的评价，特别是在今天。社会问题、心灵问题、精神问题、哲学问题，在今天，人们都面临着那么多令人困惑的问题，这些令人困惑的问题就从作品评论起，能说的话特别多。我感觉我们缺少这种思想评论。有的很有趣，比如《你别无选择》，为什么那么多人急着给《你别无选择》定性？说这是中国真正现代派的开始，在此以前都不是真正的现代派。这是一种评价。另一种评价说是开了中国嬉皮士文学的先河。还有一种说法说是一部不成功的仿作。

王干：是"伪现代派"。

王蒙：我觉得难道我们就不能换另外一个角度谈？比如关于青年时期人们的追求，对艺术的追求。我在看《你别无选择》的时候并不觉得"现代"到什么程度，"纯净"到什么程度。我觉得这对一个读者并不是最有意义的，最有意义的事情就是它表现了目前这样一个时期一部分青年躁动的心灵：那种似乎有所追求但又常常追求不到甚至不知道自己在追求什么，不但受到外部的干扰也受到内部的干扰的情绪。也许我想得太庸俗社会学了，但现在写社会评论有几个写得漂亮的呢？比如从《你别无选择》看当代青年，甚至看艺术心理，其实这都是好的题目，关键在于有没有这个思想。《无主题变奏》里面非常突出的是一个价值观的问题，就是现在的城市青年到底追求什么。韩少功翻译了《生命中不能承受之轻》之后，媚俗这词大家也喜欢用。《无主题变奏》实际就有对媚俗的嘲笑，非常尖锐的嘲笑。作品里许多内涵不是作家通过他的作品完全表达出来的，也不是一般读者都能看清楚的，评论家应该更有远见卓识一点，总可以把文学现象、一个作品的现象和历史、文化，和社会的变动，和各种思潮的涌起、沉浮、碰撞连起来，叫作借题也好。有些评论就是借题发挥，实际是评论家用自己的角度来解剖书里的人物关系、结构、语言、情绪状态，来发表他对人生、哲学、社会的看法。

王干：是以评论为心灵的载体。

王蒙：也是思想的载体。刘绍棠曾讲过，他最怕作家摆出一副思想家的样子，他甚至感到那面目可憎。这话有一定的道理，指的是那种装模作样、救世主式的作家。作家最好别摆出一副思想家的样子。评论家也可以不摆出思想家的架子，但评论家应是思想家。

王干：这是借评论来表达自己对社会、人生、青春的看法。

王蒙：以至政治。

王干：西方的批评特别是形式主义评论，与你说的这种人本主义批评正好相反，更注重文本本身的结构，语言本身的结构，尽量使评论家的思想看法逃避出来，能够完整地把作品里的内涵还原回来。这是阐释学批评一个重要特征，要求"终止判断""消解意义"。

王蒙：这也是一派。

王干：做起来也不那么容易，尤其是在今天的中国更不容易。但现在有的批评家太能发现意义，有的作品本来没有这个意思，完全是阅读结构本身的问题，他一定要把自己的想法强加到作品中去。我觉得批评主体与作品主体应该有契合点，碰撞起来产生的意义要超出本文。现在搞社会历史批评的人缺少深刻的思想，这是因为没有深沉博大的哲学做背景，也没有自己理论上的建构，但老喜欢把作品纳入机械反映论的模式，所以意义太多。这篇写的什么，反映什么，到此为止，深不下去。有的作品只有一种淡淡的情绪，有的只提供一种结构框架，结果用过多的意义来阐释就显得勉强。

一个批评家所批评的对象总是有范围的，不可能面面俱到。他的思维结构、理论结构、文化结构、心理结构、情绪结构只能选择一批作家、作品作为他的批评对象。一个批评家对任何作品都能发现意义，就像全国通用的粮票一样，那这个批评家肯定是没有个性的，肯定没有自己的风格、自己的思想，甚至没有自己的阅读结构。就像一个作家只能在几块时空当中进行操作、发挥，一脱离特定的时空就不行。我们有些批评家什么作家、什么文体都可以评一下，太泛化了，完全是一种表态式的批评。

王蒙：我无意于把阐释意义规定为所有批评家的守则。还原是一种方式。

王干：完全还原是不可能的，只能保持一种态度。

王蒙：任何批评都不可能还原。如果《红楼梦》还原的话只能是《红楼梦》本身。而《红楼梦》的价值在于有一种解释不完的意蕴。现代人可以用现代的观念解释，古代人用古代人的观念解释，可以解释得很洋、很土、很玄妙，总得有一部分评论有深刻的思想。

王干：现在的评论缺少的不是意义的分析，而是缺少深刻的独特的思想。

王蒙：这种思想本身要求评论家有很多见解，没看作品以前就已经对社会、对人生、对政治、对科学、对宇宙、对艺术有许许多多自己独特的体会、体验和探寻，他又接受一部新的作品的刺激，以这部作品或验证或修正他的看法，就会产生新的认识。眼下有这样思想深度的东西还不是很多，相当少。甚至你觉得评论家本身急于对作品表态，而没有自己的一套东西。有的评论家写过许多评论，每篇评论都写得不错，都是八十分以上，但把他这些所有的评论看完以后，你觉得这个评论家在美学上、社会学上、文化学上有

188

什么样的大致的思想走向呢？就很难说。这是一面。反过来还有另一面，就是一些非常具体的、文章本身的问题没有能够成为评论的东西。有一次非常奇怪，有个日本人他说要写一篇评论，研究丛维熙作品中的花，因为丛维熙的作品里经常提到这种花那种花。还要评论王蒙作品里多种多样的梦。这是非常普通的题目，绝不是高深的题目，但在国内似乎没有人屑于做这样的小题目。

王干：也有。但批评界喜欢提问题，还喜欢阐释理论，就是用"我"的理论来阐释作品。分析花、梦这些微观题目，分析艾青诗中的"太阳"意象，都是很有意义的题目，但不少报刊对此有点不以为然，认为这是雕虫小技。

王蒙：大的没有思想理论的深刻分析与挖掘，缺少别、车、杜那样的思想评论、政治评论、社会评论，小的雕虫小技也没有，关于语言的评论也很少。

王干：孟悦分析你的《来劲》那篇文章看了没有？

王蒙：看过。是下了不少功夫的。还有一些很小的题目也为评论家所忽略。比如短篇小说的命名，就是题目。有的人的题目就很有味道，有的人的题目确实是一览无余，戴晴发明了单字题，比如《不》《盼》，这个单字题别人用得很少，这和戴晴的风格又有什么关系呢？

王干：实际是一种情绪的抽象，"不""盼"，都是一种情绪。

王蒙：刘心武早期小说的题目就是整个作品的主题思想，《我爱每一片绿叶》《这里有黄金》《爱情的位置》。

王干：《醒来吧，弟弟》。

王蒙：和论文的题目是一样的。研究题目非常有意思。好像很少有人写这种文章，做一些细致的拆解——将零件拆开研究研究也很有意思。

王干：你的小说题目也很有意思。

王蒙：我三个字的题目特别多。

王干：《春之声》《夜的眼》《夏之波》《深的湖》《心的光》。

王蒙：三字经。评论家中自觉不自觉地有一种趋同倾向，一段时期大家不约而同地用一个调子、一套名词。这一段时期是捧一批思想解放的作品，不论老评论家，小评论家，大家说的都是这一主调。

王干：开会用的语码都是一样的，什么"媚俗""终极关注"。

王蒙：都是刚刚翻译过来的。有两个东西引起我的反感，一个是《百年孤独》来了以后掀起了一股"《百年孤独》热""《百年孤独》狂"，那个时候的评论用的词儿都和《百年孤独》的影响有关系。最近有人写文章，一上来就说：犹太人有一句话，人一思索，上帝就发笑。好像评论家直接是从犹太人的著作中看来的，他就不说从韩少功翻译的《生命不能承受之轻》引来的。

王干：小说家也是这样的。

王蒙：上次你说的西西弗斯神话也是。

王干：去年这个词出现的频率高极了，有的人的文章里反复出现。

王蒙：这种趋同现象一个时期一套术语，一种调子，无论如何不是非常成熟的评论。

王干：这与"新潮"有关系。我觉得对"新潮"这一概念要反思。因为"新潮"就是热闹一阵子，为什么会出现概念换班，就因为赶新潮要一阵一阵换时髦的装饰品。北京人最近形容人的衣服、发型、打扮时髦叫"特潮"。上次我碰上史铁生，我说有人称你为新潮作家，弄不清是褒你还是贬你。因为北京话里的"潮"已不完全是褒义的，还有些讽刺、揶揄的意味。"新潮"含有赶时髦、学摩登等意思，含有强烈的表演意识。

王蒙：我认为作生意经可以，比如出新潮文学丛书、新潮小说选、新潮诗选、新潮评论选，是招揽顾客的一种办法。这种"潮"的心态是由于我们停滞得太久了，新中国成立以后几十年艺术思想、审美小说写法上停滞太久了，因此凡是和原来和"旧制"不一样的都被称为"新潮"。现在中国的评论刊物异常多，也像创作刊物异常多一样，也是好事也是不好的事，会使一些没有经过深思熟虑甚至信口开河的东西抛出来。也许经过一段时间会显得更深沉一些，不是急于抛自己、急于兜售，而是在经营、在探讨、在构建思想艺术大厦。恐怕还要一段。

王干：过了这个浮躁期。

王蒙：过了就会好一点。

《活动变人形》与长篇小说

⚊ 痛苦的《活动变人形》

王干：《活动变人形》的题材是你的小说中唯一运用的，是一部家族小说。你的短篇、中篇里从来没有写过家族。我不知道你写这部小说时有没有受到文化寻根思潮的影响？

王蒙：很难这么说。我开始写的时候是一九八四年，第一章是在武汉写的，一九八五年完成的，当时还没有寻根、文化热。

王干：那你写家族小说是比较早的。最近几年写家族小说的人多了，莫言、苏童、李佩甫等都热心写家族小说，他们与你不一样，主要不是依据生活经验，而是借助想象来虚构。国外有好多家族小说。《红楼梦》也可以称为家族小说。《活动变人形》有没有自传色彩在里面？

王蒙：当然有自己非常刻骨铭心的经验。在某种意义上，所有作品都有自己刻骨铭心的经验，所以都是"自传"。

王干：这部小说要比你其他小说沉淀得更深厚、更刻骨铭心。你的小说往往是信息的东西比情感的东西多。

王蒙：对。

王干：但这部小说里情感的因素远远超过信息的因素。你在这部小说里付出了很多个人的情感。

王蒙：可以说是我写得最痛苦的作品，有时候写得要发疯了。写《球星奇遇记》时，我自己写着写着就笑了，最得意的是蜜斯酒糖蜜见到恩特以后向他表达多么爱你时突然来一句"咿儿呀呼哟"，前面全是欧化的句子，"我的达玲"，忽然"咿儿呀呼哟"，我简直得意极了，至今为这个得意不已，我认为除了我以外没有任何一个人在西式求爱抒情独白里加上"咿儿呀呼哟"。

王干：这是矛盾的反差。

王蒙：人家感到油滑、放肆甚至堕落也在这里。

王干：对语言风格的破坏。《活动变人形》的开头使我一下联想到托尔斯泰的《复活》的开头，那情景、语境极为相近，都是写春天，小说都是一种自我反省的情绪。这部长篇小说的结构非常奇怪，从头至尾没有完整的事情，但结构上大起大落、大开大合，那些单独的章节写得精致、饱满，以至于可以当成短篇进行欣赏，这一章与下一章的距离拉得特别大。我最近把这部小说又重新看了一下，当初看时感受并不深，一九八六年那个时候中西文化的冲突处于高涨的状态，人们都很有信心，我也对现代文明充满信心。但在今天，中西文化冲突引起了种种困惑，以至于思想贫乏情绪冷漠。

王蒙：也有种种沮丧、失望。

王干：重新看了这部长篇之后，觉得倪吾诚表现的那种矛盾、痛苦、郁闷、惆怅，不是他一个人的痛苦，也不是家族的痛苦，而是中国文化处于蜕变时期知识分子灵魂的痛苦的写照。在这部小说里体现了你非常地道、熟练的写实能力，对生活观察的仔细、深刻，都使人联想到《红楼梦》。特别是你对静宜、静珍的描写有一种《红楼梦》的笔法。

王蒙：这种语言在我其他的小说里没有出现过，有些带有河北农村的土话和那个时期的语言，旧社会那种小市民的、平民的、又是没落地主的、又是农村的语言。还有一些地方戏的话，我现在看戏看多了，才恍然大悟，这种人物说的话，许多都是从地方戏引用来的。

王干：静宜、静珍完全是中国式的人物，语言是说明她们有知识有文化的底层特色。你对妇女形象的刻画显出了相当的功力，你小说里写妇女不多，我的印象里妇女形象除了赵惠文好一些外，好像你是不善于写女性的。

王蒙：是的，但《青春万岁》里写了好多女性。

王干：以后好像就不写了。而《活动变人形》改变了我的看法，你写女性写得相当深刻，特别是开头的部分如果用弗洛伊德学说来研究的话，可以找到很多例证。那种情绪的压抑、苦闷表现到家了。作为作家，在写这部小说时，好像是站在同情倪吾诚的角度，但既痛苦又忧伤，既同情又批判，充满了非常复杂的情绪来写。这种痛苦、忧伤、同情、批判完全是从灵魂中倾泻出来的。这个时候你丝毫也没有游戏的成分。我感到小说的结构特别好，一般长篇小说都找不到好的结构，进展往往迟缓、沉闷，半天才看到精彩的，特别拖沓。你这部小说就没有给人疲沓的感觉，而是集中所有兵力打奸灭战。

王蒙：（笑）毛泽东思想。

王干：每个场景都写得很充分，比如吵架就写透了，一次吵架就使人感到这个家庭吵了多少年。我把小说合上以后，那种吵架的氛围还在。另外我发现这部小说里对声音特别敏感，敏感到神经质的地步。

王蒙：是的，我喜欢音乐，我写《听海》《春之声》，包括《如歌的行板》，都是写声音。

王干：特别是写猫在屋顶上的叫春的情景，一下子把我对猫叫春声音的记忆全部唤醒了。我以前住的房子也经常遇到这种猫叫的骚扰，一下子仿佛回到了过去的时代。生炉子的描写也生动极了，我小时候常生炉子，木材放多了怕浪费，放少了往往要生两次，我们家常常为此而发生口角。那种烟雾缭绕的感觉太真切了，用你的话说，完全是可捉摸的。整个小说的精神痛苦真正让人说不清楚痛苦到底来自何处，倪吾诚是中国知识分子的一个典型形象。最近"文学与知识分子"的话题成为今年的一个理论热点，你在这部长篇里已经对知识分子自身进行反思和批判。这种反思有它的现实性，倪吾诚的形象所提供的意义在今后好长一段时间内都有其价值，尤其中国正处于与世界对话、中西文化冲突、历史蜕变的时期，那种倪吾诚式的痛苦、倪吾诚式的困惑、倪吾诚式的迷惘将继续存在下去，在我们每个人身上都有一种倪吾诚式的心理机制。对这部长篇我感到有点不足的是：你为什么要把倪吾诚新中国成立后的过程匆匆带过，如果不写不是更好吗？可能你是要写一个人完整的一生。其实，倪吾诚新中国成立后的经历写起来也会很精彩，各种各样的人生艰难、选择困惑、痛苦失望，都会有，不比新中国成立前来得更少。如果你的小说就写到新中国成立前的话，以后还有机会、条件继续写倪吾诚的下半生。

王蒙：我以后还可以写呀。这没有影响。

⬤ 长篇小说与短篇小说

王蒙：我年轻的时候，文学就是长篇小说的同义语。更小的时候，就是一九四九年以前，我还不到十二岁，读巴金的《灭亡》《新生》《家》《春》《秋》，读左翼作家的作品。我开始走上创作道路时喜欢读的是托尔斯泰、屠格涅夫、爱伦堡。我和许多人走上文学道路不一样，一九五三年我刚满十九岁，开始写的处女作，就是一部二十多万字的长篇《青春万岁》，这就违背了所有作家的教导。还有一部长篇，就是《活动变人形》。

王干：中间是不是还写过新疆生活的长篇？

王蒙：对，但实际没有写成，好多内容我把它放到《在伊犁》里去了。一九七八年复出以后，一直想写新的长篇，但一直被各种各样的中短篇题材、主要是短篇所激动。我认为我的短篇比中篇写得好，我曾经有个比喻，说我好像守门员一样，生活里随时都有一种启发，就像不断飞来一个球似的，我忽然左手扑一个球，忽然右手又扑一个球，忽然用腿夹住一个球。我以为搞上这么一段，就不会再想写短篇和中篇，心就会慢慢地沉下来，写更巨大的东西。但是很奇怪，现在还在写中短篇，当然，现在又多了一个客观因素，就是找非常完整的连续的时间比较难，而处于争分夺秒的状态。我本是从长篇开始的，反而变成以中短篇为主的作家，其实也不完全是受时间和客观条件的限制，如果有非常合适的题材，我也完全可以做到今天写一点明天写一点，我很习惯中断而不断线的劳动。

王干：坐下来就能写？

王蒙：而且接着写。

王干：也不要培养情绪？

王蒙：如果写着写着发现有点乱，就需要从头到尾浏览一遍，这种需要的次数不太多。最后再统一次，就差不多。当然也有在技术上前后混乱的地方，究竟不是一气呵成的。从这一点上看出些什么问题来呢？是看出我的敏锐？还是沉不下心来？也是一种浮躁心理？或者说是生活给我的困惑太多了。那些比较大的题材就是我原来想写长篇的题材现在想起来都太陈旧，比如有些新中国成立前后的革命斗争和活动，现在又不想写。是这些造成的，还是有别的原因呢？最近我看了一些对我的作品持批评态度的文章，也往往指出这方面的问题，就是依仗机智、敏锐的反应过多，而长期把心力集中一个对象比较少，这是不是一个毛病？或者随着年龄的增加就会慢慢变化呢？我还有一个难登大雅之堂的经验，不能说是理论，要是登上大雅之堂，肯定会被别人驳得体无完肤。因为我毕竟写短篇、中篇、长篇，我觉得短篇靠的是三样东西，一是机智，短篇本身是机智的产物，没有机智，从那么丰富的生活和经验里不可能撷取一个点。第二靠的是诗情，上次我和你说过，就是把短篇小说和诗放在一起。第三靠的是技巧，剪裁的技巧。在短篇里，技巧的作用特别大，而且短篇特别适合艺术的探索。长篇最主要靠的是经验，也就是说生活。《红岩》《林海雪原》的作者都写了成功的长篇，但他们未必就能写好短篇，与其说他们是文学的匠人，不如说他们是独特生活的记录者。《红岩》的作者就坐过国民党的监狱，一般人是不可能有这种经验的。能够从那样的监狱里出来，再加上相当的文字功力，写出来当然能吸引人。

王干：回忆录也会吸引人。

王蒙：小说当然更好。《林海雪原》的侦察剿匪的故事也是比较奇特的。有很多特殊经历的人，比如当过间谍、俘虏，甚至在飞机失事当中幸存的经历，都能成为长篇的题材，很难成为短篇的题材。我还有一个想法，艺术的实验、探索在短篇里很容易一下子呈现出琳琅满目的风光、景观，短篇就好比手绢或者头巾，确实可以是各种各样的，可以是三角形的、圆形的、方的，可以是绸子的，还有鹿皮的、树皮的。

王干：还有纸做的。

王蒙：长篇就好比套服，套服的花样也很多，但不管怎么变，上身下身总有，最多上下身连在一起，上身总要有袖子，不管是蝙蝠衫还是其他衫，两只胳膊总要放到里面，夏季无袖衫也是一种袖子。

王干：大的结构不变。

王蒙：下身无非两大类，一是裤子，一是裙子，超短裙也是裙子，百褶裙长裙都是裙子，牛仔裤、喇叭裤、灯笼裤都是裤子，小儿穿的开裆裤也是裤子，连衣裙就是上下身连在一起。

王干：总要有一个人的形状。

王蒙：手绢倒不受限制。我愿意搞一个三角形的手绢也可以，我搞一个很大的手绢也可以，我搞一个毛巾帕吸湿性特别强的也可以。短篇与长篇的关系相当有意思，看我们周围的作家也相当有意思。谌容既写长篇又写中篇也写短篇，她的功力我认为主要在中篇。刘绍棠也是，又写长篇，又写中篇，又写短篇，他的拿手戏一下子还说不出来。邓友梅没写过长篇，林斤澜、汪曾祺也没写过长篇。

王干：汪曾祺不适合写长篇，他那种小说格局是诗体的、绝句体的，硬要用这副笔墨写长篇将非常费劲，费了劲也可能还不讨好。

王蒙：残雪的笔墨我认为不宜写长篇。那样一种比较变异的心理和非常特殊的对人生的感受需要用一种非常精练的形式将它裁剪下来，然后放在生活的大背景里看，好像一页掀过去。看她的短篇小说就好像一页掀过去，再掀一页，但整个连起来是相当吃力、相当枯燥的，甚至让人觉得不够充实，容易互相重复。当分散成好几个短篇以后，就不会觉得重复。

王干：都很精彩。

王蒙：要是把它拉成长篇，不是特别合适。

王干：一次我与几个青年作家谈，你们不要光写中短篇，要写长篇。我很认真地与苏童、余华、洪峰谈过，他们有点觉得我太迂腐。我认为他们在中短篇里搞的探索实验已经基本圆熟了，技术成熟，而他们的人生经验并非十分丰富，经不起中短篇的消耗，到真正想写长篇时，一是激情会没有，二是材料也会不够，经验用过，再用就没有价值。今天的长篇小说质量不高的一个重要原因，就是作家中短篇写得太多，思维状态没有转过来。你刚才说长篇和短篇是两码事，是用的比喻。如果从审美形态来看也不一致，短篇小说更接近现代诗，而长篇小说则必须有一种史诗性。张炜写过短篇、中篇、长篇，但基本思维是短篇的结构方式，《秋天的愤怒》基本就是一个拉长了的短篇，而长篇小说《古船》虽然有丰富的生活信息量和人生经验，但结构仍是一种短篇的结构，即是被人称赞的"一步三回头"的结构，而一步三回头是短篇小说最基本最常用的手法。时空简单的、机械的、线性的交错和颠倒成为长篇小说的结构方式，会削弱长篇小说所特有的结构力量。长篇小说有它的文体形态、思维形态和结构形态。去年有不少报刊讨论长篇小说，但很少从这方面去研究。还有就是必须从作家主体去考察，从气质上说，有的人适宜写长篇小说，有的人适宜写短篇小说，有些作家的生活经历、文化修养、艺术个性、审美趣味甚至语感并不适宜写长篇小说。正像有的人可以在草原纵马驰骋，有的人可以在溜冰场上一展英姿，有的人只能在平衡木上大显身手一样，每个作家都有自己的艺术天地。正如你所说，长篇小说靠经验、靠材料、靠积累，如果忽视积累就会导致长篇创作的失败。贾平凹的《浮躁》便有点显得乏了一些，我在一篇文章里说，在《浮躁》里我们可以看到贾平凹创作档案的显影。张承志的《金牧场》应该说是写得不错的长篇，但人们为什么会有种种不满呢？主要原因就是他有些重复他过去的情感和经验。有的作家写短篇写得相当好，像高晓声的短篇相当好，但他的中篇实在不敢恭维，几乎没有能够跟他那些漂亮短篇相比的。陆文夫的格局好像也不适宜写长篇，陆文夫可能把它搞得很精致，陆文夫有本事经营小说的结构。高晓声写作小说很随意，短篇写得不错，但这种随意性在中篇小说里就显得有些局促。而谌容写作中篇正好到位，那种感觉和经验处理得极为有分寸。我觉得你很适合写长篇小说，我倒希望你写长篇小说。我总感到你的短篇小说有一种膨胀的感觉，那种信息量，情感因素和文体实验的因素都处于极度饱和的状态，当然这种膨胀使短篇小说内容丰富起来，从这个意义上说，是增加了短篇小说的厚度。但如果你把这些材料和智慧用来经营长篇小说不是更好吗？你觉得你短篇小说写得好，而我觉得你中篇小说写得比短篇好，像《杂色》这样的中篇就相当好，《蝴蝶》《一嚏千娇》《名医梁有志传奇》都是很有特色的中篇。你的每部中篇小说总能投进一些新鲜的意味，都各有自己的特色。再一个就是你中篇小说的信息量与形式之间并没有一种撑出去的感觉，比较和谐相称。如果我们把这几部中篇稍稍排列一下，就发现火候比短篇掌握得更好。再一个原因，就是现在作家中不乏写短篇小说的高手。虽然你的短篇也不错，但短篇里的高手太多，高晓声是高手，陆文夫是高手，汪曾祺是高手，林斤澜也是高手，张弦也是高手，有一批高手。但能够驾驭长篇的作家现在实在太少，比如江苏的周梅森写长篇就得心应手挥洒自如，但写短篇就寸步难行。

王蒙：四川的周克芹，长篇写得不错，写短篇就没有把短篇的轻巧劲发挥出来，也是非常认真一步又一步地写。

王干：茹志鹃短篇也写得好。近十年成绩最大的就是短篇，可以这样说，短篇创作几乎穷尽所有的形式探索，短篇小说的文体已经走向成熟。中篇小说也出现了一些好手，像谌容啊……

王蒙：邓友梅、张洁、丛维熙、张抗抗、王安忆。王安忆是中长短都写。

王干：长篇写得不错。铁凝的中篇也不错。但一般只有几部，不像你的中篇那么多，那么杂。可写长篇写得好的人太少了。

⊜　长篇小说需要全身心的投入

王蒙：我有个想法，就是搞长篇小说，不管用什么形式，它最基本的还是现实主义的。搞长篇小说想避开或不对社会生活进行比较重大比较全面的概括，是非常不容易的，不管你用的形式是什么，哪怕你是用神话的形式，魔幻的形式，意识流日记、心理独白的形式。长篇小说所反映的社会生活的量应该是比较大的，我不知道这个看法能不能成立？我发现一个很有趣的现象，这十年的文学，我们在短篇、中篇以至诗歌、报告文学中都可以找到佳作或相当好的作品。但长篇呢？有的也有特色，但要寻找新中国成立以后第一个十年所出现的《保卫延安》《青春之歌》这样有影响的作品却比较困难，尽管我们可以讲这些作品的一些缺点。我想这里面有一个原因，就是那个时候人们概括生活的时候比较自信，或者比较简单。

比如《青春之歌》是描写一个青年知识分子走向革命的曲折过程，《红岩》是描写地下共产党和革命者以及人民受迫害而坚贞不屈的情景，《林海雪原》是解放战争当中剿匪的情形。这一大块生活的意义，它所包含的思想，它所体现出来的人物关系，包括它的教育意义，读者和作者都很容易认同。据说《青春之歌》当时在日本都有很大的影响，因为日本当时也面临着战后要民主要独立的社会环境，一些年轻人也在找出路。扩而大之说，就是第二次世界大战以后有一段时期左翼作品曾经占了很大的优势，由于希特勒的失败，苏联的强大，由于东欧社会主义国家的出现，由于中国革命的胜利。我五十年代想写的几个长篇，基本上离不开知识分子走向革命的主题。

今天我老是不写长篇，心里回避对我的经历做整体的概括和评价，并不是说我的经验在我的中短篇里已经用完。

王干：你在中短篇里写的基本上是在你的情感里和灵魂里没有什么积淀的东西，是一种反射性的东西。

王蒙：对，反射性的。我五十年代想写这个想写那个，从来没想过写《活动变人形》。《活动变人形》是我的切肤经验，但是这种经验在五十年代看来是没有意义的。因为这个故事发生在抗日战争时期，既不是描写怎么抗日，也不是描写汉奸附逆。我从来没有想到写这个。我的长篇和中短篇题材的界限非常分明。我自己也没想到写这么一部长篇。几乎所有的人都批评我的《活动变人形》的所谓"续集"的潦草和失败是不可原谅的。有一个人独具慧眼，叶公觉在《小说评论》上有一篇文章谈过。叶公觉是哪儿的？

王干：江苏常熟的。

王蒙：常熟的？你是高邮的，你们是朋友啊？认识吧？

王干：还没见过面。我看到了这篇文章。

王蒙：他说得有一定道理，我并不想特别自觉地回避。很简单，如果没有这个续集，就无法表现倪吾诚性格的悲剧性。他性格的悲剧性并没有因为一九四九年中华人民共和国的成立而结束，这并不是一个简单的"社会制度问题"。

王干：如果写得更充分一点，不是更好吗？

王蒙：我现在回避做更整体的经验概括。如果把他写得更充分一点，倪吾诚就已经不是只和他的家庭有纠葛。因为新中国成立以后的生活很难只是在家里，必然要超出他的家庭，必然要和新中国成立以后的形形色色的人物和历次运动连结起来。历次运动一般地写一写也很容易，比如对反右斗争进行一番反思——伤害了一些不应该伤害的人，把敌情夸大了。那就太没有意思了，那样的小说无数的人其中包括我已经写了无数篇，根本用不着在《活动变人形》里把主题从倪吾诚的命运变成反极"左"。倪吾诚的悲剧和政权的更迭、路线的对错没有什么非常密切的关系，他在日伪时期是悲剧，在国民党时期仍然是找不着位置的，新中国成立以后虽然有一点所谓革命的经历，但仍然是一个找不到自己的位置的人。

王干：他的悲剧是整个文化的悲剧。设想一下，如果倪吾诚活到今天，他又能做些什么？他能在大学里讲哲学？也许现在好一点，现在各种各样的胡说八道都有市场，讲叔本华、尼采。说不定，也可能和路线没关系。也许他能吸引人，开会他也可以猛侃一气。

王蒙：现在凡是能侃的都吸引人。新中国成立以后别的他不能侃，只能侃马列主义，侃来侃去他自己也弄不清是真马列主义，还是比马列主义更马列主义，还是反革命两面派假马列主义。回过头谈我目前回避或还不准备对我的生活经验做整体的概括和评价，这是我给我自己提出一个非常重大的任务，也就是说在未来我还有待于对我的人生经验进行更整体的概括。从这个意义上说，要看我将来能不能冲破这一关，如果能的话，说不定好戏还在后头哩！

王干：在你现在已创作出来的小说中，你真正把自己灵魂深处积淀的因素投入到小说里的次数并不多。你并不轻易把自己的那种感情投注在这一点上，你显得比较冷。我看你投注比较深的除了《活动变人形》之外，中篇《杂色》里也是投注较多的一篇。在《杂色》里，你的心灵在哭泣，在呼叫，在颤动，它不是《球星奇遇记》那种即兴式、游戏式、反调式的。你为什么能写长篇，还有一个很重要的因素，就是你的风格尽管呈现出多种多样，非常杂色，但你的艺术个性如一，就是：潇洒。你的短篇也写得很潇洒，即使一个很精致的小品，仍可见潇洒的个性，中篇就更能看出你当断即断、当连则连的潇洒。这种潇洒之于中短篇创作，倒不显得特别重要。一个人笔力很局促，比如林斤澜，但短篇仍可以写得很好。但一个笔力局促的人写长篇小说肯定写不好，在这一点上你潇洒的艺术个性就成为你写作长篇小说的一个重要资本。因为潇洒不是能学会的，也装不起来，潇洒完全是人天生的个性、气质和禀赋。你这些小说还为你塑造了一个形象，就是小说魔术师。这些年来你变换不少的令人眼花缭乱的花招，变得非常快，非常熟练，让人都跟不上。比如当初赞同《春之声》的读者和评论家今天在《一嚏千娇》面前肯定要目瞪口呆，要表示愤怒和怀疑。对《活动变人形》很欣赏的人，看了你的《组接》就会挠头。

王蒙：《组接》可是真正的活动变人形。

王干：但形式会让他们不能接受。再有就是你小说里有强烈的读者意识，也有文章谈到。

王蒙：这是郜元宝写的。

王干：尽管你写小说也有宣泄的一面，但宣泄也有差异。一种是完全自我封闭的，什么也不顾的，陷入一种自恋泥坑，不能与读者交流，陷在那种说不尽的愁滋味当中不能解脱出来。读者看这样的小说完全是听他宣泄和灌输，读者丝毫没有参与阅读的可能。你的小说在宣泄的同时，会注意一下读者的表情，会与读者交流一下。交流方式有多种多样，分析一下也很有意思，有的直接交流，以第二人称出现，有的以议论方式出现，有时则用不确性的假定性形式让读者组接。你把读者看得很重要，读者进入你的写作过程，你相信读者的创造能力和组合能力。也许你这种反射性的小说以后还得写下去，但我希望你一两年写一部《活动变人形》这样的长篇小说。说老实话，你现在的情绪仍还比较强烈，身体也比较好，虽然时间紧一点。

王蒙：时间紧也不用着急。

王干：你的心态也比较健康。做一个大作家，身体要好，没有一个好身体，三十万字的长篇就写不出来。当你情感经验积累到一定时候却不能写了，那就非常可惜。

王蒙：写作是体力劳动。我始终认为写作是体力劳动，当我写了半天的时候，我的脖子，我的腰，我的手腕，我的手指头一直到下肢，都感到很累。

王干：我听说一些女作家写一天也不累，每天写五千字，就像打毛线一样，我碰到所有的男性作家没有一个不写得半死不活的。

王蒙：你说得有意思。

㊃ 真诚的意义与幽默的限度

王干：我觉得你的创作始终没有形成巨大的凝聚力，因为你的人生经验太丰富、太芜杂，什么都有，真是杂色，但没有把这种杂色凝聚起来形成金字塔一样的东西，而散散落落的满地都是闪光的亮片。

王蒙：是的。

王干：在技巧上，你也用你的作品说明你能驾驭各种各样的形式，什么都可以玩得起来。《活动变人形》里已呈现出一定的塔形，不论从你个人创作的纵向考察，还是从当代创作的横向看，你的《活动变人形》确实是一座金字塔，虽然它还没有达到你所期望的和人们所想象的那个高度，没有那种伟大的辉煌。

王蒙：你说的也有道理。先说读者，我写作的一种方式就是和读者对话的方式。我既有我所叙述的那些对象同时又有听我叙述的对象，我所叙述的那些实际是小说中的人物。这个问题似乎很复杂，但说起来也不复杂。比如一个农民，没有什么文化，他跟你叙述他所经历的一件事，往往是一边叙述一边加上他的评议，一边随便岔开联想到其他旁的事，一边又跟你解释，实际上这就是用和读者对话的方式来展现故事。而且到了关键的时刻，我一定要跳出来，我觉得在我跳出来的时候就不仅仅是小说家，而且还是一个抒情诗人。我的第一个"老师"是法捷耶夫，十八九岁时看他的《青年近卫军》我非常感动，这和当时的政治热情也很有关系，我反复看。最使我感动的是小说快要结束的时候，就是写到这些人一个一个被德国人处死时，忽然来了一段"我亲爱的朋友，在我写到这里的时候，我想起你"。到现在我还记得，就是写他在战斗中，他的朋友受了重伤，要喝水。于是在枪林弹雨之中他爬到河边用自己的靴子灌了一靴子水，回来以后战友已经死了，他就把充满士兵友谊和苦味的水一饮而尽。我到现在说起来都非常激动，我觉得太伟大。写青年近卫军的故事一般人都可以写，但忽然加这一段只有法捷耶夫。只有这样的一个抒情诗人，只有这样一个真诚地为社会主义革命和共产主义而殉道的作家才能那么写。这不需要研究什么技巧，什么疏离效果，或者新探索，从形式上怎么分析都可以，但并不重要。可能从那以后，我在写任何作品的时候只要有了真的感情，我就想把我叙述的事全部议论一番，然后用绝对纪实就像给读者写信一样或就像给我的爱人或就像给我的好友写信一样把这些写出来。说到一些人对我作品的批评，我忽然感到晓立——就是李子云对我的幽默不满也有她的道理。幽默是必要的，我决不认为我国文学作品里的幽默太多，或者我的幽默是一种不真诚，尽管我有缺乏节制的地方，这可能是地方特色。（北京作家几乎都受相声的影响。丁玲就说过我的某些段落是相声。）不管怎么样我是北京人，北京人就够贫的了，到了新疆以后又添了阿凡提式的幽默。但是讲老实话，幽默确实有另外一面，就是麻醉和狡猾。有时因为一个事情不可解，一时也无法解决，冲突非常紧张，这时候幽默一下，就是一种保护性的反应，甚至是生理性的保护。幽默一下，形势也没有那么紧张了，自己的身心也没有那么紧张了，甚至可以转移一个撕裂人灵魂的冲突。

王干：一种逃避。

王蒙：狡猾也可以说是一种智慧。幽默的人，特别是深度幽默的人需要很多智慧。但作为一部长篇小说，幽默太多了是不行的，人们要把长篇小说的幽默掀起来，看看幽默后面的东西，就是要把技巧掀起来，看看技巧下面的东西。长篇小说，用北京人的话说叫要有更多的干货，有更多人生最真切的经验和体验，而在这种经验和体验中，幽默所能起的润滑的作用远远不像在短篇里中篇里。

王干：你对长篇的看法概括起来就是把灵魂泡到小说里。当然长篇还有另一种创作方法，就是借助材料写作，像你这种类型的作家不需要依据历史材料和素材写作，包括你的中短篇尽管是反射性，毕竟是人生感受出来体验出来的。今天的好多长篇小说为什么不像长篇小说，就是一些人不具备这一气质，他们的文学道路、写作道路和文学天赋都影响他们驾驭长篇小说。长篇小说的容量与字数不成正比。国外现代的长篇小说都不很长，加缪的《鼠疫》、西蒙的《弗兰德公路》，昆德拉的《生命中不能承受之轻》，都不很长。

王蒙：长篇小说好像在俄罗斯文学里特别长，现在的苏联文学也仍是这样不厌其烦地从白桦林、从炊烟、从泥泞道路写起。

王干：现在的长篇小说更精致了，有诗化的一面。我希望写长篇小说能考虑一些诗化的因素。

王蒙：总的来说，中短篇小说可以是我的诗情、我的思索、我的愤怒、我的嘲笑、我的遗憾，也有我的敏锐、我的技巧，但长篇小说是我的生命、我的血肉。

王干：短篇小说可以以思想取胜，可以以诗情取胜，可以以情节取胜，可以以技巧取胜。

王蒙：所以我就很怀疑你建议的那些年轻人能不能写长篇小说，他们的那些漂漂亮亮很容易表现在短篇里。就像马原说的，小说有什么会留下呢？什么也不会留下，留下的不过是故事而已。有这样一种观念就只能写短篇，写中篇也很吃力，更不可能写好长篇。而我所说的长篇呢，技巧可以被外行所忽略，俏皮的话对不懂方言不通你语言的人也变得无趣，感动人的是你的生命和血肉。

王干：一个作家可以玩短篇，玩中篇，玩长篇很困难，在一部长篇里搞纯粹的形式是很难的。马原的语言玩得不错。

王蒙：林斤澜也喜欢玩语言，把一句话分开说倒过来说。

王干：马原写长篇《上下都很平坦》就露馅，把单独的章节当成中篇和短篇，还是相当精彩的，但成为一个长篇，就走形了。长篇小说要有巨大的凝聚力，短篇小说有一个闪光的点就够了，长篇小说有一个点显然不够，它需要人生的面的展开。打个比方吧，短篇小说如果是小溪、池塘的话，那长篇小说是大江大河大海。写作长篇小说，作家的身心必须沉浸到大江大海中去，不能站在岸上欣赏一朵浪花，只有把自己的身心投注到人生的激流中去才能写好长篇。

王蒙：甚至不怕被激流淹死。

王干：中国作家本可以写好长篇小说，粉碎"四人帮"不久，很多人的生活经验和情感经验都很丰富，但大家都急着控诉、宣泄，很快把那些经验挥霍完了。今天，一方面是情感衰弱了，那种不吐不快的心情没有了，另一方面又碰上整个价值观念的迷惘，你刚才也说到的。长篇小说总要能体现作家一定的思想取向和价值取向。

王蒙：用"思考"好一些。比如第一届茅盾文学奖里《冬天里的春天》，是李国文写的，写得也是非常好、非常感人的，内容也很充实。

王干：当时看形式也不错。

王蒙：但总括起来里面的思考并不比同期的一个中篇或短篇多，许多思考在一个中篇里也已经表达出来，所谓"反思"，政治上的压力对人的扭曲和人们的希望，都有表达。当长篇拿不出比中短篇深刻得多的思考的果实的时候，读者也会离开。长篇不是短篇的相加。

王干：更不是中篇的拉长。现在的"长篇小说热"热得不正常，有的作家一年写两三部长篇。

王蒙：写好了也可以。

王干：问题是写不好。其实一部好的长篇就把作家撑起来了。

王蒙：有时候都不要一部，曹雪芹只写了《红楼梦》的三分之二，就处于不可逾越的地位。

王干：《红楼梦》之后的长篇小说没有一个能与《红楼梦》比的。

王蒙：长篇的写法可能会和过去不同，篇幅会比过去短一点。有个美国作家提倡写无道具的小说，他认为过去的自然主义和现实主义，为写一个故事，为写人生的悲欢离合，需要不知道多少篇幅来写环境来写房间，写氛围，写屋里的各种摆设，写他们吃的饭穿的衣服，所有这些都和演员的道具一样，而美国的读者懒得一页一页地看这些东西。我《活动变人形》里的道具并不多，一下子把人物放到处境最激烈的时候。

王干：大开大合。

王蒙：《活动变人形》有一点没有任何人评论到，就是我从这个人物的视角写完一件事后，又从另一个人物的立场写，完全是同一事件。一上来就写"图章事件"，从静宜的立场写，读者会觉得倪吾诚太不像话了，哪有给一个作废的图章让妻子去领工资？这不是为了骗取她的忠顺？从倪吾诚来写就非常合理，他是在什么样的恍惚状态之中给她图章的，他是无意中拉抽屉拿出图章来，而静宜一下子就拿了过来。静宜是非常关心图章的，而倪吾诚穷极潦倒，图章到底是什么样的状况，他自己也不关心，都是可以理解的。后面的很多事情也是这样的。吵架事件是写了一章，倪吾诚的体验一章，静宜的体验是一章，静珍的体验和老太太的体验也是一章。

王干：大家没有注意的原因，可能是这种写法比较普通，特别是长篇小说引进意识流技巧之后，从几个视角写同一件事情是常见。

　　王蒙：这不但是个技巧的问题，也表达人与人之间的难以沟通。

　　王干：也是对世界理解的困惑。

　　王蒙：《活动变人形》里这些尖锐对立的情绪、尖锐对立的判断都是以爱的名义。静宜说：我不是爱你吗？人应该这样这样。从静宜来说，已经做到了她最好的程度。在倪吾诚喝醉了酒犯了病的时候，能给这样的浪子百般的照顾。从倪吾诚来说，也是做到了最好的，他要把孩子教育得好一点，生活得有点现代气息，这也是非常合理的。我觉得我还没有写够。

　　王干：在《活动变人形》和《杂色》里，你的身心和灵魂都沉浸到小说中，而其他小说中，你老是游移，不愿往事情更深刻、更尖锐的地方触及，用幽默来逃避。我看到《活动变人形》，怀疑不是你写的，一是这类题材在你以往的创作中从未露过端倪，二是语言方式也是过去所没有的。

　　王蒙：河北农村的语言。

　　王干：还有那种又矛盾又困惑又苦闷又怜悯又同情又愤怒又痛苦又仇恨又惋惜的情绪交织在一起，在你以往的小说中是少见的。你其他小说的情绪虽然也不是很单一，但主旋律仍可以把握住。

　　王蒙：其他小说往往有放有合，比如一下子把感情放出去，很快转两个圈又回来了。

　　王干：就是说这种感情可控，感情的流动节奏仍能够掌握，也就是能见到你比较完整明细的对事件的看法，而在《活动变人形》里，你的完整明细被粉碎了，你完全地感受它，用全部的身心。

　　王蒙：到这时候，技巧也不起作用，甚至潇洒也不起作用，游刃有余的自得也不起作用。我的某些中篇短篇有自得状，但《活动变人形》里没有了。文学很有意思，这又牵涉到文学的特性，好像是郜元宝说的，王蒙在他小说里表达的和他所隐藏的一样多。

王干：这话很有见地。

五 荒诞的优势

王蒙：文学到底是什么？是自己的表白？还是自己的躲闪？我甚至觉得躲闪和表白很难截然划清。如果完全没有躲闪，也不必有文学。完全没有躲闪，就直接写回忆录。

王干：忏悔录。

王蒙：写宣言。如果在宣言里、在忏悔录里、在回忆录里也掺进假的东西，那是卑劣，是人格的沦丧。作家最容易被读者掌握心态和脾气，你看一本理论书也好，科学书也好，游记书也好，可以不知道作家是怎么回事，他只是较为客观地把有些事情告诉你。但你看小说、诗歌多了以后，就觉得和作者已经熟悉，已经对他的一些脾气、特点甚至音容笑貌有所理解。当然作家和作品之间也常常有差异。比如张贤亮的作品写得如此痛苦，但你看到这个人几乎整天在说笑话，甚至说一些颇不雅的话，和他的作品一下子连不起来。

王干：人格和作品有时是两码事。"人本"与"文本"是有差距的。

王蒙：我为什么躲闪呢？比如关于所谓荒诞色彩，我也写过这类作品，有人就分析，他写荒诞是因为他认为世界是荒诞的。可我给你讲老实话，我写荒诞基本上与我认为世界是荒诞的无关。第一，我写荒诞是我追求幽默追求喜剧效果的一种形式，因为把幽默夸张到极致，就变成了荒诞，就变成了不可能的事情。第二，用荒诞的形式特别能够挖苦嘲笑，能入木三分，我写完《球星奇遇记》，有些跟我很好的朋友看完以后，说："你太缺德了！"这话并不是辱骂的意思。第三，我只有荒诞化以后才不会被任何人怀疑我写他，这是我写荒诞作品的主要原因。有些消极的、可笑的现象当然有生活中的依据，不可能没有依据，没有生活中的依据，从哪儿来呢？我不大大地变形的话，就很容易变成个人攻击。我不是为了自我保护，而是我认为用作品来泄愤，用作品来进行个人攻击，是我所不取的。现在挺时兴这么干。

王干： 不是连续出了好几起这样的事吗？

王蒙： 往往抓住一件事，铺张起来就成了小说，说真的也不是真的，说假的又不是假的，被嘲笑的人也没办法还手，你还手呢，就等于接受这个辱骂，你要不还手，这个作家就会得意扬扬，攻击成功了。我不想这么干，如果我想在作品里顺手刺谁一下，就干脆把人的名字提出来。像《一嚏千娇》里，当然那也不叫刺，调侃一下。这些人都是朋友，而且我认为都是和我有一点友谊的人，我才提他的。完全没有交往的人，我不敢提。因为有点友谊，才跟他开点小玩笑。外国的荒诞派可能没有这种考虑。我也不是荒诞派，我只是用这种荒诞的方式。关于沐浴学的争论，以至于一个不会踢足球的人变成了足球大师，都是这样写的。

王干： 你有一系列这样的小说，《冬天的话题》《莫须有事件》《风息浪止》《球星奇遇记》。

王蒙： 苏联有个汉学家托罗托采夫，他认为《莫须有事件》是一个变奏，写一些不可思议的事件。《莫须有事件》是写创造一个牙病和脚气的联合医疗学会。现在有些人的所谓的"公关"办法几乎全是《莫须有事件》的模式。我写完《莫须有事件》以后，正好到湖南，湖南几个作家就追着我说，你写的和我们这儿刚刚发生的事完全一样，甚至认为是我听别人介绍湖南的事件以后写的，但我把内容变了。其实我根本不知此事。

王干：荒诞变形之后，本身就有一种抽象性、寓言性。

王蒙：荒诞的优势就在于它抽象，它不一定针对哪一国、哪一人、哪一时、哪一事。

王干：它是超时空、超地域、有时也是超文化的。

王蒙：超社会的，在这种社会制度下可能发生，在那种社会制度下也可能发生，在这种职业里可能发生，在那种职业里也可能发生。

王干：故事本体的超现实性反而带来更大的现实性。你这些小说可以看为寓言体小说，寓言不在于表现具体的生活实事，而在于概括某种生活现象，某种经验。

王蒙：对，寓言是一种普遍的模式。简单地说，狼和小羊，狼说："我要吃小羊。"小羊说："你为什么要吃我？""因为你喝了我的水。""我没有喝过你的水。""你妈妈喝过我的水。""我妈妈没喝过你的水。""你爸爸喝过我的水，反正我要吃你。"这个模式实际上是一切欺负别人的人和被欺负的人之间的一个模式，是人类古往今来，不分人种、不分时代什么都不分的普遍模式。

王干：有人对你这类小说不理解，认为瞎写，没有现实性的内容。其实，作家写现实也不只是为了反映一种现实、一种现象，还是要从现实性、现象性的内容中升腾出来。

王蒙：还有两种批评，说我写荒诞的东西是缺少生活，与之相同的是认为我是概念化的图解。其实恰恰相反，所有的这些东西都是我有切肤之痛的，虽有切肤之痛，又不必或者并不适合于以完全写实的方式实打实地写，倒不如把它甩出去，成为子虚乌有的故事。

王干：这正是一种超现实主义。苏联电影《悔悟》就是用荒诞的方式来表现强烈的现实性。

王蒙：那是政治寓言。

王干：你这些小说目的在于针砭现实，可以叫作干预生活，只不过不像以前那么直接，是间接地干预生活。对目前的长篇小说我是持一种不满意的态度。我觉得现在中篇、短篇都已经走向成熟。如果让我挑这几年的长篇，一是张承志的《金牧场》，我曾对此不以为然，最近我重新思考之后，觉得应该充分认识《金牧场》的价值。张炜的《古船》尽管在结构上没有处理好，但由于他投注了自己的灵魂血肉，与其他小说相比，还是有价值的。你的《活动变人形》，在一九八六年看时，并没有特别震惊，但经过一段沉淀之后，发觉它的内蕴很丰富，历史感和时代感都非常深沉，是继《围城》之后写中国知识分子的又一部好长篇。张抗抗的《隐形伴侣》虽然也可以，但不能与上述三部相比。莫言的第一部长篇《天堂蒜薹之歌》是非常糟糕的。《文学四季》上发表的王朔《玩的就是心跳》，本是一个很好的故事框架，但他要搞什么时空交错，已经不像王朔了。我见到王朔，他说以后再也不玩这种花招了。

王蒙：如果从搞花招的角度搞时空交错意识流也可以，但必须是表述的内在要求，包括情感的要求。情感一定要达到超时空颠三倒四的旋转状态。所以我对自己的三篇小说《铃的闪》《致爱丽丝》

《来劲》有兴趣，这是我非常得意的作品。从表面上看是文字游戏，但所表达的对世界的把握是很不容易的，世界一下子旋转了，一下子搞活了。从政治上经济上说就是搞活了。本来中国社会新中国成立以后按苏联模式，一切按部就班，而现在搞活了，也搞乱了。

王干：《铃的闪》《来劲》就是外在复杂纷纭的现象刺激之后你反射的结果。

王蒙：把整个语言都打乱了，我将来还要写几篇，这很有趣。辽宁人告诉我，说把它选到中学生课外阅读教材里，这简直笑死我了，可不要误人子弟呀！

王干：中学生是不是会越看越糊涂了？

王蒙：我特别感到长篇的吸引力，但没有想好之前绝不写，如果没有想好之前就去写长篇不如干脆写中篇、短篇。长篇确实需要历史性的沉淀、深思、反省、突进，是打一个大仗。我现在打的是游击战，偶尔有阵地战，还没有进行战略决战。也许该进行了吧？

王蒙小说的悖反现象

王干：你在一九八八年共发了五篇小说，《一嚏千娇》《球星奇遇记》是中篇，《夏之波》《组接》是短篇，《十字架上》发表时注明的是短篇，但更像中篇。

王蒙：从字数上说不够"中"。

王干：一个短篇里有如此大的容量很难得。现在衡量中短篇往往是以字数为标准的。三万字以下叫短篇，以上叫中篇，十万字以上叫长篇。

王蒙：外国好像只有长篇和短篇。

王干：巴尔扎克的《高老头》《欧也妮·葛朗台》更像我们说的中篇小说，但都是长篇小说。

王蒙：这没关系，爱叫什么叫什么。

王干：我觉得这五篇小说表现出四个悖反，第一个悖反是纪实性和超现实性的悖反，你的小说里纪实性很强，在《十字架上》，既有真实的作为现实生活中的"我"，访问各国参观教堂的"我"，这在你的生活中能够找出印证。但"我是耶稣"的"我"，那个上十字架上的"我"，显然是一种超现实的我，这就组成了非常有趣的现象。在《一嚏千娇》里，老喷和老坎的故事显然是虚构的，但在他的故事中间所隔离的那些文字，议论到张辛欣，刘心武，张贤亮，完全是纪实性的内容。《球星奇遇记》的故事完全是超现实，但里面又有好多纪实性的细节，完全是现实生活中刚刚发生的事情，现实与超现实的内容交叉渗透就非常有意思。一般说来，写实性小说与幻象性小说是两股不同的小说流向，而你把两种相反的小说作法糅到一起来写，也可以说是一种实验吧。

王蒙：也许可以用另一种方式表达，叫入世的和出世的。我的很多作品表明我是一个入世的人，我从小不管参加革命也好，参加劳动也好，是入世的，而且在一些作品里对那种非常清高的说法还提出过怀疑。在多年以前的《深的湖》里，就曾经提出过对契诃夫对牡蛎也就是蚝非常反感的质疑，后来在《一嚏千娇》里又提过。遇罗锦有一篇小说，说是她去欣赏红叶，但她的爱人买鱼去了，证明她爱人的庸俗。对遇罗锦的私生活我不想讨论，我想讨论的是，又想看红叶又想吃鱼怎么办？最理想的不是赏红叶而不吃鱼，也不是吃鱼不赏红叶，而是吃完鱼后又赏红叶。

王干：或者赏完红叶以后再吃鱼。

王蒙：说明入世和出世都是人性，都是人生需要，把世俗的东西那么贬低，那么高高在上视世俗如粪坑，够伟大得没边了。也许我这两年不那么年轻了，对新的事物反应慢了些，过去更快，比如《风筝飘带》里描写广告牌是什么样的，冰棍是什么牌的，绝对是最新的式样，街头新闻，口头新闻，吃喝拉撒全有。我曾经和张承志讨论，说他的作品缺少可触摸性，里面充满了理想、青春、信仰、愤怒，这都是合理的，但也应该是可以触摸的。王安忆的小说就比较有可触摸性，但王安忆的小说又缺乏理想与热情的光照，缺少张承志的那种震撼力。她写的人物叫作"庸常之辈"嘛！反过来，我出世的要求又相当强，甚至我最忙的时候，骑自行车走的时候都想把车停下来然后看看大街想想自己扮演什么角色，有一种一下子把自己从生活抽出来反观的愿望。

王干：反观。

王蒙：反观人生，反观自我，出世，实在是一种精神享受，如果没有这种精神的享受，如果不能摆脱俗务，不能摆脱世俗，如果不能想一些神秘莫测的、遥远的、不可捉摸的东西，就受不了。小时候我特别喜欢白居易的诗，白居易写了那么多反映民间疾苦的诗，但也写了"花非花，雾非雾"，到现在没有人能解释清楚到底写什么，是灵感？爱情？它的力量都无与伦比，一个作家，一个诗人如果不能感悟"花非花，雾非雾，夜半来，天明去"的妙处，就没有起码的灵气，起码的文字细胞，这可能是我个人的偏激看法。

王干：第二重悖反是信息的集聚与主题的消解，你的小说里信息量特别繁多厚重，有时一篇小说集结了古今中外的大量信息，有政治的，经济的，科学的，外交的，民族的，商业的，体育的，艺术的，比如关于汽车的牌号你能说出一大堆。

王蒙：（笑）

王干：生活里的新潮服装、新潮音乐、新潮舞蹈你小说里都会出现，北京的新土话你也能用上一串，国外的各种信息也充斥在你的小说中，"文革"的语言词汇也能融进小说里，有时还夹杂一些英语、广东话。所反映的生活的面特别宽，既谈到新中国成立前的地下党斗争生活，也有新中国成立初的情景，也有"文革"的故事，还有今天的五光十色纷纭复杂的改革场面。《夏之波》既有国内的改革场景，也有国外生活的描写，你把这些反差极大的信息聚集起来组成一个大拼盘，但信息膨胀的结果，使你小说的主题消解。你一九八八年的小说里已难找一个完整明确的主题，你的主题呈放射状态。当时《春之声》就呈现出这种倾向，使人们抓不住把柄来对它进行主题分析，以前组织小说的思想没有了。《一嚏千娇》实际是按照解构主义的方法来结构的。不知道你有没有接触过这方面的理论。浮现你小说上面的是大量的信息，隐藏在你小说的深层却是对意义的反动。你已经不再找一种确定性的主题，对生活也不采取一种确定性的判断，而是用一种多向度的互相矛盾互相冲突的方式来组织小说。我认为主题的丧失是小说的一种进步。以前的小说往往是主题思想决定人物性格，人物性格又决定故事情节，一句话便可以概括几十万字小说。因为故事是为了塑造人物，而人物又是主题的化身。

王蒙：这也很难讲。我认为作品必然会有意义，但有互相冲突，互相抵消的一面。如在《一嚏千娇》里，我自己就说，一般地说老坎是"左"的路线的受害者，而老喷是"左"的路线的执行者，老坎是弱者，是被损害被侮辱的弱者。但在我的小说里，两方面的意义、三方面的意义都存在。我想起《一嚏千娇》里有一个细节，就是老喷到海滨疗养院养尊处优地过了一段以后，回来讲话就说从"三大革命"第一线回来，实际是走到哪儿都有宴请，吃得嘴上全是油。我很快插上一句：那些批判不正之风的人也是吃得满嘴的油。这两方面的情况同时存在。莫言在最近一个座谈会上说得更露骨：谁也甭说谁，你看到一个人挎着一个妞乱搞男女关系，你不要义愤填膺；无非你没有机会，如果你有本事也挎上一个。你看人家大吃大喝也不必义愤填膺，你小子如果有这种机会吃喝也不见得比别人少。原话可能不是这么说的。这话既像是悲观，又像是嘲笑，又像是天下老鸦一般黑，又像性恶论，又好像绝望，又好像是调侃。莫言的这种说法也不见得就准确，但起码比把人生严格划成黑和白两部分可能实际一点。也有不止一个人说，我是折中主义者、相对主义者。我不知道你怎么看？

王干：你这种哲学实际是消解哲学，取消世界上确定性的意义，不承认有真正的恶，真正的善。善和恶在你那里是可以转换的，在今天看来是善的，明天就会成为恶的；在这个人看来是善的，在那个人看来可能就是恶。这种哲学不再寻找非常稳固非常永恒的终极真理，生活里本来就没有终极真理。这与折中、相对不一样，消解没有调和的成分，是以对两方都采取否定的方式出现的。这种哲学在外在艺术形态上表现为一种幽默风格，其实幽默也是一种人生态度。维特根斯坦说过，幽默不是一种心情，而是一种观察世界的方式。你对事物缺少明确的判断，而是寻找多种可能性。世界的道路不是只有一条，怎么走都有合理的成分。你对意义进行消解是为了表现多种可能性的。

第三个悖反就是故事的隔离与结构的丧失。在一九八八年的五部小说里。你对故事都采取了隔离的手法。《球星奇遇记》是写了一个奇奇怪怪跌宕起伏悬念丛生的传奇故事，你的用意不在故事本身，也不在于人物形象的塑造、性格的刻画。"球星"身上就缺少刘再复所说的二重组合的特性。你小说的目标不在故事怎么样，也不在人物性格怎么样，你可能是利用故事的框架来表达人生经验。你对故事的隔离非常有意思，在长篇小说《活动变人形》里你就已经采取隔离手段，主要通过作家主体出来议论，故意使小说产生陌生化的效果。今年的几部小说里隔离手段更趋丰富和熟练，各篇隔离的手段并不一样。《夏之波》的隔离是通过故事隔离故事，一个是爱情的故事，一个是改革的故事。

王蒙：爱情没有故事。

王干：我说的故事不是情节性的。现代小说里，情绪也是故事。一个是写精神的冲突，一个是写现实的矛盾，故事发生的地点一在国外，一在国内。一个是反映青春时期的忧郁、感伤、惆怅，一个是反映现实的骚动、不安、喧嚣、嘈杂。这两类相互矛盾相互对立的空间搅和在一起，轮流交替出现，就表现为一种复调结构。这种隔离就不单纯是讲改革的故事，也不单纯讲爱情的故事，整体上构成的既互相参照又互相补充既互相冲突又互相调和的复杂情态，增加了小说的信息量，也造成了一种审美的陌生化效果。《十字架上》的隔离，是现实的"我"与"精神的我"的相互隔离，就像你刚才说的"尘世"与"灵魂"的组合。短篇小说《组接》的隔离就更加技术性。你写作这篇小说可能受到法国"新小说派"的启发，是一种扑克牌小说。《组接》分头部、腰部、足部、尾声四个部分，前三个部分各有五个片断，本是五个人生的故事，但你把故事的外在标志抹去了，人物的姓名也没有了。

王蒙：真正的"活动变人形"。

王干：本来是五个故事，由于某些人生的外在特征消失了，就产生了多重组合的可能。

王蒙：我写的时候原来不想写头部、腰部、足部，而想一、一、一、一、一，然后二、二、二、二、二，然后三、三、三、三、三。

王干：既相互隔离又多重组合，如果把头部用 A 表示，腰部用 B 表示，足部用C表示，尾声用D表示，最自然的顺序有五种人生，人生用 R 表示，就是：

Rl=A1+B1+Cl+D

R2=A2+B2+C2+D

R3=A3+B3+C3+D

R4=A4+B4+C4+D

R5=A5+B5+C5+D

如果再任意组合，那种就会有无数的人生，小说就提供了人生经验的多重可能性，为什么又说结构丧失呢？《组接》这部小说实际就没有结构。一般的作家小说家都喜欢惨淡经营结构，在你的小说中，隔离的结果就使结构丧失了，结构存在于读者的阅读过程中，读者愿意按照什么样的经验、什么样的情感、什么样的方式去组合小说就可以有一种结构。如果说《组接》对结构的消解基本上还是不自觉的，而是为了组合的有趣和变化，那么在《一嚏千娇》里你则有意消解结构消解故事。《一嚏千娇》本是一个完整的故事，老喷、老坎和老田之间的故事完全可以写成一个政治加爱情的故事，也可以写得甜甜蜜蜜风风雨雨，也可以悲悲戚戚，大起大落，可以煽情，可以愤怒。但你把故事淡化了，消解掉了，通过你的议论、作家自白隔离读者了解故事的可能性，甚至在小说中直接宣称"本篇小说作者本来是努力于制造间离效果的"。还穿插了好多对文坛现状的议论，感慨调侃，使老坎和老喷的故事变得若隐若现，小说的结构便丧失。一般说来，小说无非依照故事情节，或人物命运或主体情结这样几种结构来组织，而你现在完全按照一种非结构的方式。

王蒙：像论文。

王干：文字像论文，但论文的结构更严谨。反过来，老坎和老喷的故事对你的"论文"也是一种隔离。如果把老坎和老喷的故事去掉，小说就成了杂文、创作谈或随感，它的妙处在于议论消解了故事完全可捉摸的意义。另外，结构的丧失还表现在文体的芜杂，里面有诗歌，有对话，还有模仿残雪的段落。一般地说，小说是一种语体、语调的大杂烩，这也丧失了小说的结构。现在看来你对小说的复调化特别感兴趣，通过隔离来保持陌生化的效果。

王蒙：这些理论我不太熟悉，但隔离不仅是一种结构，有时候是情感现象，有时候是审美现象。一个人情绪都集中在一点上的时候反倒没把它表示出来，中间插一个什么东西好像和它风马牛不相及，反而倒更能表现出这种情绪。我记得很年轻的时候看契诃夫的话剧《万尼亚舅舅》，万尼亚舅舅的爱情纠葛、生活纠葛最尖锐的时候——因为几个男人都爱上了教授的妻子，忽然有一个人问，原话我记不太清了，说在非洲撒哈拉沙漠一定很热吧？医生说，是啊——很热。底下的观众都笑了，笑完以后就感觉所有的痛苦，无法排遣、无法解决的痛苦似乎在这几句话里都表现出来了。我还可以举个更通俗的例子，有一个很有名的相声，描写两个农村里文化不太高的人搞对象，中国人加个"搞"字说明文化素质、风俗习惯还不能很胜任愉快地谈恋爱。相声里描写两人见面，沉默了半天，忽然一个人问："你看过大老虎吗？"这也是一种隔离。从我个人来说，在外国小说里，特别佩服在叙述当中那种八面来风一般的叙述。

王干：陀思妥耶夫斯基那种叙述。

王蒙：这是一种美，是一种感情的爆发，是感情爆发前的一种转移。在某种意义上，这种间离常常更符合生活本身，因为生活本身就不是一个单线条。如果说人生就是故事，中间就不知有多少故事在互相隔离，互相阻断，互相交叉，互相冲突。这是一种意味。伍尔芙的文体我也很喜欢，也有这一特点。约翰·契弗的小说也有这种情形。《万尼亚舅舅》里有一句话我至今记得，一个人说，今天天气真好。万尼亚回答说：这样的天气正好上吊。（笑）横空出世，你不知道它是从哪里来的，一下子切入。本来，舞台的布景完全是斯坦尼拉夫斯基式的，完全是苏式的，特别的美，突然插这么一句，极有反差。约翰·契弗也有这种方式，比如叙述雷雨时扯到一个和雷雨最没关系的事情。这也是一种经验，也是一种技巧，也是一种情绪，是一种"识尽愁滋味，却道天凉好个秋"。

王干：这是辛弃疾的词。

王蒙："老来识尽愁滋味，欲说还休。欲说还休，却道天凉好个秋"，无须一条线直说下去，甚至还可以反过来说。

王干：这种隔离是语言上的隔离，而我刚才说的是结构的隔离，像《夏之波》里爱情的故事与改革的故事毫无关系。

王蒙：《组织部新来的年轻人》也有，一是林震与赵慧文的感情很朦胧很伤感，送她出门时，有一个老头推着车喊道："炸丸子开锅！"后来刘厚明跟我说，只有写了"炸丸子开锅"，才是王蒙写的，任何人在这个时候不会加一个"炸丸子开锅"。也有人问我：为什么要加"炸丸子开锅"，我回答不上。还有一个，就是他们听《意大利随想曲》，写得很有感情，收音机放完，下面就放剧场实况，他们就把收音机关了。也有人跟我提，你用不着交代"剧场实况"，破坏情绪，我也说不上什么原因，觉得必然是剧场实况，而且再也不能是《意大利随想曲》了。《意大利随想曲》完了如果没有一个剧场实况，就像林震和赵慧文感情缠绵以后没有"炸丸子开锅"一样，如果感情一味缠绵下去，小说就变成琼瑶的小说了。

王干：这是一种反差，只有"炸丸子开锅"的叫声才能表现出他们情感缠绵状态的程度。没有剧场那种乱哄哄的实况转播，哪有《意大利随想曲》的抒情优雅？尽管非常突兀，但双方对比鲜明。你小说中的第四个悖反就是语言的扩张与叙述的死亡，近几年的小说发展是从描写到叙述，以前的小说特别是那些现实主义的小说要求作家的倾向要从作品当中自然流露出来，作家写小说基本是以描写为主，柳青就是比较典型的。新时期开始后，作家开始注意叙述，有人甚至认为小说是叙述的艺术。你有一种语言的扩张欲，喜欢把各种各样的名词、动词、形容词进行重叠，有时为了修饰一个名词能加三个五个以至更多的形容词，定语和状语尤其庞杂和漫长。这种语言的扩张也表现出你对世界的事物和人物多种可能性的理解。人们要求语言精练、准确，甚至必须找到只能表达这个意思的唯一的词，才能表达此时此刻的情景。这种语言方式的背后隐藏着一种思维定式，就是认为世界只存在一种终极真理，当然一个动词、形容词用得好，也非常传神。你现在的这种语言的扩张实际是一种反叙述，就是把你的感受与信息融合在一起。

王蒙：有一个大学教语言的老师对我说，他认为我的排比句与语法修辞规则不一样，因为语法修辞认为排比句子的关系应该是相近的，或者是渐强的。比如我们过去常用的"伟大的、光荣的、正确的中国共产党"，"伟大、光荣、正确"都是歌颂党的，或者是递进式或组合式。而我最喜欢用的是把矛盾式的词和句子用在一起，比如你这个崇高的卑鄙的人，我是经常用这种方式。这是最简单的，实际我还要复杂得多。

王干：外在形式上你是铺张的，像是中国的赋，有赋的洋洋洒洒的气势。有时十几个排句一气用下来，而这些排句的目标并不很明确，中间甚至相互矛盾，有的句子本身就充满了矛盾，修饰与被修饰之间有矛盾，修饰词与修饰词之间也有矛盾，前一句与后一句也有矛盾。这种语言的极度膨胀，表现出你对语言的嗜好。就像小孩子玩棋子、搭积木一样，这样排列一下，那样排列一下，会有无限的欢乐和畅快。你喜欢玩弄语言，玩弄语言的结果使小说失去叙述的性质。大多数小说客观描写，冷静刻画，而你则大量抒情、议论，有时则像说相声，颠覆了小说本身的结构。你这样铺张语言，放纵语言，在于提供信息量和多种可能性。这就构成了你的语言的绝对个性化，形成了独特的王蒙体。你可能在小说的语言本体进行一种实验，就是小说除了描写、叙述以外，是不是还可以用新的方式，比如议论、议论的叙述化、叙述的议论化。

王蒙：还有抒情性的议论。

王干：这种尝试与你的哲学态度和审美要求是一致的。你破坏叙述、消解叙述的目的就是改变线性的思维，改变逻辑性很强的叙述方式，议论的夹入就冲淡了叙述的一元性、确定性。在你的小说里，叙事者显得非常软弱，小心翼翼，一点也不斩钉截铁，一点也不果断，老觉得这样也行，那样也可以，也这样可能，也那样可能，这是你的多种可以的哲学态度的反映，而叙述则不易表达这种可能的怀疑的态度，议论的自由与随意则有助于这种不定的多变的信息的表达。不论是对意义的消解、对结构的消解还是对语言的扩张对叙述的反动，都表现了你的非理性倾向，表现出一种非逻辑的力量。对于你的语言，逻辑已经丧失了意义，分析一下你的语句常常会发现逻辑非常混乱，经常违反同一律矛盾律排中律。

王蒙：违反修辞学。

王干：你在小说里反语法、反修辞、反逻辑，造成了语言的非

228

理性精神，你的非逻辑反逻辑非理性反理性不像有的作家，是通过人物或叙述来表示的，你是从小说的自身的结构呈现出来的。反意义是一种非理性。上述的多重悖反在以往就有不同程度的存在，但在一九八八年表现得最为突出。

王蒙：如果从悖论的角度看，你刚才说的很多都不是我非常有意识自觉去做的。另外的一些东西我倒是相当自觉的，我身上有两种倾向或两种走向都非常鲜明，比如一种是幽默，一种是伤感，本来幽默与伤感是不能相容的。我们读幽默的如老舍的小说，果戈理的小说，马克·吐温的小说，不大可能在他们的小说找到泰戈尔式的温馨、屠格涅夫式的伤感，也找不到巴金那种激情和缠绵，甚至觉得让你不满足。幽默弄浅了就是油滑，弄深了就是一种解脱，飘飘然把一切都看成儿戏、游戏。幽默的人实际很可怕的，他是用严厉的态度看人生，他是在高高的塔尖上看人生，所以才觉得幽默。置身其中的时候往往感觉不到幽默，人在"文革"中挨打挨斗决不幽默。事情过了很久，互相议论起来，当然议论起来也有非常愤怒的人，也有很多人拉开了足够的距离以后就觉得好笑，起码哭笑不得。可是我非常真实地感受到这两种力量，既有幽默的，讽刺的，解脱的，尖刻的甚至恶毒的情绪，另一方面又有伤感的，温情的，纠缠的，原谅的，永远不能忘却的情怀甚至于自恋，我觉得这两种东西在我身上都有。你说我否定的多，但我相信我的作品里原谅的也很多。甚至老喷也是可以原谅的，讲到在一次撤退后他的妻子牺牲了。但并不是完全消解，两种情绪不完全半斤八两，正负并不能抵消。

王干：消解不是取消，消解是一种冲突和融和，消解意义不是没有意义，而是以更大的意义出现，是消解一元性的确定性的意义，消解是为了承认多种可能性。

王蒙：一九八二年我写《惶惑》就有消解的成分。

王干：《惶惑》是写一种温馨和辛酸。我看了心很酸。

王蒙：不单你同情她，作者也很同情她。她找新提拔的干部去给学生讲讲话，是非常令人感动的。但这个干部没有去给她讲话，也不能说是多大的毛病。因为生活已经变化，他来这儿来总结消除污染环境工作，他需要做很多应酬，也要做很多自己的工作，最后他确实没有时间，这是一种遗憾。

王干：在你的小说里，遗憾是一个重要的母题。

王蒙：惶惑也是一个母题。《庭院深深》就是一种惶惑，它既有怀旧、念旧、自恋，又有一种解脱，设想儿时的情谊永远纯真是不可能的，设想两个老友时隔三十年四十年见面以后又回到共青团时代，也是不可能的。但反过来认为经历几十年以后人又全变了，谁也认不出谁来，青年时期的感情全部消失了，同样也是不可能的。惶惑、遗憾，《相见时难》里也有。《惶惑》的主要情感还是同情小学教师，感到对小人物应该更加关切。从赶任务的角度上说，也是为提高教师待遇而呼吁。但我写了这样遗憾的难以避免，就像人长大了没有小时候可爱，但人总要长大，人不能为了变得可爱，就老假装自己七岁八岁。我写过对"老莱子"的反感，中国尽孝的故事有一个老莱子，就是他本身已经六十多，父母八十多，他底下没有孩子。为了讨父母的欢心，他就把自己的头发梳成朝天杵，拿着拨浪鼓像小孩一样在父母面前嬉闹。我觉得非常恶心。老头就是老头，人应该有自己的本色。小孩就是小孩，幼稚就是幼稚，成熟就是成熟，老练就是老练，不老练做老练状，或老成而做天真状，都讨嫌。

王干：老化就是老化。

王蒙：人老了就是老了，不要勉强表现自己的青春。《一嚏千娇》的更多同情是给老坎的，我也很清醒地看到，被同情的人也不是没有缺点，谌容在小说《真真假假》里有一句话非常"恶毒"的话，又是格言、名言，是智者寒光闪闪的话："可怜之人必有可恨之处"。

王干：太恶毒了。

王蒙：很恶毒也很厉害、很真实，但世界上的事情不是算术图片一样，并不是对所有可怜人都要去恨他，那么解释就没意思了。这是小说里的话，不是政治教科书，也不是道德，法律。

王干：这话本身也是辩证法。

王蒙：我还是含蓄地揭露了老坎的弱点，那种贾桂站惯了的心理。说来好笑，《收获》发表的小说里丢了一段，本来有这一段故事就很完整了。最后一节写近几年老喷又帮助老坎一次，但没帮助成。但有一个场合两人见面了，我写他俩见面时，大家都为老喷感到尴尬，特别是一个同情老坎的记者就想出老喷的洋相，结果一见面老喷仍然是雍容华贵地和老坎握手，而感到尴尬似乎做了对不起的事的恰恰是老坎，反而是老坎见了老喷脸也红了，也手足无措了，说了一些很不得体的问候的话。老喷听了这些话还没有来得及回答，就打了一个嚏喷。旁边的记者颇为愤怒地说：像老坎这样的人居然还能娶媳妇，这实在是人生的浪费。情节上非常完整，以打嚏喷开始，以打嚏喷告终。对老坎是有嘲笑，但还是温情。不恰当地引用鲁迅的一句话，就是"哀其不幸，怒其不争"。两种倾向并不完全存在于一个平面，本身也是一个高低的"坎"。

王干：比例也不一样。

王蒙：老坎表现出的可能是性格问题，国民性问题。这些我不想做更多的自我分析。我感到很有趣，我的朋友包括很好的朋友，对我的作品往往是接受其中的一部分，老想把另一部分从我身上抹去，而另一部分朋友则希望要把这一部分朋友要抹去的保存住，抹去另一部分。

王干：这也说明你的作品的内部矛盾性。

王蒙：我尊敬的一些前辈看了我的《名医梁有志传奇》《活动变人形》就很高兴，预言王蒙又回归到现实主义，又集中精力创造典型环境里的典型性格，或者以更大的胸怀分析一下，王蒙从来没有离开现实主义，篇篇都是现实主义。而另外一些人则说王蒙创新的势头在八十年代初期之后就逐渐减弱了，可能是由于心灵的疲惫，也可能由于受到压力，远没有一九八〇年的锐气了。

王干：我也听到过这种议论。

王蒙：其中最有意思的是晓立，她对我的真诚的、抒情的、怀旧的作品都非常欣赏，但对我幽默、夸张、讽刺、混乱甚至油滑的小说老觉得难受，她是真正觉得难过。她一度觉得这些东西是对我的形象、我的作品形象的破坏，因为我在某些作品那样脉脉含情，那样纯洁、善良，那样赤子之情，那样诗情画意，而在另外一些作品里那样信口开河那样玩弄文字游戏那样夸张以致恶毒，她认为不可以。我听到的，有的写成文章，有的没写成文章，不止一个教授和老作家对我语言的所谓油滑、缺乏节制、不规范不以为然。也有人专门欣赏这些，说是语言的瀑布现象。包括对我作品的评论，有些抓住这一点，有的抓住那一点，这都很有意思，我也不想多说。

王干：说明小说作品本身有多重评论的可能性。我觉得你一九八八年小说中人生体验比较深的、情感体验有深度的还是《十字架上》，它既有一种具象性，又有抽象性，所开掘的意义相当深。它不是简单的自审，还有他审的成分，很有心灵深度。如果从形式看，最先锋的是《一嚏千娇》，一下子把小说的常规全部粉碎，故事断断续续，有一半以上是在谈文学谈技巧谈视角。我觉得《球星奇遇记》缺少一种隔离化的效应，可能你在有意为之，就是要讲故事。

王蒙：《球星奇遇记》还是力求可读性，努力运用通俗小说的一些情节，实际是半带嘲笑地来使用球星、艾滋病、007 这些新词儿。

王干：你在《夜的眼》里也写到足球，你是不是球迷?

王蒙：不是，我对足球最不行。我觉得更大的悖反不是故事与非故事、意义与消解，甚至也不是幽默与抒情。我感觉到的一个悖反就是游戏和真诚。我绝不认为我作品是不真诚的，我的作品有许多真实生命的体验，而且只有死过也活过，也流过血，也流过泪，也流过汗，底层也泡过，上层也泡过，也欢笑过，也满足过，也痛苦过的人才写得出我的那些东西。但我丝毫也不否认我有玩弄文字的游戏、有些甚至到了常人所不能接受的程度。前几年写一篇关于张承志《北方的河》的评论，我里面用了一个"他妈的"，我最好的朋友之一邵燕祥就劝我把"他妈的"去掉。一九八七年上半年还有人闻到一点气味便抓到"他妈的"这三个字进行批判，不是《人民文学》出了事情吗? 就有人讲《人民文学》是他妈的刊物，因为有他妈的主编。（笑）

聊以备考

王干：你的处女作是一部长篇小说？

王蒙：对，《青春万岁》。十九岁开始写，共写了三年。这是发表出来的。在此以前，我记得上小学的时候在笔记本上写过一个短篇，这个短篇也完全是左翼学生写的，是写一个清洁工，那个时候叫清道夫。这完全是从生活出发的，新中国成立前的冬天，走在大街上，有时候看到非常穷的人拿着扫帚在扫街，非常同情他，我就写他生活多苦，没有钱又冷，家里的妻子儿女都等着他。好像我当时还给自己起了一个笔名，叫"艾文"。

王干：在你创作过程中，对你影响大的有哪些作家？

王蒙：在我小的时候是冰心的《寄小读者》，这最使我感动。小时候我受中国古典文学熏染最深的还是古代的诗词，我可以背诵非常之多。在与我这个年龄或比我更年轻的作家当中，我对音韵，对平仄，对旧诗格律诗的写法可能比他们知道多一些。少年时候，爱看巴金，巴金的那样一种笼统的泛革命情绪非常感人。真正理解鲁迅作品还是新中国成立以后，新中国成立前读鲁迅的作品，《好的故事》给我刺激特别深，我觉得它写心灵对世界的直接感受，甚至我觉得《好的故事》比《秋夜》还要写得好，它是《野草》中最好的，那样一种似梦非梦、似幻非幻的感受特别精彩。后来较多地接触俄苏作家，托尔斯泰、屠格涅夫、果戈理、契诃夫、法捷耶夫、爱伦堡、费定，都有很深的印象。一九五七年反右派时，我最不愉快的时候是读狄更斯的作品，他也是写许多大起大落的人生熬煎最后终于得到胜利，在当时似乎给我一点安慰。巴尔扎克的东西也是五十年代看的。我看巴尔扎克的东西就像看他用解剖刀在解剖生活、社会。

王干：你受俄苏文学影响特别大，《青春万岁》可以看出《青年近卫军》的影响。

王蒙：这两年主要看了西方特别是美国作家的作品，约翰·契弗，约翰·厄普代克，杜鲁门·卡波特等等。国内我的同辈人的作品，茹志鹃的短篇作品我曾很认真地读过。老的小说里，当然还是喜爱《红楼梦》。

王干：《活动变人形》一下子使人联想到《红楼梦》。

王蒙：我有两个计划牵涉到中国古典文学，一个是早晚我要写一本评《红楼梦》的书。我不懂那些考据，就写读《红楼梦》的种种感想。还有一个伟大计划，就是重写一遍《白蛇传》。《白蛇传》是中国最伟大的戏剧，潜力还没写完。《白蛇传》所隐藏的容量太大了。戏剧特别是新中国成立后的戏剧把它弄分明了，白蛇、青蛇是正面人物，法海是反面人物，许仙是中间人物。

王干：其实他们都出于爱。

王蒙：他们是个怪圈。白蛇爱许仙是真诚的，但她的爱要把许仙吓死，这也是真的。许仙爱白蛇但更爱自己，他要活命，他就不得不求助于法海。法海作为一个和尚，有责任普度众生，有责任援助许仙不受白蛇的缠扰。这里面内容相当丰富，从象征的意义上，用蛇来象征女人只有《白蛇传》。外国喜欢用玫瑰来象征女人的爱情，还有鱼，美人鱼，有蛇吗？

王干：在弗洛伊德看来，蛇是一种性的象征。

王蒙：弗洛伊德说蛇是男性的象征，我却认为蛇是女性的象征，情的象征，爱本身既是一种缠绕，难解难分，肝肠寸断，又是怨恨，又是柔软。比如《断桥》里白蛇看到许仙又恨他又爱他，小青又要杀他，她又要保护他，复杂极了。我想把它写成一个长诗，写和尚的悲哀，许仙的悲哀，白蛇的悲哀。

王干：中国艺术中出现过蛇的形象，戴爱莲的《蛇舞》，艾青的《蛇》，堪称二绝。预祝你写出来，成为新的一绝。你最希望达到哪种境界？比如你最景仰的作家是不是陀思妥耶夫斯基？或者其他人？

王蒙：那是年轻的时候，我现在说不出来。我现在并不效仿任何一个作家。

王干：你写作有没有什么癖好或习惯？

王蒙：最少。我可以在路上写，也可以在旅馆里写，可以在很漂亮的房间里写，也可以在非常拥挤，周围放着各种杂物，甚至屋里还臭烘烘的环境里写。当然还是要安静，希望有茶喝。

王干：你在小说里追求一种混沌感，表现出嘈杂的感觉；在诗里追求一种纯净、明静、单纯，有婴孩一般的纯情。你现在写诗，是因为时间紧了，还是情感的需要？

王蒙：是情感的需要，是寂寞的结果，"从政"以后我只能用诗来排遣这种寂寞，也和时间紧有关系。心灵深处有些东西既不能通过我的公务、工作表达出来，甚至也不能通过小说表达出来，而只能用诗表达。我的诗里并没有那么多的烟雾，但诗本身也形成一种烟雾，当你越是最袒露地写你感情最深处的东西，就越变得难以理解了。

王干：你在诗里寻找一块纯粹的绿地，想从乱纷纷的世界解脱出来。你的写作曾经中断了近二十年时间，你觉得这种中断对你个人来说，如何呢？

王蒙：这很难设想，这是一个无法思考的问题。从政治上说，对我个人很好。因为如果不中断的话，在那种环境里，势必有两种可能。一是得绝对的沉默，这并不太可能。因为我从小就积极参加革命，做布尔什维克，做党员，一心一意跟党走，假如一九五七年以后我没有被划进去，设想我就清醒看到这一切都搞错了，我就保持沉默采取不合作的态度，这也不可能。相反的有一种可能就是跟着"左"起来。但"左"到姚文元的程度也不可能，因为我心里毕竟有善良的一面，我下不了手，我现在写小说对很反面的人物也下不了手。但起码柳青式的悲剧在我身上会出现，就是我以很大的力量努力把当时的政策、口号变成我自己的思想感情，再把它写出来，费了九牛二虎之力才把它写出来，可不久发现是写错了。

1989 年 1 月 11 日

致读者

王蒙：我觉得我们这种谈话是很有意思的，但我常常感到我们谈到的还没有我们忽略的多，它确实是一个谈不完的话题。真正的不管是我们个人所追求的还是我们一代作家所追求的文学到底是什么样子，是无法描述的。正因为它无法描述，它才吸引着我们，吸引着读者。许多暂时的成败得失、印数、评奖，都会过去，但这样一个永远神秘的吸引会继续下去。我还有一个特别感到隐隐激动的地方就是通过我们的谈话，我感到长篇小说的吸引，我不知道从此我会被吸引起来，还是过了两个月又在外在的刺激下继续反射下去呢？

王干：你太敏感，一有刺激，就会反射。

王蒙：这种敏感也会变成自己的累赘。

王干：人的优势也会限制自己。

王蒙：人人都是这样的。

王干：我们的"十日谈"就要结束了。对话的双方很有意思，你的年龄大约是我的双倍，这是不同年龄层次的对话，又是长幼的对话。

王蒙：用不着排辈。

王干：从从事文学活动与所达到的文学成就来看，你又是我的老师。从姓氏看，五百年前又是一家。

王蒙：（笑）

王干：你是作家，我是搞评论的，既有联系又有区别，还可以找出许多我们两个人既矛盾又对应的关系。总之，由于年龄的、经历的、职业的等等落差使我们产生好多话题，带来了一些兴趣，当然也带来了一些冲突。我们在对话中各自谈了对文学本体的认识，谈了文学与宗教的关系，谈了文学创作感觉的作用，谈了对当前文学创作和评论的看法，并且不太客气地点评了一些作家和理论家。还谈了一些大的热门话题，谈了现实主义问题、文学走向世界的问题。当然有的人已经写了好多文章，有的出过书，我们在谈话中可能重复别人的话，但对话目的在于沟通，不仅我们在沟通，也是和读者进行沟通。

王蒙：对话有个好处，平常写文章的时候会很谨慎、很小心，比如对同辈作家的批评本来是应该很谨慎的，因为你对任何人评论不合适的话，都会引起人家的不愉快，甚至会影响关系，影响友谊。由于是两个人说话，就比较随便。反正说完以后就可以把它甩出来。

王干：对话是当代的一种思维方式，现在的时代是对话的时代，政治上世界各国都在进行对话。实现人与人的沟通和理解，对话是一种非常好的方式，如果每个人都沉浸在自己的思考和苦闷之中，往往不能自拔，陷入像高行健所说的自恋情绪中。而对话则面向整个世界，对话的过程中人会觉得世界很宽阔、很丰富，人在对话的时候是在爱这个世界，对话能使人从比较狭小的天地中走出来。从理论上讲，对话是一种互补，对话过程中有些问题是事先没有想到的，一下子撞击出新的话题，以后我们还会写文章把这些没有阐释得很充分的问题进一步完善。

王蒙：对话也有个缺点，有时候为了谈得起来，也可能这个问题我是比较有把握深思熟虑地谈的，而另外的一个问题完全像接球似的，你来了我只好说几句。当然这本身也是推动，使你思考，也有可能把一些临时想到的忽然一闪的甚至大谬不然的想法放进去，当然，我们也不能要求读者原谅。发出去之后，人家再"对话"或"独自"对我们进行批评，那是很正常的，也是很好的。

1989 年 1 月 13 日

90 年代文学对话录

走出90年代

文学的步点

过去的 90 年代未免有些匆忙，有些纷乱，有些嘈杂，我们甚至还没有来得及告别完 80 年代的"光荣与梦想"，90 年代便匆匆与我们告别了。有趣的是，1999 年这一年诗坛发生了自朦胧诗论争以来最大的论争，这就是因杨克等人编选的《1998 年诗歌年鉴》一书而引发的"知识分子诗人"与"民间诗人"的恶战，从书面到口头，从会议到报刊，有趣的是"知识分子诗人"这一阵容几乎全是享受过 80 年代的光荣和梦想，像唐晓渡、王家新、西川、程光炜等都是当年《诗刊》青春诗会的组织者或参与者，而"民间"这一块除于坚外，伊沙、徐江、沈浩波、谢有顺则是 90 年代的新人，双方交手竭尽挖苦攻击之能事，交锋的深度为历年所少见。

这次交锋是有诗性的交锋，即使"辱骂和恐吓"也是诗人化的，而不像本人前两年参与的"马桥之争"，一点也没诗性和文人气息。整个马桥之争一开始还有点文艺争鸣的味道，但后来韩少功把事件交与海南的法院办理之后，整个事情就变味了，弄得谈论"马桥"的人格外谨慎，言辞也异常小心，每一篇文章都著得跟法律文书似的。原本想好好一展身手，进入一场大论战，可一看这阵势，便没了兴趣，秀才遇到兵，有理说不清。文学本来说不清，到了法院更是说不清。说不清还要说清，就只有听法官的。我总觉得这是90年代文学的一大遗憾，也是一大耻辱。

90年代确实是一个论争频繁的年代，几乎每两三年就爆发一次剧烈的论争。在90年代上半叶围绕"新写实"，围绕"后现代"，围绕"废都"展开了争论，争论本身都跨越了文学界，90年代下半叶"人文精神"之争、"马桥"之争、"断裂"之争，还有意犹未尽的"自由主义"与"新左派"之争，火药味很浓，但论争都是双刃剑，既伤了对方，又伤了自己。"人文精神"的讨论本来是很好的一件事，但不知何故，原本被人文主义者当作人文精神典范的余秋雨散文，到后来成了"人文精神"批判的一个靶子。"人文精神"孕育出来的余杰，对余秋雨拍案而起，以至追溯到余秋雨的历史是否"清白"了。"人文精神"由最初对张艺谋、王朔影视作品的批判，发展为对作家、文人的历史审查，也难怪余秋雨要称之为""文革"精神"。这或许与"洁净"的口号有关，"洁净"作为一个作家的自律和座右铭是值得称赞的，但如果拿着它当一把尺子去衡量每部小说和整个文坛，就难免会错位。贞洁是贞妇们的美德，但贞妇们不必老是宣称自己是贞洁的，那反而是可疑的。最可恶的是用贞妇的尺度去衡量别人，如不能恪守三从四德，就将她打为荡妇。那是封建主义。

90年代的很多论争便带有贞妇情结，讨论别人者往往视对方为荡妇，而被讨论者亦以同样眼光看去，你这个荡妇还有嘴说别人荡妇。因此很多的著名讨论往往变成了斗嘴、斗气，很多的著名论题也变为一盆糨糊，一些著名人士也丢失风度、仓促收兵。90年代的文学就像一台功率巨大的搅拌机，搅碎了很多的话语、命题和思想，也搅碎了很多痛苦、幻想和历史。论争没有分清什么大问题，倒模糊了很多的是非。比如在 80 年代激进主张西化民主的精英，到了 90 年代之后又扛起了打倒帝国主义的旗帜，真让人搞不明白，是中国的现实社会变化太大了，还是精英的现实生活变化太大了。90 年代的多元格局肯定是 80 年代呼唤多元的人所不愿看到的，中国人刚从经济上"非资即无"的对立思维中挣脱出来，"新左派"重拾法兰克福的"继续革命"的理论，又在呼唤劳动人民和社会主义戏剧，真是让人越来越糊涂。

90 年代文坛是一个口号林立、旗帜飘舞的年代，本人参与策划并鼓吹的就有"新写实"和"新状态"两面"酷旗"，类似的还有"新体验"、"新市民"、"人文关怀小说"、"60 年代出生的作家"等等，应该说这是一种社会的进步。这种情况只能出现在 90 年代文学特定条件下，这种特定条件实际离不开这三个条件：

1. 文学的个体化和个人化与文学的集团化并存，一大批自由撰稿人的出现。如果 90 年代不出现大量的非体制内的年轻作家，没有一批人以自由撰稿人身份进入文坛的话，所有的旗帜都可能落空。因为这些个性化的提法往往是非作家协会化的，而那些已有的作家往往都被体制化了，他们一般不会越轨操作的。而自由撰稿人的出现，为多种口号和旗帜的树立提供了极大的可能性。"新状态"和"70 年代出生的女作家"两面旗帜下"云集"了一批自由撰稿者。

2. 由于文学的个性化出现，写作者不必困于一域，囿于一樽，但是他们对政府的号召并不反感。比如"断裂"问答卷里，对"五个一工程"、对"主旋律作品"没有丝毫的不满和亵渎之意，他们抨击的只是他们认为出了故障的文学程序。他们公开表白，他们对文学秩序的不满，就像很多人对中国足球充满愤怒一样。

3. 文学载体由原来的刊物的一枝独秀到多头进展，出版社的畅销书、报纸副刊上的随笔、网络文学都对文学期刊产生了很大的冲击，文学期刊策划一些"旗帜"来也是为了招徕作家和读者，这实际上是期刊市场意识的觉醒。《钟山》是全国文学刊物率先打出旗号的，当时打出旗号的目的，首先是为了让这个在文学中心之外的刊物能够引起人们的注意，其次是想对全国文学潮流走向作一些分析和梳理，因而推出了"新写实小说大联展"，由于适逢90年代初期文坛的寂静，"新写实"极为活跃，因而后来触发了一连串的事件。刊物的这种策划实际是由于刊物自身的危机产生的，而刊物的危机又是由于90年代多元共存、多极发展的文化格局形成的。在80年代，当文学刊物替代所有刊物时，文学是新闻，也是时尚；是娱乐，也是思想；是故事，也是艺术。这时的文学刊物已处于前媒体时代，90年代的文学进入媒体时代之后，不得不采用媒体时代的手法，对自己的刊物包装一下、策划一下而已。给刊物和作家贴标签等于为自己打品牌，在媒体上进行炒作实际接近于广告宣传。这些在当时引起一些人的反感，被批做商业行为，甚至被视为批评的堕落。而在今天，这些批评轻如鸿毛，掉在地上，批评者自己也不好拾起来了。

有趣的是，很多命名的流传带有很大的偶然性，比如我对"新写实"最初的命名（1988年）是"后现实主义"（据有关研究者考查，这是最早以"后"命名的概念），但广为传播的却是"新写实"。1994年我将一批新生代的作家作品命名为"新状态文学"，但后来流行的却是"新生代"这个概念。更为有趣的，"新写实"作家的作品受到了读者的欢迎，而"新写实"理论却不断受到质疑和批判，我提出的"情感零度"、"还原生活"、"与读者对话"作为"新写实"三项"基本原则"到现在还受到质疑和反驳。"新状态"与"新生代"的关系是一脉相承的，我在"新状态"文学论纲《诗性的复活》中有详细的论述，里面论及的一些问题对今天也有某种预见性，但很多人视而不见。理论总是灰色的，而生命之树常青。

90 年代的文学还是"过剩文化"的产物，由于"过剩文化"是主导文化派生出来的，或者是主导文化内部分裂出来的碎片，所以美国当代著名理论家弗雷德里克·詹姆逊认为："它意味着一个体系的普遍过剩文化的生产过剩正以新的也是传统的方式从它自身产生它的异己和它的否定成分。"（《快感：文化与政治》）90 年代的文学是 80 年代文学这个主导文化分离出来的，它有很强的沿袭性，这种沿袭性便是对"新时期文学"这个巨型叙事的发展和延伸当然也包括反叛，虽然在 1992 年就有人提出"新时期文学的终结"和"后新时期"的概念，但整个 90 年代的文学几乎是 80 年代的剩余和分裂，这不仅是 80 年代一些重要的作家进入了 90 年代的写作，更重要的是 80 年代那些重要作家的作品依然是 90 年代的重要文本，王蒙、贾平凹、铁凝、王安忆、莫言、余华、苏童、刘恒、刘震云、张抗抗等人都完成了他们的重要作品，他们都拿出令人心服的长篇力作，而这些力作都是他们在 80 年代写作的一种凝聚或裂变。90 年代新出现的韩东、朱文等新生代作家则是马原、徐星这些 80 年代"先锋派"在新的历史情境的滋生和繁衍，像陈染、林白等女性实际上扩展扩大了 80 年代张辛欣、刘索拉那种极端的情绪。作为 90 年代文学代表人物的王朔的"思想"在 80 年代亦已形成，并没有什么发展，只不过在 90 年代有了传播的空间和更多的受众。

这并不是说 90 年代的文学全盘继承了 80 年代的文化传统，而是因为主导文化（"新时期文学"）生产过剩势必要将 90 年代这一特定历史时期的文学陷入某种困境。90 年代文学中出现了许多的困境，也出现了许多的闪亮的碎片。

说 90 年代的文学是泡沫文化或许有点过分，比较一下就会发现 90 年代文学确实过剩得厉害。90 年代涌现的作品数量和作家人数远远超过 80 年代，甚至超过了新中国成立以来的总数，但是它能留下来的、有分量的东西绝不会超过 80 年代，而能被视做大师级的人物也在 80 年代都崭露头角，奠定了位置。

2000 年 7 月 30 日于南京碧树园

"东方"的没落

——与哈斯顿教授一席谈

时间：1992 年 9 月 20 日

地点：南京大学专家楼

对话者：哈斯顿、王干

约翰·哈斯顿教授来南京中美文化中心讲学月余，多次与笔者接触，谈及一些文学问题，今征得同意，略作整理，未经教授本人审阅，所有舛误皆由笔者负责。哈斯顿听人介绍说，王先生是青年评论家，我在北京、上海等地也与一些青年评论家打过交道，让我纳闷的是青年评论家这一称谓特别奇怪，这既不是一种职称，也不是一种社会组织，但似乎又兼有这二重意义，是一个流派？好像也不是。我想听听王先生自己的看法。

王　干：（笑）你的问题非常有意思。本来作家、评论家、教授、学者前面都不应加上青年、中年、老年这样的字眼，但在中国有时却有着特殊的可意会而不可言传的意味。因为，在 1976 年粉碎"四人帮"之后新时期文学开始的那一段时间，老作家便是一种很受人们注目的称呼，至少它意味着著述丰富、备受迫害、矢志不移乃至才华横溢这样复杂的人生内涵、政治内涵和文学内涵。而以后，就不一样了，有人会被称为老作家而大感不解。

哈斯顿：是不是与保守、固执、心胸狭窄等不那么动听的词有关？

王　干：这很难说，最主要还是搞文学的人总是希望自己永葆青春，永远保持年轻的心态，所以不愿"老"。青年评论家最初是以群体的方式出现的，因为思维方法、艺术视野、文学观念和批评的操作方式都不同于一般的中年评论家，它代表着一股潮流，意味着一种新的文学力量，所以青年评论家的名声格外响亮。

哈斯顿：也就是说，青年评论家这一称呼本身带有反传统、反规范、反权威的意思，哦，我明白了，东方人比较含蓄，不愿称自己为"先锋派"或者"愤怒的一代"或"垮掉的一代"，而以"青年评论家"冠之。

王　干：哈斯顿先生，您脑子里那个"东方主义"的意识太强烈，随时随地都用这个既定的模式来套中国的文学现象和其他现象，肯定不能得出正确的结论，这也是没有办法的事情。西方人受"东方主义"的影响太深了，他们总是用莫须有的概念和定义来理解一些问题和现象，有时非常幼稚，有时非常可笑，有时则让人愤怒，我觉得国际文化界和学术界特别是比较文学界应该清除"东方主义"这样一个带有种族主义色彩的思想框架，才能进行平等的文化交流和学术对话，要不然，我们依旧是在欧洲中心论的阴影下活动，并不能真正获取到人类共有的精神财富，也不利于世界文化的发展。

哈斯顿：对不起，王先生，您的民族自尊和文化意识让我钦佩。在近几年的文化交流，特别是在中国的几次访问和讲学，与中国文学界朋友的交往，我已经意识到"东方主义"虚幻，完全是一种"乌托邦"。正如您所说，"东方主义"从来就没有存在过，它是西方文化界和学术界杜撰出来的"阴谋"，其目的还是为了验证西方文明的发达和完美。事实上，这几年我在东方生活旅行的经验，发现东方并非整体一块，东方的区域文化更是色彩斑斓，形态各异，不用说把印度文化与阿拉伯文化等量齐观，即使把印度文化与中国文化放在一起也有惊人的差别，不亚于中国文化与欧洲文化的差异。尽管我已经意识到"东方主义"的虚伪性，但由于长期接受这种观念和思想的影响，有时已经成为一种思维惯性，一种潜意识，经常会自觉不自觉地流露出来，这太可怕了。奇怪的是，我在中国、印度、日本、韩国等地见到的很多学者、教授、作家，居然也是"东方主义"的信奉者，他们著文立说，向西方人展示种种"东方主义"的实在性和物质性。在这些地方，这些朋友还带我到一些纪念馆、博物馆、名胜古迹比如寺庙去"观赏"现代的"东方主义"。假若我是一个不了解东方文化或者仅从书本上认识到东方又是初到东方，肯定会对这些"物"的存在坚信不移并且大加赞赏。问题在于，我已经不是一个观光客，也不只是靠书本了解东方、理解中国的教授了，我在中国认识了各种各样的朋友，特别是像你这样的青年学者，应该说青年评论家（笑），还有很多的大学生、研究生，他们大多对这种人工化的"东方主义"不屑一顾，由于"观赏"多了，我也发现了这种"文化"的伪劣性和欺骗性。

王　干：作为吸引游客的一种旅游文化方式，这种"伪劣"和"欺骗"是情有可原，甚至无可指责。每个观光客都希望到一个新的国度里看到他没有看到的"风景"或他所希望看到的"风景"，这也是旅游最基本的心理出发点。迎合这种猎奇见异的心理，完全是商业经济所必需的。但如果把这种"迎合"的心理运用到文化研究、学术交流之中，就误入歧途了。事实上，文学界、文化界的不少人已经在"东方主义"的迷雾里迷失了"性灵"，比如有人建立的"东方美学"体系，有人撰写的"东方文学史"，有人鼓吹的"东方神秘主义"，辛辛苦苦地经营了多少年，目的就在于验证西方人提出的一个莫须有的概念。当然，也有人是把"东方主义"作为与西方文化进行对抗的武器，事实上，这个武器是非常脆弱的，因为"东方主义"就像左拉小说中的"陪衬人"一样，它本身就是贵妇人用来反衬自身美丽、高贵而设置的，怎么可能比倒主人？因而，"东方主义"的对抗愈是强烈，愈是显得东方的可笑和愚顽，愈是反衬出西方的高大、健壮和完美。另一方面，对抗意识的产生，为一些人抱残守缺、故步自封提供了理论依据和天然的保护网，这反过来影响了中国与世界的对话，世界对中国的理解。在中国文学界，无论是创作还是理论批评，也始终游荡着"东方主义"这样一个幽灵。"东方意识流"的提出，便是这种产物，且不论"意识流"源于柏格森的，心理时空哲学理论，带有很强的哲学思辨性，而哲学作为照耀人类的精神之光就不应有地域之差异。避开这一点不谈，如果我们将"意识流"当作一种生理现象、心理现象、意识现象来看，也很难分出东方、西方的区别。我们从来没有听人讲过西方解剖学和东方解剖学，却不断听到类似东方美学、西方美学、东方意识流、西方心理学的说法。与之相似的还有在诗歌界曾颇为流行也曾让人激动的"东方史诗"的说法，提出这一主张的是朦胧诗的一些主将以及追随者，不难想象，他们渴望中国诗歌和中国文学及早进入国际市场，与世界文学进行对话。但如何进入呢？唯有"东方"。西方文学的研究者和诺贝尔文学奖的评委们，衡量中国文学作品的标准撇开意识形态的因素之外，很重要的一条，就是像不像"东方主义"。这已经有事实证明，到目前为止，赢得诺贝尔文学奖的泰戈尔和川端康成都非常鲜明地体现了西方所冀望的"东方主义"特点。其实，作为一种文学风格和审美情趣，泰戈尔和川端康成都有独特的价值，这本是文学作品所应有的，为什么偏偏要打上"东方主义"的印记？又反过来作为一种标准来选择和肯定东方的文学和艺术。这对中国的作家和艺术家的副作用很大。1985 年前后，在中国文学界曾经出现过一次轰轰烈烈的"寻根文学"运动，几乎所有有才华的青年作家都卷入其中，而北京大学的著名学者金克木先生把它称为"挖根"，极有见地。"寻根文学"的得失我不想在此作详细的评价，"寻根文学"在强化文学的审美功能，促进作家民族文化素养的提高方面有着不可抹杀的功绩，在历史与世界这样时空的纵横坐标上来寻找中国文学的位置是极有价值的，但可以这样说，"寻根文学"一开始就误入了歧途，这就是因为"寻根"的动机在于表现那个"东方主义"。"寻根文学"产生的直接动因是拉丁美洲爆炸文学的影响，尤其是加西亚·马尔克斯《百年孤独》的成功使中国作家有了可以仿效的榜样。而国外沈从文热移到国内之后，也使文学青年对本土文化、非主流文化有了新的认识。因为在很长一段时间内，国际文学界对中国文学作品的取舍是依照意识形态的标准进行的，他们把中国的文学视为社会文本和政治文本。对庸俗社会学苦大仇深的作家很少愿意自己的作品成为非文学性的文本，于是，"东方主义"便成为最佳的选择。因而"寻根文学"一开始便有把文学作品变为"文化文本"的倾向，奇风异俗的反复描写，古色古香的文化古风，蛮荒原始的生存本能，文白相间的语言倾向，都在强化本土文化、民族文化的宗旨下走向了极端，很快便衰微了。

哈斯顿：我看有人在《文艺报》写文章说寻根文学的衰微主要是脱离读者，这是不对的。每个作家都不能脱离读者，他可以更换读者，却无法脱离读者。"寻根文学"的作家只是从面向国内的读者转为面向国外的读者尤其是国际汉学界的汉学家。

王　干：我不知道哈斯顿先生怎么看待《百年孤独》这部小说，我一直也很喜欢这部杰作。但我最近重读时，发现小说居然有"东方主义"的痕迹。南美处于西半球不属于东方，怎么也会写出类似"东方主义"这样的文本呢？后来我翻阅《西方文学史》才恍然大悟，原来在"东方主义"论者中心，除了欧美之外，其余全是"东方"，就像很长时间内，我们中国的上海人把来自全国各地的人都称为"乡下人"，视上海以外的所有城市、地区都为"乡下"。他们是世界的中心，其余都是边缘，都是围绕他们存在的"东方"。明白了这一层道理之后，我发现原先阅读《百年孤独》的视点是站立在欧洲中心论这样的基点上，是以一种"看"的姿势进行阅读的。而现在我意识到我们处在"被看"的情态之中，我发现《百年孤独》依旧是一个"被看者"的文本，它虽然被视为魔幻现实主义的杰作而风靡全球，并不能改变"被看"的命运。遗憾的是，在东方，包括在南美，"被看者"往往以"看者"的规范审视文学作品，就像奴隶以奴隶主的目光和要求去看待其他的奴隶一样，这实在是最大的不幸。这是东方的不幸，也是西方的不幸。

哈斯顿：讲得好。这本是西方的错误，现在却导致了东方的错误。我最近看过一部中国电影，叫《大红灯笼高高挂》，我一看这名字，一下子就产生了那种观光客的感觉。因为灯笼作为中国传统文化特别是世俗文化的产物，是很有"东方性"的。我当时暗暗猜想，这大概又是一部"蒙老外"的片子，果然不出所料，与我在北京等地观光见到的"旅游文化"大同小异。虽然电影的导演、演员都极有才华，但由于是按照"东方主义"的逻辑构造出来，应该说他们高超的艺术才能和表演技巧被浪费了。因为他们出众的才智是为了虚构和杜撰出一个"灯笼文化"这样的"风景"，来向西方"展示"。我看完以后，心里说不出滋味，中国的剧作家、导演、演员太渴望进入奥斯卡了，那么真诚而热情地向西方人兜售他们的"国货"（很大程度上是国丑），为了获得西方的青睐，居然不惜杜撰民俗、编造"文化"来讨好奥斯卡的评委们，未免显得太急功近利而做法不那么堂堂正正。

王　干：事实上，《大红灯笼高高挂》还是获得了成功，它虽然最终没有获得最佳外语片奖，但呼声极高，影响还是很大的。这说明"东方主义"在国际文化艺术界依旧有着强烈的几乎不可替代的效应。《大红灯笼高高挂》是根据苏童的中篇小说《妻妾成群》改编的。照我看来，电影可以说是篡改小说原作的精神，由于小说作者并不特别熟悉旧式家庭里妻妾成群的生活习俗，所以作者毫无卖弄国粹古董的嫌疑，也没有贩卖"东方主义"的倾向，作家企图窥视不正常婚姻状态下女性的变异心理和情感纠葛，毋庸置疑，小说里抹上一层淡淡的怀旧而又有些把玩的倾向，但小说最终和这一段古怪的"史实"被消解在文字游戏的愉悦和迷雾之中。而电影则是以文化批判的方式向"老外"展览中国的旧式"文化"。为了强化电影的戏剧性和东方性，便捏造了一个"灯笼"神话，将东方的性与政治完美地糅粘在一起，真可谓巧夺天工。这种匠心果然"蒙"住了你们这些"老外"，得到很高的评价。这也是种瓜得瓜、种豆得豆，不知道奥斯卡的评委们知道这场"骗局"之后有何感想。我个人还是不希望用这样的"东方"方式去获取国际性的文学金奖和艺术金奖。

哈斯顿： 是的。这实际上是一种文化压迫和文化剥削，奇怪的是像中国这样的国度里一些作家和艺术家居然甘心接受"帝国主义"的这种压迫和剥削，说得刻薄些，有人正千方百计地想得到这种压迫和剥削。我实在是想不通中国一直是奉行马克思主义理论的，一直是坚持民族主义的，为什么这么在乎外国人的承认。

王　干： 哪里有压迫，哪里就有反抗。反过来说，哪里有反抗，哪里就有压迫，这是因为1949年以来，我们国家一直以反抗的方式对待西方文化，其实是拒绝西方文化，而拒绝的极端化就有可能造成对西方文化无条件的认可。以前我们国内流行过这样一种思维方式：凡是敌人反对的，我们就要拥护，凡是敌人拥护的，我们就要反对。而现在则来个大逆转，凡是西方认可的，都是好的，凡是西方不认可的，都是孬的。西方承认，也就是世界承认，对于您说的这种文化压迫和文化剥削，很多人早已木然了，一些反对者恰恰又是些"凡是派"。"凡是派"的话自然不会有太大的市场，至少不会影响青年艺术家们走向世界的信心和决心，除非"凡是派"利用权力进行限制。要走向世界文坛、影坛、艺坛，他们只有信奉"东方主义"，也就是您说的甘心忍受"压迫"和"剥削"，其实，到中国来的西方学者都是扮演一个"剥削者"和"压迫者"，聪明一些的就扮演"投资者"的角色，其实都不过是一种文化投机而已。

哈斯顿： 王先生讲得有些激烈了，至少我认为我还不是一个压迫者和剥削者，更没有投机的意思。在沟通东方文化和西方文化的联系上，我和我的朋友是愿意作为桥梁和纽带，使双方有更多的了解和理解。不过，我现在更加明白"东方主义"的危害性了，这种西方的错误已经成为东方的错误，而东方的错误会导致西方更大的错误。如果按照"东方主义"的逻辑来研究东方，那将会造成东西方更大的隔阂，这不仅会影响东方文化的发展，因为如果承认东方主义的存在，那东方文化就势必要按照西方人发明的东方主义去发展，那将是极其畸形，也是违反人类文明发展规律的。作为人类文明的一极，东方的衰落，也意味着世界的衰落。因为西方文化在失去真正的抗争和对抗之后，也不能充分发展而走向退化，那将是人类的末日。

王　干：（笑）没有那么悲观，历史不会按照某些人制定的逻辑和方式去运转，人类文明是人类共同创造的财富，是诸多合力的结果。今天，人们对"东方主义"的警觉，便说明历史总会调整自身的结构，在变化中发展。事实上，东方和西方是人为的结果。这种方向区域概念被人错误地赋予了不必要的内涵。第二次世界大战之后，东方和西方便分为对垒的两大政治阵营，不同的意识形态使东西方在人生观念和社会观念、文化观念乃至体育观念方面产生了极大的差异，而现在苏联和东欧剧变之后，两大阵营消失之后，原先对立的"东方"和"西方"又水乳般交融在一起，唯一的差距就是暂时的贫穷和富裕，这种差距到处都存在。而"东方主义"里的东方、西方与两大政治营垒的概念又迥然不同，也是一种人为的结果。所以，我觉得哈斯顿先生您所说，东方文化和西方文化抗争的说法，依然是一种虚构，还可以窥见潜伏在您深层意识的那个"东方主义"的幽灵，在干扰您的思想。

哈斯顿：这看来是没有办法的事情了，在我的思维里，已经用惯了"西方"和"东方"这样的概念，即使讨厌它也只好使用它。

这可能是"母语"在起作用的缘故吧?

王　干：还是您始终以"看"的姿势来谈论中国文学和中国文化，因为您毕竟来自西方，是"看者"而不是"被看者"，不会注意和理解"被看者"的悲哀。

哈斯顿：还有"被看者"的愤怒。

王　干：如果没有这种悲哀和愤怒，意识不到被愚弄、被剥削、被压迫的痛苦，东方就真的完了。

女性文学与个人化写作

时间：1995 年 12 月 1 日
地点：北京国安宾馆
对话者：王干、戴锦华

● 女性写作脉络与男性视点

王　干：今天我们主要谈谈女性文学与个人化写作的关系。在谈女性写作与个人化之前，我想按照我这个男性的目光把新时期的女性文学简单地梳理一下。

戴锦华：好。

王　干：关于女性我没有专门写过文章，我倒是在和王蒙对话时谈过"女作家的自足与不足"。现在过去了七八年，回过头去看，我大致把她们分做三个层次、三个阶段吧。我用这样一个词：巫。

我把她们叫作老三巫、中三巫、新三巫。

戴锦华：巫？巫婆的巫？不能接受。

王　干：我后面再解释……

戴锦华：无论如何不能接受。

王　干：我这是男性话语。

戴锦华：明确就好。

王　干：我认为老三巫有张洁、谌容，再加上张抗抗。张抗抗年龄小一点，是知青族，但她的精神血脉和语言结构基本上和张洁、谌容一脉相承，是一个谱系里面的。张洁最早发表的小说，是《森林里来的孩子》《爱，是不能忘记的》；谌容是《人到中年》《太子村的秘密》等；张抗抗是《夏》《爱的权利》《北极光》。我认为这些人当时已构成了一个小小的语言联合体。其中有这么几个层面：在文学源上，她们接通了俄罗斯文学，像《森林里来的孩子》，就是俄罗斯文学在我们当代的变奏和回旋。像《人到中年》，处处可以看到俄罗斯文学的"公民意识"，为理想而献身。用王蒙的话说是"光明梦"。也像张抗抗的《北极光》——很遥远、很美丽，尽管不能到达目的地。这是她们共同的精神取向。她们早期的作品基本是呼唤健康的人性，控诉了当时的十年动乱、"四人帮"，写人性的扭曲。当时她们女性的意识并不是特别强烈的，基本立场是社会的。当然其中有女人叙事的语调，但总体上女性特征不明显。她们基本代表了新时期女作家以女性特征进入文学的情况。

戴锦华：你所说的女性特征是指风格特征？

王　干：对，风格。也不是女性风格的那种，是文学上的那种细腻……

戴锦华：婉约？

王 干：对。比较抒情、缠绵，对感情比较执着的那种。男作家也能做到，比如白桦。当然她们后期有一点点变化，比如张洁的《方舟》，有点性别意识。这就是老三巫。哎，你别受不了，我会解释这个巫。我说的中三巫，是指王安忆、铁凝、残雪。这三个女作家从文学本体看，她们对文学的社会性不如老三巫强，对语言文体的要求比较高。比如铁凝从少女时代开始写《哦，香雪》、王安忆写《雨，沙沙沙》，但到了1985年以后，王安忆有了"三恋"《岗上的世纪》，铁凝有了《玫瑰门》，她们小说的性别色彩得到了比较特别的表现，包括残雪。她们小说的性意识、性心理开始有了比较多的展现。特别是女性性心理得到了自觉不自觉的展现。铁凝小说比较明显，尽管用了很多新时期小说的象征、寓言。作为故事的女主人公已不仅仅是一个人了，而且是一个女人了。残雪巫气更大一些，有点呓语的味道，断续，不像王安忆、铁凝那么流畅，有整体感，容易把握。王安忆的小说中女性的思维特别强，带了一种理智去写小说，比如"三恋"……

戴锦华：你认为理智地写是女性特征？

王 干：不全是。王安忆是很怪的，她写女性生活比较多，视角也是女性视角。新三巫是90年代出现的陈染、林白、海男。她们和前面六个完全不一样了。她们操持的语言、描写的素材都不太一样了。她们是那种精神和肉体的自我撕裂。林白的《一个人的战争》，把自己的精神撕成一块一块的。带有一种展示的性质。带有回忆录、（戴锦华：自传？）自传色彩。陈染的《与往事干杯》也带有这种自己撕开血肉的特点。还有一些女作家的作品是一种拼贴。

戴锦华：拼贴？对了，我发现自从我们有了"拼贴"这个词，好像就不再有"拼凑"。好像随便将一些东西胡乱放在一起，就可称拼贴……

王　干：用一个美术上的词叫"装置"。

戴锦华：拼凑也可以称为装置？在我看来装置也是另一个意义上的拼贴，指的是在一种似乎极不和谐的、杂陈之中建立一个有机的、全新的表达。那是对艺术创造力的挑战，而不是混乱的堆放。这让我想到，后现代理论的引入，实在给某种文坛现实提供了救命稻草。使用者堂而皇之地运用其中的某些概念，甚至是几个术语。比如拼凑成了拼贴，复制掩盖了抄袭；你们倡导的"新状态"的"状态"代替了平淡乏味。

王　干：这很有趣。复制和抄袭、拼贴和拼凑，实在很难分开……

戴锦华：但无疑可以而且必须分开。否则它必然掩盖甚至助长我们现在文坛上比较严重的问题。否则，"后现代"就成了文坛某种恶劣现状的遮羞布。媚俗和媚雅都不能靠一句"填平雅俗鸿沟"而得到赦免。

● 反　诘

戴锦华：我有两个问题：第一，你为什么称女作家为巫？你的巫是否可以通用于男人和女人？第二，你选择九个女作家来代表新时期以来——大概十六年中非常繁荣的女性写作，选择的标准是什么？是她们的艺术成就？社会影响？还是女性意识呢？

王　干：是两个标准，一个是她们当时在文坛上的地位和她们对其他作家的影响，还有一个是她们的创作生命力。她们是否依然活跃在我们当下这个屏幕上。

戴锦华： 我明白了。因为如果从当时文坛的地位与影响的角度，从女性写作与表达上，我们绝不能忽略的是戴厚英、宗璞，后面是张辛欣、刘索拉、方方、池莉。那么请谈谈你的巫。

王　干： 巫可能是一种男性话语。但在我的词汇里，巫并不是一个贬义词。巫，在我的印象当中，是很有才气，很有灵气，可以通天接地……

戴锦华： 有点神秘？

王　干： 神秘。这是一个女作家的高标准，不是一个贬义词。

戴锦华： 我十分明白你的巫是一个高标准。我想知道的是，你为什么认定巫与女性或女性写作相连？因为巫这个词有它固有的意义，比如巫文化、巫婆、巫女、巫术。我想知道，你为什么不称我们有一位很有才气、灵性和成就的男作家为巫？这一定和你对女性的本质认识相联系。

王　干： 在我的印象中，至少凭我的阅读经验和习惯——我的知识谱系来自于中国古代文学，说女人时，比如长相好，"近妖"也是一个高境界。是中国古代男人的性欣赏，比如《聊斋志异》中的性欣赏……

戴锦华： 花鬼狐妖。

王　干： 这是讲女人的美……

戴锦华： 但同时意味着危险，意味着邪恶。

王　干： 尽管危险、邪恶，但还是欣赏。

戴锦华： 哦，很勇敢。然后就是男人形销骨立，面带巫气（大笑）……

王　干：对智慧的肯定，中国古代也喜欢巫这个词。当然到了形而下，它也和装神弄鬼、疯疯癫癫联系在一起。巫最早是知识分子的象征。

戴锦华：但在你这儿，显然是女性知识分子的象征。

王　干：对。

戴锦华：这里显然有你对女性的本质界定。你把它和女作家、仅仅和女作家联系在一起，比如女性的神秘，其中不言而喻的，还有女性的不可索解和威胁。

王　干：我主要是从灵气、神秘、不可理喻的角度，我也可以用"妖"……

戴锦华：哦，不可理喻。这好像不是褒义词。（大笑）回到正题。你是如何理解个人化？你认为在这三代女作家身上"个人化"问题是如何体现的？

王　干：在张洁、谌容、张抗抗这代人身上，个人化还只是一种风格。阴柔之美，细腻。到了残雪、铁凝、王安忆，个人化已不只是一种风格，她们从心理上展现女性。其实现代文学中有过女性的个人化写作，比如丁玲的莎菲女士、冯沅君……后来就出现了一个断层。到了王安忆这一代，女性的心理特征开始出现。到了新三巫就不同了。这就是个人化写作与女人的"被看"。

戴锦华：你所谓的个人化，是指个性风格，还是自传性写作？

王　干：是当下的，还是更早？

戴锦华：就女性写作的总体而言，你对女性的个人化写作的定义是什么？

王　干：这必须相对而言。相对她们的时代。

戴锦华：在我看来，"个人化"至少可以从三个层面上给予界定：一个是个性风格，比如鲁迅是一个在风格意义上相当个人化的作家。另一个层面，所谓个人化，是只从个人的视点、角度去切入历史。据我的理解，一个从颇为个人的视点切入的叙事，可能构成对权威话语和主流叙事的消解、颠覆，至少可能成为一道完整的想象图景上的裂隙。比如从王朔的《动物凶猛》到姜文的《阳光灿烂的日子》构成了对"文革"的个人化写作。最后一个层面，其实也是这个对话潜在的主题，是针对女作家的，个人化写作有着自传的意义。在我们当前的语境中，它具体为女作家写作个人生活、披露个人隐私，（王干："私小说"。）以构成对男性社会、道德话语的攻击，取得惊世骇俗的效果。因为女性个人生活体验的直接书写，可能构成对男权社会的权威话语、男性规范和男性渴望的女性形象的颠覆。女性自传性写作以及对其的重视、研究，也确乎是西方女性主义研究的一个热点。但在当前中国的社会语境和写作实践中，问题并不那么简单。我记得，我们在以前的谈话中，你曾认为女性、女作家能贡献给文坛的、最独特的东西是她们的个人生活描写，说明白一点，是她们的隐私性经历。不知我是否理解错了？是不是你认为男作家们就不需要这样做？或是这样做没有意义？是否女作家的写作，披露个人生活十分重要？甚至重要到了是她们所能贡献给文坛的最重要的东西？其中显然有了你对男女作家不同的预期。

王　干：这可能是我的男性视点。中国文学有这么一个特点：写女性美大于男性美……

戴锦华：这可不只中国文学。

王　干：所有文学都是这样。女性本身就处于这样一种被看的境界。因此男人要看女作家写什么——这可能有一种不平等的关系——他们不希望女作家写许多政治、社会、历史，他们不希望她们对政治、社会有更多地介入参与，也不希望她们创作出对社会对历史有影响的作品。女人在我们这个社会中从古到今是处在被看的地位上，尤其是女作家是被看中的被看。比如舞蹈演员，男演员也被看，但女演员的被看，注意力是男人的多少倍的平方。看什么呢？……我认为我们中国社会个性解放不够充分，"五四"以来有一批女作家，《莎菲女士的日记》《隔绝》，（戴锦华：《悲剧十年》《结婚十年》）带有私小说性质，但很快消失了。到了今天，中国不光女作家，还有男作家，缺少这种自我解剖、自我撕裂的精神。这个时候，女作家可能从女性的角度充分展现她的体验，因此很有意义。在我们生活中，男作家始终和我们的中性原则发生着联系，男性总是按照中性原则运作；而女性总是偏离这种中性原则，或者受到压抑、压迫，她们的体验不能通过传媒有效地透露出来，只有文学可能把女性受到中性原则的排挤、压抑充分地表达出来。比如丁玲最好的小说应是《沙莎女士的日记》。

戴锦华：首先你的论述难以成立，而且你的确暴露了一种货真价实的男性——不如说男权视点。在你的立论开始，在整个人类文明，准确地说是父权建立以来的文明中，女人被派定在一个被看的位置上，这正是女性的悲剧，是性别歧视的基本事实。女人仅仅是男人的文化、心理、生理，或者说男性目光的对象，一个永恒的客体。可到了今天，你仍认它为合理，并大加张扬。你仍认定女作家能贡献给文坛的最重要的、甚至她唯一的东西是她们披露自己的私生活。你显然将男性的文化心理需求，说得不好听，是先将男性的窥视视野设定在女作家的作品前面。于是，如果女作家接受了你的预期，那么她显然是屈从于，而不是反抗这一被看的位置。似乎她们只有暴露隐私的东西才会让男人满足。这显然是双重消解和放逐：

首先，"你们"不要进入历史，不要进入"我们"的特权领域——尽管我们经历过一个不短的妇女解放、男女都一样的时代。直到今天，在众多的领域中男人和女人扮演着完全一样的社会角色，她们事实上早已介入了中国历史和社会。在如此深的介入之后，你是否仍认为她们最好不要写历史、写社会，只管写隐私？其次，女作家们的自传性写作，好像不是她们自身的需求和表达，而是窥视者眼中的大暴露场景。

请先不要反诘。你的第二个货真价实的男权观点是，中国是一个个性解放没有充分完成的国度，女作家的"大胆"写作可以推进个性解放的过程。那么，在你看来，这使命难道不是应该由男人和女人来共同完成的吗？如果男作家大胆地面对自己心灵的真实，不再化装成一个强大的、阳刚的男子汉，而是将自己内心的孱弱，他们的阉割恐惧与心理，不是以《男人的一半是女人》的方式，而是以真实、大胆的惨痛心路写出来，不是同样有助于个性解放与社会进步吗？事实上，一个相反的事实是，在当今的中国文化中，男人才代表人、人类，女人只代表她们自己。比如我从正在撰写的新时期女性文学这本书中很震惊地发现，王安忆并不十分女性视点的"三恋"曾被指责为"女子中心主义"，而与此前后张贤亮作品中赤裸裸的男权中心却至今无人抨击。如果说文学写作联系社会进步、个性解放，那么我想知道的是，为什么应该和女性大胆的、真实的、袒露的写作联系在一起，而不是与对男性的伪善的、自恋的写作批评与改变相连接呢？这是我的第二个反诘。

第三点，你说男人天生与社会的中性原则相联系，我认为这本身就是一种谎言。因为中国社会乃至人类社会从来无所谓中性原则。中性原则，其实完全是男性原则，或者说是化装成人类原则的男性原则。男人当然和它珠联璧合了。男人想当然地代表人类，男人的写作是人类的写作；那么，你们女人能写什么？你们写你们的性别，你们是"人类的别人"、他者。有意思的是，云南人民出版社今年出版的女作家自选集就叫《她们》，主编前言说："我们是我们，她们是她们。"不言自明的是，这个"我们"是男人，但也是"人类"。女性是"少数"，是他者；女性写作确实可以反抗男性原则，或者叫假中性原则。

王 干：我毫不讳言，我讲话的视点、立场是男性，我想改变它也不可能。

戴锦华：并非不可能，只是想不想。一个不幸的事实是，今日中国，主张进步、变革的少数优秀男性知识分子，同时公开地张扬自己的男权立场。好像社会民主就是解放自己、压抑女性，那么，这如果不是伪善，至少是愚昧。我想当男人说人、人类的时候，他至少要小心一点，至少要有一点反省：他代表谁？代表什么？而大部分男性经常地用他们亲切的、回护的姿态，或用他们俯视的态度，公开他们对女性、女性主义的蔑视和敌意。——他们至少要有一点改变自己的愿望吧。比如说女人是"她们"，她们应该暴露自己；这无疑是以男人为文化、社会的主体，女人是男人的文化、窥视之镜，让男人从中照见自己，满足自己的需求；而不是任何女人的文化表达和需求。

⊜ 对反诘的反诘

王　干：我要反问你，1995 年是妇女年，文学界是女性文学、女性作品热。最近你们也搞了一个"莱曼女性文学书系"，这些丛书本身就置于一个被看的位置上。尽管你讲了许多女性的平等意识，而这些书，包括你自己的书，也是出在被看的位置上。

戴锦华：你根据什么这样说？

王　干：很简单，为什么女性要有专门的书系？按照你的观点，这本身就是一种不平等……

戴锦华：当然，所有需要标明的，都是一种弱势文化。如果不相对于女作家，我们不需要说，男作家。我们说作家和女作家，批评家和青年批评家。所有需要前缀的都是劣势、弱者。你必须注明自己的身份，主人、权威就不需要了。

王　干：这就是被看。被男性目光聚焦的原因……你是女性文化研究者，你怎么看——不出版男性文学、文化丛书？

戴锦华：因为不需要，因为所有的写作、所有的出版物都是以"人类"为名的男性文化丛书，"天经地义"是男人的。这就是"他"的文化，"他"就是主人，何须标明？

王　干：为什么《红罂粟》这样的丛书仍是在男人视点中？

戴锦华：首先，女性被置于被看的位置上，甚至在 1995 年，这一个如此火爆的女性文化年仍然如此，从某种意义上说，这是个事实；对这个事实的不同理解是，你在为它的合法性辩护，而在我看来，这几乎是女性在当代中国文化地位的曝光。这种被看的位置，正是深刻的、无所不在的性别歧视的显影。我的工作是揭示它。而另一个层面上，女人、优秀的女作家并不是为了被看而写作，她们为自己、为自己的性别而写作，你却要把一个先在的，或后添的男性视野加上去，好像所有女作家应该为给男人看而写作，如果不是为了消解女作家写作的威胁、竞争，至少是过分自恋了吧？

第三个层面，你的立论说如果不是为了被看，何以要注明自己的女性身份？不仅你如是说，女人也一度，或仍然在分享这种话语。你所谓的老三巫时期，女作家喜欢的一个说法是：我首先是一个人，然后才是一个女人；我首先是一个作家，然后才是女作家。这说法响亮，因为不愿意做弱者。不愿意以自己的女性身份出演自己的文化角色。但她们不仍然被你派定为老三巫吗？女性的超越是女性的反抗；但事实上是，在妇女解放多年后的今天，男性和女性仍是一个根深蒂固的文化本质主义的区分，是一种无所不在的权利格局。于是，一个弱者，在她表态的时候，必须标明自己的身份；拒绝标明，也只意味着一种"花木兰情境"——化装成男人，而不可能真正超越；文化的所有者无须标明自己的文化。美国电影不用标明，仍然风靡全球，而中国电影只有标明自己的国别，才能小试锋芒。你以为你可以平等地与强势文化对话吗？那是自欺欺人。因此，我们必须标明。女性文化一直被男性文化所遮蔽，我们的文化要浮现出来，这是一个艰难的过程。在这个过程开始的时候，标明是必须的。比如张洁，如你所说没有鲜明的性别写作特征，但她仍无法逃脱人们把她的作品和她的私生活混为一谈；因此她憎恨将她的作品和她的个人生活对号入座，因此巴金老人甚至必须写一篇《人言可畏》来为她鸣不平。而你所说的被看的位置，事实上，1995年这个"三八妇女节"揭示了，"被看"的这个老"戏法"成了市场的新发现。一如世界是男人的世界，市场更是一个男人的市场。世界妇女大会是中国女性的一个绝好的机会，但市场也看到一个一个绝好的机会：女人天生是被看的嘛，她们本来好看嘛。于是女性文学繁荣的背后，有一种男性的运用。于是所有男性染指女性文学的操作，用强大的男权文化逻辑改写女性写作。于是，所有的女性文学丛书都有一个男主编，许多女作家作品被男批评家的权威所阐释。真的，娘子军连要有一个男人来做党代表。而在我看来，到了今天，女性写作毫不逊色于男性，也无须男性的庇护和阐释。男性成为女性写作的领袖，女作家作品被置于男性视点之中，这是她们写作的本意吗？是她们的愿望吗？为什么女性出版物中到处是男性的主人姿态？其实在二十三本《红罂粟》、十二本《她们》、五本《红辣椒》中，有种种不同的女性话语、女性表述，许多男性大概难以容忍的声音。绝非暴露或私小说这样的说法所能概括或消解，但却被"你们"一言以蔽之地包装在男性的"被看"或女性的"暴露"之下。

回到我们的本题。90年代女性的个人化写作，有一个必须警惕的危险。我个人十分困惑的是，一方面不同于、不屈服于、不模仿男性写作的女性写作是我们一直期待的；女性不妥协于经典文学规范，进行近乎女性自传的写作方式，也是女性文学的出路和前景之一。但在至少90年代的文化现实中，一个十分引人瞩目的危险在于，女性大胆的自传性写作，同时被强有力的商业运作所包装、改写。几个鲜明的例子是，林白的《一个人的战争》被书商干脆安上了一幅春宫作为封面；海男的《我的情人们》的封面则是在女作家本人的照片上饰以若干着不同鞋裤的男人的腿；须兰、赵玫合集的长篇《武则天》，则是一幅被白纱裹着裸体女人的躯干——再没有比这更典型的了，女人无须头颅去思考，无须腿脚去行动，有一具躯干就足够了。在半裸女人的腹部是小小的一条金。人所共知，武则天是父权历史中唯一的女皇帝，龙是皇权的象征；但在这幅封面上却仍是暴露的女人，龙仍在它"应该"在的地方。女作家的身份成为构造畅销的卖点。同时的炒作还有不断标明自传性写作是女性写作的唯一正确方式的指导者。于是，一个男性窥视者的视野便覆盖了女性写作的天空与前景。商业包装和男性为满足自己性心理、文化心理所做出的对女性写作的规范与界定，便成为一种有效的暗示，乃至明示，传递给女作家。如果没有充分的警惕的清醒的认识，女作家就可能在不自觉中将这种需求内在化。女性写作的繁荣，女性个人化写作的繁荣，就可能反而成为女性重新失陷于男权文化的陷阱。不是女性自己声音的出现，不是女性的反抗，而成了对男性心理的满足。不是女性文化空间的浮现，而成了男权的加固。写性，不是男性的特权，也不是女人的唯一与必须。

㈣ 女性空间的争论

王　干：我的问题是，女作家中有哪些已可成为旗帜？

戴锦华：至少王安忆、铁凝是新时期屈指可数的贯穿性作家。

王　干：可王安忆的作品，包括《长恨歌》都是按照男性思维来操作的。

　　戴锦华：我不否认女性写作自身的花木兰情境。严格地说我们现有的文化甚至文字都是男性的，女性不可能彻底摆脱。而且在王安忆一代人身上也多少有接受你所谓中性原则的痕迹。所以称陈染的写作为"性别的复苏"。但王安忆的写作绝非完全接受男性思维，相反她曲折地呈现了新时期女性写作艰难成长的足迹。化装成男人的花木兰仍是女儿身、女人心。而你的性别身份、视点会使你对女性作品中的许多东西视而不见。在我看来王安忆作品中女性写作的痕迹是显而易见的。在优秀的女作家的作品中，不期然的女性体验为她们作品中的"男性"表述造成了众多的裂隙。而自"三恋"开始，王安忆的作品无疑有着清晰的女性视点与叙述。在我看来如果一定需要代表，那么女作家才更有资格代表女性写作自身，而不是洪常青。

　　王　干：你刚才的论述有矛盾。你仍然是依照今天的男性原则来肯定王安忆的，而不是你所说的女性写作的原则；你自身就陷入了矛盾。

　　戴锦华：我不否认这个矛盾。因为从没有女性写作的经典可参照。花木兰式的情境无所不在。除非我们放弃，退入无言无语。我们不能在沉默中去期待一个乌托邦式的、纯粹、完美的女性写作的出现。我不接受男性的文化原则，但不可能不正视今天的文化现实，也不可能绝对避免借用、挪用男性的语言和某些逻辑。因为我们已不再沉默。我们都在男性规范下挣扎突围。

　　王　干：你说不说话，男性原则都会得逞。

　　戴锦华：但如果我们发言，他们——还是你们？至少不会完全得逞。我们至少可以揭穿种种谎言和自命的代言。研究女性文化对我很重要，但去解构男权文化同样重要，甚至更重要。

王　干：对，你可以去解构男性文化，但你不能去建构一个女性文化空间。

戴锦华：解构男性文化，就是建构女性文化空间的开始。

王　干：我认为，比如刚才说到的三幅封面，不仅是男性话语的问题，还有一个商业化的问题。

戴锦华：可商业化话语本身就是男权话语，它们必须充分合谋才会成功。

王　干：还有一个文学话语的问题。并非所有的男人都为个人化的女性写作叫好，很多人反对。我们——男批评家，是用文学话语来肯定女性的个人写作。文学话语本身是不是一定有男性和女性的话语分别？

戴锦华：存我看来，没有任何东西能超越性别秩序。所谓文学话语是一种超越性别的中性话语，是一种关于真理的话语；但所有关于真理的话语、文学的话语都是在几千年男权社会中产生的。我认为真正的艺术家，他们都多少有反映社会和现实的一面；所以文学的话语或许能在某种意义上裂解主流的男权话语，但文学话语仍是以男性作为唯一的主体和观点来建构的。

王　干：这话我觉得有点武断。我认为至少在文学领域中，不存在着男性话语和女性话语间的鸿沟。我们两个人之所以能坐在一起，就因为我们都讲的是文学话语。我要问你：在文学内部有没有一个男性和女性的空间？

戴锦华：我认为女性话语正在产生、浮现，从男性的话语中突围。海外的女性主义者认为女性自传中会产生出真正的女性的反抗性话语；那么，我们在今日中国的现实中却看到，类似的女性写作又被商业化纳入、消解了。但文化反抗毕竟开始了。

王　干：我再反问你，在文学话语内部真的需要一个女性空间吗？有必要吗？

戴锦华：你当然不希望你们的空间被分裂，当然希望拥有全部空间。

王　干：我认为至少在文学领域里男性和女性拥有一个共同的空间。

戴锦华：那也只是女人开始进入并分享传统男性独享的空间了。

王　干：那你戴锦华又是以什么身份？花木兰？

戴锦华：你可以这么看。

王　干：我认为，人类文明的空间、文学话语的空间是由男人和女人共同创造的。不存在着男性空间。

戴锦华：我太承认这一空间是由男人和女人共同创造的！但它又是由男人掠压女人的文化成果，抹杀和遮蔽、消解女性文化成就为前提的。

王　干：这个前提显然是你虚设的。

戴锦华：为什么是我虚设的？"内言不出，外言不入"、"女子无才便是德"，写作本身是男性特权，女性写作本身便意味着僭越；这难道不是文学史上的事实吗？为什么女人如此富于才情，如此天生是"巫"，却只留下了这么少的文学篇章？

王　干："女子无才便是德"，这不是文学领域。

戴锦华：但社会的规定便使女性根本无法扮演文学角色。女性可能有许多文学篇章，可它怎么流传到社会上，进入文学空间？

王　干：今天有这么多女作家出现，正说明男作家和女作家济济一堂，大家……

戴锦华：今天男女作家济济一堂，这是事实。但这是和妇女解放联系在一起的。今天的文学空间，男人必须和女人分享，而不能独占。比如说，女人是什么，女人天生如何？

王　干：你的文学上的男女平等怎么划分？

戴锦华：很简单。到了现代文学，才出现了众多的女作家，它无疑与五四运动相伴而生。今天的现实，无疑是1949年以后妇女在政治、经济、法律意义上获得了平等地位才能出现。漫长的封建历史中有那么多的闺阁写作，可有多少曾进入了文学史视野，进入你所谓的共同的文学空间了呢？

王　干：封建历史上的女作家也不少。

戴锦华：有谁？

王　干：李清照。

戴锦华：还有谁？蔡文姬？漫长的中国文学史，如此灿烂辉煌，就两个女诗人？你能证明文学空间一直为大家所分享吗？这不是虚设吗？

王　干：还有一个问题。我认为今天的女性没有必要化装成男人来写作。

戴锦华：我完全同意。什么是纯粹的女人——无非是为男人定义的女人。拒绝化装成男人，不意味着"化装"成女人。在今天，女人，不是一个简单的事实，而是一种文化角色。"做女人"，很容易被男性接受、吸收、利用。这正是女性文化的两难困境。我喜欢"镜城"这个比喻。女性在今日文化中遭遇的正是一座镜城。在男性文化的镜中，她要么是个花木兰——化装成男人，要么，就是在男性之镜中照出男人需求的种种女人形象，是巫，是妖，是贞女，是大地母亲。那么，在我看来，是在女性自身体验的忠实写作中，逐渐地打破所有的镜子。让它成了哈哈镜。

王　干：这是不可能的。或者化装成男人进入；或者化装成女人——从而被男性视野肯定。

戴锦华：它是今天的现实，但未必是永远的。在商业化的现实中，女性的情境变得更为突出而明显了。性别歧视愈加明显和赤裸，它迫使女性去正视自己的文化现实。

王　干：它使女性意识到作为自己性别出现的必要性。复杂正在于此，所以必须突围。

戴锦华：也许是镜城突围。我记得《阿丽斯镜中奇遇》的一段。在镜中，你想靠近自己目标的努力，常常使你远离了那个真实的物体。女人则经常遭遇这种镜城情境：她在从男性的一种规范突围时，远离了她原来的目标，落入了另一种男性话语和规范之中。女性经常在逃脱中落网。但毕竟可以在落网处再次逃脱。

"新状态文学"三人谈

时间：1998 年 3 月 7 日
地点：北京总参第一招待所
对话者：王干、张颐武、张未民

一 来一次对话

张未民：这几天在北京，我们《文艺争鸣》和王干他们的《钟山》两家刊物，就目前的文学发展，也就是 90 年代的文学走势等问题，联合走访了一些作家、理论批评家，大家对我们两个刊物即将联合推出的"新状态文学特辑"给予了很积极的支持。90 年代已过去七个年头，90 年代的文学已完全显露出了它不同以往的新状态，现在是对它进行描述、评价和加以切实推动的时候了。今天北京城里的春天景象真是宜人，怎么样？我们三人先来一次对话。

张颐武：你们两个编辑部共同搞这样的行动很有必要。90年代的文化大背景发生了重要的转变，在此之下文学上确实出现了一些新的趋势，尤其经过这几年的发展，涌现了很多的作品，态势日渐明朗，我们大家都感到确实有一种对文学格局重新描述和概括的必要。

王　干：我们今天三人对话有几层含义，一是南北对话，南京、长春、中间有北京，是全方位的对话；二是边缘跟中心的对话，像张颐武这儿，居于学术中心，而我们一南一北则居于边缘，我们这次来也与很多京城作家、批评家进行了交谈，这都是边缘／中心的对话，这种地域／文化、边缘／中心的对话对于90年代文化的发展越来越重要，以前的那种单一的对话格局已非常不够用了。

张末民：多方面、多角度的对话非常必要，我们这是文学创作刊物和理论批评刊物的一次对话。我们的联合也说明了90年代文学发展的新格局，说明90年代文学发展规模不是一时一地，而是一种普遍的动向。

张颐武：是的，就来一次这样的对话。

● 文坛出现"新状态"

王　干：80年代末90年代初，文坛出现了一个停顿期。很多作家、批评家都急于找到新的创作契机和目标，但由于社会政治生活、经济生活和文化生活的动荡、变迁和错位，他们感到很迷惘，一时找不到自己的状态。在某种程度上说，当时的文学仿佛没有思考，没有自觉，而当时的社会文化却在不动声色地甚至有时是剧烈地发生着大变动。

张未民：是不是可以这样说，尽管当时存在着新起的"新写实小说"和"实验文学"两种较为明显的流向，但这两种流向一方面仍是 80 年代文学的延续，另一方面也表明了当时文学的困顿。因为找不到自己的状态，所以"新写实"要去凝固地写"冷状态"，即所谓的十分客观化的"原生态"；同样也是因为找不到自己的状态，所以"实验文学"或"先锋文学"便坚定地搞形式探索和自我分析，也是一种与当下生活保持一种"冷处理"的态度和距离。

张颐武：因此从根本意义上说，"新写实"和"实验文学"都不代表对 80 年代形成的文学模式的自觉的超越，而是一种延续性的调整。当然，可贵的是那样一些口号似乎已有走出 80 年代文学模式的意图，但怎样走出，仍不明确，这些提法一提出就立即陷入了困境。它们在共同延续 80 年代的人性探索、自我探索和艺术探索题旨方面，是非常明显和用力的，但其"探索"已经困顿，离当下的生活状态越来越远，态度也就越来越"冷"了。这样文学也就无法实现一种新的状态。

张未民：后来一些作家就走进历史，但那"历史"已经很虚幻了，其间的有关复仇、性、暴力、逃亡等观念性的东西被突出出来，但仅只停在观念上，而与当下的生活情势无直接关联。当然，作为 80 年代到 90 年代文学的过渡，"新写实"和"实验文学"毕竟是当代文学发展的重要一环，其成绩不可低估。

王　干：经过"新写实"的调整（它毕竟提出了写生存状态这一主张）和"实验文学"的探索，随着 90 年代中国社会经济和社会文化的日益深入的进展，今天看来，作家们慢慢地找到了自己的状态，文学创作也似乎形成了一种新的与当下生活相适应的迹象，小说和散文中表现尤其明显。

张颐武：我们将其称之为"新状态文学"。

王　干：首先我觉得这种新状态不是一种创作手法，也不是一种主义，它是社会文化的转型给创作带来的一种转折机制，这种机制使作家们得以回到了我们以前千呼万唤的文学本体，回到了自己的从容状态上，在现实与传统之间，在创新的限制与自由之间，在东方与西方的文化冲突之间，不再无所适从、偏执偏信，而是更加从容不迫了。比如像50年代的作家王蒙，新时期涌现的刘心武、张洁、王安忆、朱苏进这样一些作家，他们在新时期成绩很辉煌，非常轰动，但80年代末开始受到挑战，受到某种来自新写实、实验文学和商业文学的挑战。于是他们开始调整自己，于是一段时间过后就有了新的发展，也就出现了一批有影响的作品。长篇小说像王蒙的《恋爱的季节》，刘心武的《风过耳》《四牌楼》，王安忆的《纪实与虚构》，中篇小说像朱苏进的《接近于无限透明》等，还有张承志的长篇《心灵史》和张贤亮的《烦恼就是智慧》及史铁生的一些作品，可以举出很多，都在90年代体现了一种新的文学态势。这新的创作态度，还来自更年轻的一些作家，如何顿的《生活无罪》，陈染的《与往事干杯》，以及马建、韩东、海男、鲁羊的一些小说。他们既不同于新写实，也不同于先锋实验文学，而体现出一种新的面貌，并不约而同地与上述我们曾提到的新时期作家的新状态有了某种相似或重合。我们把这些创作获得的总体面貌称之为"新状态文学"。

张未民：还有90年代以来散文的崛起也是一种新状态文学现

象，而 80 年代不过以小说为中心，散文曾十分冷落。

张颐武：新状态文学在很多方面都有表现，也许诗歌中的新状态出现得更早，像于坚的一些诗作，就出现在 80 年代后期，纯粹的生活状态呈现生活流。

王 干：使用"状态"一词我觉得虽然不能说十分地准确，但也找不出更好的概括词汇了。而且它不仅能点明 90 年代文坛和作家们经过调整而达成一种新的状态，同时也说明了 90 年代作家的创作新特点正是对当下生活状态的动态呈现。这是一种生活流、生活状态之流的文学表现。

张未民：雷达在 1993 年初有一篇文章，谈到了 90 年代初期小说潮流的嬗变，说其特点是从生存相到生活化的转移，新写实的生存相（生活状态）是相对稳定的观照，而 90 年代的生活化，则是流动的和不断变形的。秦晋在同时也有一篇文章谈 90 年代兴起的散文大潮，提出了"新散文现象"的说法，说新散文是走向普通人的生活，走向当代人的心理。应该说，这些论述都曾敏锐地注意到了文学的新状态的到来，并力图给予批评理论的把握。

张颐武：现在是老中青年作家都汇到一起来了，文坛上已没有谁领风骚三五天、谁先锋谁过时的明晰了，只有是停留在 80 年代，还是勇敢地面对 90 年代的新生活，并表达对这个新生活的感悟，描述对这个新生活的感知。面对文坛出现的新状态，理论批评界应给予应有的分析和解答。

⊜ 背景：文化转型与文坛新状态

张颐武：90 年代新状态文学是一个非常重要的创作潮流，我觉得正是 90 年代我国社会经济和文化所发生的巨大变迁导致了文坛新状态的形成。这里面主要有两个背景应讲清楚，一个是国内进行了十多年经济的漫长改革，以市场经济为背景的新经济已初具规模；一个是国际背景，"冷战后"世界格局的利益调整不能不影响到文化观念的潮流，这在国内文化思想界也引起了普遍的关注与思考。

王　干：市场化的新经济形势给文化的最明显的影响就是雅俗分流，亦即文化的多样化问题，而给文学带来的最大焦虑则是纯文学的困境和调整。

张颐武：在这种背景下，首先是纯文学本身经历了一个从中心到边缘的过程，这是一个调整的过程。纯文学已无法维持文化的中心和皇冠上的明珠的位置，它被电视肥皂剧被大众文化被现代出版业（比如小报）挤向一边。纯文学的边缘化造成了新的文化格局，它的调整也必须经历一个认识论的断裂。刚才讲过，90 年代初作家们都很惶感，80 年代过来的作家都有一个在新的文化氛围中寻找自己的位置的问题，新起的年轻一代也必须在现有环境下定位。

其次，纯文学的自身调整也是一个迫切问题。实验文学对语言和形式的非常激进的实验探索，新写实小说的"原生态描述"，在

90 年代都受到商品化、大众文化的冲击。结果是实验派文学家不是回复到传统和经典里边来，就是不可避免地加入到商品化写作里边去，而新写实小说也由一种对市民文化冷静批判的立场，转变为对市民文化、大众文化的趋同。站在文化前卫的实验潮流呈枯竭之势，新写实的创作也跌进低谷。市场文化的冲击对高雅文化或纯文学的调整是一个不可逆的过程。在这种情势下，文坛上出现一种适应 90 年代文化转型的新状态，文化创作出现新的趋势，即新状态文学，是顺理成章的。

张未民：经过几年的调整，这个文坛的新状态已有一个眉目了。这是一个新的文坛，不同于 80 年代的文坛，同时这也还是一个处于不断调整过程中的文坛，处于体制改革和文化改革过程中的文坛。但无论如何，那种非常行政化的自上而下组织有序的整一文坛已不复存在。这个文坛已愈来愈丰富而不可避免地多元化了，充满了诸多意义和可能。就像目前多数艺术团体的状况一样，大家早晨上班点个名，然后就人无踪影。他们都干什么去了？他们可能出现在某个文化策划项目组，某剧组或摄制组，某编辑部某培训班，某文化交际场所或聚谈场所，他们的活动大多还是具有艺术文化性质的，但却散在于四面八方，难以预料，成败未卜，留下的只是匆匆的行囊。如此文艺界也充盈了前所未有的活力，显露着由中心而边缘导致的疲软与韧性、危机与生机。

王　干：这样也必然要影响到文学写作。他们面对怎样的对象而写作？为了什么而写作？像 80 年代那样写作还行不行？像新写实小说和实验文学那样写作行不行？这些问题显得非常重要。有一点是肯定的，这个文坛还是需要大批作家和作品的，只不过要有各式各样的作家和作品罢了。而对纯文学而言，它只构成这个文坛的一小部分，当然是很有代表性的甚至很核心的部分了。这纯文学的文坛的边界当然也不太清晰，与其他状态的文化和文学交错着存在。可喜的是，经过很长一段时间调整，纯文学作家正在获得一种新的写作姿态，这个新的写作姿态，就是要面对当下的生活状态写作，面对自己的内心体验而写作，而且这将是一种自由和自然状态下的写作，外部强加的限制和自我心理障碍都将最大限度地缩小。这当然不是说外部世界是对作家的限制缩小了，而是说虽然生存的限制依旧，有些方面甚至陷入了前所未有的困境，但是对写什么和怎样写，作家们的选择性和可能性都大大地加大了。在一定意义上，面对市场经济的巨大压力，文学反而有一种解放感和超越感。因此我认为目前文坛上纯文学已发生了一种新的自觉，一种适应新的生存空间的调整后的自觉，它更加靠近文学的本体了。

张颐武：另一方面是国际上冷战后的世界文化新格局，也使我们的文化面临着新的选择。海湾战争和苏联东欧解体都是国际文化大转型的表征。一个多极化的世界正在出现，事实上，90 年代并非像西方人想象的那样，是西方文化争霸世界的景象，虽然一方面西方文化伴随着它的强大科技和经济实力进行着对非西方体系的前所未有的侵蚀、渗透，另一方面，西方文化在冷战后却遭遇到第三世界文化的强烈抵抗情绪，西方中心主义受到更普遍的挑战。本世纪以来，我们的写作在很大程度有一种追逐西方话语的倾向，用寓言式的结构为西方文化提供他们的所谓普遍性世界性的东西，但其实这种世界性有很大的西方中心论成分。现在是需要反思这种写作的时候了，必须面向本土，重新选择自己的出路。

王　干：80 年代的文化激进主义具有浓厚的"西化"偏向，影响到文学就是参照西方现代文化模式进行追逐，这是形成 80 年代文化的探索和实验的一个主要动因。具有现代性的文学在哪里，不在中国，而在西方，所以有人说用十年的时间把西方从现实主义到浪漫主义及所有现代主义及后现代主义文艺思潮都重演一遍，还有一位批评家讲得更刻薄，说用十部西方小说就可以概括当代文学史了，这样不免抹杀了一些作家的独创性，但也指出了新时期文学的一个通病。

张未民：这个通病就是"赶潮"，赶西方文学的浪潮，试图与西方文学保持一个同步。这种赶潮的现象早在20年代末就有批评家指出来了，因此赶西方文学的潮也可以说是本世纪以来我国文学的一个基本倾向。当然，中国要开放，要学习外国，我们就不能无原则批评这种赶潮，而要放到具体的历史情境中去评价，问题是现在已经一个世纪了，这种"赶潮"的历史合理性并不能代替面对今天现实的反思。而80年代的"赶潮"，其弊端就显露得更多些。

张颐武：所谓文学的"现代性"，其中一个主要含义就是承认中国和西方之间有一种时间上的滞后性，中国在时间上较西方要落后，因此要用西方的普遍人性的立场来对中国文化进行反思。另一种含义就是要采取西方的眼光，在空间上提供一种顺合西方文化偏见和口味的东西，如王干批评过的张艺谋电影中的伪民俗，来向西方展示一种东方奇观（它同时让我们国内人看了有一种文化上的压抑感）。时间和空间上的这两种思潮在我们现代文学中都已形成一种寓言化的表现模式。到了90年代，随着东西方文化的交流和了解的加深，这种寓言模式开始有了崩溃的征兆。那些走向国际市场的电影（如张艺谋电影）与中国人的本土现实，与中国人的真实生存状态没有多大关系，它跟中国现实是脱节的，和中国本土的整体文化素质和特色是隔膜的、貌合神离的，因此它展示的只能是奇观。

而那种站在时间的滞后性立场上对中国文化进行批判，也遭遇到极大的困难，它往往显得不切实际，激进而脱离"国情"，而且有着"西化"的嫌疑。从世界文化的多元性和多元文化的共存发展来看，它也越来越没有市场了。因此，中国文坛从文化观念到审美观念，都面临着一种调整，要把纯文学从 80 年代按照西方现代性所设定的所谓"主体性"中调整过来。

王　干：这种调整的最佳途径就是要观察我们周围的日常生活，以一种宽阔的开放的胸怀来对待这个传统与现代、本土与外来、文化与蒙昧交错矛盾着的现实生存，文坛的新状态便从这种观察的经验中产生，找到自己在当前文化中的位置。

张未民：80 年代有一种文学走向世界的神话和交流的神话，认为汉语文学与西方文学能达成一种完全的交流，可以在共同的世界文化标准下有一种伟大的杰作产生，呼唤史诗。其实那个标准很难有一个普遍的理解，而很可能就是西方式的"世界性"标准。我们应该很理解那种交流的激情，我们不是不要交流，而且就现在而言，交流已是一个事实，问题在于通过交流，我们感到了作为精神性文化的文学艺术的交流的困难，那种自信变得清醒了。

张颐武：《北京人在纽约》里有一句歌词"我已不再是我，可你依然是你"，非常痛苦。中西文化有交流的层面，但我们在不得不承认这种中西文化交缠矛盾的现实时，也要努力寻找第三世界文化自己的声音，获得自己的新状态。

王　干：不管怎样，还是要找回那个"我"，起码要有这个出发点。

张未民：讲 90 年代文化背景，还有一点就是在科技层面上，科技往往成为一个时代文化的标志和推动者。面向 21 世纪，世界文化正在走向一个多媒体的时代，美国和欧洲、日本等都在设计自己的"信息高速公路"的庞大计划。这个面向未来的计划说明地球更加缩小了，世界更加信息化了，我们与世界将更加同步了。西方或世界上的事情，我们马上就会知道，而且有声音有图画有数据，这样我们以前那种"追赶"就相对地失去意义了。在这种技术层面考虑之下，中国文化将怎样保持自己的语言和个性，将有怎样的状态；那种文化的纯洁性自然不可能，但在中西交错的现实之下，文学必然要有自己的思考和选择。这几年在电视体系和文化工业的挤压下，文学的发展就很说明问题，你不得不进入新状态。

张颐武：很有道理，这是一个共时化的世界、共时化的时代，文学的表现自然也会采取一种"呈现状态"的景象，这是很自然的。

王　干：90 年代的文化背景中，还面临着世纪末的文化反思、文学反思。这几年来文学界一直没有停止过对一个世纪以来文学历程的思考，像《文艺争鸣》上的《世纪印象》和《20 世纪中国文艺纵横》栏就很好。这种思考必然导致对古典传统和现代性文学的更加清醒的认识。中国文坛目前的状态可以说是仍在这种世纪的反思之中，但已经对一个世纪以来一直存在的那种新旧对立的思维模式表现出超越的姿态。

张未民：现在是"传统"往往很新，而"先锋"却时常显得很"旧"。共时性，使你无法严格区分新与旧，无法像以前那样总是力图用所谓的"新"去反叛或推倒"旧"。这就是一种"新状态"。这"新状态"之"新"是打引号的。它并不表明一种新文学与旧文学的对立，而只表明这是当下时代的当代文学。当代文坛正在从有序状态回归到一种无序驳杂的自然状态。

张颐武：所以对 20 世纪中国文学的反思，会使我们有更清醒的历史意识，那种追求现代性的现代文学道路是未来文学的最好参照。

张未民： 一个世纪的漫长历程到达世纪之交，整个几千年的中国文学道路都会纳入视野，引发我们的思索，文坛的新状态可以说是一种思索自身、寻找出路、努力表现当下矛盾重重的境况的状态，是一种走向 21 世纪的状态。

㊃ 作家的新状态

张未民： 进入 90 年代，作家们发觉原来的写作状态有问题了。80 年代末 90 年代初他们经历了一个重新发现生活、认识现实的过程，这当中当然有过困顿，有过痛苦、有过迷惘、有过试验和追求，一大批作家渐渐地找到了新年代的新感觉，进入了不同以往的新状态。年代变了，作家的生存和性质含义也发生了较大的变化。

王　干： 以前作家总希望文学回归本体，但他们在呼吁文学回归本体的同时，作家的视角往往就投向了文学之外，不是采取一种意识形态的严正立场就是过于书呆子气，仿佛真有一种纯粹的唯美至上的天国，值得在今天的现实中去追求。90 年代后，文学逐渐边缘化，经济浪潮的冲击，很灵魂的作家被有的人称为码字匠，社会文化发生了很大的错位现象。这就使作家们必须采取新的策略，包括生存的策略和写作的策略。自然，作家的队伍也发生了分化，有的下海经商，告别文坛了；有的去搞通俗作品写作了；还有一些作家加盟影视，借助大众传媒来发挥作用；当然更有一些作家坚持严肃的文学道路。这些现象有时也同时发生在同一个作家身上。就坚持严肃写作的那些作家来说，关键的是他们不可能再重复 80 年代的那种写作状态了，也不愿意再简单地对西方文学进行移植和认可。90 年代没有时装，人人都穿时装，是一个共时的年代。原来北京和西方有一个世纪之差，到世纪末，发现文学存在于一个地球村之中，很多层面的信息和现象是同步了。这种时代使作家必须拿出干货来。

张颐武：作家变了，首先是心态的改变、身份的改变。在中心化时期，他们是一种代言人的身份，具有启蒙者的地位，他们的发言是举足轻重的，他们的事业是极其神圣的。一直到新写实小说和实验文学，这种身份都没有改变。而今作家在小品里是被嘲弄的对象，"作协"就是"做鞋"的，这种误读起码表明了对作家的无知所能达到的 80 年代不可想象的程度。

张未民：行政化体制的困境，使很多作家的生存也发生问题，一些讨论甚至认为文学行将消亡。但无论如何，很多作家的生活有所改变，他们发现自己的生活空间太狭小，而作家的边缘化导致了作家心态的极大改变，他们已不再是从前，需要重新找到与生活的沟通方式。

张颐武：他们不能再像过去那样制造寓言提供西方式的解释或对国人担负全面灵魂塑造的重任。原来的很多代言责任已被新闻传媒和影视等通信、宣传艺术所取代了。对中国本土的居高临下的俯视，对西方人的仰视，这种俯视和仰视和身份都将结束。在此之后，边缘化使他们进入一个新的生活空间，与生活有着平视的关系，众多的可能性和生活景观出现了，自己是生活的一部分，是其中的状态之一，而写作，正是把这种新的空间状态表达出来。

王　干：作家必须重新找回自己写作的参照。那参照是什么呢？原有的参照崩塌了，作家须进入新状态，这种新状态就是新的参照系，就是要面对自己，面对文学写作。昨天见到张洁，她说她前几年发表的作品引发争议太没必要了，她现在只想面对自己的想法和观察，很自由地写作，什么都不能干扰得了她，面对文学泰然处之。这几年一些作家有种失落感，好像从经济浪潮边缘给大众传媒淹死了。但实际上现在我们可以看得清楚了，这实际上是救了文学，把文学推到了一个本体的位置上，他们要进入作家的角色，就得站在文学之中。作家一旦站在庐山之中，所以才有希望识得文学真面目，这就是一种新状态。

张未民：按你的说法，这种新状态是与以前的看法相反的，以前不识庐山真面目，只缘身在此山中，而现在看来，只有身在山中，才能识得真面。原来的体制是我们有很多专业作家，这"专业"二字很有意味，也意味着作家还有很多是"业余"的。现在这种区分的意义已经不大。现在很多作家在生存的层面上并不是专业的作家，很可能从事着其他的行业，这样的多面手越来越多。但文学写作于他们绝不是什么"业余"，而是他们的精神和生命追求。在文化市场上，作家也可以成为一种职业，可这种职业并不需要谁的编制和行政职位，而需要诚实和刻苦的写作劳动来争取。更重要的，在现在人的心目中和读者市场上，真正的作家一定是创作出好作品、站得住脚的，而不会看他是由哪个部门养起来的"专业"作家。作家的新形象正在这种新状态中被浮现出来。

张颐武：90 年代的文化转型给作家的精神生活、日常生活带来很大的改变，这是一种真正的改变。作家的困惑真正成为发自身心感受的困惑，因此他们将最关注自己的生存状态，并由己及人，扩大到把握这个时代的生存状态。他们不会像"新写实"创作那样把握一种"零度情感"了，也不会去很理性地寻根、很文化地思考悠久的民族文化了，写这一切的可能性，都存在于作家当下的生活状态，历史和现实都凝聚在当下的瞬间潮一样向他涌来，他只有抓住这些潮一样涌来的碎片，才能抓住这个时代，抓住了自身，也就抓住了一切。

王　干：所有的一切都集中在当下的生活状态之中，投射到作家的切身体验之中。作家置身于这个生活的新状态之中，他就是状态中的一员，而不是状态之外的思考者与观察者，因此他要写自己和自己周围的东西。

张未民：原来作家如果按照"新写实"的路数，就要参照被"冷处理"的"原生态"，这种原生态的表现，完全是客观化的"他者"形态；如果要搞探索实验，也把艺术形式作为一种"他者"化的目标来追求。他们都是将身外之物作为一种目标，要把自己化成外在的东西，化成客观化的别人，化成客观化的艺术，作家就是要有意识地扮演一种社会角色。

王　干：新状态就是作家无需扮演，他本身就是社会的自然角色，这个角色不是他者化的，是他真实的自己。

张未民：所以"新状态"不是不要写现实，也不是不要艺术探索，不是不要传统，而是把写实和探索放到一种自然的状态、本色的状态。对于过去它不是完全的决裂，但它绝不像那样一种过于消除自我的状态。

张颐武：重新给自己定位，获得新作家状态，老作家、中年作家、年轻作家都有一批，大家走到一起来了，而不是像"赶潮"时期那样，你方唱罢我登场，你落后了我起来了。大家都得以新的作家形象和位置去面对今天。

　　王　干：这个文坛将只有不同特色的作家之分，思想见识和艺术水准高低之分，而没有"先锋"和"守旧"之分。现在谁是先锋，谁是非先锋，你很难说得清楚。

　　张未民：真正高水准的艺术就是先锋。对于新状态的现象来说，最重要的是有一批年轻作家突然崛起，变成了90年代最引人注目的文学现象，像韩东、陈染、何顿、张述平等的小说，他们表现出的创作潜力为新状态文学提供了很大的可能性。

🖐 文学的新状态

　　张颐武：如此说来，新状态文学的出现就是必然的了。

　　王　干：近年来的小说创作渐呈新状态。像王蒙的《恋爱的季节》，就有了新状态。这部长篇不再简单地反思和调侃，写了50年代的热情和狂热，很投入很神圣的，另一方面又表现了90年代的冷静状态，写的是50年代，投射的是当下的状态。这和《活动变人形》等80年代作品大不一样。

　　张未民：既不是对50年代青春的否定，也不是肯定，处在一种矛盾的状态，就把这个状态写出来了。

　　王　干：王安忆也是新时期名噪一时的作家，她的"三恋"是借助西方观念的结果。她最近发表的《纪实与虚构》，很奇怪，和王蒙的《恋爱的季节》一样，也没有主人公。原来主人公就是她自己，《恋爱的季节》的主人公实际上是王蒙自己。小说要写他们自己的当下生存状态，他们站在当下去探索过去的岁月，过去岁月的探索是当下生活状态的最重要的部分。朱苏进的《接近于无限透明》的自传色彩也非常强烈，他写了一种接近于无限透明的人生状态，把这种状态表现得很自然。

张颐武：刘心武的《风过耳》和《四牌楼》也具有新状态的性质。《风过耳》完全是一个世纪末大都市的各种奇观景象的展示，作者想探索一个城市的状态和作者自己生存状态之间是一种什么关系，这个城市的生存空间投射在他的情绪中。《四牌楼》把自己的家族史通过自己当下的状态呈现而展示出来，他的过去不过是当下状态的一种投射。

王 干：这一点就不像"新写实"，"新写实"是把"状态"放在作家之外。近年来还有一批青年作家崛起，他们由于受到"新写实"和"先锋派"的双重话语的限制，感到阴影的存在。因此他们总是力图走出一条新路，便把自己的经验和体验结合起来，形成了具有新状态特点的小说。像何顿、韩东、陈染等的小说，都是这样。

张颐武：另一方面，这些作家也不像新时期作家那样，有过辉煌，因此有负担。他们不必考虑文化转型问题，他们本身就是当下状态的产物，他们试图找到自己的风格，与新写实和实验小说不同的风格。

张未民：散文的突破与崛起是 90 年代文学进程的一大事件，成了文学进入 90 年代的一大标志。当小说创作中的"新写实"和"实验小说"还在与当下的生存状态保持一种审美的距离之时，散文创作却以其直面内心的人生体验获得了巨大的成功。90 年代的新散文可以说是新状态散文，它的最大特点就是直面内心，通过内在的心灵体验去折射当下的生存状态。而这种直面内心总是从日常经验出发的，它具有最广泛的生活趣味和话题，但它又绝不仅仅作为趣味之物，它总是要尽力抵抗消闲社会的闲适状态的融解，而以一种内在本真的心态去叩问生存。90 年代散文具有不拘一格的自然面貌，折射着当下生存状态下作家的各自的独特心灵体验。

张颐武：90 年代新状态散文的兴起，有赖于两类作家，一是一批女性散文作家如苏叶、斯妤等，一是新时期以来的一批诗人、小说家、批评家都拿起笔来加入到了散文写作行列，如王蒙、张承志、张洁、刘心武、史铁生、韩少功等。

张未民：还得来谈谈新状态文学的特点。正如刚才我们已经谈了的意思，新状态文学不像"新写实"那样完全从外在的视角去描述一个客体，也不像实验文学那样沉迷于语言形式的探索，它对生活的鲜活状态保持一种敏锐的感觉，在艺术形式探索上保持一种不经意的自由状态，一切都以最充分地呈现当下的生存状态为指归。它是对"新写实"和"实验文学"的双重超越。

王　干：新状态文学是现实的生存状态与作家自我的精神自传的结合，这是很多当前作品都表现出的一大特点。再有，原来的"新写实小说"有一个外在的叙事者，到了新状态，叙事者和作家是一回事了，叙事者具有了作家的身份。这个作家就是生活状态中的一员，与小说中的人物没有一个超距离的关系，而是等距离的或是重合的关系。当然这个叙事人作家已不是那个居高临下的启蒙者式的人物了，但他与民众还不是一回事，他只是普通民众生存状态中的一类人，如果说特点，那我就称其为知识分子叙事人。这个知识分子是他的社会身份，但不是精英式的知识分子。

张颐武：新状态文学不再像过去那样热衷寓言模式的创造，寓言模式的作品以象征为基础，所有的人物、故事、讲述都服从于一个设计好的大的主旨，最后形成一个结构，达到飞跃和升华。而新状态作品则无意于结构的经营，以松散流动叙述取胜，是一种超越寓言性模式的状态流、自然流，并不是为了完成一个寓言性的象征而展开叙述。

王　干： 它的表现是瞬间性和长时段的结合，总的状态氛围是一种瞬间状态，在这种当下状态之内，又伸长出长时段的过往岁月。总体上是一种流动性的感觉，散文透视。

张未民： 它的结构有随意性的特点。呈现的状态也是多义的、矛盾的。

张颐武： 随意性、即兴式地对自己的生命进行抒写。

王　干： 新状态文学超越了纪实和虚构的界限，是二者的混合。它总体上是一种创作性的虚构，但其间又很大程度上来自纪实，往往是自传和纪实的因素被强化。它的叙述也往往采取亲身经历似的纪实口吻，因为是作家叙述，作家的经历的叙述成为一种重要内容。

张颐武： 新状态文学还很大程度上混合了雅与俗两种文学的界限，虽然它整体仍是一种纯文学的状态，但自己不再坚持那种非常崇高和庄严的形象，在自由松散状态中不排除对通俗文学模式的戏仿，从而使文学的姿态向日常生活状态靠拢。

张未民： 新状态文学的状态持续呈现实际上可以看作是一种混合艺术的倾向，它在文体上冲破了小说与散文的界限，有些作品我们无法给它归类是小说还是散文。新状态小说的写作有些类似于像萧红那样的自由心态，认为文学是不拘定格的。史铁生的那篇《我与地坛》是作为散文投稿的，但编辑要将其作为小说发表，后来双方妥协，就叫史铁生作品。旧有的文体规范显然不够了。

王　干：新状态就是界限被状态所模糊，写作跟着状态走，有点自动写作的意思。

张未民：这显然是汉语写作意义上的自由写作状态，而对西方式的文体意识保持了清醒。有点类似古典小说的搜奇，把一些有趣的东西随意地放到一起，把我体验和看到的放到一起就行了。所以新状态文学自然具有一种开放的景观、多元的景观，每个作家的写作都可以随自己的状态而去探索。新状态文学写作呈现了一种语言之流，这语言之流有跨越古典与现代、中国与西方的形势，是一种跨文化的语言之流，这之中我们的母语汉语的生命力将有希望得到张扬。

王　干：对，跨文化的游走，陈染的《与往事干杯》就是。

张颐武：这种状态说明了世纪末中国的作家开始进入一个宽阔的境界，一个充满希望的相对自由的境界，有一种解放感。

王　干：新状态文学还主要是一种表现城市状态的文学。像吴亮写的《城市伊甸园》，大仙、朱大可的一些散文，都是城市生活的结果。

张未民：他们的作品将批评和思辨文体与散文文体进行了融合。文学的性质也正在模糊化。

张颐武：这是一个杂语的文学，众声喧哗的文学。

张未民：杂体的文学。

王　干：跨文体行动，界限正在模糊，鸿沟正在填充。

张颐武：新状态文学的特点很多，刚才我们谈的也不完全。这是一个新的文学现象，可探讨空间还很大。很多作家都从不同的方向走向新状态，其特色是极为丰富的。另外，由于是自然的状态流动，新状态文学给读者的阅读空间也是很大的，这一点也很重要。

✿ 有关理论批评

王　干：我们正在走向 21 世纪，新状态文学为我们提供了中国文学和汉语言文学想象力、创造力的新的解放的可能性。

张未民：也是对作家创造力和想象力的新的考验。

张颐武：它看似散淡、自由的状态，其实又可以是一种很高的境界，很难的写作。

王　干：新状态以后，在真正的意义上才有中西对话的可能。它不拒绝所有大师，不拒绝世界，但要从当下的自己的生活状态出发。

张未民：它不想失去自己的标准，因此也可以说新状态是中国文学自己的状态。新状态是一种超越，也是走向成熟的过程。

王　干：新状态文学为整个文学评论、文艺理论、文学史也提供了一种新挑战。

张颐武：这是一个新的空间，具有理论和批评阐释的极大可能性。

张未民：长期以来，我们的文艺理论和批评的话语大都是从西方来的，在这方面与创作相比有过之而无不及，非常严重。80 年代理论批评的"赶潮"是远比文学创作严重得多的。因此新状态文学的阐释，将有望提出我们自己的话题，从而提高中国文论的本土化水平。

    张颐武：我们这个对话应该说是对批评自身的一种思考。80 年代同样是"赶潮"的批评，我们今天在不拒绝外来话语的前提下，应该思考中国文学理论批评自我形象塑造的问题了。

    王　干：批评必须面对 90 年代的新状态，从中获取一种动力，批评也应走向自己的新状态。

第三次浪潮：解构与拯救

——关于世纪末中国当代文学的谈话录

时间：1994年9月28日子夜

地点：福州福建省画院403室

对话者：王干、谢春池

开完北村小说作品讨论会，第二天，朋友们就将各奔东西。谢春池与王干相约就"第三次浪潮"聊一番。一时无录音，谢春池只好笔录，故他无法完全与王干对侃，至多只能间歇地插话和简短地表述。后来在整理时他把当时一些想法以"自忖"补到谈话录里。

谢春池：我认为这个讨论会的意义已超出北村本人、北村的小说作品和这个讨论会本身。你在会上发言谈到，中国当代文学第三次浪潮即将到来，对此，我也有同感。我觉得这个提法不仅充满新意，而且，是从另一个维度来考察我们新时期以来的当代文学。

王　干：你说的不错。此次来福州开会，印象很好，福建的同行们，很努力也很认真地进行着当代文学评论的研究工作。北村作品讨论会从理论上确实提出很多值得我们讨论的问题。我以为新时期以来的中国文学已经涌过两个浪潮。

谢春池：这就是你在会上提出的，第一个是朦胧诗讨论引起的，第二个是方法论讨论引起的。这个论断使福建在中国当代文学的地位大大提高了。因为，朦胧诗的讨论引发者是福建女诗人舒婷，最初的讨论是在 1980 年初春的《福建文艺》上展开的，这年 11 月在福州召开了讨论会。方法论讨论会我记得是在厦门大学召开的，时间是 1985 年 3 月。

王　干：我以为第一次浪潮的意义在于文学的审美功能的恢复。长期以来，我们把文学的功能仅仅局限在宣传和教育两个方面，而忽略了审美这个最为重要的功能。以舒婷为代表的朦胧诗的出现，给中国文坛带来大冲击，记得当时争论最激烈的是"看不懂"这一个问题。

谢春池：其实，现在回头去读一读舒婷，还有北岛、顾城们的诗，已经不存在"看不懂"的困难了。

王　干：没错，朦胧诗的讨论和接着的寻根文学的讨论意义重大。此后，对于审美性的文学作品，读者们懂了，因为阅读的通道打通了，没有看不懂的了。有不少文学作品，是一种感觉或情绪的表现，其解读的语码不在于教育的功能。故而，我认为，朦胧诗的讨论为以后出现的现代小说做了一次铺垫，做了一个预告。

第二次浪潮的兴起以方法论热为标志。全国方法论热的兴起与新时期文学的人文主义、人道主义和启蒙运动是联系在一起的。新时期的重要特征和国情是实现四化。记得徐迟曾发表过一篇文章《文学与现代化》……

谢春池：徐迟的这一篇文章引起一场争论，赞同者有之，批判者有之，持中间态度的有之。

王　干：文学的现代化从某个意义上来说是对西方文化的认同。

谢春池：或者说是接轨。

王　干：接轨？也可以说是接轨。在这样的背景下，出现方法论热。后来很多西方哲学的引进，莫不与此有关。如尼采、叔本华、弗洛伊德、萨特等等。方法论的讨论已不仅是方法问题，而是进入了本体，亦即内容问题。这给我们提供了一个对世界新的认识的参照。比如，科学主义的方式出现，是启蒙的产物，方法的更新，思维的改变。此前，尽管论说的是新时期文学，但维度仍留在一元化的水平，只以认识论及意识形态或理想作为参照。运用的仅仅是历史的政治的社会的话语。但是，方法论的引入，给我们一个契机，一面旗帜。对一元论的否定，把思维的单一化改变了。与此同时，主体论出现，它是哲学的、内容性的。方法论和主体论之间发生了有意或无意的混淆。符号学或叔本华等人的东西，均以方法的名义进入文学研究的视野。大量引入西方哲学，总会被限制，于是，找到了一种转换形式。

谢春池：在方法论热的时候，我隐约觉得文学似乎在科学之中消失了。

王　干：幻觉，我要说的一个词是幻觉。不少人以为方法论热会解决许多文学的根本问题。文学毕竟是文学，其偶然性、突发性等等，不是科学能够简单测定的。不过，方法论热确实把西方文化哲学的这个领域打开了。这时，涌进了大量西方的理论著作和小说。

谢春池：我们有了许多新的文本参照。

王　干：中国文坛出现了许多热，最热的莫过于魔幻现实主义了。作家争相仿效，评论家纷纷评论，一时间蔚为大观。这就产生了双重效应，即作家与评论家的双重效应。当作家看不懂西方的文学作品，就读西方的文学评论，看西方评论家怎样看西方的文本——之后，就进入创作；当评论家看不懂西方的评论，就读西方的文学作品，看西方作家以怎样的文本被评论——之后，就进入了评论。这时候，西方给我们提供的主体是方法，客体是文本——各种方法与各种文本。我们在极度饥饿之时进入极度饱和状态，很多消化不良的文章问世了。可以这么说，1985年前后的中国文坛，是振奋、兴奋……

谢春池：是亢奋！

王　干：对，是亢奋！人们对中国文学充满希望。与此同时，文化寻根热出现。文化寻根热与引进西方的方法论和主体论完全不同，是一种对应。

谢春池：不仅是对应，而且是对立、对抗。

王　干：有对立，有对抗，但更是对应。文化寻根不是科学的产物。本土地域，民俗风情，痴迷梦幻，这都是反科学主义的。从文学的角度看，寻根文学对叙事方法的研究，使叙事发生本质性变化，对先锋小说产生了不可忽视的影响。当时出版了一本书，叫《走向世界文学》，参照拉美爆炸文学，提出中国文学进入世界文学的循环轨道。

谢春池：如此说来，寻根文学与方法论的本质是一样的。

王　干：本质是一样的，即走向世界。对象是西方文化，以西方文化为参照，批判也有这个背景，构筑了现代神话。文化要现代化，研究也要现代化，即现代科学化。这种浪潮的方向与改革开放的人文环境有关。寻根文学经过1985至1988这四年的发展，为先锋小说和实验小说的兴起作铺垫。方法论热及至寻根文学热，影响了理论家，更影响了作家，特别是小说家。

谢春池：先锋作家自始至终参与这一阵阵的"热"之中。

王　干：不仅参与，甚至应用。文体的操作性改变了，从前和今天不一样了。不讲究叙事方法不行了。

谢春池：先锋作家无疑受到西方强有力的影响，这种影响是各方面的。

王　干：苏童受弗氏的影响很大，叶兆言有解构主义的影子。格非本人在大学教文艺理论，自然很重视书卷气、学者性和理论性。北村当评论编辑。可以看出，方法论影响巨大，它改变了作家的思维维度。从前的观念瓦解了，人们对世界与人生的看法变得多种多样。

谢春池：（自忖：不错，人们对世界与人生的看法变得多种多样，但，难道仅仅是方法论热兴起之故吗？似乎并非如此。中国封闭的大门打开，这不只是对外不再封闭，对内也不封闭了。对世界和人生的看法多种多样，其中有许多方面是对中国传统文化的恢复。）

王　干：不过，当我们回顾方法论热，就发现一个问题，即"赶""超"西方的意识过强。

谢春池：（自忖：这种"赶""超"与大跃进年代的那种"赶""超"有没有包含着同质，是否又是某种民族的劣根性在作祟？）

王　干：此种结构是：希望有理想模式，使民族走向世界。一时间，诺贝尔文学奖的作品最受欢迎。价值很明显，即对西方的简单的认同，简单的分析与解剖。

谢春池：对西方简单的认同、分析与解剖似乎是个必然的阶段，否则，是无法更丰富地化为己用，进入更高层次上的创造的。

王　干：但当初根本没有意识到这一点。来不及消化，来不及反刍，短时间里，对西方百年文化我们如何能很好地接受呢？1989年以后，这一切似乎到头了，现代性神话不是终极，西方所有的话语好像都不能解决中国的问题。在文学方面，学西方既没有中国特点，用西方理论来进行研究，如语言学、符号学，也难以奏效。能指所指的问题没有解决。

谢春池：这个时候，就提反观自身了。任何丢弃自身的做法，都难以把对方融入自身。

王　干：汉语语言很复杂，有自身的特点。而我们的语言学发育不良，在应用语码和符号时，发生很多问题。我们发现自己对西方了解不透，学得不透，对不上号。西方那一套语码很快搞不下去，它很难进入作品文本分析。面对西方，我们终于明白有两个矛盾有待解决。（1）我们没有体系传统；（2）我们没有体系训练。因此，理解和应用发生障碍。当热情消退，也宣告西方神话的破产。张艺谋现象的出现，说明了一些问题。张艺谋所做的就是与西方接轨。他自认为按西方的话语、方式和程序即可接轨，然而，熟悉之后还无法接轨。

谢春池：为什么？

王　干：西方需要我们的是什么？是沈从文、钱钟书。

谢春池：沈从文和钱钟书并不能与西方接轨。

王　干：沈从文和钱钟书都是反西方的。

谢春池：这是否印证了"越是民族的就越是世界的"这一论断。

王　干：我们暂且不讨论这个论题。还是从张艺谋深入下去，猎奇性的，西方人是以"旅游性态度"来看这些影片的。张艺谋的《大红灯笼高高挂》、陈凯歌的《霸王别姬》是带展览性的。西方是看，我们是被看。

谢春池：（自忖：张艺谋现象窃以为是比较复杂的，很难一言以蔽之，而这个现象争论由来已久，我不能苟同这几位电影艺术家们的艺术追求是一种"带展览性的、猎奇性的"看法。西方是看，我被看，这没错，同样我看时，西方亦被看。问题是怎样看，怎样被看。如果从世界性和人类性的高度看和被看，情形又将如何呢？）

王　干：我们对西方的热情和理想消逝。加入大家庭，我们一厢情愿。

谢春池：反差太大！

王　干：我们渐渐明白，如此走向世界文学是不可能的，按照西方语码，西方要求我们的语码，是不能接受的。那些并不能代表民族的真正的东西，或许是我们正要抛弃的。于是，出现新写实小说。理想破灭，面对现实，就无可奈何。新写实小说不关注西方，逃离西方，亦不参照西方的文本，只是认同现状而对中国现实写作。

谢春池：（自忖：此说基本属实，但，新写实小说，难道就没有受到第一次浪潮和第二次浪潮的冲击，从他们的某些文本上看，难道就没有某些西方文学的影响在里面？）

王　干：当精神极度疲软，先锋作家出现了，解构，反讽，调侃，对历史采取怀疑态度。他们的作品为什么老是"年代不详"，因为找不到确定性价值。先锋作家把历史拆成碎片，在语言的迷宫里自我陶醉，放逐精神理想，成了其文学风貌。先锋小说拆除深度模式，没有激动人心的东西，有的是失望、绝望。不断的消解，后现代的出现正符合精神疲软的状态。

谢春池:（自忖：我总觉得新写实小说与先锋小说是那个阶段中国文坛两个互补的又难以割裂的层面，同时又是构成中国人精神空间不可或缺的两个部分。）

王　干: 后现代是一种文化意识，完整的谱系，全方位的展开。中国人很快就接受，如王朔。对价值的亵渎，对传统的践踏。太相信之后，就什么都不相信，怀疑了。

谢春池: 这是一个很奇特的文化现象，很值得探讨。不过，若以王朔论，还是有不少中国人无法接受的。

王　干: 后现代的出现，与我国传统文化有关。老庄、嵇康等古代圣贤给我们带来一种天然的消解。后现代互为文本，互为因果，没有中心，互为消解。与打麻将极为相似。打麻将人人都得改变"叙述"方向，其作为后现代文本极佳，它就是不断消解，且没有中心，打多少都经久不衰，娱乐中蕴藏文化性格，不执着，随遇而安。丧失指向，是最好的消费。

谢春池: 这与商业文化的勃兴有极大关系。

王　干: 且是主要的原因。它不是理论上带来的，大量的媒介出现填补精神空白。为对抗空白，对抗消解，就出现了另外一些人。一位有影响的作家张炜写了《九月寓言》，没有明确提出宗教问题，但对抗现时的思潮，对抗现代文明。

谢春池: 与贾平凹一样。

王　干: 本质一样。张炜这种逃避，是对绝对价值的含混，但指向明确：到民间去，到自然中去，找到心安。这也是一种与后现代方式的对抗。还有一个何士光，以《乡场上》闻名文坛，近期出版一本书，书名《如是我闻》，副题《走火入魔启示录》，完全的现实主义写法，从个人的体悟去写佛、写禅、写气功……

谢春池：一本奇书吧？

王　干：非常有意思。一本重新思考生存问题、心灵拯救的对抗世俗的书。讲的道理未必是先进，思维向度是新的，探讨当代人灵魂如何处置。其叙事文体亲切，不喧嚣，却又是载道的。文以载道久违了。

谢春池：（自忖：文以载道究其实质，并没有错，只是长期以来，被当成唯一的功能而排斥文艺最主要的审美功能，致使文艺走向极端。另则文以载道也得观其载什么道，倘若载的是"左"道，那么其祸害是不可估量的，历史已有明证。）

王　干：假如我们不认识已经涌过去的前两次浪潮，重新提出"道"，那么，我们就不会意识到第三次浪潮即将到来。

谢春池：重新提出的"道"，是什么样的"道"？

王　干：每个人提出的道都不一样，拯救灵魂的方式各人也不同，但一个共同的特点是对解构进行对抗与批判，相信有一个绝对价值，至少是寻找一个绝对价值。信一个"一"，这个"一"在北村那里是神性和主，在别人那里是其他的什么。不管其意义如何，对人的终极关怀，提到道的位置上了。

谢春池：（自忖：在这世纪末，人是走到一个尽头，这就必然呼唤一个新的起头，世界和人类该是一直在这大循环中吧。世纪末的中国文学是否也一样，是否也是置之死地而后生？走入宗教是一条路，不走入宗教是否就没有路？我认为路绝非只有一条，精神世界原比物质世界宽广。）

王　干：当下的文学创作，出现了对神性、佛性、对天地灵性的肯定和向往，在后现代的废墟上开出几剂药方，上述几位作家都有开药方的倾向。能不能对抗后现代的消解？能不能解决家园的问题？成为今后的焦点。这是世纪末的选择与价值的选择。这场冲突即解构与拯救的冲突。

谢春池：那么，在这一场冲突中，人和文学的基点在哪里？

王　干：一部分人认为神——真理可以拯救日益颓废堕落的文化现实，另一部分人则认为消解得还不够，还要不断消解。故而，我们提出"新状态"这一概念。其重要特点是"游走"。找不到价值规范、价值体系，不能轻易地相信某一个价值体系，也不能在脑子里消解，把自己消解，只好游走。对所有的价值都可以靠近，但不轻易相信，似是在路上的状态。需要价值但不知其在何处。采取游走的作家如王安忆，她的《纪实与虚构》是个例证。一边消解历史真实性，一边又看重心灵的真实；一边喜欢语言的游戏，一边又肯定抒写的重要性。后现代的那种守望与守灵不见了。

谢春池："游走"一词的确很准确地把世纪末的某种生存状态表达出来了，当下的中国文人的大多数似乎都处在这种困境中。

王　干：游走本身也是一种价值，无价值的价值。处于边缘，没有明确的背景，以价值走动去获得价值。

谢春池：如此看来，再一次关于价值的讨论势在必行了。

王　干：不错。近期一些同行对人文精神的讨论即对价值的讨论，但其视点的重建似乎站在旧时代之上，而那个旧时代又是虚拟的。我认为我们从来就没拥有过一种完整无缺的人文精神。

谢春池：我很赞同另一个说法，即我们所谈论的人文精神实则是文人精神。

王　干：若有，也是碎片式的，间断和瞬间存在式的。没有人文精神，重温旧梦，会使文学简单化、情绪化。找不到价值体系，就必须把价值的讨论序幕揭开。

谢春池：北村作品讨论会从这个意义上说，就不同寻常。

王　干：北村作品讨论会把精神向度具体化，把价值取向明晰化。听说北村作品讨论会已开过两次了。

谢春池：两次都在去年下半年，一次在北京，一次在厦门。

王　干：有了前两次，为什么还要再开一次？不仅是对北村小说的器重，更重要的是北村的小说确有话题可以反复说。也诚如你所说，所有的话题都还没来得及展开。正是在这样的时候，我提出第三次浪潮的。新的价值大讨论在解构与拯救之间。这个本世纪末的重要话题超越领域、年龄和性别。文化转型，价值规范，后现代通行无阻，"众声喧哗"是现象不是目的，更不是价值定位。

谢春池：在我看来，价值的定位其实质是人的定位，人的精神空间的定位，没有信仰的民族是可悲的，没有信仰的人呢？这个问题已经不可抗拒地摆在我们每一个人面前了。

王　干：总而言之，还是中国文学与世界文学的关系。走向世界，从宏观考察中国文学，如何做到真正意义上的与世界文学的对话，又不用西方的谱系、话语；如何使中国文学真正成为世界文学。目前，两者之间处在漂浮状态，互不接受，双重拒绝，只有这个状态改变了，才可能升起一轮新的太阳。

关于批评和批评者的对话

时间：1996 年 2 月 7 日下午

地点：南京师范大学中文系

对话者：吴炫、潘知常、王干

吴　炫：这几年各种批评声音都出现了，主要是围绕着价值坐标的问题、对大众文化的看法。我想各种批评声音共存甚至相互冲突的现象可能是一个必然的真实过程。如果说我们现在还没有找到一种值得寄托的新的价值系统的话，这样一种状况是可以理解的。那么我想现在这种批评话语相互冲突的现象，至少暴露出这样一个问题：这些话语对我们目前所处的文化转型包括价值重建，我觉得还缺少一些积极的、建设性的话语成果。另外一个方面，这些批评话语对目前的大众文化、市场经济以及人们的日常生活行为，我认为还没有产生积极有力的影响。这就说明现在这种所谓多元化的批评状态还不一定是个理想化的状态。后现代也好，人文精神讨论也好，对大众文化采取激烈的批评立场也好，目前都还处在表态的层面，没有深化下去。今天我们几位看看能否从这几种批评话语所依据的价值标准这个问题来比较冷静地谈谈看法。我们重点放在对目前这些批评话语价值的梳理和反思上，当然也包括对我们自身操持的批评话语的反思，我想这是更重要的。

　　王　干：90年代以来整个社会文化发生比较有意义的变化。这种变化主要因为在社会转型过程中旧的观念和新的观念、旧的体制与新的体制产生很多碰撞，碰撞过程中知识分子及人文工作者、作家、学者也面临重新进行价值选择的情境。这种重新选择的前提是多元化的文化心态。80年代大家呼唤多元化、反对一元专制。等到90年代多元化真正来临时，知识分子发出的声音就不一样了。90年代是文化转型时期，知识分子面临选择，即如何面对多元化，如何适应多元化，这是一个新的文化课题。我认为，这几年来文坛出现种种纷纭复杂的争论，包括南北文化之争、新老之争，还有文学上具体的学术之争。种种论争表明：当多元化时代到来时，每个人对多元的文化文学现象采取何种姿态进入，是排他，还是冷静客观地进入。在多元中每个人只能是一元，不管从事文学、美术，还是其他科学。一般自己所站的价值方位、价值取向是一元。我们以前的一元只能指的是七八十年代的大的一元，政治话语或其他简单化的一元话语。到90年代，出现各种个性话语，一个人作为一元和整个其他多元的关系，这可能是90年代知识分子要解决的问题。现在为什么出现种种声音、种种话语的争论，概括起来就是一元与多元之争。每个人都有一个比较稳定的价值坐标，他们是以自己的价值坐标面临多元文化的背景与文化体系的时候，就出现了种种的误差、不和谐与冲突。如果说80年代是一个呼唤多元的时代，那么90年代就是一个如何面对、适应多元的时代。90年代出现的论争是一种比较有意义的现象。许多论争都是以批评的姿态出现，有这样几种情况：一种批评是从对象本身的批评入手，如大众文化批评。这种批评一般比较容易入手，比如从哪个角度都可以批评大众文化。第二种是个人批评。这种批评应注意的是不能把个人的价值观念强加到其他人身上去。第三种批评方式可以说是一种暴力话语。这种话语采用一种简单的二元对立的批评模式。这三种模式给当前文化领域带来繁荣。但繁荣背后也潜藏危机。今天毫无疑问需要文化批评，那么我们需要怎样的文化批评，以什么样的理论、标准进行批评，这个问题比较重要。大家忙着去批评、去简单判断90年代的文化现象。而我觉得现在的文化批评，有些紊乱，批评的标准、规则没有建立起来。通过这次对话，我们呼吁建立一种批评的规范。因为我们需要规范化的文学批评。

潘知常：进入90年代以来，批评的标准问题已经越来越清晰地显示出它的严重性。从现在国内各家各派的论争，可以看出是既有尺度、又没尺度。所谓有尺度，是因为他们争论得很激烈，既然很激烈，当然是有尺度的争论，否则大家不会动肝火，更不会激烈。但是从他们争论到现在还没有一个结果，或大家公认的结果，也可能是因为没有尺度的存在。所以我觉得，可以用一句话来描述这个现象：90年代以来，我们的学术界和批评界是一种集体的自言自语。那也就是说，大家都在说话，但无法沟通。那么这个沟通的问题也就是一个尺度存在的必要性问题。具体说这个尺度，进入90年代后当我们经历了尺度的一元化和尺度的多元化之后，我们面临着一个尺度的层次化问题。尺度在宏观和微观两个层面上的情况是不一样的。我认为从宏观的角度我们的批评不应存在一个尺度。为什么这样说，是因为我觉得从历史上看或从任何一个理论的发展演变的历史过程来看，一个最明显的规律就表现为没有尺度。庄子说过：各执一管以窥于天（大意），庄子写作时就明确告诉世人也告诉自己，我就是用自己一管去窥天的。反过来说，庄子若不用自己的一管窥天，实际上也就不可能窥天了。因为每个人要发表理论，或理论本身要发展，必须靠碰撞。人与人之间的碰撞，理论家之间的碰撞，理论与理论之间的碰撞，事实上都是一管和一管之间的碰撞。假如离开了这个一管与一管之间的碰撞，理论没有办法存在。有时我打一个比方，来想象理论的发展情况：就好像我们有一堵墙，这堵墙上面本来没有写字。后来有人在上面写了第一行字："不要随地吐痰"；第二个人认为这样表述不礼貌，于是写上："请勿随地吐痰"；第三个人认为这种表述没有震慑力量，应该写上："不许吐痰，违者罚款"。这堵墙上说的都是同一件事，只是角度不一样。这堵墙上的字随时被擦掉，写上新内容。批评从宏观上说也是这样的一个问题。批评是在彼此之间的消解、互补中发展的。西方讲解构主义实际上也就是文本与文本之间的互相参照。理论的发展是在文本与文本之间的互相参照过程中得以发展。所以各执不同的尺度是必须的，也是必然的。这是从宏观的角度来说。那么，从微观的角度来说，我认为批评应该有尺度。可以从两个方面说：第一个方面，任何一种批评肯定是从一定的前提出发，比如说大众文化批评、纯文学批评。丧失了前提的批评不成其为批评。比如说大众文化批评，就应该有其特定的理论尺度。而现在对大众文化的批评，就几乎很少有人能从大众文化的前提出发，而是从纯文学的前提出发，所以他眼中看到的大众文化就是一无是处。反过来说，从大众文化前提出发的批评家眼中的纯文学实际也是一无是处。所以王朔眼里的纯文学就不怎么样。实际上关键在于前提不一样。第

二个方面是从批评家个人来说，我认为这个问题更重要。从批评家
个人来说，他的批评应该是有尺度的。批评领域里确实也有个别的
随风转，今天是价值虚无主义，明天就成为道德理想主义。这样的
批评就等于是在批评的领域里跑马。批评家个人应有自己的尺度。
90年代最重要的是要建立一种比较冷静客观的尺度规范。第三个问
题，就90年代以来的批评现状，我认为更重要的问题可能还是一
个和尺度与非尺度关系不大的问题，那就是建立一个批评规范的问
题。尺度是在批评过程中逐渐才能清晰的，所以批评家、理论家事
先未必得把尺度想得很清楚，尺度想得很好时，他的理论体系实际
上已经建立起来了。所以有人指出90年代出现混乱、争霸等场面，
这都不足为奇。但有一个现象值得注意，那就是在建立尺度或否定
尺度的过程中，一定要遵守起码的批评规范。在进行批评时，起码
的批评规范要遵守，就像参加游戏时，要有起码的游戏规则。比如
踢足球，起码的比赛规则要遵守。90年代的批评界有时好像没有章
法，没有规则。另一方面是要有宽阔的胸怀。90年代的批评家很
难称得上是人类灵魂的工程师，批评家很难幻想自己的尺度一定要
被别人接受。实际上批评与批评之间的问题不是一个尺度征服另一
个尺度的问题，而是不同的尺度对话的问题。真正的理论产生于对
话，而不产生于一种尺度战胜另一种尺度，如果一种尺度能够战胜
另一种尺度，实际上不是批评和学术研究繁荣的景象。比如说认识
论批评有两种情况：一种是坚持认识论的批评家希望能用他的理论
统治所有文学理论的模式，事实上这是一种误解。还有一种误解是
反对认识论模式的要把这种模式取消掉。任何有所作为都是靠有所
为来支撑。认识论尺度肯定有局限性，它的局限性恰恰是它的长处
之所以能得以发挥的保证。所以我认为批评家和学者在心态上能否

解决这个问题可能是进入 90 年代之后的重要考验。

吴　炫：多元和一元、宏观和微观问题的提出是很有必要的。这实际是两个层面上的问题。所谓需要宽容，需要多元，这是对待批评的看法，而且更多从政治、文化角度看我们这个社会的格局。我倾向于宽容、多元的态度。任何人没有能力禁止别人说话。现在批评之所以纷争，而且相互冲突，更多的在于批评家的批评的尺度。这种纷争是可以理解的，一旦批评家认为自己的尺度是正确的，而且能代表社会发展的趋势，他一定要把这种标准推向一个极致的状态，那就必然和别人所持的对社会的看法冲突。一元和多元是两个层面上的问题，即便你批评别人的批评的声音，实际上也应该在允许别人发言、而且是不可替代别人发言，也不可能把别人发言的声音征服了、剥夺了、消解了这样一个前提来谈的。另外，一元论者并不完全反对多元化的社会格局，但他更多地看到在多元化社会格局中，尤其是我们现在还不很成熟的多元化格局中，出现价值虚无主义或价值消解的现象，个别以生存快乐为最高标准，出于对此的担忧而提出建立一种社会良知、社会规范、社会正义，重建一种相对来说中心性的东西。这种中心的东西当然不是过去那种政治化一元论格局中的中心，而是说这个社会要有一种精神追求，有一种良知规范。一元论者更多地是从这个角度来对多元宽容和批判的。在这种状态中，各人有不同的选择，如我本人就对借鉴西方、借鉴传统这样的两种态度持反思态度，主张建立新的价值论。我在提倡这种价值论时，当然也希望它是能相对统一的，或说能被更多人认可的价值模式。中国中心主义的文化传统根深蒂固，现在好像是一种多元状态，但我很担心当有一种真正有价值的新的文化结构建立时，中国人又会马上出现一种从众性现象。中国人很容易相信什么，也很容易不相信什么，都很容易异口同声，一个早上就会发生翻天覆地的变化。我担心现在虚假的多元状况，会被新的当然不同于传统的价值规范重新统摄起来。对大众文化中暴露出的问题当然可以批评，但如果不是在对大众文化的整体特质进行把握，其批评功效就会如泥牛入海。比如你可以批评大众文化中平庸的一面，但大众文化的特质应该是平面，而平面是一种文化状态，是中性词，平面是由多元和平庸共同组成的，而对平面的批评就是一个如何走出的问题，不等于批评平庸。又比如人的生存快乐，这是人的一个基本层面，过去这个层面在传统文化中是被约束的。今天我们要谈精神超越，就不可能像传统文化一样，要约束人的生存追求、生存快乐来谈精神超越，如传统知识分子所做的。即便要谈约束、谈批判、谈否定，也不是克服、取消的含义。也就是说，我们今天批判大众文化、重建价值标准的问题上的争论，实际上是围绕着是否采取既定的价值对大众文化问题发言而产生的不同看法。

王　干：批评面临很多问题，我们用较深厚的传统文化观念对当下文化现象进行批评是较有力的，很容易就将其否定掉了。90年代最大的问题是批评者本身成为重要问题，要对批评者进行反思和重新认识。今天文化领域的许多批评者的身份由80年代的代言人变为发言人，他们的角色值得注意。以前他们是人类灵魂的工程师，是思想的先驱，而到90年代，批评者扮演的角色基本上还是思想、文化的先驱。批评角色和文化对象发生错位，从这个角度看，一些悲壮的批评带有堂吉诃德式的可笑意味。大众文化的发展是随现代科技、现代文明的发展而带来的新的文化生活方式。这种新的生活方式在原有的价值规范领域是找不到对应物的，如果文化批评者站在旧有立场，扮演原有的角色，那么肯定把大众文化看得一无是处。姑且不说这些批评者对大众文化是否真的了解，即使真的了解，因为角色和对象的错位，操持的武器可轻而易举地把对象简单化否定。一元化也好，多元化也好，批评界的简单化思维不足取。简单化思维很大程度上是因为批评者扮演角色和文化对象的错位造成的，错位就把丰富、复杂的文化现象简单化了。

吴　炫：对这样一种简单化的批评来说，批评的尺度不是个问题。他已经守住了一种尺度，而且没有当代知识分子普遍存在的那种困惑和焦虑。

王　干：他就是觉得所有的问题已经解决了，所有的价值都有了明确的方向。也就是没有价值重建的需要，没有困惑。古典主义的经典的传统的理论确实能把新的问题简单处理掉，但这种简单处理显然是粗暴的、荒唐的。批评者本身扮演先知的角色，他面对批评时，最大的问题是用大而无当的命题解决复杂的问题，这就带来学风上的不严肃倾向。当他对文学作品、现象进行简单肯定或否定时，很可能对作家、作品根本一无所知。这种否定到最后带来一个问题。宽容有多种层次。拒绝宽容被提出来是一种一元化思维。这也和批评者角色有关，因为批评者自己扮演救世主的角色，"拒绝宽容"有一种拒绝恩赐的意思。所以批评者本身也要成为研究的问题。

潘知常：强调批评的尺度，相应也就要强调批评者的边界意识，也就是刚才王干讲的角色以及上面谈到的都涉及一个问题，任何一个批评者对自己的批评所必然存在的一个边界的把握。比如说对大众文化的批评，很多人站在纯文学立场上批评，但事实上纯文学的批评是有边界的，他不可能超出对纯文学的批评对象而去批评大众文化。因为纯文学批评的产生有历史原因，也有理论原因。从历史上说，它针对的特定的批评对象指的是在人类的分工基础上，就是在人类刚刚开始强调把艺术、文学和生活剥离开的情况下的一种批评。在那时人类为了强调艺术和生活的不同，文学和生活的不同，就要人为地强调文学艺术和生活的差异性，那么它就通过压抑生活的这一极来突出艺术和文学的那一极。从历史上说，这在人类近代的历史上是一个历史事实。那么从理论发展上来说也是必要的。人类之所以能够建立成熟的、带有学科意义的美学理论和文学理论，关键也就在于他意识到了这一点，他通过压抑生活来超越生活所形成的审美性、艺术性和文学性，通过对生活的审美性、艺术性和文学性的研究形成了他的美学理论和文学理论。所以批评是有边界的，不能离开这一边界。但大众文化有个很特殊的情况，大众文化是人类到了 20 世纪后的产物。大众文化最重要的特点就是它不离开生活。假如说过去是强调压抑生活的这一极来突出另一极，那么现在恰恰就是强调生活本身的艺术性、审美性和文学性。所以用传统的批评尺度来批评大众文化，它显然就是一种越界行动，这种越界行动也就是无效的。所以这样的一种批评对它的对象来说也就没有任何实际的效果。比如现在很多人批评大众文化采取的都是阿多诺立场，也就是美学贵族主义。但实际上美学贵族主义只适合于人类的纯文学，它不适用于人类的平民文学，或它不适合于大众文化。这是批评的越界的第一个方面的含义。第二个方面的含义我认为要强调批评的边界性首先就要意识到这个边界，要合理地使用这个边界，或者说要有意识地发扬这个边界的长处，避免其短处。这就要求批评者不仅有良好的心态，还要有一定的理论素养；不能意气用事，更不能想当然。现在很多人对大众文化进行批评，坚持的前提是美学的阿多诺主义。但实际上阿多诺在批评大众文化时，他是有前提的。他是一个严谨的理论家，他在希特勒时代看到的大众文化是有特指的，指德国的特定形态下的大众文化。这种特定形态下的大众文化实际没有普遍意义。如果我们不注意任何一种主张、理论的边界性，然后就把它拿来运用，实际是无法研究你所面对的现象。阿多诺主义实际只有美学史的意义，而没有美学批评本身的意义。若批评家未认识这一点，就会发生很多混淆。

王　干：对。

潘知常：通过大众文化可以看到人类文化的另一方面。人类的文化有两方面含义：一是它的神性方面，一是它的动物性方面。人是神性和动物性的统一。纯文化或精英文化突出的可能是人的神性方面，如康德的理论突出的就是神性的一方面；大众文化突出人类文化的动物性方面。弗洛伊德理论深入到人类的无意识和利必多，实际也就是深入到人类文化的动物性。换一种角度看大众文化也一样。人类文化有两种情况，一种是侧重于积累，主要是精英文化：一种是侧重于宣泄，如大众文化。这两方面都是文化中应有的含义，只是我们过去是通过突出一个方面来压抑另一方面，即通过压抑人类文化的动物性方面来突出人类文化的神性方面。

吴　炫：刚才大家不约而同地谈到大众文化，看来这是大家关注的焦点，从中最能体现批评的尺度问题。我觉得这其中有个矛盾。如果说大众文化的立足点的确是以人的生存快乐和人的动物性成分多一些，以人的动物性为支点或神性可能融在动物性中，那么就牵涉到人类的基本走向问题。福柯说过：今天的自由民主实际上就是一个历史的终结状态。在以后的发展中，要不要重新建立人的神性高于动物性的价值坐标，这将是一个比较困难的理论问题。中国学者和西方学者都面临着一个对人本重新解答的问题。我认为，神性是人的本质的支撑点。问题在于，这种本体和人的动物性的关系不能再像过去的文化时代那样去建构，即过去的神性是在克服人的动物性基础上实现，今天的神性是在承认人的动物性或者说生存快乐的前提下建构。整个人类从现代主义开始，对自由的追求，某种意义上包括了人的生存快乐的满足。当然，"自由"这个含义走到今天也暴露出种种弊端，自由更多是人格、精神及价值方位上的，它不仅仅是一个生存本能意义上的自由含义。问题在于，在大众文化这种新的文化出现之时，它的确和传统文化构成很大差别，和过去所有文化时代的文化现象都不一样，我觉得大众文化和史前艺术很接近，就是劳动、巫术、游戏的状态，不是独立的精神形态和艺术形态，物质和精神、功利和非功利、现实和超现实都是融为一体的；或者说人类整个独立艺术阶段实现的目的就是艺术的现实化。在积极的意义上可如此看待大众文化。问题在于大众文化作为全球性的现象，在中国的出现确实带来各种问题。我们直接从计划经济走过来，问题很多且带有计划经济时代的弊端。比如说损人利己这个概念，过去我们对此是否定的，对"利己"也不肯定。但今天利己意识显然不会遭到过去那样的否定。"我"和"利己"概念都恢复了它应有的地位。为什么会有"损人利己"的现象发生呢？若一个社会结构把人正常地通过竞争获得利益的路子堵死，那通过"损人"来"利己"就是一个不得已的行为。我认为对此现象首先要采取理解的态度，而不能简单地说损人利己行为是错误的。其他如"背信弃义"这些概念都不应轻易地使用，"背"什么"信"，"弃"什么"义"，不同时代不同的人会有不同的看法。即对大众文化的评判所采取的尺度目前尚处在探索之中，如果简单地用过去知识分子的价值尺度、价值行为对大众文化说话，就会有错位现象发生。这种错位是正常的，也是可以理解的，毕竟大众文化发生不久，从计划经济时代过来的知识分子由于惯性的批评行为可以理解。问题在于，这种批评行为对整个大众文化和市场经济的影响力、震撼力以及穿透力十分有限。怎样才能有力量、有效果地对大众文化发言，这是我们今天探讨的关键所在。另外我想，对大众文化暂时持一种观望、考察，或者了解的态度，不等于知识分子放弃对社会进行批判的权利，知识分子命定只能处在对社会进行批评的关系中。但如果我们尚未找到更适于对大众文化进行发言的尺度，这种紧张关系的确立很可能就导致过去知识分子的地位、形象的捍卫。我想这应该避免。与此相关，包括后现代一些话语之所以被认为容易与大众文化合流，也暴露出同样的问题。后现代依据的价值尺度是平面化价值，在这种平面化状态中，人当然可以有它的自由的充分实现。平面是否就是理想状态，或者说，在平面中出现的各种问题能否通过这种批评来解决，这可能更是一个中国性的问题。

王　干：大众文化对中国文化批评者来说是全新的文化，在西方也找不到对应物。现在有学者把对西方大众文化的理论简单移植到中国大众文化研究中来，这种简单对应并不适合中国的文化现实。应注意对大众文化的暴力批评倾向，我们需要有个性的个体批评，而现在简单化的批评即暴力批评成为时尚。我们应正确对待文学的世俗性问题。在对大众文化的批评中，暴力话语被广泛运用，一则因为它符合人的暴力的原始冲动；二则因为把批评本身简单地作为批判手段使用。

潘知常：批评尺度之间除了自言自语，还应有所参照，正如纯文学和大众文学之间也应有所参照。如果它们之间缺乏参照，世俗文学就会变成庸俗文学，精英文学就会变成贵族文学。批评在什么意义上可以被运用，批评的前提和它的局限性在何处，这也是值得反思的问题。在当代社会条件下，批评可能不能够再以古典的面目出现了，在古典的意义上，批评是真理在握的代言人形象。在当代社会，批评者只是三百六十行中一个极为普通的职业。在这样的条件下，批评的职能也应转化，批评一方面是对对象的阅读过程，一方面是对对象的思索过程即发表读后感的过程。如果把批评当成读后感，就会避免很多很多的意气用事、纠纷。批评的尺度不外乎两种：审美主义的尺度，虚无主义的尺度。它们只要不超出自己的边界，实际上就都是有用的尺度。前者是在近代社会建立的，那时人类为了高扬、突出人的主体意识，在艺术领域里转换为对美的强调、对文学性的强调。人类的审美主义实际上在全世界范围内直至如今仍有价值。其价值表现在对人类的现代性的自我批判上，因为它是用审美主义这种武器来反思人类现代化过程中一系列的弊病。站在这个角度，张承志的"以笔为旗"可以理解。但若把此审美意义无限扩大，确实有点"红卫兵情结"。把审美主义的尺度放在历史中看，可以看得很清楚，一个是德国，一个是中国，这两个国家很典型。德国的工业革命史实际是一个审美主义的历史，德国在工业革命的最后出现了法西斯，这和审美主义也有逻辑性的必然联系。中国在进入现代化过程中，实际并不具备像英、法那样充裕的条件，它就很可能走上一条在思想意识上超越现代化的方式，实际上是一种对于现代化进行自我批判的方式。把这种方式进一步推衍下去，中国的"文革"实际是一种合乎逻辑的必然。中国的八个样板戏实际上是审美主义的越过边界的行动。所以审美主义的批评模式从尺度上来说有它的合理性，但也有它的不合理性。虚无主义也是一样，虚无主义的尺度也有它的合理性，也有它的不合理性。现在的"人文精神"口号的提出强调人的因素比较多，实际上是靠压抑边缘来形成一个中心。我倒很喜欢知识分子回到边缘，边缘是知识分子很真实的形态。我建议知识分子立足于边缘，既享受边缘的快乐，也享受边缘的有限性。知识分子天生具有边缘性，不具备边缘性，就无法保持批判风格。比如古希腊的批评家有两种：一种是站在中心，像麻雀叽叽喳喳叫；一种是牛虻，站在边缘。

王　干：目前批评界以至文化界都有"重返中心"的幻想，这是对多元的恐惧和抵抗。"人文精神失落"的命题被提出，某种程度上亦是反映了"重返中心"的幻想。我认为人文精神不应该跟意识形态发生关系，也不应该和老百姓发生关系，人文精神只是知识分子的叙事话语、叙事精神和叙事态度。现在批评界的种种争论基本是在民间空间进行的，这是一个很好的现象，但其中有很多问题需要梳理。比如大众文化，应认识到它既有有效性，又有有害性。片面地赞扬和贬低都不可取。知识分子可以集体自言自语，也可以搞个人话语，但要保持自身的统一，不要自身享受着大众文化的好处，又把大众文化贬得一钱不值。而现在批评者的话语和行为往往产生自相矛盾的地方。这是批评家自身的尴尬。重返中心表现为对多元的恐惧，尤其是对大众文化的仇恨和恐惧。重返中心还表现为拒绝宽容。我个人作为批评者，认为目前只能采取描述、叙事的态度来对待大众文化。在不能进行简单价值判断时，尽量去描述它，这也是一种立场。

潘知常：这种纯文学的批评家的尴尬，我认为在大众文化领域也存在。比如"文革"后有长时间的美学热，这种美学热就反映了平民的尴尬：享受了对美的追求的合理性和合法性的愉快，还要享受对美的思索的理性的愉快，这就形成了中国的美学热。我将之概括为：爱美之心，人皆有之；但爱美学之心，不必人皆有之。这种尴尬可能是人类长时间的一种状况，因为人类长期在意识形态中心的状态中生活。中国有句很简单的话叫"十全十美"，谁都不想享受有限性，都对有限性心存恐惧。知识分子对有限性心存恐惧，不想生活在边缘。实际上大众也是一样。

吴　炫：希望成为中心，知识分子和大众都一样。问题在于，中国当代知识分子是否具备成为中心的能力。另外，从知识分子的定义来看，他的终极关怀这一点不能抹掉，这是对社会的责任感。在这个意义上，知识分子又不仅仅是一种职业。现在，整个社会走入准平面状态，整个中国和人类将来向何处去，这是一个大问题，而这个问题只能有待于知识分子来思考、承担。在这一点上，知识分子的责任感以及通过这种责任想达到的中心效果，是可以理解的。问题在于现在我们可能还不具备返回中心的能力，我们的知识储备有很多局限性，所以甘于边缘、甘于在边缘状态中享受自己的局限、特点，在目前是可行的。

王　干：知识分子从来也没在中心，而只是依附在中心。

吴　炫：进一步说，我以为边缘还是中心不是问题关键所在，真正建立一个独立的角色、位置，可能是边缘，也可能是中心，就跟真正的先锋，既可能是激进的，也可能是保守的一样。这才是重要的。

王　干：90 年代的重要问题在于重新确立知识分子的形象，对文化的反思与重建。90 年代解放了知识分子，给知识分子一个重新塑造自我形象的机会。可以说，知识分子在 90 年代获取了极大的自由，这种自由本身也会造成一种失重，找不准自己的方位，"没有方向，也似乎有一切方向"，杨炼在十年前的诗句可用来描述今天文化人的情境。一个自足的个体也就是意味着是一个中心，凌驾他人之上的中心则是霸权。话语权很容易与霸权混淆，话语权是非知识分子的，知识分子应该拥有话语，而又不必去争夺话语权。如果为了争夺话语权而丧失话语，就像知识分子丧失了知识一样，只能成为"分子"，为话语权而战的话语不是为了话语而是权欲熏心，是违反知识分子精神的。

吴　炫：今天，仅仅表明对大众文化赞成还是反对、认同还是批判的态度，已经远远不够。在这个问题上，知识分子从体察、了解入手，再转入沉思和分析状态，最后进入批评尺度的建设性阶段，可能是一个必要的过程。我觉得应该强调的是：体察和了解是在承认对大众文化需要批评的前提下进行的，因此这就不等于对大众文化的简单认同，不等于王朔那种对大众文化的态度；反之，仅表明对大众文化比较激进的批判态度，甚至用过去评论俗文学的价值尺度投入批评，可能又操之过急，尤其是这种批判的缘由或许还夹杂着知识分子的失落感，渴望过去那种占据中心的位置，就更不可取。比如时下一些批评指出大众文化的矫情、煽情、媚俗，这看似没有什么不对，但往深处想，过去文学界和中国知识分子不也存在这个毛病？所以不能将大众文化中存在的问题归结于大众文化的产物，这种细致的分析和剥离工作我觉得今天尤其需要，当然这需要耐心，也需要一定的理论素养，仅凭良知和激情似显不够。另外一点就是，新的批评价值系统、标准的建立，今天看来只能是一个积累的过程，与文化的转型保持同步，这一点更困难，更不能操之过急。文化转型意义上的创造性工作我们过去从未经历过，所以看起来似乎显得可疑，因为传统知识结构没有提供现成的方法和思路。今天，我觉得虽然不可能要求所有的批评家都去搞理论的清理、思维方式的更新等工作，但这不等于我们不应该具备一种建设性的眼光和态度，有了这种态度，过去一些看似天经地义的命题也可以重新反思，比如"良知"这个概念，谁都不会否认它的重要，但谁都知道这个概念依附不同的哲学和伦理系统，其意义是有差异的。如果既有哲学和道德系统的问题，再提"良知"就会显得很空，很贫乏，其批评也难以有力度。因为大众中那些丧失良知的人，未必不知道良知是对的，但传统价值体系中的良知为什么不再有约束力了，这个问题本身就值得探讨。关于批评尺度的对话，我们今天是抛砖引玉，希望引来学术界更深入的学理性的分析和探讨，以后有机会，我们还可以就这个问题再深入交谈。

90 年代文学的现状与展望
——《长江文艺》'95 三峡笔会上的对话

　　长江文艺杂志社于 1995 年 5 月 30 日至 6 月 5 日主办了 '95
三峡笔会，邀请部分省市著名作家、评论家、期刊编辑等三十余人
聚会长江三峡，在参观葛洲坝水力发电厂和三峡大坝施工现场、游
览三峡美丽景色的同时，就 90 年代中国文学的现状与趋势进行了
热烈讨论，现根据录音，整理如下。（以发言先后为序）

　　汪　洋：（《长江文艺》杂志社社长、主编）

　　《长江文艺》最早是中南军政委员会办的刊物，面向全国发
行，后来成为湖北省的文学刊物。我们想把她办得更上一个台阶，
与全国接轨。这次我们邀请的有很受读者欢迎的著名作家，有对全
国文学创作颇有研究的评论家，有鸟瞰全国的权威性期刊的编辑
家，我们想请大家就 90 年代文学发展的有关问题发表些看法，以
利于我们拓宽办刊思路，把握文学发展的大趋势。这次我们想就下
面五个话题展开讨论：一、90 年代中国文学的发展现状与趋势；
二、小说与读者；三、人文精神与道德主义；四、突围与误区；

五、走出低谷，再创辉煌。这几个话题，我们将分别请王干、张韧、李洁非、尤凤伟来主持，现在就请王干先生首先主持讨论。

王　干：（青年评论家、《钟山》杂志编辑）

90年代文学与80年代文学相比较，发生了很大的变化。现在，社会文化处于转型期，从宏观上讲，计划经济向市场经济转化过程中，社会发生了许多变化、错位，文学也产生许多现象，有令人激动的、欣喜的，也有令人愤怒的、困惑的。90年代文学，泥沙俱下，鱼龙混杂，文学到底是寂寞还是热闹，到底是正在走向深刻还是走向肤浅，似乎难以说清。

在七八十年代，特别强调文学的社会作用，文学是匕首、是投枪，作家是人类灵魂的工程师，它适应的是计划经济的模式。而90年代开始实行了市场经济，政府把出版社、期刊推向市场，不再给办刊经费，那么刊物就必须考虑读者市场，文学的性质、期刊的性质、作家的性质都发生了变化。作家队伍也分化了，像王朔，他讲作家就是码字的，如同工匠一样，这是走向了一个极端。我没有觉得文学非常神圣，但也不认为作家就和工匠一样。与王朔对立的另一个极端就是张承志，他过于强调文学的意义，把文学神圣化了。他们二人共同点就是都把文学作为一种工具，只不过王朔强调文学世俗性的一面，张承志强调文学神圣的一面。

从80年代就开始呼唤文学的个性化，到了90年代，文学进入了一种多元的时代，90年代的文学是真正没有主流的文学，王朔和张承志可以同时并存，张炜和苏童也可以同时并存，文学的包容性极强。90年代为作家提供了自由宽松的创作环境，每个作家可以按照自己喜欢的方式去写作，也可以发出各种不同的声音。

作家可以写出三种作品：写给社会的、写给文学史的、写给自己的。如林白的小说《一个人的战争》基本上是写给自己的，陈源斌的《万家诉讼》是写给社会的，张炜的《古船》是写给文学史的，其《秋天的愤怒》是写给社会的。90 年代有为这三种目的写作的作家同时存在，在此，作家也是多元的。90 年代，文学要活着，还要活得更好。文学在 90 年代更加接近它本来的面貌。七八十年代是文学的神话时代，1978 年是科学救国，80 年代是民主救国，1989 年以后是经济救国，1995 年又是科教兴国，这似乎是一种轮回。托夫勒说有三种社会力量：暴力的力量、金钱的力量、知识的力量。过去曾经是金钱的力量战胜暴力的力量，在未来社会中，知识的力量将要战胜暴力的力量和金钱的力量。

90 年代的文学显得有些无所适从，茫然不知所措，而各种旗号、口号、操作也都有存在的必要，但总的来说，90 年代文学还缺少更有力度的作家和作品。

张　韧：（中国社会科学院文学所研究员）

《长江文艺》是一个很扎实的能经受住任何历史风暴的文学刊物，她不是轰动性的刊物，但一直是个有影响的刊物，有 40 多年历史的《长江文艺》今天更应立足湖北并和全国接轨。

我认为 21 世纪的文学、转型期文学的出发点就在我们今天文学的脚下，从脚下开始。从世界文学的整体来看，我们的文学每前进一步都受到些外来文学的影响，伤痕文学、反思文学是受苏联解冻文学的影响，后来又兴起的先锋小说是受西方现代派小说的影响。

对于未来的跨世纪文学，它有一个瞭望的窗口，这个窗口可以用两个字来概括："后"和"新"。为什么近年来"后"字出现得这么频繁？人们意识到这是评论界要和昨天告别。而"新"字的出现，如新市民、新体验、新状态，又是对未来、对跨世纪文学的一种呼唤。文学到了一个告别过去，呼唤未来的时代。

90 年代的文学、未来的文学都应是多元的文学，作家的选择和读者的选择都将越来越自由。在多元的文学中有几种模式值得研究、探讨。一是旗号问题，为人生和为生存的文学应当并存；其二是亵渎崇高；其三是描写人与大自然冲突的文学，即环境文学，它是一种未来的文学；其四是描写人与自己内心冲突的文学。总之，未来的文学是多元的、多样性的文学，同时读者的选择也使市场呈现了多元化的状态。

李洁非：（中国社会科学院文学所青年评论家）

90 年代中国人面临的社会文化环境与 80 年代相比有较大的变化。80 年代后期我们对西方现代主义的艺术形式产生了极大热情，先锋小说的出现即是这种印证。人们开始淡漠意识形态，而着重探索文学本身的功能。90 年代以后，在一部分人当中，意识形态的东西正在慢慢恢复，如人文精神、作家对文学与社会的责任感以及理想主义的提出、探讨。这些问题在 80 年代被认为是文学之外的问题，现在重新提出、探讨这些问题，这表明了文学界对某种信仰的恢复。信仰问题在 80 年代一度被文学所嘲弄，因为中国人曾经被信仰所嘲弄。这个时代，物对人的压迫越来越强烈，使人对自身的某些东西和对自然失去了感觉。我认为，作为一个作家应对文明有所感觉，应加强对人自身的关注，不能成为物的奴隶。这也是文学界今天重新提出人文精神、责任感、信仰等问题的原因之所在。

现在说文学是"多元化"尚嫌早了，用"多样化"来表示，比"多元化"更准确。

王　干：中国文学发展的多种可能性还在挖掘中。90 年代没有

主潮、中心，作家到了 90 年代多了几分困惑之外，又多了几分自
信。

张　炜：（作家、山东省作协副主席）

90 年代从事文学创作，对一部分人来说很容易，对另一部分
人来说比任何时候都困难。放松的人容易，他们可以利用这个开放
的喧闹的时期尽情地吸收、借鉴。一般的操作、职业化的写作也容
易，模仿的机会多，跟从的机会多，剪接组合的可能也多了。起码
发表的园地比 70 年代和 80 年代多了几倍。那些认真紧张的探索者
就难了。他们应该再放松，再自主和再封闭一些。真诚的然而是又
轻信又热情的初学者就难了。

因为来自外部的干扰太大，人是不可能完全独立于外部世界
的，不可能完全封闭。今天出现了各种各样的声音，显得特别嘈
杂。嘈杂是活跃、自由、宣泄，也是玩兴大发，是恐惧，是寂寞慌
张和不自信。

谁都会赞成文学的多样化、多元化，不这样就太奇怪了。实际
上有十二亿人口，有大得令人惊讶的创作队伍，只要不是来自某种
强力的统一制止，何愁不能多元。多元是不必呼唤的一个必然。各
种声音吵吵嚷嚷，或愤愤然或和和气气，都是必然。失去多元的危
险只能来自别处，而不会来自文坛本身。我们现在是为多而庆幸，
倒不必为多元的失去而慌乱和疾呼。因为没有出现那样的状况，将
来即便出现了，我们也没有迅速改变那个状况的能力。文坛自己想
制止"多元"也制止不了。

"元"与"元"是不一样的。作为一个知识分子，大概应该同意：
对世俗的批判和抵抗从来都是最重要的"一元"。不断用各种方式
和方法，包括用一些舶来品，去反复诠释世俗的合理性，去投入世

俗的大合唱，大概不能算知识分子的行为，更不能成为唯一的"一元"。

评论工作者、期刊，提出了一些说法，起了一些名字。目的是要使文学在品质上得到提升。这应该肯定。单纯为了热闹，为了吸引读者，也未尝不可。他们也许用心良苦。现在办期刊非常之难，经营不易。但作家作者自己不要在这热闹中糊涂起来，不要迷失。要知道这主要是热闹。任何热闹、花花哨哨的东西，在扎实的劳动面前都要退后一步。这个要心中有数，怎么热闹就是另一回事了。

文学仍然应该有自己的立场，要保持自己的批判品格。如果那些跟从、合唱、慵懒和呻吟、嘲弄的确应该算是不可或缺的"元"的话，那么对这种"元"的充满警觉的质疑和提问，甚至是严厉的批评、分析和指责，也是自然存在的"一元"。现在特别需要学习鲁迅。鲁迅是民族之魂。没有忧虑、批判，没有哀其不幸怒其不争，没有对国民性的针砭疗救，哪里还有鲁迅？

有人会问学习鲁迅有什么用？

有人不愿学习鲁迅甚至害怕学习鲁迅，就说明学习鲁迅有用。

尊重别人，不干涉别人的生活，尊重他人的选择，这是最基本的。对学习鲁迅这一选择要尊重，学不起就不学，但要尊重。鲁迅应该成为当代文学的榜样和向导。有人既然选择了歧视弱者、传播苦难的道路，当代文学就更应该以鲁迅为榜样。这也算"一元"。（经作者补正）

王　干：张炜讲文学首先要有个格，即"资格"，就像世界杯足球赛要有预选赛一样。文学界也需要打假，要把那些不具备文学精神、不具备文学素质的伪作家、伪作品清除出去。还有多元化和宽容的问题，希望文学讲究质量、品位、档次。"宽容"最早是在

80 年代为一种政策提出的，当时很受作家的赞成、拥护。到了 90
年代，"宽容"一词出现了歧义，这和环境的变化有关，也和作家心
态的变化有关。实际上，作家与评论家是在文学大范围中的两个系
统进行操作。现在的文学存在寂寞和热闹的问题，文学本来是寂寞
的事业。王朔出现后，一些作家成为明星，和大众传媒结合起来，
作家变得很活跃。文学的品位、档次以什么标准来划分，还不明
确。我们这次游三峡、屈原祠，听导游讲有一条旅游线叫伟人——
美人——野人路线，如从旅游角度看，我们看伟人、美人，也不妨
满足好奇心去看看野人。文学也有伟人文学、美人文学和野人文
学。伟人文学肩负着重塑民族灵魂的责任；苏童、林白的作品可算
是美人文学；徐星、刘索拉的宣泄生命本能和自我情绪的作品可称
野人文学，另有一些描写人与大自然关系的作品，如张炜的《九月
寓言》，也是接近野人文学的，野人文学是抵抗现代主义、现代性
或现代化的。

目前，文学界存在着生态平衡问题，如果乱砍滥伐，可能会造
成水土流失，可能会导致文学生态的不平衡。这是否就否定了文学
的批判精神？不但文学，知识分子存在的一种功能是作为社会的批
判力量存在，文学也毫无例外需要有批判精神。90 年代我们想找到
一种说话的立场很困难，很难自圆其说，90 年代最大的矛盾即许多
问题陷于悖反之中。

昌 切：（武汉大学中文系文学博士、青年评论家）

我想从历史的角度谈 90 年代中国文学、文化的现状。自 1985
年以后，中国社会发生了天翻地覆的变化。1984 年底经济体制改革
由农村转向了城市，城市经济体制的改革改变了中国的社会结构，
新中国成立后形成的金字塔结构开始松动，有一个市民社会或称大

众社会站出来了，在原有的板块结构中打开了一个口子，它是一种在政治、经济、文化运作中具相对独立性的社会，它把原有的文化结构进行切割，分割成大众文化、精英文化、国家意识形态文化。支配这三种文化的价值轴心或者说价值原则是：大众文化的轴心是经济，经济是指挥它运转的发动机；精英文化以文化本身为目的，它的轴心是文化原则，即以文化本身的发展为原则，比如张炜的观点，讲究文化的质量、品位；而国家意识形态文化的轴心是政治。

在文化的三分格局中，我以张承志、王朔为例来说明作家的生存方式（社会角色）和文化人格的嬗变与文学自身的变化。张承志和王朔代表了两种趋向。王朔式的作家在新中国成立后是绝迹的。我考察作家的生存方式有三种：第一种是资助制，是靠资助者来谋生，同时从事写作，如古代的门客制，现在的作家协会制。第二种是兼职制，像法国的马拉美，中国的鲁迅、周作人。第三种是陶渊明式的隐士制，作家的写作活动与生存活动是分离的。王朔把他的生存变成了写作，把生存方式与写作方式完全统一起来了，社会角色也发生变化，不需要做意识形态的承载者，也不需要做启蒙者，它的价值轴心就是经济。他的文化人格也改变了，转向大众社会，王朔的出现是中国社会历史发展的必然趋向。王朔是商人和作家的合一，张承志则是闹市里的隐士，他崇拜古代的许由等人，生存方式是大隐，护守精英的文化价值，承载着很大的使命。学府、刊物、研究人员应该充分关注这种文化现象，而不是用西方的观点来套，而要作出中国学者对它的合理性的阐释，形成自己的理论。

陈源斌：（作家、安徽省文联文学院院长）

90 年代的文学逐渐回到了它本身的位置。自新中国成立后，文学和政治一直紧密地绑在一起。到了 90 年代，文学有种被冷落感。

1984 年以前，过于注重国家意识形态，把作品上纲上线，因一篇作品可以牵连许多人。1984 年以后，工作重心转移到了经济建设上，文学也不像以前那样受重视，90 年代以后就不会再有因为一篇文章而掀起一场运动，或者把文学作为敲门砖来改变个人的命运。

马津海：（《小说月报》执行主编）

80 年代中期以后，对西方现代派的热衷，产生了先锋小说，声势很大，但读者却和文学疏远了，这是必然的。90 年代社会到了转型期，文化也到了转型期，文学必须走向市场。有些在小圈子里炒得火热的作品，读者却不买账。一段时间，有一种现象，认为可读性越强的作品，艺术性越低，越看不懂的越好，刊物也竞相发表这种让人看不懂的作品。

我比较同意张炜的发言，提倡多样化是好的，但要有主流支流之分。王干所讲的作家为三种对象写作的观点我不太同意。一部作品可能同时是写给社会的也是写给自己的和读者的，三者不能截然割裂开来。我认为作品首先是写给社会的，然后才是写给自己的。任何一部文学作品写出来都应该给读者看的，而不是让人看不懂的。现在有的导演公开讲他拍的电影是给下个世纪看的。这样的电影是否应该下个世纪再拍？作为现时代的人，就应该拍出现时代人看得懂的电影，文学也如此。

90 年代的文学在多样化、多元化之中，应该有一个主导力量（主流），文学的主流到了返璞归真的时候了，和其他文学样式并存。

林　白：（作家、《中国文化报》记者）

90 年代是一个大时代，现在还说不清它是什么样的时代，但我觉得我比较喜欢这个时代，这个时代容忍和容纳了我的小说，给我这样的小说提供了一个天地。我热爱 90 年代，感谢 90 年代。

童志刚：（《今日名流》杂志社主编）

1985 年以后，中国现代派作品在文坛备受关注。中国的现代主义用 10 年走完了别人 100 年走过的路程，我认为，现代主义退潮之后还是要回到现实主义的，新写实小说的兴起，就表明了回归现实主义的趋势。

文学的多元化是存在的，但主流也是存在的，此元与彼元不可能是完全同等的，我们在说法上不应很激烈，一元不会灭掉另一元，关键是作家要找准自己的位置。

刘继明：（作家、《长江文艺》杂志社编辑）

90 年代的文学不是单一的，而是多元的，要给它下判断、定位是困难的。中国社会结构从单一转向多元，失去了大一统的标准，在这种大背景下，怎样写作？怎样说话？很难求得一个完美无缺的权威性的结论。我个人觉得，在这个喧哗的时代，文学只能返回个人的内心，因为 90 年代读者的结构也非常复杂，文学不可能有 80 年代那样庞大的读者群体，期望获得以前的辉煌，那显然是一种幻想，一种虚假的自我安慰。唯一可以信赖的，找到自己存在的依据，那只能是返回个人的内心。一个清醒的写作者，如能成功地恪守心灵的一块领地，由此立场出发对人类面临的普遍的困境，发出一种非常个人化的声音，这就是一种很好的状态。这也是 90 年代后许多作家以一种非常平静、非常个人化的写作姿态出现的由来，也是 90 年代文学的一个重要特征。

尤凤伟：（作家、青岛市作协主席）

现在的文学状况比新时期文学是好的，从作品的多元、质量、色彩上看，和以前都不可同日而语。目前的文学还存在不容乐观的问题，文学还未形成主流，主流文学是对社会全景式的反映，目前要形成主流还很困难。作家还面临着共同的尴尬，无法尽情地反映社会，现在的社会环境还不是产生主流文学的环境。

诸多的旗号和倡导，使作家感到迷乱，但作家要有自己的立场、见解，写出自己的作品，不要急于把自己归入哪一流派，不要急功近利。总之，文学发展到今天很不容易，但不能过高地估计今天的文学现实。

方　方：（作家，《今日名流》杂志社社长、总编）

90年代文学与80年代文学有许多不同之处，80年代是一群一群的人在发声，比较单调，而90年代更多的人可以发出自己的声音，90年代更个体了一些，所提供的机会和环境（包括经济环境）更好、更舒服一些。我的小说被归为新写实，但我感到自己只是个看客，没有感到自己算是哪个流派。评论家可以给作家归类，而作家对此无所谓。80年代，作家写出作品后由评论家来归类，到了90年代，评论家由后发制人变为先发制人，先树旗号，引导作家进入其中，比如新体验、新状态、文化关怀小说等。这样做也是需要的，因为文坛有时是很寂寞，很没有意思的，需要给文坛增加些活力，或者说开发作家的某种潜力，使作家发现自己适合哪一种创作路子。但同时也造成了一种模式，作家加入其中容易写出来，同时一些难懂的或不好的小说也归为某种旗号下，把大家不懂的、不好的小说也说成是好的，加以炒卖，有主动地炒，也有被动地炒，这样的文学不是文学，是文字。对于普通读者来说，90年代的文学更难辨别其优劣、好坏，所以90年代当作家比80年代容易得多。80年代曾雄霸一时的作家在90年代要沉寂一些，90年代作家自由感更强，更强调个人的情感，对文学来说，这是一种进步。文学寂寞些也好，比文学太受重视还好一些，没有必要要求官方去扶植、关注，应当让文学自由地发展。

何火任:（中国社会科学院文学所副研究员）

今天我们讨论作家为什么人写作的问题。具体到每个作家、每部作品，情况都是不相同的。曹雪芹所写的《红楼梦》可以说是为自己的，也可以说是为他人的，恐怕没有哪一个作家主观上是为文学史而写的，这只是评论家和研究家的事情。歌剧《白毛女》当年就是为党的"七大"的召开而创作的。作家为个人写作的说法是说不通的，《白毛女》肯定不是这样。一部作品的价值应是它本身的内涵所包容的美学价值。生活是相当复杂的，有时很难概括。

现在要不要主旋律？我认为多样化是应该的，没有多样化的主旋律就是"文革"，那个主旋律是指政治，一切为政治服务。现在说的主旋律是指时代精神，应当有代表这个时代精神的文学作品，否则作品难成大器，这就像一场音乐会，既要有多种旋律，又要有主旋律。1989年以前，文学上全盘西化，之后渐渐冷静下来了，现在又兴起了国学热，从一个极端走向了另一个极端，我认为西化和复古都是不行的。作家真正应该思考一下，我们21世纪的文学究竟是什么？应该是什么？

何启治:（编审，《中华文学选刊》主编、人民文学出版社副总编）

要实事求是地评价90年代是很难做到的，在市场经济下，作家可以有多种选择，现在作家可以选择刊物，刊物也可以选择作家。

文学现象太复杂，复杂到难以判断，作家面对时代，要扬长避短。现在很难有很轰动的作品，能真正做到雅俗共赏的作品是不多的。像《白鹿原》这样深受读者欢迎、发行量也很大的作品是好的，既有社会效益，又有经济效益。我觉得文学是可爱的，但文学还很艰难。

90 年代的文学绝对是多元化的，这是一种趋势，不是个人所能左右的。我同意方方的意见，这个时代作家比以往更自由，但编辑现在越来越难当，要面对经济问题和许多其他问题。现在人们可选择的机会是很多的，我们生长在中国，为什么要对她那么苛求呢？

文学要活着，而且要活得更好，文学要走向世界或与世界接轨，需要做一些实实在在的工作，不要太好热闹，不要太功利。作家不一定刻意追求自己在文学史上的地位，但在文学史上能占一席地位的作家应该是好作家，作家应该有追求，回归也是为了更高的追求。

昌　切： 今年我们在《长江文艺》上搞了几个对话，其中就有一个关于旗号问题的对话。旗号在去年出现，有以下特点：第一，旗号主要是小说界打出的，使人联想到 1985 年以后诗歌界曾经打出的旗号，旗号有几百种，当时有句话叫"给我挺住"，但没有挺住，诗歌最后走入地下，许多刊物不发诗歌了。我们预感到小说这种原来读者面较大的文体可能会萎缩，可能会稳定到一定的读者面。目前打出的各种旗号都是商业化策略，目的是为了得到更多的读者。其二，在形式上，旗号有以性质分的：如新体验、新状态；有以文体分的，如新市民、文化关怀。各种分类的共同点是，都是商业化的因素，都有广告式的做法。旗号出现这么多，这是属于中国社会转型期文化分流以后继续分流中的一种表现。精英文化开始转向大众文化，如王干提出的新状态，很明显是商业后现代的做法。各种各样"新"字的重要特点就是商业化倾向越来越浓。旗号今天已衰落，它不会很长久，把许多作家组合起来共同操作一个同样的东西，对真正的文学只有害处没有好处，因为它是以抹杀个性为特征的，必然造成雷同化，而且，"新"的理论与实际作品有距离，二者很难吻合。我们提出"识别旗号，超越旗号"，文学评论界不要管旗号，要直接进入作品，在大量阅读作品的前提下对当前的文学进行些概括、分析、研究。旗号打得再好，名不副实还是不行，别人不理睬，今后文学史的写作，不会受口号的限制。

王　干：现在有一种很奇怪的现象，许多作家、评论家都不读小说，只有编辑在读小说，显得很浮躁。对某个作家进行肯定或否定时，根本没有读他的小说，如肯定张承志的《心灵史》，但没有看他的这部作品。对张承志的肯定是根据他的随想式的只言片语，他要以他的小说来抵抗滚滚红尘，这当然是好的，但对一个作家的肯定，主要应看作品，简单地肯定或否定，这是很糟糕的问题。再如对王朔的批判也是没有读过他的小说。

90年代需要一个平静的心态来做研究，需要仔细地研究作家、作品，对口号也要仔细地研究分析。我看有几篇肯定新状态和否定新状态的文章，特别是否定的文章，发现他们没有看《钟山》上发的作品和理论文章，就说是简单地提口号，这是比较浮躁的。

张承志的存在能保持文学界的生态平衡，若文学界没有张承志的声音，文学界肯定是单调的；如果全部简单地肯定张承志，用张承志作为一种标准来否定其他文学现象，同样也会造成一种单调，影响文学界的生态平衡。

张炜讲的有句话很有道理，90年代面对种种困惑，是不能讲明白的，90年代的文学可以用两句诗来概括："抽刀断水水更流，举杯消愁愁更愁。"需要一种平常心去对待各种文学现象，要回到大学中去，用一种学院式的精神来研究 90 年代的文学现象。

80 年代是作家不断地提口号，到了 90 年代主要是编辑和评论家提出一些概括的方式，因为刊物有时也需要一种提示。文学的最高境界存在于作品的本身，不在于理论家的概括，也不在于文学史，文学史的版本很多，所肯定的作家、作品、文学现象都不一样。大的作家、理论家要有平常心和自信心，90 年代谁都离不开大众文化，即使是精英分子。

（何子英记录整理）

与作家共舞

没有预设的三人谈

时间：1996 年 3 月 9 日
地点：南京叶兆言家中
对话者：苏童、王干、叶兆言

● 时空、虚构与视角

王　干： 今天来谈一个比较泛的话题：小说怎么写和写什么？这个话题听起来很大、很空，但也是一个很带普遍性的问题。它很容易被忽略掉。这么多年来，我们谈了很多高深的哲学思想，也宣扬了很多小说理论，还包括各种各样的时髦的小说观念，但说到底还是一个小说怎么写和写什么的问题。我觉得这个朴素的问题可以谈一谈。谈谈小说写什么、怎么写的问题，以前曾规定说领导出思想，群众出生活，作家出技巧。这当然是很可笑的，小说里的思想、生活、技巧并非可以割裂的，就像人的脑子、神经、皮肤般地连在一起。当然这并不意味着小说不可以讨论，事实上作家在面对这个世界时，无非是两条路，一是面对当下的生活，一是面对与自己生活毫无关联的过去的生活。所以，说到底就是现在时和过去时，当然还有未来时，但未来时大体属于科幻小说。你们两位都是三十多岁的作家，都是"在红旗下长大的"，你们的一些重要作品都是写新中国成立前的生活，也就是三四十年代的生活，很多人都不理解，说没经历过那种生活却能够写得那么栩栩如生，好像置身其中的感觉，真有些不可思议。我想，小说写来写去，无非是两类生活，一类生活是过去时，即作家没有置身于其中，但可以凭借书本记载、传说、资料进行写作，这种写作是借助符号进行体验的。譬如，苏童的《妻妾成群》，叶兆言的《夜泊秦淮》系列，实际上并不是自己亲身体验的生活。还有一种就是当下生活，即所谓的现在时，把自己经历过或者正在经历的生活写出来。在我的印象当中，你们写当下生活的篇幅超过了写历史的篇幅。

叶兆言： 差不多。

苏　童： 大概如此。

叶兆言： 我想说一说时间问题。对于我来讲，时间没有古今之分，虽然我的作品中此类比例一半对一半，但我不大考虑这个问题。我曾见到许多评论，我想是针对我与苏童讲的，说有些作家写作是为怀旧而怀旧。这样说很荒唐。我始终不觉得自己为怀旧而怀旧，"怀旧"本身之所以有"怀"，它是以今天的时态为世界的，不存在为怀旧而怀旧。作家写过去不意味着逃避，我也不相信作家写现实就意味着介入现实，虚构现实和我虚构历史是完全一样的，根本没有区别。从写作术语上讲也是一样的，大家都在虚构，不存在回避现实与历史的问题。

苏　童：我觉得小说空间是无形的，准确地说，也应该是没有什么时间的，对我来说，"创造语言就是创造一种生活"，好像维特根斯坦就这么说过。我觉得这句话点到了小说创作的本质。小说家创造一部小说时首先是创造一种生活，当然这个语言不是指语词，是一种话语。时间对作家来说并不是很清晰的，所有摹写现实生活的作家不一定介入、参与了现实，而所有经常把小说时间指向过去的作家并不是在怀旧。这是一个让人比较容易误会的事情。作家置身于一个广阔无垠的空间当中，其发生着的一切有意义的、有时间性的现实生活，有历史记号的生活，这一切对作家并不起决定作用。最重要的是作家想创造的那么一种语言，或者说是想描绘、创造的世界起决定意义。时间在小说中留下的痕迹并不是小说的本质问题。说到怀旧，这个词适用于人们对过去的真实生活的追忆、纪念。我和兆言都与怀旧没有关系，这只是我们营造的一种习惯性话语，指向过去，不指向未来。

王　干：我觉得你们的议论，实质上涉及文学创作的基本问题，即虚构问题。其实很多人以为写当代生活就不要虚构，以为写历史就是虚构，这是个误解。一部小说，不论它写当代生活，还是写历史生活，它的本质都在虚构上，至于采取什么样的话语、方式进入小说世界，都不是重要的。譬如，电视连续剧《宰相刘罗锅》，它显然是表现历史生活，也显然在虚构历史。刘墉这个形象与历史上记载的其人其事完全是两回事，但观众看了为什么能发出会心的微笑、大笑？其实它的指向不是历史，而是前进中的当下。小说与电视剧虽然有所区别，但虚构的本质是一致的。

多年来可能形成一个习惯，要求作家贴近当下生活，与现在流行的概念、思想或当下的某种风气保持同构的关系，却对虚构的历史生活不能理解。不能理解恰好说明了以前小说创作的巨大缺点，以前小说只能写现实生活，写历史生活必须与历史一样，如不与历史一样就觉得不可理喻。这很荒唐。

苏　童： 对，百分之百的人都会感到奇怪。

叶兆言： 一旦说透了，就没有必要争论了。小说是虚构的是假的。既然是假的，就好办了，写历史、现实都是虚构。有一个老用的语汇显然干涉了文学，它就是纪实文学，我觉得不存在纪实文学；要么是新闻报道，要么是小说。对于新闻报道的要求，在于它真不真；而对小说的要求不是真不真，而是艺术不艺术，有什么创造，在创造中发现什么东西。至于说这个事情存在不存在，是真的还是假的，这非常次要。

苏　童： 英文中就没有纪实这一说，它就是虚构的非虚构。

叶兆言： 就是这么一个简单的问题：小说的本质就是要虚构。

王　干： 下面接着谈的这个问题与你们两位都有关系，苏童与兆言的小说里经常出现女性视角，写女性形象与女性心理，而且写得那么细，那么到位，很多人也不理解。

苏　童： 所谓的女性视角也是一种理解而已。采用这种方式只是技巧上的叙述。一个男性作家是不可能具备女性视角的。所说的女性视角也只是一个作家的技巧。

叶兆言： 对。最多是技巧，或者说仅仅是技巧而已。

王　干： 我所说的女性视角，是说你们为什么能把女性形象揣摩得那么透？

苏　童： 我认为都是技巧的成功。

叶兆言： 在写作过程中，我尽可能进入到那个角色，这是写作时的游戏规则。对于男性作家来说，这仅仅是一种操作、揣摩、想象……

苏　童：真正具备女性视角的男性作家永远是空中楼阁，因此不必要提它，它其实是不存在的。

王　干：对苏童小说的议论很多。有人认为是带有女性视角的，另一种则相反，认为带有男权主义色彩，把女性置于被歧视、被观赏的境地。

苏　童：这是不对的。说我故意丑化女性，无论如何我都不敢苟同，事实上只有美化。有这样感觉的读者往往认为我的小说写的是阴暗、龌龊的事。我以为之所以给他们如此强烈的印象，是因为以前有关性故事中的隐私、阴暗的东西有度与量，一旦过了这个度与量，即使它在现实生活中是可能发生的，已经发生的，人们还会带来主观印象：你是在故意丑化。说到底，女权主义的直觉却是非女权主义的。女权主义的基本观念是把性别、差距模糊化，骨子里是把性别模糊化。既然模糊，不妨考虑所有的人都没有强烈的性别色彩，如果这样，就没有什么受不了的。丑化只是一个限和量的关系，骨子里却是反女性主义的。

王　干：你可以这么说，但我觉得那些说苏童小说让人受不了的一面的人，倒不一定站在女性主义的立场。实际上苏童、兆言小说展现的另一面，是因为以前写人性恶、写人卑劣的时候，往往写男人之间的窝里斗。可现在这种界限却被打破了。

叶兆言：女权主义有自己的规则，这好比我们从足球规则谈到排球规则，如果混在一起的话，会令人无所适从的。

王　干：女人、男人都是人，人都有善恶的一面。从新时期文学发展以来，女性基本上有两种对象，一种是受压迫、受歧视的女性；另一种是张贤亮小说中的女性，女人是一种美，但却是男人的补充。

苏　童：传统文学中，这是一个规律，女性只是一个弱小的性别。假如说有些作品对女性的刻画让人受不了，它反过来恰好是一种拨乱反正。如果现在再把女性看成是弱小的对象，那简直太荒唐了。不要从女性的性别上考虑其特征，应从人的共性上来考虑，那么所有受不了的东西都不应该受不了，也没有必要受不了。当然，更不应该认为写女性要有一个底线、框框。写得好不好是明显的，好就是好，不好就是不好，没有过分这一说。

叶兆言：我写作时，只想把这个人写好，并不去想是男人还是女人。就像欣赏足球赛时，只欣赏漂亮的进球。写作时的追求亦是如此，尽可能写一个"好人"。这个"好"当然很复杂，不仅仅写得生动活泼，不仅仅有血有肉，他也非常痛苦……我看苏童写女人与女人互相争斗时他也完全沉浸进去了，我希望读者也能沉浸进去。过去讲"秀才碰到兵，有理说不清"，作家经常碰到"兵"，碰到一种靠理论来支撑言说的"兵"。

苏　童：如果用纯理论去理解、剖析小说的话，小说会支离破碎的。我希望评论家能降一格，首先应该以读者的姿态进入作家的小说中。因为他对理论的来龙去脉了解得太清楚。这当然是题外话了。

叶兆言：用理论套的话，经常使我们陷入尴尬的境地是，像弗洛伊德言说的乱伦，使人与人之间的关系变得很尴尬。评论家有时提出的一些问题也让作家无所适从。其实作家在写作过程中是不大考虑这些问题的。用术语对应的话，同样很尴尬。我想生活的本质并非这样。总不能弄得做父亲的不敢爱女儿，做母亲的不敢爱儿子

（笑）。这很荒唐。

苏　童：用条条框框去剖析小说并不是真正理解小说的态度，我觉得理论家不能用理论的放大镜去照探。

叶兆言：就像用显微镜去看人是非常难看的。

● 窥视、超验与非法侵入

王　干：当你们写三四十年代的生活或者更遥远的生活时，是一种窥视吗？即对历史生活的窥视。

苏　童：说窥视不太好。别人的生活，或别人有你却没有的生活，在很多途径能让你有所触动。作家的动机到底是什么？我觉得不能随便找一句话来说，它是一种非常重要的姿态。

王　干：我觉得作家最初的动机可能与某种窥视的欲望有关系。譬如对三四十年代的生活感到非常有趣，带着一种好奇的目光去观察、探寻自己没有经历过的那种场景。这好像是"非法入侵"。不知你们是怎样进入的？

叶兆言：我感到自己很偶然。在历史与现实之间，我始终采取这样的态度，写一段时间的历史，再回过头来写现实。这是我个人的兴趣。

苏　童：过去的时间在小说当中是一种符号，现实也是一种符号，我觉得在写作的整个过程中就是不停地改变这种符号。

王　干：就是位置置换的问题，有时站在现实的立场，有时站在历史的立场。但为什么小说的兴奋点与敏感点恰恰在小说的叙述时空里呢？

  苏　童：对于我来说不完全是，也许我的所谓的敏感点、兴奋点是童年视角，但其实是很难说的。要说怀旧，对童年可以这么说，但对未经历过的事，不好用怀旧这个字眼传达其中的奥妙的。

  王　干：用理论中的词讲，实质上是一种超验，很多情节是借助于符号想象、虚构的。

  苏　童：超验这个词在一些作家的小说中是很重要的，关键是你如何去体会。超验的成分在文学史上许多作家的作品中占有相当的比例。

  叶兆言：换一个角度讲，我觉得我可能有怀旧情结。有时我会对已逝去的某一个人、某一件事滋生兴奋点，但这个兴奋点一定对照着今天，没有今天这个立足点根本不行。我从未想去再现、再造一个过去，这是毫无意义的，如果我怀旧的话，其实是充满着对今天的感叹。历史、现实题材其实都一样。

  王　干：小说时段是人为划分的。怀旧也好，抚今也好，其实都是站在今天的视角上。

  苏　童：作家写作的出发点是复杂的，并不单纯。博尔赫斯说过写作就是幻想、自传、讽刺、忧伤。他认为这是小说创作不可或缺的四要素。我想他说得非常有道理，真正激发作家创作情绪的东西是混沌的，是诸多要素构成的，光是用一两种说法是说不清的。

  王　干：真正伟大的作品也是混沌的，并不是一两句话、几个概念和思想就能说清的。

  叶兆言：生活永远是混沌的，让作家来谈创作是永远谈不清的。

  王　干：正因为不清楚才要谈。

叶兆言：谈到最后肯定是更不清楚了（笑）。

王　干：但不能因为不清楚就不谈（众笑）。我们再谈谈作家和艺术家的生活状态问题。比如你生活在甲空间，你肯定从甲空间角度反映乙空间，就是这么回事，所以我觉得小说也好，文学语言也好，它的魅力确实有它仿真性的一面，有时候也有虚幻性的一面。

苏　童：所以小说空间和现实生活是有差别的，我自己体验小说空间有它自己的妙处，当然也有些小说注重个人的生活经验，而我的许多小说空间并不是我的生活。我有一种奇怪的欲望：想闯入不属于自己的生活。

王　干：非法闯入。

苏　童：闯入某一空间东张西望之后，我体会到一种占有欲望，一种入侵的感觉。这跟我的现实生活有一个客观距离，而且在感情上又恰恰投合，兴趣和距离导致我去写，我觉得这样的距离正好激发我的想象力。

王　干：这种想象当然是一种模拟，看起来还像那么回事。在苏童的小说里面，比如《妻妾成群》的颂莲，她实际上就是一个窥视者，苏童通过颂莲的眼睛来窥视陈家多年的罪恶。作家本人也带着好奇的心理来窥视这旧式生活。

苏　童：还有一点，就是想到他人身上体验一种东西，这种体验写出来就是小说。

叶兆言：我觉得，我一旦写小说，就有一种进攻欲望，这种进攻带有一种拥有。作家不停地写，就不停地拥有。

王　干：窥视的欲望，人人都有，人不但对历史生活有窥视的欲望，对现实也会如此。当然作家写作的动因并不是只为了窥视，窥视只是进入小说空间的一种方式。还有其他的方式，它不是最好的方式，也不是最坏的方式。正像兆言讲的那样，窥视就意味着一种拥有，是精神上的一种拥有。作家写出来的这一段生活，既不是历史空间的，也不是他人的空间，这种空间就为作家所拥有，作家就是这个空间的"帝王"。苏童有一部长篇叫《我的帝王生涯》，这里的帝王，可以转换为这文字帝国的"皇上"，这是作家最有魅力的地方。

◉ 精品与文学生物链

叶兆言：作家只有全力以赴去写，也只能这样。一个作家的水平其实是不断磨炼出来的。他不可能想写好就能写好。

苏　童：说到底，除了极个别的写作特例外，任何一个作家都想将其作品写成精品。精品意识有几种可能，它使不怎么自信的作家干脆不要写，或者十年写一篇，假如这真形成误导的话，有可能使这个作家丧失了本来可能写几个精品的机会。

叶兆言：十年写好一篇是不存在的。

苏　童：也太计算化了。写作是无序的，每一个作家的巅峰与低谷状态是无法预测的。不能拿概念指导小说写作。商业化操作有着强烈的商业目的，而我们所有从事纯文学写作的作家是没有明确的目的和指向的。

叶兆言：为什么文坛不谴责懒惰呢？用一个简单的数字方式来计算，如果一天写一千字，一年就会有三十多万字，三十多万字不能算多产，但对今天的文坛来说，已经算多产了。我和苏童一年也就写三十万字左右，居然经常被戴上多产的帽子（众笑）。今天的作家远没有过去的作家勤奋，因为现在的诱惑太多了。

苏　童：一个作家如果仅仅被文学吸引其实是一种美德（笑）。

王　干：长篇小说的字数越多似乎才写得越好，这是长篇的误区，长篇小说的内涵与字数的多与少没有必然联系。有些作家动笔就是几卷本，好像单卷本就显得单薄似的。这其实与精品是相背离的。一个作家的作品是无意识的产物，想写写不好，不想写好说不定无意中写好了。写作与心境有关，不能拼命追求规模，并不是消耗的时间越多，小说就越能写好。

叶兆言：我觉得自己是应运而生，我现在的写作早二十年简直不可思议。这是作家与时代的关系，是没法回避的。我感到自己是符合这个时代的。为什么几十年只出了个梅兰芳？这与时代有关。不能以他的标准呼吁今日的京剧。小说亦是如此。

王　干：作家离不开一个时代，但作品也可能是超时代的，两者之间相辅相成。以前这个问题比较单一化。但进入 90 年代后，每位作家都碰到这样一个问题：即如何面对写作对象。

苏　童：我从不考虑谁来看。一个作家不管写什么，他总会找到一个对应点，总会有自己的读者群。文学会长久地发展的。有点像大鱼吃小鱼、小鱼吃虾、虾吃苔藓这个生物链。小说也是这么回事，永远不用担心，文学也有生物链，不可能失去读者。我原初的写作动机是非常小的事，那时候写东西完全是为了向塞林格致敬。

叶兆言：我的写作动机也非常单纯。

王　干：作家为谁写作的问题说到底是一个伪问题，不可以与作家讨论的问题。作家的写作动机是形形色色的，而且每个人在每个时段里写的东西也是不一样的。但作为文学现象本身来考察，是可以谈谈的。

叶兆言：我们三个人可能有共同点：都干过编辑。作为编辑，有时真的不知读者需要什么，我在出版社编过书，虽然很敏感，但根本不知道读者要看什么。反过来说，一个作家要想为市场写作是非常难的。所以与其多心，不如省心。

苏　童：好在现在没有指挥棒了，即使有，恐怕也没有人理睬。

王　干：80 年代呼吁的文学多元景观到了 90 年代已基本实现了。

叶兆言：一元是阻挡不了多元的。像在翻译小说短缺的时候，阅读翻译小说几乎成为一件时髦的事情。现在无所谓了。其实《追忆似水年华》《尤利西斯》的成功是商业操作的成功，与文学没有太多的关系。

苏　童：真正的纯文学也可能会引起商业热。

王　干：纯文学并不意味着没有市场价值，它总有一部分读者。今天的文学出现了比较有意思的现象：当初呼唤多元的人恰恰受不了现在的多元，他居然感到无所适从了。我个人认为目前整个文学的发展是好的。

叶兆言：我认为的确谈不上好得很但也不是糟得很（众笑）。有些作品还是不错的，起码今天的文学并不比 80 年代的文学差。

王　干：比 80 年代更平稳、更平实。可能少了份火气，少了份激情，但相对显得平静了。

苏　童：海水有涨潮期落潮期，涨潮时，所有的东西都会泛上来，一看便知，能对人的视觉产生冲击。落潮时却未必。因此发现一个好作家必须沙里淘金。浪打礁石石仍在，感官上的东西是不能抹杀本质的。

叶兆言：说是说不清楚的。

苏　童：写是重要的。作家没有必要冲上第一线去争论，这是评论家的事。作家要比的永远是作品。评论家说好与不好是正常的。

㉔ 变换叙述姿态

王　干：一个作家写作的时候，其写作动机、题材都在不停地变化，作家本身处于生活、时代当中，不能用简单的标准去打分。这是非常复杂的文学现象。80年代末期，作家与评论家很关心小说具体的运作方式，现在却怪了，评论家和作家对此毫无兴趣，甚至蔑视小说的本体问题。

苏　童：小说的本体问题似乎变成一个迂腐的问题。好像王晓明在一篇文章里讲过这个问题，他说许多评论家急于发言，对小说的问题却不考虑，这是不好的。（笑）

王　干：他们对小说的本体问题，也是一概漠视。有人认为你们的写作陷入了某种停顿，其实你们作为先锋小说家的探索性姿态始终没有改变。

苏　童：有文章说我卷入了商业化写作，好像说我投降了，很荒唐（笑）。

王　干：我觉得你们始终没有放弃探索，譬如兆言的《枣树的故事》《夜泊秦淮》系列、《花煞》等小说做了很多的探索，小说叙事的变化也很多，有元小说、意识流、拼贴状态（如《关于厕所》）等手法。他始终没有放弃一个小说家的追求。一部分作家被一些伟大的口号所蛊惑，搞纯技术主义的东西，是不太明智的。小说发展到今天，对小说本体的研究太少了，像兆言的《夜来香》既进入父亲的童年，又有小说家的视野，它在其中不断交替、变化，距离似近似远，很有意思。我不知道兆言是以历史中的视野还是以当下的视野进行写作的？

叶兆言：很简单，更多时候是试试怎么写，没有什么野心。试试非常有趣，看看自己还行不行。

王　干：兆言主要变在什么地方？我看了这么多年，觉得他的风格基本上不变，从语言学意义上来说，基本上很稳定。他的语言芜杂，文白相间，略带一点苍老和玩世不恭，有时也带有一点小小的伤感。但兆言的小说叙事是极不稳定的。

叶兆言：用笔像磨刀，每一次写作都是练笔的过程，只有练，练很重要。精品我不赞成，似乎排斥了"练"这一过程。

王　干：苏童也在努力使自己的小说发生变化，他的小说叙事变化倒不大，风格的变化却很清楚，苏童的叙事是单线条的，风格却摇曳不定。他早期的小说写得很华丽、流动、奔放，如《罂粟之家》《一九三四年的逃亡》，可后来却写得质朴、内敛。像最近的《棚车》写两代人的感觉，很微妙，简单得近乎没有什么内容；《三盏灯》写人在战争环境中的悲剧性本质。这两部作品看上去很明显，它们比以往的作品更单纯、更简单。我觉得苏童叙事方面基本上是稳定的，不像兆言，在叙事上不停地变化。而苏童对世界的看法，风格上有些变化，小说的色彩也发生了变化，有点中国画的味道。

苏　童：我觉得作家的写作是极其辛苦的，对不理解我们的人我有怨言。作家越写会越孤独的，到最后仅剩下一颗心灵。如果他人端出来的话，可能有两种处境：一种是别人对此无动于衷，他们觉得没什么可看的，不当回事；另一种也有可能是置之死地而后生，这种处境不是坏事，真正是一种升华。像兆言说的练和思是非常有道理的，只有通过练和思，才能更好地把握微妙的人际关系，才能把体验到的细小的事情准确地表达出来，这与心灵有关系。

王　干：所谓的"心有灵犀一点通"是很难的，作家写到一定程度时，心灵必然陷入一个孤独、寂寞的境地。但作家不可能时刻保持旺盛的写作势头，有一个调整、修理的阶段。

苏　童：调整、修理是必要的，只要不是自我毁灭（笑）。

叶兆言：一个作家首先应该为自己写作。他做的这道"菜"，不管别人愿不愿意吃，他只有这道"菜"。如果有悲哀的话，的确是你没能做好。作家只有全力以赴，首先要尽力。每一次写作对于我来说都使我濒临黔驴技穷的地步，但我愿意接受这种挑战。我想一个作家是不可能那么不堪一击的。

小说问题

时间：1994 年 6 月 30 日
地点：南京韩东寓所
对话者：王干、鲁羊、朱文、韩东

● 新状态……一个真实的背景……文以载道……
接通……文学的依附性

王干：我以为这两年小说写作在发生一场比较深刻的革命。这场革命是 1985 年以后开始的又一个比较重要的文学现象。1985 年左右小说的革命主要是从观念的层面上开始的，也就是说西方小说怎样了，所以我们的小说也必须怎么样。有一种比学赶超的情结在里面。今天，特别是 1989 年以后，由于对西方的失望以及对小说停顿状态的思索，迫使一些小说家重新对小说进行了认识。认识的结果是形成了一种新的小说观念和小说形态，我把它叫作新状态。也许这个概念空了一点。我们今天还是谈得具体一些。小说观念和形态本身的变化你们是怎么看的？有趣的是这种变化南方较之北方更为明显，特别是它的发源与江浙与南京有很大的关系。例如文体的变化，是否有某种南方的特性出现了？

鲁羊：现代汉语小说到了今天应该是自觉的，是个人使之成为作品形态的东西带来了观念。现在很少是由于观念带动作品的，那是比较生的。到了比较熟练的地步，通常是你做出一个作品形态来，这个作品形态本身可能带来不同的问题，甚至是不同的新的观念，带来仁者见仁，智者见智，很多观念建立在一种形态里面。相对而言这就是现代汉语小说的一种成熟。观念毕竟和写作是分开的。很难说有了一个观念就能写出相应的作品。通常是并行不悖，我的观念是这样的，我写出来的东西是另一个样的。很少有人在作品中彻底落实了自己的观点。

朱文：王干刚才从时间上讲到小说变化的某种进程，还有鲁羊刚才提到的一个词：成熟。不管是变化或成熟，我想首先是针对小说家而言的。就是说，这代小说家如果是不同的，是因为他更成熟了。作为小说家所应该具备的各方面的素质他更完善了，对小说的理解也能够自觉地把握住，不被意识形态的东西，不被那些表面化的、浮躁的东西所迷惑，有开始真正清醒、自觉的写作的可能了。

韩东：观念上的东西也不是不考虑，但似乎不能够单独地作一种分离式的考虑。我们不能把所有的希望都集中在那里，首先了解什么是小说，什么是高级的小说，最高级的小说，在此观念的引导下再去写作。这种方式似乎有道理，如果比较成熟就会知道它的虚妄，言之有理，但实际上做起来是有问题的。它可能没有逻辑上的漏洞，但在进行中大概是行不通的。比如从较大的范围来谈论此事，我觉得十年前的小说家就非常关心中国文学加入到世界文学中去这样的问题，似乎那就是他们的情绪枢纽所在，他们的焦虑所在，总是左右着他们。这种注视也可能是好的，也不会构成什么威胁。但由这种注视导致的行为方式和从中衍生出的一套写作原则肯定是有问题的。我们总不能因为知道什么是最好的小说，或者了解了中国文学和世界文学之间的差距有多大，甚至世界文学的格局和次序，它的内部结构是怎么回事，对这些了如指掌之后我们才能有所进步，有所作为。这样的结论我认为是不妥的。应该有一种最基本的真实。它是什么呢？我说不清楚，但能感觉到。总之，应该有一个真实的背景。帕斯捷尔纳克说："我们为什么声若洪钟？因为我们有话要说。"有话要说这一点我以为是特别重要的，它至少是一个作者在写作过程中面临的基本真实之一种。我们不能走到另一个极端，把文学作为一种毫无背景的东西，这是一种新的危险。

王干：文学总是离不开一个背景。不能认为文学纯粹是一种语言游戏。语言游戏说前一阵曾经流行过。现在看来纯粹的游戏说可能很好听，对瓦解原先的文以载道的观念也非常有利，但真的脱离了背景而进行语言游戏时，一来很难，二来这样的小说也不是小说了。韩东提出背景这样一个概念非常有意思。

鲁羊：文以载道这句话虽然后来有人批判它——主要是由于它比较褊狭地表现为问题的一面，但我其实很佩服文以载道这四个字。文所载的这个道,如果真是宽泛的、无所不包的那种自然之道、艺术之道、人生之道,那总归是要载的吧?有两个方面。一就是载你对人生的关注所得出的那个东西,很难言说,恍兮惚兮,仿佛有一点踪迹的那个道。二来文以载道还要载它本身,载文之道,为文之道,艺术自身的那个道。两种道都要载,而且它是同时的。所以文以载道这四个字我一直牢记心中。

朱文:在写作这件事情上,某一个因素一旦被强调了,我就觉得又不是那么一回事。韩东谈到背景,强调我们有话要说。再比如前一段时间对语言的强调,的确也产生了一种幻觉,语词的幻觉,但仔细一想又觉得不是那么一回事。一个小说家进入真正的小说写作以后,很多东西并不应该强调它的存在,但它在你的笔端,它会出现,很自然地出现,甚至你都不知道它出现了。我上面讲到,今天小说家们的素质更完善了,更有可能写出有意义的作品来。这里面有一个问题,就是接通。有很多因素,在以往的作家那里是闭塞的,渠道不畅,很多信息传达不到他的手,在他的笔端无法呈现出来。很多东西对他们而言也都是死区,都是误区。但真正能进入写作的那些作家,应该是天地人合一的,那种感觉就是各种信息都能通达,但他对于来自任何一个方向的信息并不是特别强调,只是保持接通的。(王干插话:接通这个词有意思。)在这种情况下,很多东西的出现就成为一种可能。

韩东:刚才王干用了革命这样一个词。我认为小说的变化因素肯定是存在的,但今天已不是以一种极端来替代另一种极端。像鲁羊所讲的文以载道,就是进行一种重新理解。还有另一些被抛弃不用的概念,比如意义,文学的意义等等。在原有的应用中也许它有某方面的偏激,但你寻觅了半天,要找一个合适的词,结果还是找到它头上去了。这是没有办法的。一种平衡，或者打通，一种全面的意识，我以为特别重要。用一种有利于自己的极端取代另一种极端，如果总是这样，方式本身也成了一种定式，非常单调。

王干：现在有一种说法，叫要众声喧哗，不要语言霸权。唯我独尊，只有我这样写才是小说，才是文学的，那样的气氛已不复存在。像以往的那种载道的小说也需要。目前的小说界有一种真正的宽容，以对方的存在作为自己存在的前提。这样有利于我们对文学的一些看似简单的问题进行重新思考。像意义、道、背景以及作为一个小说家的素质，这些问题好像都弄明白了，有的人不屑于谈。但等我们思考到一定层次的时候，你没法跳过去。比如小说的意义你怎么跳过去？还有诸如小说家的知识结构这样的问题，我们都无法回避它。

鲁羊：可能文学有它的本身的东西，有它自我演进的方式，现在我们更看重这个东西。但文学的依附性很难讲，比如托尔斯泰时期，一种道的、宗教的思考，它非常强烈地依附在那上面。因此也形成了伟大的艺术，因为它本身文学的道也把握得很好。但我们后来太过分了，把文学本身的道，也可以叫内道，全不要了，那自我演进就退步了，就衰退了。现在我们更看重这个东西。但将来我怀疑还要依附某种需求，人的某种想法。比如文学从来就没有脱离过哲学，它最非哲学化的时候就是它最哲学化的时候，因为这就是想法，就是哲学想法。

⬤ 在那里……跨越时间……一个小说家在那里会滑动……双重绝望……

王干：刚才我们谈得非常好，一会儿在小说内部谈，一会儿跳到外面谈。我觉得小说的依附性特别有意思，为什么呢？因为你没法把握它，甚至小说家也没法把握。语词的幻觉和意义的诱惑把小说家推到了一个比较尴尬的境地。当他说我比较喜欢语言本身的质地，他又摆脱不了意义的诱惑。意义的诱惑像上帝之手一样，把小说从地平线上提起来的时候，小说家又觉得不对了，又担心自己会离开语言现实的土壤，虚起来。这很有意思。在两难和徘徊的情况下小说家诞生了，在上升和下沉之间他出现了。

韩东：作为小说家的理想也可分为两类。也可能他自己不是特别清楚，但我们阅读的时候可以持这样的观点。一类小说家不怎么相信比较形而上的东西，由形式、小说文字本身所构成的意义。他的理想比较世俗化，要做民众的代言人。比如像厄普代克，他能左右美国的公众趣味。他的文学理想在大地上实现的层面就是这样的：他的书有人读，有人照着他所写的去生活。无论这是否是厄普代克的意思，但就能够左右公众趣味这点而言我以为是一种衡量方式。另一些小说家的文学理想就不是这样的。他比较孤僻，可能他的作品在一个时代的大众那里阅读的面很小，能理解能懂的人也很少。那么他对于纯形式的，对于超越现实层面的东西自然特别关注。我以为不同的文学理想和作家的实际处境可能很有关系。坚持某一点的时候，他为什么坚持某一点，并非完全由于理解，很可能因为处境使然。话说得比较明白，一个作家他写作，他对文学理想有时候就是他作为一个人的理想，他文学上的野心有时候就是他作为一个人的野心。这两者最后就混淆不清了。刚才举了一个厄普代克的例子。再比如博尔赫斯，虽然他有自己的说法，但实际上还是比较倾向于形而上的东西的，有一种非常纯粹的感觉。看似相互对峙的两极，似乎形成了一种张力，把作家吸引牵扯在其间，悬浮在那里。

王干：如果作家被一方拉过去了，他就危险了。他被上帝之手拉过去，就会向非小说方面发展，他可能成为一个哲人，也可能成为一个宗教狂，或者成为一个修辞学家。但是，小说的理解和他处境并不是完全吻合的，甚至是相互冲突的。处境会限制他对文学的理解。再具体一点，处境会限制小说的操作过程。他的理解是这样的，但是，当他回到"背景"中写作时是两回事，至少会被他的处境所修改和更正。所以，语词和意义之间，就像有一条泥鳅那样地滑来滑去。所谓的理解也不过是理解而已，真正进入写作理解是要打折扣的。

韩东：比如马原和王朔，我举这两个人作例子。王朔在某种程度上可以说能够左右公众趣味。那么马原，可能就有一点小说家的味道，在形式上对别的作家具有启发和刺激。这本身倒没什么。但他们如此固执己见，我以为没有太大的道理。而且我以为，开始的时候野心中的这两种东西都有，既要能左右公众又要成为最高级的小说家，最后是不得已求其次，才被迫固执一端。这是一个最终的结果，是根据最后的实现来设计的。这个话不是开始的话，是结束之际的自我辩护。最开始的时候他都想要，没有说他可以放弃一个的。

王干：汉语小说的困境是面对大众文化的大墙或屏障，是一个被接受的问题。今天的写作是面对一堵空墙的写作。以前我们的写作老考虑接受者怎么看怎么看……

鲁羊：旧文人的命运好像多么坎坷，多么不为人知道，怀才不遇，哪里呀，随便一篇什么文章，只要写得好，那是众口传诵、洛阳纸贵。冒辟疆写文章怀念董小宛，那还得了，谁人不知？现在的人没有那个福气了。

朱文：不管怎么说，对一个小说家而言最紧要的不是这些问题，包括被接受的渠道。最难的是面对自己，这是永恒的。

鲁羊：这也是在不断变化的。比如他在厅里觉得特别好，你来坐吧，但没有人来，打开半年都没有人来。那怎么办呢？他索性把门锁上了，干脆自己坐在家里自说自话算了。恐怕现在又到了独语时代，自己把自己的话说掉，自己干点私活，流一身臭汗。人家愿不愿意来看是另外一回事。你想他来时他不来，你不想他来时踢也踢不出去。

韩东：这方面的绝望也可能会带来另一个问题，导致作家的一种不良心理。反正我在读者那里已经绝望了，现在我把门关起来。这样也可能产生一种幻觉，以为自己与上帝接通了。悲凉感或悲壮感导致了一种意气用事。反正我不能在大众那里实现，但我现在是在为神而工作。两端的吸力或斥力，当你在一头绝望时会被一下子推到另一头去。人的依附性是很强的，对悬浮状态总是不适应，不能依附于这一端时总是要依附到那一边去，在力量的平衡下总是不由自主地滑动。他不能直接和神或上帝取得联系，那么他就会变相地和诺贝尔文学奖取得联系，和西方的文学秩序取得联系。我以为，要绝望两头都该绝望。你既不要指望读者，也不要指望你的东西在某种权威的衡量下是一种非常高级的东西，我在为准则、为神而工作，这个地方也要绝望。这个地方如果不绝望的话，还是会伤害一个作家，伤害他的工作。大众、上帝等等也不是概念上的事情。工作的时候，当你进入到它的中心去的时候，它是包容性很强的。在中心和在外围边界上的感觉是不一样的，某种看似很重要的区分在那里已经不怎么存在了。我们可以用一组排斥的概念，叫作对两端的绝望。在另一种情况下我们亦可以用一组肯定的概念，叫作对两端兼顾、平衡。我以为，我们所要指出的是同一件事情。

鲁羊：作家和工人、农民，那些直接生产产品的人不太一样的地方就是目的不明。工人生产一个螺丝或零件，它是直接派用场的，是对口的。农民生产的粮食，人不吃猪吃，猪不吃羊吃，肯定是要吃的。一个艺术作品，比如一篇小说出来了，它到底为了什么？在写的时候你没办法明确。但是，有一点，恐怕它总是给人眼睛愉悦的。所以你总是要考虑到人的眼睛接触到的时候它的形式感，它的一张一弛，它的开合。

韩东：也就是说这个感性的层面特别重要。

朱文：这也是个人化的。比如你觉得：我在感官上是给你愉悦的，但也说不一定。说到底这是个人习惯和一些没法改变的方式所决定的。

鲁羊：但有一点，你在强调个人化的时候已经片面了，你认为人与人都是不同的。当然，我知道人与人不同。但起码一部分人是完全可以沟通的，比如趣味的问题、对某种形式微妙的感受，肯定是可以相互印证的。所以你所说的个体化的东西其实也属于小群体或大群体，也有共通性。当然，你只能把握你自己的趣味，把握你自己能把握的。一旦把握了，就不是你一个人的了，肯定不是太个人化的了。

🌐 分子……神圣和禁忌……假使……

王干： 刚才我们讲了很多作家的处境，文学的处境也是和知识分子在社会文化转型期的处境是有关的。今天作家所做的事情无论怎样费解也都是知识分子作为他存在的一个表征，就是说写作是把自身和其他行当的人区别开来的一种方式，这是他努力的最低限，最低目标。

韩东： 实际上我们也不是所谓的两头绝望之后就取其中段。有些时候在一些神圣的地方的确应该缄默。我觉得现在那些神圣的，或者貌似神圣类似神圣的东西谈得太多了，不懂得回避。包括知识分子这样的概念，在诗歌界就很流行，知识分子是一盏明灯啦又是什么的。我觉得说得太多，也不是那么回事。在谈论神圣的时候我们谈得太多，这样反而取消了某些感觉——当然，我不是指知识分子，知识分子没什么神圣可言。在神圣之地，我们应该空出来，或者要让它呈现出来的时候语词方式不是那样的。什么神圣啦高尚啦，似乎不这么说的人就多么低俗和没有感觉一样。我想并非如此，只是这种谈论本身是不能够达到要求的。

王干： 就是说神圣性一经谈论就会减弱。但我以为知识分子本身在我们原先的语词结构中是一个神话，具有一种被神化了的形象。我们今天这群人，这群操纵语言的人总得找寻一个庇护所吧？

找来找去总还是回到了知识分子这样一个概念。我以为知识分子不是一个明星，也不是一盏明灯，更不是一种权威，它最后不过是我们精神上的庇护所。既然我们已经被括号括起来了，我们就得找一个庇护所或避难所。我理解的知识分子和诗歌界的那些人还不一样，他们是在神话结构中进行理解的，似乎知识分子是高人一等的，和精神贵族一样。

韩东：这种议论本身是有一些问题的。什么诗歌王子、诗歌烈士，这些词语方式本身就有问题。

鲁羊：韩东刚才说缄默仅局限于对神圣问题的讨论。我记得《圣经》里有一句话，大概意思是：上帝是不会接纳那些呼喊着他名字的人的。神圣落实到一点都不恍惚，那么明确的词汇里恐怕就完了。

韩东：对某种东西的感觉是免不了的，都会考虑到的。但如果你拼命地强调自己在这方面的发言权，甚至你写作的价值因此而变得与众不同，你有这方面的专利，我觉得那就大可不必了。

朱文：如果写作是你的职业，像王干所说的进入了一个庇护所，你可以认为自己被赋予了某种权利，但也不能没有某些基本的禁忌。对上帝的呼唤、关于神圣问题的没有休止的讨论以及大言不惭的判断，不一定是这些具体问题。有时候在行文当中，即使你不提上帝，通篇也没有感恩的东西，但你还是能感觉得出来。

鲁羊：评论贵在判断，但是，小说的天敌就是判断。比如对张承志，在某些地方我是非常佩服的，但在另一些地方我又觉得没劲，就是这个问题。当然，他不是以小说家身份来判断的，那我们也就无可厚非了……

王干：他需要，像北村、张承志都需要。他需要把一般人区别开来，那怎么办？只有举起神圣的旗帜。问题是今天举神圣的旗帜也需要勇气，哪怕把自己扮演成上帝也需要勇气。

鲁羊：但这种勇气还不如怀疑主义来得大。怀疑主义肯定需要最大的勇气。在抽象领域里我信不过任何东西——日常生活中是另一回事。

韩东：实际上在他们那里神圣似乎不存在。大家都很虚无，但他们从中受益。在虚无主义的这片废墟上充满了僭越的可能，反正没有上帝，我就是上帝，挟天子以令诸侯，就是这种感觉。真正的对神圣之物的那种卑微、那种诚信看不到。看到的就是这种僭越的欲望，太强烈了！

鲁羊：严肃问题到此结束吧。

王干：好，结束。

小说家的道与德

时间：1996 年 2 月 9 日

地点：南京艺术学院李小山家中

对话者：鲁羊、韩东、吴晨骏、王干、朱文、李小山

王　干：我们今天来谈一下小说道德的问题，道德问题很容易被小说家忽视，其实小说也有个道德问题。比如"道"，现在有人把它叫作思想，我觉得可以把它理解为思想，也可以把它理解为内容、内涵；"德"即小说作风的问题，也就是说作为一个小说家，应该具有怎样的姿态面对当下的这种生活，就是作为小说家的职业道德和工作作风。小说的"道"的问题有思想的问题、内容的问题、智慧的问题，甚至还有小说观念的问题。小说的"德"涉及了小说家本身有多大的容量，这种容量是通过小说来表示的，还是借助于另外的东西表示？再者，小说家的"德"还有一个职业规范在里面。小说有小说的规范，小说家有小说家的规范，现在很多小说家都不当小说家，都当大说家，动辄写随笔，或讨论什么现在大家都堕落

了，重新要拯救大家。比如像很多当年的很多优秀的小说家现在都变成了优秀的散文家和随笔家，然后他自己也不写小说，看到其他人写的小说就看不惯，就认为现在的文学苍白，缺少理想。我觉得作为一个小说家在今天他面临着一个小说道德问题。我就先讲这些，算是一个开头吧。在座的都是搞小说的，对这个问题肯定有好多自己的感受。

李小山：现在铺天盖地到处都在搞笔谈、对话，把这个形式用俗了，如果大家很严肃地一起讨论几个问题，也蛮有意思的，可是就因为大家把这个形式弄俗套以后，变成了这么一种风气：或者大家在一起发牢骚，愤世嫉俗，或者互相吹捧，动机和用心都感觉令人怀疑。现在面临的问题是对当前文学的评判，很多人认为现在的小说退步了，我想，作为一个当代文学存在的状态，实际上从艺术成就上来说，绝对不能下这个判断，说今天比以往退步了，或衰落了。我个人感觉比以前好，这个准备工作就像任何事件都需要一个铺垫一样，现在这几年来，特别是 90 年代以来，一批新兴的小说家，我讲的是比较纯粹的那些小说家或者作家，那帮小说家和作家的作品也许就奠定了以后的中国文学的真正高峰，它可以说是一种预示，真正的高峰会来临。而以往的一批作家，在"四人帮"被粉碎以后起到了一定的作用，所谓正本清源，使文学和政治意识形态作了某种若即若离的区分；而"知青作家"显然他们是以所谓道义、所谓受苦的经历和身上的伤疤作为他们的标志。我读了这些新人作品之后感觉可以说有一些很优秀的作品，但是从文学的纯粹意义上来说，可能还不足以昭示一个未来，它不指向未来。

鲁羊：我觉得最近看到的几种东西，都是表面上特别冲突，好像是两极分化的感觉。一种是高扬某种宗教或有宗教倾向的理想之帜，以"拒绝宽容"的严峻面孔证明自身的高尚，这些人发言的嗓门和腔调有点差不多，他们好像各自拿了一个神圣的权杖试图指责、判断乃至于谩骂一些文学上出现的现象甚至国人的一些生活现象；还有另外一个极端就是指责这些人，奚落这些人，同时又宽容一些不管他在生活中是不是真的无赖或小痞子，至少他写出来的文化外貌是那么一个不负责任、漫不经心、无所忌讳地去弄一些下流的东西，他们去宽容这些东西，去批判刚才我说的前一类人。似乎这两种人完全不同，其实我认为他们是殊途同归，因为我觉得他们都是属于闭着眼睛说话的人，他们不妨把眼睛睁开一点，明摆着的一些真实的东西确实就在我们身边，我们几乎不要去思想它就能看见的东西。他们不看，偏偏去思考，他们那个思考说起来好笑，他们那个思考真不叫思考，那是用一种好听的话，用一种组织过的书面语，说了一些非常没文化、没见解的话题。

韩　东：我觉得他们使用概念的目的不是在于思想，虽然用了很多的概念，"神性"、"思想"、"拯救"、"正义"，诸如此类，其目的在于煽情。这些概念本身是否在思考当中或谈论当中起作用，他们并不深究。他们最重要的就是看重这些观念有某种煽情的作用，能把大家煽动起来，他们就觉得达到了一种状态，这种状态给他们平添勇气。哪怕他们不读小说，哪怕他们不写小说，也觉得能够站在一定的高度。这种自我辩护的色彩是非常严重的，反正是换一种说法很多东西就变得有价值和有意义。刚才王干说的职业道德问题，我觉得，这个问题讨论还是有意义的。现在很多讨论都是很虚飘的，对作家本身不提出要求，或者提出一些非常抽象的、情绪化的要求，那么，也就和写作本身这种活动没有太多的联系，只是在自我膨胀。我看到的是一种欲望、一种野心，一种不得意，或者是得意扬扬，整个是一种嘴脸，是一种众生相。我觉得应对小说本身进行谈论，谈论小说方式本身，在这个范围内，包括作家的一些基本道德。作为一个写作的人，他基本的规则，基本的方式、原则，是实际存在的，你逃离了这些方式、原则，你就会成为另一类。现在有人操持这样的语言，有人操持那样的语言在那里谈论，我看出了一种欲望在其中起作用，我觉得欲望起作用的方式说到底还是一种投机主义的方式。比如现在通过拍电影，通过和张艺谋、陈凯歌捆在一起，就能使自己成功，出很大的名，他就去做这个。明天当大家都在讨论神性、信仰的时候，也就是思想可以卖钱的时候，他就去思想。这实际上就是不择手段的一种投机主义，甚至连主义都谈不上，就是一种投机，什么热销就卖什么。

朱　文：很多关于小说的言论，很多小说作品，让我感觉很疏远。常常我也自我疑问，难道我的写作有问题？好像我感觉到的不是这么回事，写作好像不是他们说的那么回事。这种分野的鲜明我感觉非常深刻。我很难理解一个作家在他的方式当中不能自足，这种作家我很难接受。我觉得一个好的小说家、好的作家，他应该是冷暖自知的。他的方式决定了他的写作是不相干的，他所有的爱、热情，包括宗教感，我觉得都只能在他所从事的具体写作中去抵达，而不是凌驾于其上地直接开口去说、去表达。我觉得那完全不是一个作家的方式，不是一个本质性的方式。一个好的作家，他想表达什么，他必须也只能通过他的作品，只能在他所注定的那种方式当中慢慢去摸索，甚至他都不知道他抵达了没有，抵达了什么，他自己都不清楚。刚才王干讲的小说道德问题，我想也可以说是小说家的道德问题，你是什么方式的作家，我觉得这是天然的、注定的，不是你可以去标榜、可以去模仿得来的。小说家面临的问题，其实也就是他在具体工作中去面对的一些具体的问题。他最大的焦虑在其中。他要摆脱、克服这样的焦虑，也必须在他的写作当中去克服，而不能转化。我看到的普遍的问题是转化现象很多。写作上的困境，他企图转化到生活上解决，利用世俗生活的功利性考虑去解决写作中面临的焦虑。以一种在我看来非本质性的态度去谈论小说这回事的人，我觉得可能他们的写作都有问题，他们的写作可能面临着他们自身难以克服的问题。他们很轻易地、习惯性地，有些我甚至怀疑是自觉地、带着功利性的目的进行着转化。我想这些都是非道德的现象，一个小说家非道德的现象。

吴晨骏：现在大家很多时候都在讨论理想、思想的问题，首先我的感觉是没有方向，比如说像当初鲁迅骂梁实秋，他是针对具体的事情，而不是讲一种泛泛的道理。这种没有方向让我感到很迷惘，言论空洞无物，脱离了一个实在的东西在那里夸夸其谈。另外一点，我个人觉得那些所谓的道德家、思想家，他们在搞一种行为艺术。他们终结的目光不是指向作品，而是指向行为。他们所理解的作家和真正的作家是两码事情，他们认为的作家是带有表演性质的，在他们那里，作家这个身份的意义远超过了作品的意义。我认为一个作家得以存在主要是由于他的作品。一方面，一个作家要宣扬什么理想、道德，应该在作品中宣扬；另一方面也要看到所谓的理想、道德仅是一件好的作品中的一个组成部分，好的作品包含着很多因素。简单的结果可能就会重蹈覆辙，导致像以前那种不是东风压倒西风，就是西风压倒东风的结局，一阵风来了，呼啦一下赶走了另一阵风，最后什么也没有留下。如果说还用这种简单的思维方式衡量文学，似乎显得过于苍白了。

鲁　羊：说几个小问题：一、作家和手艺。我非常赞成刚才朱文所说的，任何一个作家的方式以及他关注的焦点和他采用的艺术手段在某个时间段上是注定的，当然它不是一成不变的。我曾经反对过有人说这样的话：我最近写一个东西应付应付。我一直认为每一个人，如果他是一个真正的作家的话，他写东西，应是他当时所能写得最好的东西，他可能有进步或者有退步，可是他当时写的应是他最好的东西，因为这是一种本能。像任何行当的手艺人，他做手艺的时候，通常是要拿出他最好的东西的。尤其作家这个行当跟其他行当还不同，它的要强心更甚。所以说每个人都在写出自己最好的东西。当然写作这个手艺包括很多因素，如形式、结构、语言、手段，但这些都是注定的，而不是自觉选择。二、小说与道德。小说与道德的问题讨论不止一次了，可以说从古到今一直在讨论，讨论最多的是"五四"，然后可能就是现在。几乎形成两个讨论的高峰。刚才说到了，用神性的字眼在自己的文章里面，或在所谓的对谈里面，包括我们现在的这种方式，来呈现自己的骄傲，那种不诚实的骄傲，我认为这是一种不道德的行为。作为一个小说家，作为一个作家，怎么要求他的道德呢，他的道德怎么呈现呢？这很简单，看他写的，看他面对人类生活时是不是诚实，或者说诚实之外再加上他的洞察力、加上他的艺术手段等等。从这些里面才能考察他的思想、考察他的道德，否则丢开他的作品或者不看任何人的作品，却在张口闭口地谈现在的小说家根本没有思想，这话就显得特别空虚无力。但是现在这种话几乎充斥了周围的空间，有点歇斯底里，其实都是不自信的表现。我觉得现在默默地工作的作家越来越少了，摇旗呐喊的人特别多，他们也许认为现在该是出鲁迅的时候了。可是他们跳出来，根本不是鲁迅，不知道是什么。我觉得，真正的人是应该好好干自己的行业，干得出色。三、道和德。道和德是两个范畴。道是哲学的范畴，德是伦理的范畴，这两个部分很有意思。我认为，对一个作家他有两个道，一个道就是"文以载道"的道，就是他面对这个艺术感觉到的东西，他感到的那种默契。另一个道，即是每个行当所具有的那个道，三百六十行行行有道，作为一个作家他写作本身也是一个道，过去把它叫作艺术规律，我觉得它就是自己给自己寻找一种自己信服的规则，来从事艺术活动。而德又分两层意思，一个是你的作品中所表现的内容是否道德，这已经无须争论了，因为人类已经争论了几百年，什么审判这个，审判那个，最后我们回头看，过去被认为非道德的小说都不是那么回事，它是很道德的，甚至是最道德的，比那些当时声称最道德的小说、布道的小说、矫情的小说更道德。比如《尤利西斯》当时被审判等等。另外还有一个德，就是说当作家写了非道德的内容，是不是这个作家连同他的作品就是非道德的，这个问题其实也不需要讨论，破坏了以前所有的规则，这并不意味着他失德。

韩　东：道德里面我觉得还有一个勇气的问题，勇气问题是属于一个作家的道德范围内的问题。比如说，我们看到某些人确实张牙舞爪，但实际上我觉得是一种怯懦，是一种丧失勇气的感觉。因为在一个力量对比的世界里，大家都不愿意承认自己的那种孤立无援，或者一种处境、一种悬浮的状态大家都不堪忍受，于是我们就看见一些作家急于认同那种最绝对的力量，比如说上帝、神性、哲学、思想、正义、良知，并立刻从中得到一种力量的补充。但是我觉得这是一种很值得怀疑的事情。我感觉那种悬浮的状态需要有勇气克服，而不是不顾一切地投入到一个强有力的怀抱里去，然后就产生了各类的使者、信徒，或者说文化英雄，还有很多跟进的人，在不断地引用他们的那些言谈，也获得了廉价的安全感。我讲这个，不是说他们讨论的问题有没有意义，我讲的是这种基本态度，作为一个作家，不限于小说家的基本态度。这个基本态度里包含着一种勇气，它是作家必须遵循的一种道德。尤其当一个作家把写作作为一种具有创造性的工作时，他不可能保证他的那种写作就是绝对的成功，或者在他从事这件事以前他就是绝对的安全。这里面有一种很困难的处境，有一种需要勇气面对的孤独，有一种需要自我担待的东西，而不是立刻投入最强有力的怀抱。

朱　文：很多这样的讨论我觉得是毫无意义的，因为它们的出发点是非本质的，而且也不可能讨论出什么真正有益的结果。我觉得我们这一代作家，可以用觉醒、健康来形容。我们这一代作家对作家所从事的这回事情和我们作为作家的一生，所要付出的努力、所要干的事情具有一种自觉和清醒，在这个过程中能够自立并有坚持的勇气。

王　干：作为一个小说家，他有一个小说家的最崇高的事业，如果现在他不去干这个最崇高的事业，放弃它，对小说家来说这其实也是一种堕落。

鲁　羊：我认为真正的艺术家从事艺术活动，本源是由于他的情感问题，不是策略，所以现在我们看到他们如此频繁地更换一种方式、策略，我想他们一开始行动就是由于策略，比如他们要写小说了，这是选择了其中一种策略，因为这种策略在当时易于实行，或者易于成名，或者易于被人注目。

王　干：我觉得我们今天所有的讲话，基本上还是从小说的名义、从小说家的名义出发来谈的。一些人把张承志作为一种普遍的规律来要求其他人也向张承志看齐，大家立正，这显然是不对的，就像假如有人要求所有的作家都向王朔看齐，那肯定也是很荒唐的。我觉得我们目前的文化氛围很有意思，有一种人现在的嗓门特别高，姿态也特别豪迈，用的词也特别铿锵，然后用他们手上的尺子，对别人进行达标测验，量了半天发现中国只有一两个作家能够达标，其他都不及格。有一个作家说，现在要多元化，但至少要六十分以上才算一元。那么这个分谁打呢？评分标准谁定呢？当然这个标准在他手上。

韩　东：我觉得不能接受的是一种等级观念。不管以怎样漂亮的辞藻、怎样豪迈的姿态出现，他们实际上是在鼓吹一种等级观念，把所有的事情都判断为高级的、低级的，有价值存在的还是没有价值存在的。

王　干：上面讲的，有人说多元的里面，有所谓的大元、小元，还有负元，我觉得这很奇怪，这也就是一种等级观念。一谈到多元论，他们有些人就说首先这个元够不够一个元，是不是够六十分，这是一个标准，另外，一个元有大元、小元之分，这又是一个等级观念。是不是大元、小元都同样等值呢？

韩　东：等级观念我觉得只有在衡量个人欲望时才能起作用，实际上他们拼命膨胀的也就是这种个人欲望。那些谈论知识分子精神的人肯定感觉他是一个知识分子，这是其一；其二，他们肯定感觉知识分子是高人一等的，是优越的。如果没有这两个前提条件，他们就不会谈论这样一件事情。在谈论上帝的时候，他们同样是带着一种世俗的等级观念，他们是上天堂的，你们是下地狱的，他们是有价值存在的，你们是自生自灭、毫无意义、毫无必要的梦幻泡影。这两个前提是他们一直坚持的。他们是有价值的，他们是高级的，把文学的目的抛离得太远了。所有的那些谈话、讨论都使我看到谈话者的欲望和野心的跃动，都在争夺发言权，都在把别人当白痴。实际上他们很少在一个平等的意义上谈论不同——小说方式是不同的，但并不是说它是高级的。

王　干：我觉得，刚才谈到过的，那种文化投机心态，在文坛上是一个有意思的现象。王朔搞的是文化商业主义，而文化投机主义就是利用一些冠冕堂皇的字眼，然后拿这些字眼当成一种尺度对别人进行打分、测试，但他们内心里的测试的尺度是他们自己，是他们自己的欲望、野心、企图，用这些对别人进行价值判断。表面上高人一等，实际内心是自卑的。

朱　文：我曾和李小山谈到面向绝对的问题，有些人看不到这种绝对的存在，感觉不到。他们对自己所从事的这回事怎么就没有心得？我想一部分人可能是智力的问题，我只能这么怀疑。

李小山：对大家刚才所讲的，我有一个体会，各种各样的思潮，各种各样的状态，我们从文艺史发展的轨迹来看，举一个正例，马上就可以找到两个反例。比如说，一个一生鼓吹思想作为旗帜、认为文学是载体的作家，在历史上我们马上可以举出五到十个大师，他认为那些描写、技术是小技，托尔斯泰和陀思妥耶夫斯基都是这样。反过来，认为艺术才是真正的本质，思想是艺术以外的东西的作家，我们马上也可以举出很多第一流大师。在当代文坛也可以看到，有各种各样的思潮，每一个思潮背后都有啦啦队，我们听到各种各样的杂音。我想作为一个作家来看，他如果抱定了说我就要鼓吹一种主义，现在北村是比较典型的，如果他就抱定了鼓吹基督教精神，他要当牧师，他要拯救人的灵魂，如果他具有和陀思妥耶夫斯基同样的天才，他就可能写出非常了不起的文学作品，如果他没有这样的才能，或这样的智力，那是他自己的事情。而同样，一个作家迷恋于技术本身，迷恋于他的方法论，他与思想毫不沾边，这样也有可能在文学史上留下他的一席之地。我觉得问题不在于偏重思想或偏重技术。比如对张承志这样的作家，人们已经不谈他的小说了，而谈他的价值取向，谈他鼓吹的东西，讲到底人们对他鼓吹的东西是厌恶的。同样有个人，刘小枫。刘小枫鼓吹的是西方基督教精神，人们为什么对他容忍，是对整个他鼓吹的东西的容忍，人们对张承志的讨厌是对他鼓吹的东西的讨厌，方式已经在其次了。就我个人而言，我情愿喜欢张承志这样的人物，不喜欢那些温文尔雅的、不死不活的人。因为我们如果睁开眼睛看，当代文坛上，确实是死水一潭。新一代作家的作品，我现在还没有看到使我惊讶的、使我非常敬重的作品，但是我已经看到他们的这种苗头是指向未来的。作家都讲，我们只管自己写得好，我对自己的作品负责。这听起来也是很虚的，我讲没有一个作家心目当中没有一个偶像，他这个偶像也许不具体，如果没有这样的偶像他的创作就没有推动力了，他肯定想要写得完美，这个完美从何而来，他能够自己设定一个完美的标准吗？这个标准是从哪儿来的？它是从文学史上来的，是从阅读经验当中来的，是从他当时的文化氛围当中来的，没有一个尺度能量自己，这个尺度肯定是他参照来的。现在我们的作家、哲学家为解决这些总是绞尽脑汁，自身的尺度和对象的尺度，怎么办，最后用一个悖论来解决，那么我们现在如果简便的话，就推到历史上去，为什么我们对莎士比亚没有争论，对韩东、鲁羊、朱文都可以有争论，因为他们在我们的眼前，那我们阅读他们的作品的时候，我们根据什么尺度呢，是根据我们对文学史的了解，根据我们的经验和现在的时代要求。我们只能根据这些去评判，就像一个足球运动员，他不到场上去比赛，拿个球在场外踢，无规则可言，人家不需要去追究他踢的好坏，除非到场上去比赛。

当然文学更复杂，但还是有一个历史的尺度始终摆在眼前，这就是我和朱文谈到过的绝对。浩然相对于他的时代是最好的作家，包括赵树理、刘心武相对于他们的时代或时期，相对于某一个时代是一个优秀作家，这个优秀作家是要打引号的，一个作家只有到脱离开他的时代，能被下一代人阅读，或下下个时代阅读，这样的作家的绝对的意义就慢慢地确立起来了。我们的绝对不是上帝那样的绝对，这个绝对就是历史，就像莎士比亚、歌德、托尔斯泰一样，他们的绝对就是穿透历史的雾障，慢慢地确立起来的。

鲁　羊：我觉得李小山所说的似乎太理想主义了，比如说好的作品渐渐确立了它的地位，这里其实有一个天大的误会，那些曾经写作过的人，有多少人的作品没有留下来，可能它们是什么样的，谁能知道呢？现在都不知道了，所以成为经典作家，成为绝对意义上的有价值的东西，这是相对的，因为这可能是运气。

王　干：刚才李小山所说的绝对的问题，我谈谈我的看法，如李小山所说浩然相对于他那个时代是优秀的作家，这没错。但他当时有一个时代精神在那里，"文革"期间有一套文学规律、小说规则在那里，如果用当时的文学规律和小说规则来衡量当时的浩然，他肯定是优秀的作家。问题是，今天正好是当时的那种一元专制的文化时代的结束，我们今天面临的是多元选择，这个时候，每个人都有可能成为一种绝对。我觉得李小山的那个绝对，还有一个一元价值的参照体系在旁边，因为只有当一元强大的背景在那里，才可能有一个绝对的价值。

李小山：问题是，如果每个人可能成为一个绝对，那么现在韩东可以宣称他和契诃夫或博尔赫斯是平起平坐的。

王　干：李小山这里又犯了一个逻辑错误，如果现在鲁羊在写一个莎士比亚的作品，同样写《麦克佩斯》，那么那肯定不是一个绝对，肯定是一个小作品，我觉得莎士比亚是与他那个时代的风尚和文学史进程有关的。

　　韩　东：我觉得实际上李小山所讲的绝对和朱文所讲的绝对不是一个概念，李小山所说的绝对实际上是一种相对，是相对文学史而言。相对文学史而言它确立了价值，就具有绝对的价值。而朱文所说，我写作我管你什么文学史，根本就不管，虽然不管，但不是对立于文学史，这可能就是没有尺度能衡量的，可以说是另一种绝对。我觉得文学史或文明史与生命这种东西相比较，毕竟非常短，它是一种相对，而我们每个人都是非常古老的。

　　朱　文：我觉得李小山讲的文学史，也不是顶真的，而是用他的方式表达的那种。我觉得所谓绝对其实是在人们心中的那种感觉，各人以他的方式感觉到的、一直照耀着他的东西。我们现在都是从人的立场、从作家的立场去讨论这些问题，但是我觉得写作这件事情是件非常自然的事情，其中不但有一个作家可以把握的主观的因素在起作用，还有一些他无法摆脱的，和他有着血肉联系的所有自然性因素在这个过程中起着自然的作用，那些不是我们可以把握的。那些因素的存在，给我们企图用我们主观的立场去很清晰地讨论问题带来了困难，所以我们只能从我们可以把握的个体的立场出发来谈问题。

　　鲁　羊：所有绝对的思想或理念当初都是个体的，当然这个个体是与整体相连的，没有每个个体，整体的绝对也不可能。尼采说过，上帝死了，这意味着树倒猢狲散，大家就不在同一棵树上采果子了，然后每个人就去找一棵树，或者几个人结合起来去找一棵树，这样就逐渐个体化，甚至他可以自己去栽一棵树，在这些个体里面，每个人又有一个绝对，所有的绝对相对起来，好像是相对关系，可是汇总起来，是一种进步，就像人类长大了一样。

吴晨骏：我赞同鲁羊的看法。我认为一个个体的写作应该而且只可能呈现一个具体的目标，这个目标是他的目标，只是他的目标，只存在于他心中。我认为，有时候人们津津乐道的为文学而献身，是虚妄的，是无稽之谈。一个人从事艺术，是因为他个人的那个——非常具体的那一个——艺术理想，他全部的工作就是明确、充实他心中的那个东西，那个目标，用自己的肉体去靠拢，以毕生精力去靠拢。滚滚的艺术潮流是后来人们的归类，个人永远要排斥所谓的艺术潮流。永不媚俗，但又要永远接近人类，这是写作者时时面临的难题。我觉得一个好的写作者在从事艺术活动时，他的姿态应该是内省，而不向外，他让人理解，也能够理解，而不是去屈尊讨好巴结他人。他作品的全部意义，只在被阅读时发生。他是被动的，永远处在被动之中。

王　干：我想再谈谈李小山刚才讲的绝对和相对的问题。实际上李小山是把文学史作为一个绝对的参照系。把在文学史中能否有地位、能否留下来，在文学史的进程当中能否有贡献，有一席之地，作为一个作家绝对的参照。但是我想文学史本身是相对的，李小山推崇的老托、老陀，只在李小山的那个文学史里面他们是很重要的作家，如果我们换一个人，像罗兰·巴特，写文学史，在那上面老托、老陀就可能是很次要的作家。80年代知识分子呼唤多元化，在90年代多元化已经有点意思了。但很多以知识分子自居的人又适应不了这种多元化。比如有些人说要拒绝宽容，我觉得宽容这个词无论从道德、伦理还是文化意义上说都不应该去拒绝它。假如说大家可以自立游戏规则，那么我觉得有一条最重要的规则肯定是成立的，比如我可以不同意李小山的意见，但我要坚决捍卫李小山表达意见的权利。我觉得这就是宽容的根本性。拒绝宽容，就使得最基本的道德也没有了，你不让人家讲话，哪里还有道德？！

朱　文：实际上李小山讲的文学史，与那些实实在在很具体的典籍是不一样的，也可以说是李小山的文学史。我觉得那些典籍，那些很具体的文学史可以认为是狗屎，但是每个人有每个人理解的文学史，这一点是绝对的。

韩　东：这里面牵扯到我们在这个时间的层面上进行写作，又有了这么漫长的文学史，就算这个文学史是客观的、外存于我的这样一个东西，我觉得，这时从态度上讲有两种态度。一种像艾略特，他说是消除自我，认为日光之下无新事，他要融入文学史，即被动于文学史，认为作家的价值要在文学史里体现，这就成了他的绝对之物。另一种态度是，即使客观情形是上面说的那样，在面对文学史时，我们与文学史之间仍然有一个相互的作用。一方面我们可能必须在文学史里面才能获得被阅读、被承认的意义和价值，另一方面文学史本身是没有生命的，它必须吸纳那些莫名其妙的、对于业已存在的文学史而言原来是并不存在的因素。只有通过这种吸纳，文学史才似乎成为有目的性的一种动向、一种流动，在那儿动，如果它不借助于每个时间上的作家的具体的写作、具体的生命，那么我觉得文学史就不能流动，这个作用可能是相互的。

王　干：再回到当代文坛，很多人在讲一些命题，很崇高，很伟大，但是拿这些命题反过来要求他们自己的时候，他们自己也不合格。他们把一些本来属于自律性的东西，比如良知、信仰、道德，不去自律，却拿去律他，去要求别人这么做，这个动机就有问题了。刚才韩东讲到这是一种文化投机主义。真正的英雄我们是崇拜的，但有很多人没有打过虎，甚至连狗也没打过，只是拿着一根棍子在那儿舞几下，却自称是打虎英雄。真君子是让人欣赏的，但现在有很多伪君子在讲那些很崇高的话题，又不能以身作则。比如说，你觉得世俗文化不好，那么你就跟这个世俗文化一刀两断；再比如，你是一个知识分子，要守住自己的清高，那么你就不要把自己的那些很伟大的话、很伟大的想法，放到那些很流行的小报上、那些媚俗的刊物上去发表，这些行为本身就显出他的不诚实和虚假性。如果说目前对知识分子有什么要求，我觉得就是要回到诚实和真诚这上面来。

朱　文：普遍存在的现象，一个就是有些人缺乏诚实的品质，另一个就是，有些人有诚实的品质，甚至我觉得不能怀疑他们诚实的品质，那么就是他们的智力有问题。

韩　东：我觉得最根本的问题是认同。所有的东西，当一个人要和它绑在一起的时候，自我也罢，神性也罢，这种认同太廉价了。现在这种现象特别普遍，小说家都在认同一个东西，然后相互之间搞来搞去。从方式上讲，当小说家一下子认同一个东西，其实就是一种钙化，跟某种东西绑在一起就说明它已经到头了。所以说，不应该认同，只有虚怀若谷，让内心空出，外面的东西才能够进来。

美丽痴迷与欲的消解

——关于《校园情结》的对话

时间：1995 年 4 月 23 日下午

地点：南京肚带营王干寓所

对话者：王干、南樵、林舟

王干：看了张旻在《作品》1995 年第 1 期上的小说《校园情结》，我觉得这篇小说在他这几年的创作中有一定的代表性，跟他的其他许多作品一样，描写的是校园生活，尤其是师生之间、学生之间的暧昧的情感纠葛和冲突。应该讲，张旻小说中写到的都被许多人写过，但张旻写出了特点与新意，走出了一条自己的路子。《校园情结》涉笔师生恋，师生恋在道德伦理上是禁区，也是学校的明文戒律，张旻写的又是中专类的学校，问题的敏感性将张旻的写作推向一个很难的地方，但我觉得张旻还是较好地把握了分寸，在这类题材的审美的艺术的表现上，做出了一些探索和创新。不知你们两位有何看法，我们一起来谈谈。

林舟：我觉得张旻这类小说的特色首先在于它们同 80 年代肖复兴等人写校园里情感问题的小说或报告文学区别开来。80 年代的作家们是从社会问题的角度切入这类题材的，而张旻是从个人生命体验的角度切入的。这就带来了艺术表现上的变化。譬如，张旻的小说不是对实际发生的事件的描述和思考，而是对可能性状态的展示；他的小说方式似乎都借助于"情结"的缓释，将内心郁积的情感、情绪铺展开来，由于对潜意识内容的关注，直接导致了他的小说方式上模糊真幻之界，诞生出多种可能性的特点，同时，缓释的过程也是小说家自我的生命自审的过程。除了《校园情结》，张旻的《情幻》《了结三章》《月光下的错误》等小说恐怕都应作如是观。

南椎：对这类题材的表现，作家的审美情趣和艺术态度很重要。《校园情结》开头有一个题记，指出小说是一种回忆，一种似真似幻的虚构，真的未必是真，假的也未必是假。这可能提示我们对他的小说作出艺术的评价，而不是误入非艺术的判断之中。他的小说视角差不多就是在真实与虚幻的模糊状态中变幻，所以我们读来会感到模糊一片，真幻莫辨。这种模糊性使它游离于道德评判之外，但它又是对情感状态的真诚的艺术表现。作者本人从他的生命体验出发，释放郁积，采取的就是从情结到"情幻"的方式；这里在艺术创造的状态中，写作的、审美的、艺术的体验与生活中的经验必然有一种距离感，这种距离感有利于艺术情感的自由活动，而排斥现实的伦理问题的纠缠。

王干：也就是说，我们不能把小说中表现的东西作为某种社会问题来评说和判断，《校园情结》和张旻的其他小说是在一种审美的情境中表现校园里的情感生活的。在张旻这里，审美的情境可以用"暧昧"一词来表述，小说中人物之间的感情、结构上虚与实的界限、文本之间的转换（小说中套置了苏梅的一篇作文和两个小说）、作家与叙事者与主人公之间的关系转换等等，都是模糊的、朦胧的，若有若无的。

南樵：这种"暧昧"的基点在于小说表现的是一个事实没有出现之前的各种可能性的假想，多种可能性造成的模糊而且流动的状态，不能以道德、宗教、哲学等这些稳定的范畴去框范，恰恰相反，它忠于情感而对这些予以超越。

林舟：从另一个角度看，正是多种可能性的展示，接近了生活的某种真状态，体现了作家主体对生命体验中的本真的原初的一些东西的玩赏，对一些造成生命隐秘的压迫的释放。

王干：同时，这也不是作家个人生活的简单的移植，虽然它显然包含作家个人生活中情感的冲突、郁积及由此形成的情结等因素，但在作为艺术表现的时候主要是借助想象力开拓丰富的可能性的世界。这里面有一个情爱与情欲的关系表现的问题，它可能也是《校园情结》出现歧义、容易引起人误读的地方。作品中的爱与欲的界限也是模糊的，分不清楚，这也许更符合人的生活状态本身的实际情形、本真面貌。

南樵：我想，王干先生刚才说的容易引起人误读的问题，扩大开去可能涉及《校园情结》里道德伦理上的一些敏感的东西，甚至还有一些可称之为恶的东西，还有一些性的描写等等。如何看待这些，克罗齐《美学纲要》中的一番话对此可能有所启发。他说："艺术不是意志活动所产生的。造成好人的善良意志不能造成一个艺术家。它既然不是意志活动所产生的，就与道德上的分别无关。……一个艺术家固然可以在想象中表现一个从道德观点可褒可贬的行动；但是他的表现，因为只是一种想象，不应该因此受褒或受贬。

世间没有一条刑律可以定一个意象的死刑或判定下狱，世间也没有一个头脑清楚的人对它下道德的判断。"文学史上没有一部带有明确的惩恶扬善的以道德说教为目的的作品成为伟大之作；莎士比亚作品中汇集了人类社会诸多的丑恶，但表现出来后从对人性深透的把握中显示出其意义，起到艺术的净化作用。具体到《校园情结》，我觉得作家本人遵从前面我们谈及的那种独特的艺术思维方式，无意于作出什么道德评判。情、欲、性的有关描写正是遵从这样的艺术表现的需要，传达作家努力求致的艺术真实而进入文本的，便无可厚非。当然这里面有一点略显刺眼的东西，我是指余宏谈的两个事件：一个是关于农民强奸少女的，一个是流氓闯进校园污辱强暴女学生的，在小说中从艺术表现的整体看，显得不那么和谐。

林舟：我想就《校园情结》的小说结构的特点谈谈它对情与欲的关系的表现。余宏与苏梅的关系从头至尾主要是在王干先生刚才所说的"暧昧"状态中进行的，其间引人注目的是小说中套置的苏梅的两个小说，它或许标出苏梅的两个生命阶段：虚渺的纯情和现实的性爱，但你说不清它是苏梅的潜意识的外露，还是余宏的潜意识的暗示，它们几乎同时存在，又有明显的错位，正是在这种错位中情与欲的纠结状态展示出来。最后是一种对接，小说同样是在较为模糊的情境中设置了苏梅以成人身份进入余宏的生活，结尾处对欲望实现的描写指向了人的存在的一种虚无状态，它就小说本身的表现而言是必然的，它流露出由情到欲，由虚幻的美到现实的性的过程中生命的挣扎、挣扎的徒然和了结不了的困惑。正是这种困惑内在地推动了作家的创造，也是在这种困惑的面对中，作家的艺术表现接近了人的存在中隐秘的本真状态。

王干：因此，如果将这样的表现归结为欲望化叙事法则，会造成误解。它不是为了欲望而写欲望，而是写情与欲的纠缠、消长，人的内在的复杂性和矛盾情形，在这样的书写中，表面的欲望化成分实际上恰恰构成了对欲望的消解，从而提示出人的生存的困惑，甚至可以用"痛苦"这个词，更主要的还是一种虚无：对价值的难以把握、无从表述的尴尬。"欲望"问题在90年代文化中是一个突出的现象，严肃的作家在涉笔于此的时候，态度可能呈现出消解的、厌恶的、客观的等等复杂态势，借此表现出对人的存在的复杂性的探求，我们应从文学的本性和人性的本真的角度看待作家们对欲望的表现，否则，不加区别地一看到欲望描写就认为是挑逗、煽情或宣泄，不仅违背作家的初衷，而且反而造成误导。

林舟：在《校园情结》中，可以说欲望的消解在很大程度上是与对美的表现紧紧联系在一起的。

王干：对。作品始终保持着对虚幻的美的执着，作品最后苏梅让余宏"闭上眼睛"的细节设计，我觉得很能说明这一点。在作品结尾作者必然推出的结果到来之前，小说对情与欲的纠结状态的表现，始终突出了青春的、纯真的美在虚幻朦胧状态下的显现。直到那结果到来的时候，"闭上眼睛"的要求实际上就是希图在结尾处那种很形而下的情境中仍然保持记忆中的幻觉的美妙朦胧的情感状态，而实际上又不可能；像苏梅这样一个原本很水灵很美好的青春少女终于变成一个稚气全无的女性，两相对照便生发出一种对美的流逝与毁灭的无限惆怅、困惑乃至于悲悯。这可能是作家个人体验中一种至深的对青春女性之美的迷恋甚至是痴迷。这显然不是一个简单的欲望化问题。

林舟：这也许就是一种情结。王干先生刚才讲的这些，我认为很切合作家作品本身，确实，读《校园情结》，包括张旻的近一两年来的写情爱性爱的小说，那种对青春女性美的痴迷，常令人想起川端康成在他的《伊豆的舞女》《雪国》及《千鹤》等其他后期作品中对青春女性之类的执着表现，在川端那里这往往是置于某种病态的情境之中进行的（尤其是后期作品），但与生命内在的痛苦及与痛苦的搏斗紧密联系。因而尽管写了病态，写了幻灭，那其中的纯美还是闪闪发光，且颇有力度。在对美、对女性之美的痴迷这一点上，张旻的小说可以说颇得川端康成之趣，但在力度上或许还很不够。但可以肯定的是，张旻在这样的表现中是忠实于作为一个小说家他与世界之间的关系的敏感与捕捉。

王干：我想张旻这样的艺术态度——对女性美、青春美、纯情美的痴迷，决定了他的作品中对女性的描写及两性之间关系的描写，不是像《废都》那样有很明显的性别歧视和性别虐待的意味。

南樵：由于这样的艺术态度和艺术方式，我们对张旻作品中的性的有关描写就不能是与生活对等的方式处理。生活是复杂的，小说也是复杂的，小说家写作更是复杂的，小说发表后产生什么效果尤其复杂。但面对一个作品我们首先应该从审美的艺术的角度去看，而不能把它看成新闻或教科书，否则作家没法写作。即使从社会效果考虑，作者也是有所顾忌的，态度是严肃的。比如余宏与苏梅之间的关系作为老师与学生之间的关系，作者将他们的行为心理加以表现的时候，是置于纯情的氛围和幻想浪漫的状态之中的。在性的有关表现上，作者也力求在不损害整个艺术表现的需要的前提下有所节制，尽量不直露。

林舟：而且有关这方面的表现也是笼罩于叙述的情绪化、朦胧化之中的。前不久我曾在与张旻的一次谈话中涉及作品写作中的修改问题，他告诉我说修改中的删除主要是针对这方面的描写而来，他在这样做的时候服从于美的原则，同时也有所考虑它的社会效果。

王干：《校园情结》的上面这些方面的讨论，可能还必须涉及它的叙事的一些具体特性。而《校园情结》这方面的一些特点在张旻近年小说中也是很有代表性的。一般来说，小说叙事中，作者、叙述者、人物三者的距离要拉开，转换视角的时候至少换一种语言，或语调或语言节奏上有变化，有时甚至语言编码都要更换；叙述者的语言与人物的语言也要有所区别。但是张旻的小说中，所有这些都连为一体、混沌一片，叙述的语调始终是一种迷恋的、痴迷的、憧憬的语调，没有变化。这种叙事语言形态很适合小说意欲表现的情感、情绪和深层心理内容的暧昧状态，作者借此努力摆脱了小说叙事上的困境，力求多面立体地展示情与欲的纠缠。这在艺术上可能是一种尝试、创新。但在这种叙事形态下，作者的立场、叙述者的立场、人物的立场等等笼而统之，不加区别，可能也是他的小说容易引起误读的原因。不知你们是怎么看的？

南樵：我想，作者所感受的生活状态本身可能是平淡的、平白的，所以那种宽松、平淡的语言正好适应这种状态。同时，小说又是幻想性的，语言上体现为那种痴迷、憧憬的调子，又是对生活本身状态的打破。再者，这种语言来拼接小说中的故事，能取得抹杀界线的模糊效果，这种模糊可能至深的原因在于作者的生命体验与生活实际之间的距离造成的关系，这让人想起曹雪芹对秦可卿之死的模糊叙事，在这种模糊的叙事语言形态中，我们可以隐约感受到写作者内心某些难以言传、不能说白的隐衷。但就《校园情结》而言，我觉得严格说来，小说中叙事与叙事之间的转换还是有点简单化。

林舟：除了两位提到的迷恋的憧憬的调子，我想补充的是《校园情结》及张旻近年小说中叙事语言的特点是其中传达出的淡淡的忧伤，产生出一种优柔的美。整个说来，王干先生刚才的剖析可以说道出了张旻小说叙事语言形态这样的特点，那就是它擅长于营造情绪氛围，如一潭静水浸泡着你。在《校园情结》里这一点表现突出，应该讲它是适合于作者的整体艺术构思和美学追求的。但这种语言在叙事的撞击力上就很难说了，虽然作者好像也力求做出一些变化。

王干：是的，他做出了一些变化，比如说《校园情结》里，搞一些复调、多重奏，努力不让故事单调，使叙事复杂一些、容量大一些，小说中两次转述小说（苏梅的两篇小说）就是这样，但我们看到叙事者是用同样的语言进行的，叙事行为与人物行为重合在一起，情节行为在心理活动的叙述中似乎取消了。这样有限的反差，有限的对比，是不是有可能削弱叙事力呢？如果老是这样，形成自我内封闭的循环，可能很值得注意，我想作者应该在这种笔调之外，寻求强大小说叙事表现力的语言方式。

林舟：又一次涉及小说中套置小说的情形，我想，它可能还有以小说说明小说，带有点"元小说"的意味，只不过采用的是不加变化的语言形态显得模糊一些，如果你将里面的小说挑出来看，会觉得它与整个小说是相互映照、相互说明的，构成所谓"互文"的关系，这也很符合欲望的消解的意图。回到小说的语言形态上来，我觉得王干先生的担忧和希望不无道理，确实，那种叙事语言的浸泡状态，长此以往，可能会影响他向更大的更宽广深厚的小说境界迈进。

南樵：应该说，小说叙事的语言形态是小说家生命体验进入艺术表现领域的直观显现。我觉得张旻的《校园情结》，还有《情幻》等其他小说，在对人的情感的复杂性方面的表现是颇为独特的，这是他的小说在当前的个人化话语运作趋势日益明晰的背景下引起文坛关注的重要原因。同时我觉得与二位刚才谈及的他的叙事语言形态引起担忧紧密相关的一个问题是，他对生活的敏感的触须，完全可以伸向更为复杂的领域，或者说是伸向特定领域的更为复杂的状态，比如说校园生活就我个人体验而言，其复杂性远甚于《校园情结》所展示的内容。当然我这样说全无否定《校园情结》这类小说在艺术表现和审美追求上显示的意义的意思。

林舟：我想你的意思或许是，张旻的小说应该在他现有的艺术追求（比如说，那种朦胧的梦幻般的同时又透明的单纯的艺术表现）与更为复杂的生活感知之间获得更大的张力，从而更深地切入生命体验和人性的复杂状态。

王干：对，张旻完全有理由继续他的描写对象，坚持他的艺术方式和美感追求。另一方面校园生活是非常丰富的，除了情欲之外还有更为复杂的东西；即使从情欲表现这一角度切入，也可以写出更丰厚沉实更富于变化的作品来。我们当然不能也不必要求作家写什么，我们不过是提醒张旻这样富有创新意识的作家不让创作上的自我迷恋影响创造力的发挥。我相信，张旻在自己走出的路子上会达到一个更深厚更博大的艺术境界。

离我们身体最近的

——关于"城市与城市文学"的对话

时间：1998 年 4 月 16 日

地点：南京刘立杆新居

对话者：王干、刘立杆、韩东、黄梵、楚尘、顾前

王　干： 今天请大家来，主要想探讨一下城市文学在写作上的可能性。就中国现代文学而言，城市文学之所以没有真正发育起来，主要原因在于过去中国是一个农业化的小农经济的社会，虽然 30 年代有过短暂的写城市生活的时期，由于抗日战争的爆发，这类作品急速锐减。新中国成立后，这种反映城市生活的文学，基本被车间文学、工业题材的文学取代了。而新时期文学，我觉得成绩最大的，还是那些以乡村为背景的小说，比如那些五七年被打成右派的作家作品，知青作家作品，前者被打入过社会底层，被城市抛弃过，后者则是从城市到农村，所以他们小说的参照物是农村。他们中虽然也有人写城市文学，但基本上是沿袭五六十年代工业题材的

路子，像《乔厂长上任记》等。真正写城市人心态的作品，在1985年倒出现过几篇，如徐星的《无主题变奏》、刘索拉的《你别无选择》。可当时无论作家、评论家还是读者，对这两篇作品的评判不是以城市文学为参照，是以现代派还是伪现代派这种价值取向去判断的，因而对作品中描写城市人内心焦虑的内容视而不见。接下来的寻根文学基本上还是写乡村生活的，写宗法社会、蛮荒社会中人的心理结构、文化结构被异己的东西取代了。进入90年代了，才出现了一大批写城市的作家，如韩东、朱文、鲁羊、张梅、徐坤等，他们以城市为背景，描写城市人的生存状况和心理状况。再如，最近的棉棉等，开始写90年代的城市生活、城市人的精神风貌、心理负荷。

今天我想把讨论重点放在90年代的城市与90年代的城市文学的关系上，因为在座各位都很了解90年代城市文化人或知识分子的生存状态。以前虽然也有人探讨过，但很少是从90年代城市本身的发展，从90年代文化本身发展的需要这个视点出发的。

刘立杆：我觉得城市与城市文学的关系特殊，已经形成了一个值得注意的现象，里面的东西发人深省。首先，城市给人们一种物的感觉，城市的物质是城市人必须面对的，在这个方向上它似乎给予了一种现成的写作背景，比如朱文的小说（可能不太准确），与物质是卿卿我我的、水乳交融的关系，正如有人讲的，"当作品中的人物走动时，他身上的物质闪闪发光。"另一个方向是，人在城市的压力下趋向内心，呈现个人化的写作面貌，作者对城市的认识、感受方式以及程度的差异，使这一类的写作千差万别。

韩　东：用物质这个概念来描述城市文学的某种特征，对我很有启发性。但我觉得朱文的小说不是那回事儿，现在许多人有类似的曲解，说他的人物在一个物质化的商品世界里如鱼得水，好像在拥抱这个世界，这肯定不真实。的确城市在膨胀，信息在爆炸，我们处在一个空前的物质迅猛增加的时代里，面对此景，的确有一些作家，他们在唱赞歌，如鱼得水，但朱文恰恰不是这样。他作品中那些人物，情绪其实都很绝望。

如果非要把城市文学作为一个问题讨论，大概主要指的还是题材，或者说故事发生的背景。现在以城市为背景的小说多了起来，大家的兴趣集中到了这里，作为一种现象，我觉得至少说明了人们家园的丧失。从巴金的《家》到80年代的寻根文学，直至《白鹿原》，都是写家族变迁史或家园的兴衰，再往古代便是《红楼梦》。究其精神的根源，无非是大家觉得活得有根有据，活得不困惑，虽然面对未来尚有疑问，但他们知道自己是从哪里来的。而现在，我们不仅不知道往哪里去，也不知道是从哪里来的。我们和广大的土地失去了联系，和家族、宗法的联系都变得乌有。在城市中家族观念淡漠了，市区在变迁，许多人一次次地搬家，租房子住，没有固定不变的村落，没有世世代代在这里生长的感觉，一切都处于悬浮状态，但这些东西其实在心灵中已先于它们发生而发生了。

黄　梵：不知大家是否注意到，城市与城市文学的关系是可见与可读关系的一种有趣的现象。所谓可见，是人使用身体时遭遇到的物质。过去许多人把经过精心挑选的可见之物视为文学理想，甚至作为小说成立的唯一前提。他们热衷于采风之类的"文学生活"，明明生活在城市里，却一往情深地去写乡村。通过这种仓促而功利气十足的生活，他们的确充实了眼睛，但不是心灵。他们不是把文学筹码押在心灵的能见度上，而是眼睛的能见度上。由此心灵成了可以在生活内外搬移的东西，随时搬进或移出他们的城市生活。所以当他们回到城市中间，可以按照他们固有的文学习惯，对周围的一切视而不见，以为与文学相关的生活结束了，也许他们可以用实际的血缘现实来替自己辩护，许多家庭仅仅在一代或两代前，才从乡村搬到城市，但这并不符合心灵现实，他们忽略了心灵是永远跟随生活的这一事实。只有在我们自己独有的别人无法取代的生活中，心灵之门才会正常开启，它可读而不可见。从这个意义上说，乡村文学、城市文学的提法既有诱惑，也有危险性或虚幻色彩，除非是相对于我们必不可少的生活而言。

在城市中，对我们至关重要的，是对置身其中的生命状态的认识。一方面它摆脱不了一个古老的定数，好像体内藏匿着一个古老的探针，它受制于自然法则，反应的方式似乎亘古不变，比如性欲、私欲、自我保护等等，这些都源于人的古老的物质性，当它们被投入到这个人为的法则体系，受制于相关的法律、公共关系、城市人的准则等等，不可预见的摩擦、碰撞便产生了，结果或者是相互消解的，或者是相互激励的，文学应该是心灵对这些关系的最有力的捕捉。过去它们之所以被忽视，许多城市作家在作品中倾向于认同乡村，我猜测他们屈从于自然律的无上权威，殊不知人就是一切决定论的天然的反抗者。

王　干：除了城市与城市文学的这种内在关系，我觉得还有另一个理解的途径，即从 90 年代精神生长史的角度出发，它的意义绝对深远。为什么大家突然对城市感兴趣了，除了城市本身发展起来外，还有另一个原因，就是我在谈鲁羊小说时用的一个词：家园已废。我觉得 90 年代城市文学的兴起，与 90 年代的作家发现家园已废的精神绝望有关，与一种价值体系的崩溃有关，从而使我们必须正视当下，正视在城市这个怪物中的当下的心灵，例如邱华栋，他大写城市表象，超市、高楼、酒吧、时髦女郎、高级香水，对这种描写城市表象的作品大家可能不以为然，但至少他开始意识到城市这个怪物他已经不能回避了，必须接受和介入其中，因为家园已废，后面没有退路了。

楚　尘：我觉得城市只是一种场景，乡村也是一种场景，进入90年代以来，城市和乡村的界线越来越模糊，城市有的，乡村很快也会有。我注意到，比较活跃的作家都集中在城市里，而我的感觉恰如韩东所讲，没有家的感觉，不仅在乡村，在城市里也找不到了。我深深感受到城市生活所带来的无名的恐慌。现代城市与过去城市的巨大差别在于技术的闯入，人成了技术的奴隶，譬如流水线上的工人，他完全被机器奴役了，他没有自主性与创造性，这是人的悲哀。显而易见，人的自由正一步步地丧失，人里面属于人自己的东西越来越少了。你瞧，表面上看，技术的进步似乎有利于频繁快捷地交流，电话、电脑网络等已把人类生活建立在崭新的形式上。一方面有利于交流的物质基础在积累，另一方面人摆脱不了更深层面的孤独、悬浮和虚无感，人与人之间那种实质性的精神交流变得更困难了。所以现在提城市文学这一类的口号，让我感觉相当虚无，相反把它作为一种现象，倒是说明90年代的作家更加自觉，更加关注自己生存的那个空间，那些有天分的作家都已经回到了自己甩脱不掉的、刻骨铭心的体验之中，生活与他们的作品已经是息息相关的，骨肉相连的。这为一大批好作品的出现，造就了有益的风气。

刘立杆：我自己从来就没有乡村生活的经验，很可能我的祖辈也有乡村生活的背景，但这种背景对我不起作用。比如有人会乐意把乡村作为一种象征、精神家园、诗意的比喻，但与我毫无关系。

从小我就生活在城市里,如果追溯自己写作的渊源,那只能是城市里的东西,我生活里的东西,我无法想象它还要借助我生活之外的什么。另外城市是一种不断膨胀的东西,它不仅在同化乡村的生活,而且在空间上也给予乡村无情的压力,许多村落现在都变成了城市。

韩　东:但80年代的城市和90年代的城市,我认为两者完全不一样。现在的城市越来越有意思了,作为一种符号变得更加有力,在揭示存在的真理方面变得更加有力。比如,在深圳那地方,男男女女一拥而去,没有什么永恒的感觉,大家的想法就是捞世界,完了后回到内地开店、办厂,在那里一切都变成了临时的,与世世代代在家乡的感受完全不一样。男女需要临时做伴,互相取暖,恰如人生如梦人是过客这一类真理协调一致。人生就是过客,就是临时的,没有什么是永恒的,这些认知给人的心灵以强烈的震动。像那些描绘城市表象的作品,我不太喜欢,也不赞同,因为他们把一种背景的东西推到了前景,这样的作品恰恰是没有灵魂的。说没有灵魂,不是说心灵受到了挫伤,不是说揭示了没有灵魂,而是就是没有灵魂。我觉得重要的,不是把背景的城市当成唯一的东西,而是考察在城市迅猛变化的加速度中,在与作为背景的城市诸种关系中,那作为古老的、进化极其缓慢甚至不进化的灵魂与之形成的张力。

黄　梵:如果把城市文学界定在对城市的浮光掠影上,恐怕与80年代一些采风式的写作,本质上没有什么两样,仅仅是对象变了,相互关系并没有改变。我觉得王干提及的后一类作品,才是真正直面城市本性的,在那里一切与我们相关的东西都会以各种方式出场,我们与它们的关系是人与风筝的关系,而不是相反。这与80

年代说的"自我"不是一回事儿，那种方式是自闭的、不参与的，拒绝乡村也拒绝城市。那种自我仍然是一种符号，不能全面地代表人性。生活只能以人性为中心的半径展开，从这个视点出发，眼睛所看到的城市，与心灵所看到的城市便是两样的，它们之间的联系因而变得微妙，富于色彩和变化。比如，现在城市被赋予一种神话色彩，它代表进步，对乡村而言，还代表未来，尤其在中国，城市甚至把西方几百年的进程浓缩成十几年可见的巨变。如果文学仅仅是这些变迁的巨大的记忆库，它肯定是最不可靠和最不真实的，因为它隔绝了人性。到底是什么能给我们所没有的乡村生活提供本质上的巨大反差？我觉得就是说出自己拥有的，这包括想象和创造，这既是文学的自留地，也是想象力爆发的最有力的方式之一。

王　干：那些写城市表象或城市符号的作品，是城市文学的初期成果，还另有一类作品，城市不是作为一种巨大的标志性建筑或标志性符号出现的，没有出现地铁，但作品描写的那种生活不可能发生在乡村或80年代的城市，只有在90年代的城市这个大背景下，才能产生那样的故事、情感纠葛、心灵轨迹、灵魂碰撞等。

楚　尘：不管城市生活也好，乡村生活也好，总之我们面对的是变化，既迅猛、眼花缭乱，又意想不到，它越来越容易与我们的想象力发生脱节、冲突甚至相互混淆，为此我们必须保持清醒的意识，从一个属于我们自己的视角去观察它。我们无须去问自己能否接受城市生活中的诸多变化，能否接受技术或新的事物，是否以喜悦或恐惧的姿态凝视它，重要的是关注这种变故背后的深层根源，人和人的生活为何会变得越来越让人捉摸不透？

顾　前：人其实与植物、动物一样，乡村无非使人与自然更近了，城市与之是背道而驰的。许许多多描写城市的作家洋洋自得，在城市这个人造的物质世界里如鱼得水，滋生了优越感，他们津津乐道于眼见的东西，他们的确描绘出了城市，但没有描绘人。而另一类城市作家，他们写人，写作为一个人的新鲜感。只需我们回想小时候，人是怎样熟悉环境的，怎样与陌生的环境作斗争，就会明白人的新鲜感从何而来，就知道外部世界的物质每时每刻无不与人自身发生冲突。我觉得，城市文学不应该津津乐道于我是一个城市人，大城市的人，或北京人，而只应着眼于人，始终保留人的那种有点原始的新鲜感，因为城市世界对人来讲肯定是不对头的，甚至不适合人。刚才楚尘讲的，乡村中没有活跃的作家，我想原因恐怕是，人在乡村时的新鲜感以及与物质的冲突不很明显。相反，在城市里，人的新鲜感越来越强烈，如果我们不能关注这些，而洋洋自得我们是城市人，那我们就没有必要再写城市了。

刘立杆：我觉得是不是可以提出这样一个概念，当下的文学就是城市文学，现在我们到了城市文学的时代。归根到底，城市是人居住的地方，城市与乡村除了有生存环境的差异，人的密度、拥挤、摩擦、相遇和冲突是实质性的。

王　干：作家突然发现了城市，表面上看似乎是个题材性的问题，但我觉得可能是文学中的某种想象关系发生了变化。一方面，过去的文学想象的立足点是文化、宗法，它给想象提供了强大而稳定的支撑，但今天这个支点实际已被破坏，转而我们只能在自己的生存空间里寻求想象的立足点，如城市、当下，作家更关注自己的心理形态、心灵现实；另一方面，作家身份的改变恐怕也是原因之一，一大批城市自由撰稿人出现了，他们是最能感受城市痛楚的，同时他们与城市的关系又是疏离的，是城市的寄生物，这样他们便能以局外人的目光审视城市，叙事时保持绝对客观、冷静和虚无，这种虚无的态度无疑允许容纳比从前更丰富的东西。

韩　东：灵感源泉可能是城市文学中至关重要的问题。现在的写作与80年代的写作之所以不同，恐怕难说是以城市为背景写作，还是以乡村为背景写作的问题。我体会到的写作，是面对现实，写当下，写现在时。一些作家写作的动因，在我看来是虚假的。比如很遥远的故事，关在书斋里通过阅读产生的想象力，这类东西总让人感到有欠缺，贫弱无力，与我们的血肉之躯是有距离的，与生活赐予我们的东西不相称，这种写作绝对是病态的。虽然这种写作也是可能的，但与我们这一代作家不相称。在这个世界中我们感到了各种压力和破裂，有时是伤及皮肉的，直指灵魂的，对我们而言它们构成了一种力量。一方面我们受这种力量的摆布，产生了部分或全面的变化，另一方面它也是我们想象力的来源。由于有了这样的想象力，城市生活的险恶、无常、可怕——有时甚至体现为巨大的快乐，就像吸毒，在一瞬间就给你绝对的快感，接着跌入无限的痛苦中——这些变化本身，能量分布得不均匀，不稳定，由此引发的刺激比在书斋里、单纯的文学时空中产生的刺激要强烈得多。如果我们远离这些刺激，仅仅把它归结为现实生活，而去写另一类东西，我们无疑远离了一个非常强大的源泉。从这点上讲，这样的写作就不真实。放开那些能让你跳起来的东西不顾，说这些是非文学的，而去搞常规的、书本的、"文学"的东西，无疑是彻底的变态。从这个意义上讲，我们这一代作家的写作是真实的，敢于面对现实，把自己的生活与写作合二为一。我说的生活不是指过日子，而是打击和抵抗。

楚　尘：说到那些远离自己生活的写作，远离体验的写作，如果说法极端一点，这样的作家写得越多，制造的垃圾就越多。因为你在城市里不可能足不出户，光活着这件事，你就得被迫走动、交流，而对无时无刻不在变化着的生活，我们不可能无动于衷，除非你已成了一个废人。另外生活时常展示它新颖的一面，一代人眼中的怪物，成了另一代人自然接纳的东西，如果我们不写自己，差别从何而来呢？

顾　前：从小我们就受到勇敢、荣誉和善良的教育，但在城市物质膨胀的现实面前，这些仅仅是一厢情愿的理想，人之所以变得不对头，与人际关系的改变直接相关，它被物质冲得七零八落，面对这个日益扩大的距离，人其实非常苦恼，因为那些理想已经毫无用处了，最重要的是，那些文化已经一无是处了，但许多人还背负着。如果一个人真能活得跟动物一样，他肯定不会有问题，有问题的是文化。

黄　梵：对这一代作家来说，为什么提城市文学比提历史文学、宗教文学、乡村文学等更有意义，我想原因在于，历史、宗教等这些东西不具备利他性，它们都有自己的利己的通道，文学只是这个通道中的附属品，它的产生纯属偶然，要使它到达极致，完全要凭万分之一的运气。而城市文学则不然，它涵盖的东西就在我们身边，对我们来说是第一次的，不是二次或二次以上的拷贝，比如，历史的、书斋的，或者我们没有经历过的乡村生活，对我们而言就是二次的，是一种经过多次反射、折射得来的东西，因而也相当的不可靠（韩东插话：是一种自我循环），它已经远离了作为人的那种真实性，尽管这类作品中也有人的气息，但与构成生活的那个中心是远离的。对构成生命质量的这个中心，我们可以蔑视或引以为荣，或带着道德校正的眼光，但它岿然不动，与我们的态度无关，而当文学向这个方向运动时，文学就与我们自身的那种巨大的创造力发生了联系。过去在各种思潮中，对这种创造力的来源大家总是发生怀疑，满足于制造各种虚假的神话，我不否认 80 年代一批生活在乡村或有过刻骨铭心的乡村生活的作家，写出了优秀的乡村小说，但对我们这一代作家来讲，城市文学肯定是离我们身体最近的，它时刻关注我们身体的反应，因而它不再是一个概念了。

刘立杆：对我个人来讲，对城市文学我无法作出判断，因为我生活在其中，失去了参照物。其次城市对我来说是一种接触，而且这种接触不是一种全面的，一个面上的接触，它是断断续续的，是皮肤上扎针的那种接触，尖锐而痛楚，这种接触使得生活在城市中的每个人都被边缘化了，他不知道城市的中心在哪儿，他与城市的关系是，他好像在城市的边缘。

楚　尘：对在城市中人的身份的变化无常，我也有深切的感受，我觉得自己就是一个身份不明的人，我越来越对自己在城市里担负的角色感到迷惑，我既融不进那种生活，又不能完全脱离开来。比如我对报纸的态度，上面尽管充塞着各种各样的城市生活，但我几乎不读，我几乎毫无兴趣，这些生活没有一个与我有关系。自己像被城市分离出来了，人走在大街上非常恍惚，感觉灵魂已经飞出了身体。我的写作肯定只能追随我的灵魂，而不是那种表面的生活，从而找到自己，确立人真正的存在。

黄　梵：我感受到的城市肯定具有双重性。一方面那些摩天大楼、街景，这些表象的东西是确定的，符合几何和力学意义上的规划，它们企图让你相信未来是可以预见的；另一方面，城市又给我巨大的未知性，在这样巨大的居住密度下，各种关系中的未知性突然增加了，因为交流已经不是你自愿与否的问题，它简直变成了压迫，在城市中自我囚禁的可能是没有的，由不可预知的交流产生的大量未知，如艳遇、突发事件、瘟疫突如其来等等，这些无疑对我有一种吸引力，如果它与人心灵里的那些未知，即对人自身的探求等，通过某个事件发生了联系，我的写作激情就会喷涌出来。正是通过写作，心灵在城市诸多未知中为自己打开了一个空间，看到了人捍卫自身的种种可能性。

顾　前：写作是我寻找宗教的一种途径，因为城市生活使人们远离了信仰和上帝，这并非是因为人们不需要它们，只需考察一下人类重要的活动，就会发现无处没有信仰的影子。我不是从好坏来判断人的，而是千百年来的文化已经使人过于自大了，也许我的写作就是矫枉过正，过去的文化太忽视人的这一部分，有粉饰人类之嫌，故而不完整，我绝不是出于仇视人类而写作，是因为我对人类中心说，各种文化的中心说厌倦了，不再相信。说得极端一点，人甚至不配用一种植物来形容自己，用花的美丽、山的雄伟来形容自己的人，肯定是没救的。

刘立杆：比照自己，有两个方向可以探寻，一个是"生活在别处"，别处是不确定的，但我向往着；另一个是我甩脱不了的城市，虽然它纠缠着我，但似乎与我又没什么关系，说得确切些，是对城市生活熟视无睹了，它造成了感受的丧失。所以场景与回忆左右着我的写作，一方面城市的各种东西附体在我的身上（韩东插话：是一个受益者），另一方面我怀疑眼前的生活，因为它使我麻木，而回忆给我的是时间伸缩的变化感，在对比和变化中给我以新的刺激。当然有时我写的东西很遥远，但如果没有当下作呼应，没有现在作对应物，它肯定是虚弱的。所以如果我写了唐朝，那只能是90年代的唐朝。

王　干：今天我们讨论了城市文学的种种可能，从城市本身、文学本身，从城市、文学的变迁等角度审视了这个论题，我觉得所有的话题都处于不确定的状态，只能视为当下的阶段性的认识，因为城市和城市文学还处在发展之中，很可能过了一段时间，在座各位的作品和言论会把今天的认识消解或全盘否定掉。所以关于城市文学，我想申明一点，城市文学不是一个旗号，只是一种概括方式，因为许多问题纠缠在一起，需要一个总体的审视，有时一个词便能发挥这样的作用，"城市文学"就是在城市这儿打一个阶段性的结，至于以后能否解开这个结或者又结上加结，谁也无法预料。因而今天的讨论不是为城市文学定一个性，或者定一种模式。

女性美·女性的困惑·阴柔·南方

时间：1990 年 1 月 25 日

地点：南京

对话者：王干、费振钟、储福金、黄蓓佳

王　干：中国新时期文学一个很重要的特点，就是大量青年女作家的出现，虽然十七年也出现了一些女作家，像杨沫、茹志鹃、宗璞等人，但数量上要少得多，没有形成一个女作家群体。这些年来女性形象的塑造也取得了异乎寻常的变化，这一点较之过去，更反映了女性文化的进步。女作家与女性形象之间并不能画等号。黄蓓佳是理所当然、难以更改的女作家，对女性自有深刻的体验和了解；而储福金又擅长描写刻画女性形象，肯定有很多想法和高见，我们今天的话题就从这里开始。

费振钟：中国作家写女性，张爱玲写得很好，无论是从家庭小说的角度来说，从女性小说来说，还是从俗小说角度来说，写得最好的还是张爱玲。张爱玲写得最深的是传统女性的心理状态，很难从女权主义角度评价她，女权毕竟是西方对女性意识觉醒的一种概括。中国作家无论是男作家还是女作家，基本上遵照中国的传统心理来写，描写女性很细腻的感情，对中国女性带着一种道德判断。张爱玲的小说以及当代的一些女作家的小说还没有那种完全反道德传统的写法。储福金说他要写"三个坏女人"，我想，储福金不会从反道德的意义去写这三个女性，肯定是一种道德判断。中国的小说如果从道德判断的角度去写女性，就不可能与西方的女权主义等同看待。中国的女性小说大致有两类，一种以家庭生活场景为主，主要放在比较狭窄的家庭圈子里去表现中国女性所承受的各种痛苦以及对生活的理想；另一种从比较大的社会范围当中去写女性，这种女性往往是放在新的文化影响和新的文化气氛当中来写的，从个体女性身上表现出对整个社会的反抗，刘索拉的《你别无选择》《寻找歌王》以及张抗抗小说中的女性都是这样。这种反抗有特定内涵，一方面表现了中国女性的个性但又不完全，因为这种个性要求，是基于"人"这一意义上的，而不是"女人"这个特定的概念上的，即不是"女性"的觉悟与要求。所以，她们的小说，表面上趋于道德的反叛，而这种道德反叛是否真正完成还很难说。黄蓓佳最近的小说介于家庭与社会两个范围之间，家庭的内涵最近有所加强，她描写知识女性要有一种独立的意识，但感情上又摆脱不了对男人的依附，她的《这一瞬间如此辉煌》有这种矛盾。现在她的小说有一种"私小说"的味道，家庭的味道重了，《法式洋房》《玫瑰房间》《阳台》都回到家庭当中。这就改变了她过去小说的抒情性质，我在评论她的文章中已经说过了。储福金的小说从一开始，对男性基本上是忽视的，里面的男性不如女性。男作家写女性是一种矛盾现象，但也许会写得更好。黄蓓佳说过这样的话。

王　干：男性作家往往把女性形象写得更美，写得更深刻。他们写女性往往带着更多的理想和想象的成分。中国文学历来有阳刚和阴柔之分，可是《红楼梦》这部小说很奇怪，没有一个须眉充满阳刚之气的形象。

费振钟：也有一个，柳湘莲。

王　干：柳湘莲也是侠骨柔情，不是那种海明威式的硬汉。

黄蓓佳：还有焦大。

费振钟：焦大是一个被嘲弄的对象，是一个小丑式的人物，中国的家庭小说从《金瓶梅》以后就重点写男人了。

王　干：西门庆的男性特征还比较明显，贾宝玉身上的阳性特征几乎到了零点。中国古典小说，《水浒传》里有武松这样的英俊小生，《三国演义》里有关羽，《三国演义》《水浒传》可称得上是"男人的世界"，《西游记》也是以男人形象为主体。《红楼梦》里写得最好的全是女性，如果按弗洛伊德的精神分析学说来看贾宝玉，就会发现贾宝玉有第二性特征。男性作家写女性，女性作家写男性，都有一种反差。男性作家写女性往往把女性的弱点、缺点掩盖掉。

费振钟：我插一句，女性作家写女性，是对女性的暴露，男性作家写女性是对女性的修饰。（笑）

王　干：黄蓓佳以前的小说基本是在"寻找男子汉"，向往硬汉的形象，她以前小说的格局还比较开阔，现在走到家庭的格局之中气魄要小了，但作为一个女性自身的体验要比过去深刻了。我觉得储福金写小说基本得力于《红楼梦》，他的《紫楼十二钗》与中国《红楼梦》《聊斋志异》是一脉相承的。

费振钟：《聊斋志异》里没有一个男性是阳刚的。男人在书斋里读书觉得很孤独，然后出现美女，安慰一番，情意绵绵。储福金

414

的短篇小说从人物的角度来看，更接近于《聊斋》。

储福金：刚才振钟讲到男性写女性的问题，王干说到女性美大于男性，就像画画一样，画的人物也是女性居多。我们的文化的创造者几乎全是男性，虽然现在女性参与整个文化的创造，但已经基本形成固定的角度，要改变也不是很容易的。这一角度经过上千年的发展。

费振钟：也就是男人文化，男人写女性有时带着性别剥削。

储福金：我一开始写小说就是要写一些美的女性，刚才振钟说到我的《三个坏女人》的"坏"字应该加引号，没有社会上任何坏女人的一点影子。写完"十二钗"以后，我由于习惯写女性，仍然必须写女性，通过写女性表现人生的意味。现在想写得客观一点，饱含人生的东西更多一点，中国女性美带有温柔、贤惠的特点，多少年来，男人塑造女人往往也按照这一原则去做的。为什么现在有些小说写女性像刘索拉总使人感到不实在，这是因为几千年来女人的意识已经被男人塑造了。

王　干：刘索拉笔下的人物也是存在的，是前卫女性的形象，是西方现代文化冲击波影响之下加上特定年龄青春期骚动的结果。

储福金：我总感到有一点，中国女性形象从温柔恭俭变化到刘索拉笔下的女性"强人"这一步应该有一个过程，而这个过程往往被人们忽略了。为什么我们现在对女性形象不满足？这是社会前进的结果，但还没有前进到完全西方化。为什么说这样一些小说是喝牛奶吃面包长大的，不像中国社会的产物。这就是缺少过程。我认为这一过程是很复杂的过程，如果把这样一种既受到现代社会冲击，还受到几千年来旧文化男人文化束缚的女性的矛盾状态表现出来，就很有价值。当然现在社会仍然存在那种符合男人文化的女性美，也可能存在完全西化的女性，但是应该说我们社会的绝大多数的人仍在矛盾当中。我接触了一些女性，她们往往想冲破旧有的束缚，但又不能冲破，我与黄蓓佳也谈过，就是我们的女性与男性接触时总有一种吃亏感。比如上公共汽车被男人挤了一下，就会觉得被揩了油、吃了豆腐，她不可能感到她撞男人一下占了便宜。即使嘴上承认了，心里也不承认。

费振钟：我认为你仍然是一种古典主义的想法，这种古典主义想法有时候仍然是很好的。像川端康成的《雪国》《伊豆的舞女》，你与此是非常一致的。但女性作家也不甘心，比如黄蓓佳现在笔下的女性就带有不少的"邪气"，她现在也要剥削别人。

黄蓓佳：（笑）

费振钟：她们忧郁的性格里加一种"邪气"。"邪气"在女性作家当中正在抬头，而男性作家则很少写。

储福金：日本的川端康成，我曾经非常喜欢。

费振钟：现在你还有川端康成的影子。

储福金：但我现在有一种不满足感。我认为黄蓓佳写得好的地方不是"邪气"，她没有到"女权"的程度。黄蓓佳的小说里女人即使与男人春风一度，但之后仍感到后悔。

王　干：黄蓓佳以前的小说对男子汉有一种依恋，而现在对男子汉有一种不满足感。

储福金：中国有不少女性在冲破传统时反而迷惘混乱了，她们受着传统习惯的压力，又想冲破，又冲不破，这是女性最痛苦的时候。她一方面要被社会上认为是坏女性，一方面又不能完全拥抱现代文明。所以心理非常复杂。我对《紫楼十二钗》有不满足，当时我没有能够把这种复杂矛盾的心理把握好。另外，写女性小说往往局限在女性这一点，我认为应该从女性身上透视整个世界、整个人生，不应该写得太清楚。

王　干：福金想写一个古典女性转变为一个现代女性的痛苦经历，这很有意思。写新旧交替时期的女性，福楼拜的《包法利夫人》是经典。

费振钟：这是一部现实主义向现代主义过渡的小说。

王　干：《包法利夫人》今天看来，仍有多重价值。如果说以前的小说描写女性有什么缺陷的话，我觉得信息量还不够丰富，社会生活的容量还是有限。

储福金：文艺作品也可以写与生活不相近的内容，比如《西游记》，《红楼梦》也是。我想写女性处在转折时期的痛苦过程，但她个人并不一定感受到。我们如果自然把这种过程表现出来，就会有丰富的信息量，我们从小说家的角度看，从理论的角度看，她是痛苦的，但她生活在其中并不能意识到自身的痛苦，即使有也很快就平静下去了。即使少数人意识到这种痛苦，大多数人还没有意识到。

王　干：你刚才讲的包括前面讲的有一个错误公式，你总是以大多数、极少数的比例来谈论文学的价值。大多数是会有价值的。有时只有一个人才具有的意识就有价值。你的意思我明白，就是文学写人更有普遍性，大多数代表典型性，其实不一定。

储福金：真正表现生活底层实在的内容，要反映大社会信息量的作品就要从最普遍的现实生活当中提炼出典型的东西。

王　干：文学当然要典型，特别是一个长篇，没有典型怎么能凝聚所有的笔墨。

储福金：中国文学要走向世界不能停留在信息量很小的格局当中，要表现出中国的特色来。

黄蓓佳：我个人对写女性的痛苦不感兴趣，但写出来的小说有这些成分在里面，主观上也并没有去探讨女性世界的奥秘，我想写社会的痛苦。

储福金：通过女性的痛苦表现社会的痛苦。

黄蓓佳：主观的想法和客观的效果未必相同。刚才费振钟说到我最近的小说是"私小说"，我自己还没有觉察，但他这么一说，好像是有这么一点成分，把我前几天构思的一个小说又否定掉了。

费振钟：你还是意识到对女性的关注，至少你在表现社会痛苦时是从女性的角度来理解它。

黄蓓佳：不自觉地表现出女性意识。

王 干：黄蓓佳的小说有玛格丽特·杜拉的味道。

黄蓓佳：我最近在《百花洲》上有一个中篇叫《逃遁的年代》，着重写的家庭生活。

费振钟：你小说当中不是写了一连串女性的死亡吗？

黄蓓佳：我一向解释不出我的小说。就像我对社会痛苦感兴趣一样，我现在对死亡特别感兴趣，所有的小说无一不以死亡结束。

费振钟：《阳台》的死亡写得最好。

储福金：质本洁来还洁去。女性文学写到死亡，也仍然保持着阴柔之美。现在的文章谈海派与京派，实际是南派与北派，写女性小说的南派较多。现在的小说开始由北向南，很明显。

费振钟：三年前就开始了。

王 干：这是思想派转向技术派，北派小说注重思想、发人深省的主题，现在随着西方叙事学以及文本理论尤其是法国新小说派的影响，人们注重小说的技术操作。而南方人惯来讲究技术，所以小说的热点自然也南移了。

418

费振钟：黄蓓佳比过去讲究叙述了。

黄蓓佳：我现在讲究怎么把小说写得好看一点。

费振钟：过去你不考虑?

黄蓓佳：过去考虑情调、意境。

费振钟：怎样把小说写得更像小说，是一个重要问题。

储福金：另外还有一个内容的问题，社会性、政治性的内容毕竟有限，真正大量的社会生活还是很平凡的。

费振钟：几年就转一次。

王　干：这也可能是后现代主义文艺思潮的另一种表现，因为后现代性的文化愈来愈趋于平面化，逃离深度模式，逃离自我中心。而南方人的聪明、机智和灵巧正好与之有一种默契，所以小说越来越形式化、越来越语言操作化之后，南方作家就占有某种优势。当然，这也表明我们作家生活和思想的某种贫困状态，理论家和作家在贩卖多种多样的新观念之后，终拿不出自己的真正的货色，便转向技术性的自我娱乐，实际是对思想和哲学的一种巧妙的逃遁。还是回到女性的问题上。

黄蓓佳：男人写性无论如何不如女性深刻。我在《逃遁的年代》就写女主人公无法解除社会痛苦，就将这种痛苦转到私生活当中，以逃遁社会的痛苦。

费振钟：这与私小说截然不同，私小说主要是表现男人、女人的阴暗心理。

王　干：黄蓓佳这样写是走向雅还是走向俗呢? 从阅读层面上看，她这样做是为了让读者更喜欢读小说，但并不是走向庸俗。她在探讨人性更为隐秘更为脆弱的地带。我并不希望作家都像黄蓓佳这样写，文学作品或者说一个作家是无法回避与性相关的内容的，只不过表现得较为隐晦较为直接罢了。有心理的，有象征的，有白描的。其实，孙犁小说里充满了阴柔气息，洋溢着女性的美感和快感，即使《荷花淀》这样的被作为中学教材的小说，也隐隐流露出缠绵的对异性的吸引的渴求，《黄河东流去》用电闪雷鸣狂风暴雨来侧面暗示性爱过程。

黄蓓佳：大家一致看好的《查泰莱夫人的情人》，我看了两遍，也没看出什么特别的东西来。

王　干：主要是写出了一些诗意来。这本书的价值主要是对人的生命性、自然性的歌颂，抗议工业文明对人本身的异化。

黄蓓佳：我写小说其实是有意回避这方面的内容。

王　干：不过，你的小说还是有白日做梦的痕迹。

费振钟：也是一种补偿，是建立在社会痛苦的感觉上的。

王　干：黄蓓佳现在写的这组小说是想象性体验，而不是体验性想象。她为表现社会性痛苦找到了一个好切口，但总觉得实感的东西还是少一些。福金小说里写性爱不敢正面交锋，总是含而不露地带过。

费振钟：琼瑶和亦舒的小说基本上是一种道德小说，只能是畅销小说，对人生命的感觉、存在的感觉是没有的。

王　干：琼瑶、亦舒以及席慕蓉的作品为什么在大陆能走俏？我想，读者需要的不单是深刻的东西，有时候更喜欢肤浅的读物，喜欢平面化的东西。好多人不愿作形而上的苦思冥想，喜欢一个悲悲戚戚而又大团圆的故事。有些言情小说可以满足人的形而下的官能刺激，缺少美好的爱情，从生活中找不到，就到小说中去找满足，因此琼瑶也好，亦舒也好，她们可能简单，甚至肤浅，但能让读者喜欢，也行。她们的作品倒可能代表着某种南方文化的特性，但她们的主人公观念却一点也不摩登，有时甚至古典乃至封建。可是，她们的小说本来就不靠思想取胜，而靠讲故事讲得好让读者接受、喜欢。我们可以说她们是走通俗的路子，但她们毕竟是一种女性，也是一种南方性，我觉得这里面有好多值得探讨的内容，不过，我们今天的话题过于撒得开了，就到这里，以后再找机会来专门谈论，好不好？

大家：好。

附录：80年代对话两篇

1987：诗歌的四种状态

时间：1988 年 1 月 22 日

地点：北京水碓西里 11 号

对话者：王干、老木

王干：1987 年是诗坛困惑的一年。随着 1986 年的诗歌爆炸运动的出现，整个诗界失去了以往平静发展的态势，出现了更加混乱、更加多元的创作现象。这种多元和混乱给作者、读者、编辑带来巨大的困惑。这是因为 1986 年的爆炸运动对既有的诗歌模式进行破坏以后，1987 年便面临着一种选择的困惑。这即是：新的道路在哪里？什么才是主潮？在这种困惑的心态下，很多诗歌刊物基本上采取一种回避的方式，像《诗刊》这样本应有全国权威性的刊物也未能反映出整个诗坛的发展动向态势。这不能把它归结于编辑的择稿敏感度不够，而是 1987 年确实没有出现主潮性的东西，没有出现什么大作品、大诗人。

老木：我觉得这种困惑的状态可能预示着一种新的转机的出

现。1987 年秋天，我在北戴河参加了《诗刊》的青春诗会，在诗会上，我和一些青年诗人进行了深入的交谈和讨论。欧阳江河、西川、陈东东的谈话，使我想了许多。另外，柏桦、张枣、多多等诗人在给我的信中和与我的谈话中，都和西川、欧阳江河、陈东东他们达到了惊人的一致性。他们的一部分诗作表示他们已从根本上摆脱了所谓的"三代诗人"的结构，开始考虑到诗歌和文学中的理想主义精神、知识分子灵魂和艺术的秩序原则这一系列问题。他们的这些设想如同非非主义的宣言与其创作实践还不太吻合一样，他们的作品还未能完全体现出他们的设想。由此也可以看出，1987 年的中国诗歌就处于这样的局面之中。1987 年诗坛出现许多年轻人，他们打出的多种多样的旗号、主张都是 1986 年底《诗歌报》与《深圳青年报》现代诗大展的继续，在创作上未能取得更大的成就。但正如我前面所说的，一种新的潮流已经潜伏在表面的骚动不安之中了，中国诗歌的转机就要到来。

王干：中国诗坛出现转机是必然的。实际上从朦胧诗的发展出现危机时，就开始酝酿一种转机。1987 年的诗坛虽然令人困惑，但从我目前初步接触的诗人和诗作来看，仍可以大致分出几种路数，我不用"主义"而用路数，是因为"主义"本身就是令人困惑的命题。

老木：主义现在已经成灾了。

王干：诗坛为什么会出现这么多理直气壮而且莫名其妙的"主义"呢？有的宣言写得很好，很有见解，但创作实践却跟不上宣言，有的恰恰与宣言相反，存在着令人惊诧的距离，出现这种理论先行、宣言先行的情况，一方面与近几年来的"理论热"、"文化热"有关，诗人的文化素养、理论素养有了较大的提高；另一方面与青年诗人的急功近利的心理状态有关。

老木：他们可能唯恐别人读不懂他们的诗，唯恐别人认为他们没有个性，没有风格。

王干：于是想振臂一呼，名扬天下。没有出名的希望早日进入诗坛，打开圈子，已经出名的则渴望进入国际诗坛。但这种强烈的欲望影响了他们的诗歌创作的正常发展。因为文学创作不仅仅是诗歌，任何一种风格、流派都不是人为地建立和制造出来的，是在多种复杂因素作用之下自然形成的。而创作宣言用在不适当的作家身上往往是一种抑制个性发展的框框，一种镣铐。真正的大诗人是很少去提出什么创作宣言来限制和规定自己的，他的创作主张、审美理想、艺术个性全都是通过他的创作作品体现出来的。1987 年出现的这种困惑状态与诗人的理论与实践相脱离的情况有很大的关系。

下面我仍接着前面的话题，谈 1987 年诗歌发展过程中出现的几种状态，一是现代主义模式的，也就是模仿西方现代主义诗歌的作品，这当中还存在不少"伪现代派"，比如 1986 年现代诗大展中的一些诗人虽然在宣言里声称是现代诗人，但纵观他们的诗作仍是比较古典的、传统的，并不是真正意义上的现代派。但这仍然不失为诗歌发展的一种方式，仍然是一条可行的道路，而且这条道路北岛他们已在前面走出了几个比较坚实的脚印。第二种形态便是去年出现的"新古典倾向"，新古典倾向的审美倾向似乎是从后现代主义那里转变过来的，但实际上有根本的差异，他们要回归到传统的抒情性上去，但又不是简单的、浪子回头的回归，而是用现代人的情感去理解、把握传统。他们的价值就在于强化了诗歌的情感性。

老木：我们必须把新古典倾向与台湾诗歌 60 年代重新回归传统以后出现的余光中这一批诗人相区别开来，余光中所导引出来的台湾现代诗在我们诗坛的影响是"生活流"诗歌，而不是"新古典主义"。新古典倾向也与"现代派"诗人相反。"现代派"诗人是不主张秩序的，他们在诗中反理性、反抒情、反诗歌。这其实是现代主义发展为后现代主义的表现。新古典主义倾向所强调的只是诗人情感有节制的秩序，也不像浪漫主义的情感的极度夸张。

王干：1987年的诗坛出现了两种极端，即理性主义与反理性主义。反理性主义即是强调下意识、纯感性，而理性主义则从理念出发，忽视感性，都不能上升到情感意义上去，而新古典倾向恰恰正是这种方式的一种反拨。我觉得这种诗歌方式今后可能发展成为一个重要的流派，但它不会像当前存在的某类流行诗那样匆匆而来，匆匆而去。它可能并不时髦，也不显赫，但由于注重表现情感的价值，是会发展下去，甚至会流传下去的。

老木：第三种该是"生活流"吧？

王干：对。你前面已经谈到。"生活流"的诗歌出现在1983、1984年，甚至更早一些。创作手法主要属于现实主义的范畴，但也不是过去看到和理解的现实主义，它更强调现代人的生活节奏，更强调现代人的语感、运动感。主要审美特征还是再现性，像曹剑、柯平、伊甸……

老木：还有傅天琳、李钢、钱叶用等人，他们大量运用散文化的句式，以生活的秩序作为诗歌秩序。

王干：他们都是以生活的秩序来折射情感的波动，反映了现代生活中现代人的心态图景。这种诗歌也会长期存在下去，并有可能发展成更大规模的组诗和诗群，因为我们处于一个变革的时期，这种诗歌方式对反映那种五光十色、五彩缤纷、令人目眩的生活现象、情感现象有它独特的长处，目前诗坛出现的这三种形态也昭示着今后诗歌的发展走向，但是不是完全按照这种既定的模式发展还很难说。

老木：我们还不能忽视另一类诗歌，这就是现实主义的诗歌。1987年，不少现实主义的诗人像邵燕祥、牛汉、白桦、徐刚等人仍写出不少有分量的作品，像徐刚的《致漂流者》，白桦的《四月诗章》。但是这一类诗歌在1987年"困惑"这样的大背景下也丧失了它的力感和强度，并没有激起人们多大的热情，也没有产生应有的影响。这样看来，1987年诗坛实际存在有四种状态，四种走向，可分为两类。如果把诗歌作为人与世界的联系的一种艺术行为方式的话，那么也就是两种联系方式。一是把诗歌作为人与世界的隐喻式的关联，也就是诗歌的秩序仅仅是情感的秩序，"现代派"与"新古典主义"便是这种，而"生活流"诗歌和现实主义诗歌关心的是对生活和世界秩序的再现，他们采取了一种转喻式的态度。极端地说，前者关心的是诗歌本身，而后者关心的是现实生活。

王干：你这个断语似乎有些"片面的深刻"，其实，这些问题是很难说得清楚，也许只有极端地说时才可能"清楚"一些。我不想"极端地"重复或反驳你的话。还是把话题回到本位上来吧。1987年诗歌的这四种形态，也即是四种走向，在今后一段很长的时间内都将共存下去，尤其是新古典主义将会引起更多人的注意，会发展成为一个新的阵容与其他诗歌方式抗衡，虽然它现在知名度并不高，人数也不多。当然，今后的诗坛发展不可能仅在这四种模式内发展，还会有新的流派、新的主义异军崛起，真正打破诗坛的这种困惑僵局。条条大路通罗马，诗的生机和繁荣来自于每一个诗人的努力。

漫话《懒得离婚》

青 平

青：最近，我看一篇小说，是谌容写的，叫《懒得离婚》，挺有意思的，觉得有些话要说。

平：原来你把我找来便是专门为一篇小说，真是难得。现在碰到一些朋友，云及小说之事，都一个个疲沓沓的，写的评的，都言没劲。

青：因为我们面临的是文学的疲软时代嘛。

平：对，疲软的时代。可无意中翻看《小说选刊》发现了这一篇，居然一口气读完了。也许是题目吸引了我：懒得离婚，说实在的，关于这方面我们听到的几乎全是离婚的消息，朋友的，名人的，离了的，正在离的，离不了的，可谌容却这样写：懒得离婚，新鲜。

　　青：这倒不是作者在故意制造阅读效果，而是生活的现实便是如此。谌容能够拨开社会舆论的迷障，冷静地把握住人们的社会心态，充分显示了写实小说认识生活能力的深化。

　　平：不论舆论怎么看好那些探索的超前的新潮的先锋小说，我总认为写实小说一直是新时期文学的中坚所在。尤其近年来整个小说陷入滞顿的困境之后，写实小说更应该也更可能显出它的优势来。

　　青：人们起初指责写实小说，并不是说这种小说形式已经过时，已经失去它的生命力，而是因为那时候的写实小说它理解生活的肤浅和简单，不能够真正地还原出生活的原生形态。而往往只是图解式或宣谕某种概念和理想。

　　平：其实，写实小说有着一种永恒的生命力，尤其是在我们处于这个变革开放的时代，它更应发挥认识生活贴近现实之特长，及时传递社会的生存形态和生存心理。事实上，在先锋文学和通俗文学前后左右的夹击之下，写实小说也逐步调整观照生活的焦距，使之更好"诉诸生活本身"。

　　青：这些年来出现的《桑树坪纪事》《厚土》《新兵连》《风景》《烦恼人生》《伏羲伏羲》等中篇小说都在不同程度和层面上深化和强化了写实小说的"写实性"，丰富了新时期写实小说的内容。

　　平：但上述你所说的小说在写实程度还不是最贴近现实生活的作品，它们很大程度上是依赖历史的文化的背景的力量来强化写实的意味，当然《烦恼人生》除外。

　　青：一些作家之所以回避现实，并不认为是不愿意与现实生活拥抱，而是缺少正视现实的艺术勇气和艺术能力。由于现实生活处于一种动荡变化的过程中，能够及时透视纷纭复杂的生活表象，捕捉到隐藏在表象之后的人们的心态，并非是一种易事。它除了需要敏锐的社会感觉之外，还需要对生活的持续的热情和洞察的明细。

平：这就并不是每个人都可以做到的。因此，我们实在不必去贬抑写实小说而去抬举其他类型的小说。

青：像《懒得离婚》这样的小说在今天就显得更有意义。这部小说不仅在今天的整个写实小说里别具一格，而且对谌容的创作而言也是一次进步，至少在对生活的认识上她已经调整到一个合适的方位。

平：在《人到中年》等小说中，谌容是以一种浪漫主义的理想态度来观照生活，面对生活里的种种苦难、困厄、不幸、烦恼，陆文婷总是以一种少女初恋般的热情肩担生活的重负，忍受生活的磨难，毫无怨言甚至没有疲烦之感。这是因为谌容和陆文婷的精神都生活在一个虚幻的理想天国之中，现实生活的艰辛、枯燥、沉闷只会映衬得那个虚幻的理想更加神圣更加迷人。说得不客气些，以这样一种空洞的理想来满足心灵的渴求，无疑是对情感的欺骗。

青：人们之所以老觉得写实小说不真实，老觉得它做假，甚至有的作家按照生活的真人真事写的小说也有人觉得不真实，这倒不是作品中的生活画面不真实，而是由于生活态度的虚伪所致。总是用那种真诚的或虚伪的浪漫激情编织虚无缥缈的理想天国或矫饰严酷的生活现实。

平：《减去十岁》的写作，是谌容对这种生活态度和文学情绪的一次反动。她已经觉察出那种激情与现实的巨大反差，于是她从那个美妙的幻想中走出，要寻找一种新的把握生活的方式。在《减去十岁》中，她彻底摒弃理想主义的浪漫情绪，而以一种与浪漫情绪截然相反的幽默反讽的情绪来表现生活，"减去十岁"的呼唤，激起了数以亿计的共鸣。这是一篇以貌似荒诞的形式出现的小说，然而在其把握社会心理真实和时代情绪的焦点上，却获得出乎意料的成功。

青：自然，《减去十岁》作为谌容对生活认识的一次调整，由于是以反抗浪漫情绪为其出发点的，因而更多地染上了愤世嫉俗的色彩，对生活心态的理解和表现仍有简单化和漫画化的特点。而《懒得离婚》则进入到一种新的境界，它既摆脱了浪漫情绪的缠扰，也洗刷了那种刻意嘲讽的喜剧油彩，也就是说它从那种简单的悲剧模式、喜剧模式中挣脱出来，以一种新的审美视野、情绪取向来观照生活。

平：很有道理。影响写实小说作家认识生活理解生活一个巨大的干扰便是我们曾经倍加推崇和赞颂的所谓悲剧和喜剧的审美模式，尽管这两个模式是相反而成的，但其思维形态上却是一致的，就是把生活形态简单化、概念化，歪曲生活本来的原生形象。只不过一是以对英雄的赞颂作为规范，一是以对英雄的戏弄作为原则罢了。其实，生活就是生活，它不是为英雄存在，也不是为小丑设计的。

青：《懒得离婚》便不再是简单的英雄悲歌的反英雄幽默喜剧，而是一曲严正的生活之歌。它从"离婚"这样一个契机作为摄取的切口，共时态地展现了一幅幅有关离婚场景的风情画。这一个个的独立的结构单元便组合为一幅奇异的生活画图，"自从提出离婚，家里没安宁过"，年轻女记者方芳便在这样一种氛围中开始采访，而最终得出的结果却是"懒得离"，这不仅出乎方芳的意料，也越出了我们的阅读经验。

平：《小说选刊》编后语道出其中的奥秘："结了婚而又不'凑合'的人们得预备下无穷的热情、勇气、耐力和智慧。"作为小说的主体人物的刘述怀有一段非常精彩的话："我佩服那些离婚的人，他们有勇气，他们活得认真，他们对婚姻也认真。我嘛，虽说家庭不理想……看透了，离不离都一样，懒得离！"

青：这不仅仅是一种中年情绪，而且还道出了这个时代的心理症结：活得不认真。懒得离婚实际只是疲软心态的一个表现和一种写照，它实际上捕捉到一种与社会本质一致的心理共同状态，从而传达出整个时代精神疲惫困顿的心境。

平：处于这样的氛围之中，刘述怀虽然与妻子张凤兰同床异梦，虽然对孟雅平极富好感，但宁愿凑合着过，也不愿认真地去离婚以求幸福。

青：我们也很难去责备他，他何尝不想生活得好些，但所处的生活之网不给这种便利与自由。但反过来说，他也就是缺少冲决罗网的精神，向这种"网"妥协，又无形潜加"网"的牢固。而这样一种疲软的生活态度对改革时代所需要的开放意识、认真精神是一种严重的腐蚀。

平：所以说，谌容虽然在小说中始终是采取一种客观的冷静的旁观态度，但渗透其中的仍是那样强烈的现实精神。这种现实精神又不再是那种浪漫精神和反讽精神。浪漫精神实际是对现实的逃避，反讽情绪则是对现实的反动，它们都不是置身于现实之中认真地对待现实，都缺乏一种现实精神。

青：从这个意义上可以说，《懒得离婚》是写实小说的一次新的开端。

平：自然这次开端也并非是十全十美，作家为了强化小说的现实精神，扩大小说的辐射面，显然受到了时下颇为流行的社会问题报告文学的影响。也许作为一种现实精神，写实小说与此类报告文学都应该拥有。我们的写实小说都需要这样一种精神。但在文体形态上，谌容虽然有意借鉴结构现实主义的写法，但那些小小单元的组合与时下流行的"宏观"报告文学更为相似。

青：也许作者正是故意制造这样一种纪实的阅读效果哩！那个年轻女记者方芳的出现，显然是用来与中年心态的对照以形成反差的，但由于写得比较粗，反而使小说增加了纪实性。

平：问题是写实小说在今天面对报告文学的挑战，有没有必要对报告文学的一些特性进行认可甚至模仿哩？

青：也就是说，写实小说在今天仍然面临着语言更新和形式创新的问题，它只有熔铸出一套与它自身强烈的现实精神相适应的小说文体，才有可能走向成熟，才可能与报告文学争夺读者。

平：看你激动的，要是有人看到我们如此认真地谈论文学，讨论写实小说，探讨现实精神，也许会觉得奇怪：怎么还那么傻，真没劲。

青：我觉得，面对这个疲软的时代，我们必须克服自身的心理障碍，认真起来，傻一点比懒一点更有生活的意义。

后 记

　　这本题为《90 年代对话录》的书，是我在 90 年代与诸多作家、评论家、理论家交流的一种记录。法国文学大师罗兰·巴尔特为了追求中心分散、众声喧哗的解构主义效果，曾以《恋人絮语》进行过试验。我没有刻意去表现这种效果，但现在辑录在此的《90 年代对话录》客观上把 90 年代文学的多种声音汇集在一起，留下了这个时代的某种痕迹。在这本书里，可能看到的是一个饶舌而多嘴的我，一种观点会在两种以上场合讲过，但值得注意的是，这本书里的主人公不是我，而是与我对话的人，他们不同的声音，不同的姿态，不同的说法，可能是了解 90 年代和 90 年代文学一个最基本的"视窗"。

　　将这本书取名为《90 年代对话录》是因为我曾对 80 年代文学进行过一次较有意义的对话。1988 年 11 月至 1989 年 1 月，我和王蒙先生围绕 80 年代文学的诸多问题进行过系列对话，后结为《王蒙王干对话录》由漓江出版社出版，并多次再版。现在《90 年代对话录》仍由漓江出版社出版，颇有续编和姐妹篇的味道。将两者比较，可发现几个有趣的现象：1. 前者是有计划的两个人的系列对话，后者则是随机性的对话和座谈，参与对话的人数达五十人次以上。2. 前者是对新时期文学的某种概括和总结，后者则是与90年代文学同步进行的，对话的时间长达十年，对话的展开时间也正是90年代文学发展的过程，有点同期声的味道。3. 前者的文字是由我根据录音整理而成，不可避免带有一定的修饰性，而后者则全是由他人整理，我个人谈话的内容比前者更本色更原生态。

两本对话的差异，很能说明不同时代的不同特征。如果说对话这一文体本身带有"浮躁"的因素，那么80年代末期还只是两个人的"浮躁"，到了90年代则是群体的"浮躁"，作家如此，评论家亦如此，而且这种"浮躁"尚在延续，并没有终结。因而我将1988年的两篇对话和复旦大学朱立元教授与学生的一篇关于"新状态文学"的对话也附录进来，一是说明对话这种文体的"生命力"之盛，二是说明90年代"浮躁"之风之甚，我和张未民、张颐武以对话来谈"新状态文学"本已"浮躁"（虽然另有关于"新状态文学"的长文），而批评者亦用非学术的对话体批驳之，可见"浮躁"像流感一样容易被感染。如今，有人形容说，看书进入"读图时代"，论文学则是"君子动口不动手"，是耶非耶，留待世人评说。有一点倒是可以保证的，我以后大概不会再用这种谈话的方式来"说"文学了，文学在更多的时候是没有声音的。

1999 年 12 月 12 日于金陵碧树园

因为排版技术上的原因，此书拖延了一年。90年代仿佛还在昨天，但新世纪文学的第一年也到岁末，"年年岁岁花相似，岁岁年年人不同"，本书的出版是我告别青年时代的一种方式，书中这些年轻的嗓音是对过去时光的一种记录。这里我要感谢那些帮助本书出版的朋友，特别是那些帮助整理谈话记录的朋友，没有他们的辛勤劳动，就没有这样的文字结集出版。是为后记。

2001 年 12 月 6 日又记于北京朝内

（收入文集时，将此书中朱立元教授与学生对话删去，王干 2016 年 12 月 8 日又注）